Nina Malik

Wie Blut auf Schnee

Kriminalroman

Der zweite Fall für Franka Janhsen

blanvalet

MIX
Papier aus verantwortungsvollen Quellen
FSC® C083411

Verlagsgruppe Random House FSC® N001967

1. Auflage

Dieses Werk wurde vermittelt durch die Literarische Agentur
Thomas Schlück GmbH, 30827 Garbsen
Redaktion: Angela Kuepper
Umschlaggestaltung: © Johannes Wiebel | punchdesign,
unter Verwendung von Motiven von Shutterstock.com
(© Aggie 11, © Toluk, © Ivaylo Ivanov)
NG · Herstellung: sam
Satz: Vornehm Mediengestaltung GmbH, München
Druck und Bindung: CPI books GmbH, Leck
ISBN 978-3-7645-0618-6

www.blanvalet.de

I

Seit sieben Jahren schon fuhr Roland Degens jeden Morgen diesen Weg.

Seit sieben Jahren jeden Morgen denselben Scheißweg.

Zuerst ging es über die Landstraße mit ihren Schlaglöchern, die verlässlich die Stoßdämpfer seines nagelneuen Audis ruinierten. Dann vorbei an der deprimierenden Retortensiedlung mit ihren allesamt gleichen Häusern. Spätestens an dieser Stelle überkam ihn das Verlangen, einen U-Turn zu machen und zurückzufahren.

Nach Hause.

In sein Bett.

Und dann … nichts tun, außer daliegen und die Decke anstarren. Zulassen, dass die Zeit verstreicht, mit dem Tick-Tack der Wanduhr als Mantra.

Das war natürlich ein Wunschtraum, denn seine Lebensgefährtin Silke würde sofort neben seinem Bett stehen und eine Menge Fragen stellen. Fragen, auf die er keine Antwort wusste.

Was ist los mit dir? Was soll das? Hörst du mir überhaupt zu?

Außerdem hatten die Frühlingsferien begonnen, was bedeutete, dass ihre Söhne Jan und Nils den ganzen Tag zu Hause waren. Diesen pubertierenden Monstern ging er lieber aus dem Weg, in ihrer Nähe war alles laut und nervenaufreibend, sie verwandelten Rolands Rückzugsrevier in ein Kriegsgebiet.

Trotzdem war das Verlangen heimzufahren groß. Und es wurde mit jedem Tag größer, vor allem dann, wenn er die Retortenstadt hinter sich gelassen hatte und sich dem Autobahnzubringer näherte. Der stumme Schrei, der dabei durch seinen Kopf hallte, hing nicht nur mit der Aussicht zusammen, in spätestens sechzehn Minuten das Gewerbegebiet von Rerrick und somit das Kühllogistikunternehmen erreicht zu haben, in dem er als Prokurist arbeitete. Ein Job, der Leere in Reinform garantierte. Nein, zuvor gab es noch etwas Schlimmeres, nämlich den Anblick eines Wohnwagens, den jemand im letzten Herbst auf einem unbefestigten Parkplatz wild entsorgt hatte.

Der Wohnwagen war schon damals ein Wrack gewesen, und seitdem war es nicht besser geworden. Die rissige Verschalung war mit Graffiti beschmiert, die Räder geklaut, und zuletzt war eins der getönten Plastikfenster eingeschlagen worden. Jetzt hing ein nikotingelber Vorhang heraus, als hätte der Wohnwagen endgültig kapituliert.

Roland Degens hasste diesen Anblick. Er hatte sich schon ein paar Mal vorgenommen, den Schrotthaufen zu melden, aber er brachte die Kraft nicht auf, am Straßenrand zu halten und bei der Polizei anzurufen. Sobald er an dem Schmutzfleck vorbei war, hatte er ihn auch schon vergessen. Warum auch nicht? In seinem Alltag löste schließlich ein Elend das nächste ab.

Wie auch sonst nahm Roland sich vor, den Wohnwagen zu ignorieren, als sein dreckiges Weiß hinter den noch kahlen Birken aufleuchtete. Raben kreisten darüber wie über einem Stück Aas. Automatisch drückte sein Fuß aufs Gas, um an dem Ungetüm vorbeizuschießen. Anstatt jedoch stur geradeaus zu sehen, ruckte sein Kopf zur Seite, und sein Blick hing an dem Vorhangfetzen fest, der sich leicht im Wind bewegte, als wollte er ihn necken.

Halt einfach an, stachelte Roland sich an. Dann schmeißt du den Reservetank des Audis durchs Fenster und ein brennendes Streichholz hinterher, damit das Feuer seine reinigende Kraft ausüben kann. Wenn du richtig Glück hast, dann gelangen ein paar Funken rüber bis zur Siedlung, und es ist endlich Schluss mit diesem geklonten Reihenhausalbtraum.

Die Vorstellung von einem Feuersturm, der übers Land zog, erfüllte Roland mit einer solchen Befriedigung, dass er fast an dem Wohnwagen vorbeigeprescht wäre, ohne zu registrieren, wie der Wind den Vorhang hochriss und einen nackten Frauenarm entblößte.

Roland stieg in die Bremse, so heftig, dass er den U-Turn hinlegte, von dem er eben noch geträumt hatte. Daran dachte er jetzt jedoch nicht, er dachte ohnehin erstaunlich wenig, während er den Wagen auf der Straße stehen ließ, wie er zum Halten gekommen war. Ein wenig steifbeinig ging er auf den Wohnwagen zu.

Der Vorhang hing nun wieder herunter.

Das mit dem Arm hast du dir bloß eingebildet, dachte Roland, obwohl er es besser wusste. Seine Einbildungskraft war noch nie besonders ausgeprägt gewesen, und dieser Arm … Der hatte keineswegs so ausgesehen, als ließe den jemand locker zum Fenster rausbaumeln. Dafür war er zu schlaff und irgendwie schief gewesen.

Wieso schief?

Roland hielt kurz inne, während er dem Bild nachhing und den Fehler aufzudecken versuchte. Seine Wahrnehmung blieb jedoch dabei: An dem Arm war etwas schief und somit nicht normal gewesen.

Zu seiner eigenen Verwunderung fühlte Roland sich umso ruhiger, je näher er dem Fenster kam. Nicht einmal der kühle Schlamm, der durch seine Lederschuhe drang, entrang ihm ein Seufzen.

Da waren Flecken gewesen, fiel es ihm wieder ein. Dunkle Flecken auf leichenblasser Haut.

Leichenblass. Noch so ein seltsames Wort.

Jetzt bekam Roland doch feuchte Hände.

Er stand inzwischen so nah beim Wohnwagen, dass er nur noch die Hand ausstrecken musste, um den Vorhang anzuheben. Doch er brachte es nicht über sich.

Gerade als sein Verstand ihn darauf hinwies, dass er sich besser aus dem Staub machen sollte, fuhr der Wind erneut in den Vorhang, und Roland konnte sich aus nächster Nähe davon überzeugen, dass seine Wahrnehmung in jedem einzelnen Punkt richtig gewesen war: Der wächsern bleiche Frauenarm hing leblos und schief aus dem Fenster, was daran lag, dass bestimmt mehr gebrochen war als nur die Finger, von denen der Zeigefinger am unnatürlichsten abgespreizt war.

Und die dunklen Flecken, die gab es auch. Die meisten rund ums Handgelenk, wo die weiße Haut aufgerieben und zerschnitten war, lauter unterlaufene Einkerbungen. Außerdem waren die Fingerspitzen schwarz verfärbt, als wären sie zu lang über eine Kerzenflamme gehalten worden.

Was die an den Rändern zerfransten Krater in der einst makellosen Haut betraf … Irgendwo abseits der Straße krächzte ein Rabe, wütend, weil man ihn von seiner Beute verscheucht hatte.

In diesem Moment wusste Roland Degens mit absoluter Sicherheit, dass er diesen Weg nie wieder nehmen würde. Und am besten auch keinen anderen.

2

Franka Janhsen von der Mordkommission Rerrick starrte die Tote schon viel zu lang an. Sie wusste es – und ihr Partner, Hauptkommissar Simon Ackermann, wusste es auch. Das verriet die Art, wie der groß gewachsene Mann sein Gewicht von einem Fuß auf den anderen verlagerte. Jede Sekunde in dem heruntergekommenen Wohnwagen war eine zu viel, nicht nur wegen des Leichengeruchs, der trotz des zerbrochenen Fensters in der Luft hing.

»Sollen wir starten?« Simon wechselte das Standbein.

»Gib mir noch eine Sekunde.«

Die Worte kamen Franka kaum über die Lippen. Warum, konnte sie nicht genau sagen. Nur, dass die junge Tote, die zwischen einer Sitzbank und einem an die Wand montierten Tisch eingekeilt war, etwas in ihr auslöste. Genauer gesagt, ihr auf der Tischplatte liegender Unterarm, um dessen Handgelenk sich ein Stück Plastikschnur wand. Dort, wo sich die Schnur tief ins Fleisch gegraben hatte, steckte sie immer noch in der blutverkrusteten Wunde. Anscheinend hatte die Frau, nachdem sie die Fessel gewaltsam aufbekommen hatte, keine Zeit mehr gehabt, sie abzustreifen. Die andere Hand hatte sie befreien können. Was ihr allerdings nichts gebracht hatte, wie ihr schlaff zum Fenster heraushängender Arm bewies. Vielleicht war sogar ihr Befreiungsakt Auslöser für die Stiche in ihren Bauchraum gewesen, die sie allem Anschein nach umgebracht hatten.

Oder vielmehr erlöst, wenn man die zahlreichen Verletzungen, die der Frau beigebracht worden waren, bedachte.

Simon räusperte sich.

Eine Sekunde noch!

Offenbar erreichte Frankas stummes Flehen ihren Partner, denn er atmete ergeben aus.

Nach einer Weile sagte Simon in einem Ton, als ständen sie beide am Kaffeeautomaten im Präsidium und nicht in einem nach altem Blut, Leichengasen und Unrat stinkenden Wohnwagen: »Ich habe, bevor du gekommen ist, ähnlich paralysiert rumgestanden. Man weiß vor lauter Wunden nicht, wohin man als Erstes sehen soll. Aber die Plastikschnur ist am schlimmsten. Wie verzweifelt muss man sein, um sich so heftig gegen seine Fesseln zu wehren, dass man sich dabei das Fleisch von den Knochen schabt?«

»Wenn die Schmerzen, die einem zugefügt werden, so stark sind, dass man die einschneidende Plastikschnur vergisst.«

»Sie hat eine Menge aushalten müssen, bevor sie erlöst wurde«, stimmte Simon zu. »Allein die Verletzungen im Gesicht … die Nase ist kaum noch als solche zu erkennen. Und die Würgemale an ihrem Hals sehen aus, als hätte jemand nicht bloß zugepackt, sondern regelrecht seine Klauen in ihr Fleisch geschlagen. Die eingebluteten Stellen stammen bestimmt von Fingernägeln. Mal sehen, was die Gerichtsmedizin zutage fördert. Mit ein wenig Glück hat der Täter ein Souvenir in den Wunden hinterlassen.«

»Der Täter? Sie sieht aus, als wäre ein ganzer Trupp Sadisten mit verschiedenen Vorlieben über sie hergefallen.« Frankas Magen erinnerte sie daran, dass sie noch nichts gegessen hatte. Ob das nun gut oder schlecht war, würde sich noch herausstellen.

Sie war vor rund zwei Stunden zum Einsatzort gerufen worden. Ein noch nicht identifiziertes weibliches Opfer, zwischen zwanzig und dreißig Jahre alt, das an einem Autobahnzubringer in einem verlassenen Wohnwagen gefunden worden war. Todesursache? Vermutlich erstochen. »Könnten aber noch ein paar andere Sachen gewesen sein«, hatte die Kollegin von der Telefonzentrale gesagt. »Sieht wohl ganz schön schlimm aus. Besser, Sie beeilen sich, Frau Janhsen.«

Und genau das hatte Franka dann auch getan. Trotzdem war sie erst vor einer halben Stunde eingetroffen. Der Anruf hatte sie auf dem Rückweg von der ostfriesischen Küste erreicht, wo sie ein paar Tage verbracht hatte. Statt erholt aus ihrem Kurzurlaub zurückzukehren, zeichneten sich Schatten unter ihren Augen ab. Die Fahrt nach Rerrick mit durchgetretenem Gaspedal durch den Märzregen hatte nicht gerade zu ihrer Entspannung beigetragen. Davon musste jedoch niemand etwas mitbekommen, schon gar nicht Simon, bei dem sie in den letzten Wochen ohnehin unter Beobachtung gestanden hatte. Vor seinem Partner konnte man nicht viel verbergen; noch schwieriger wurde es, wenn der Partner ein gewisser Herr Hauptkommissar war, der seine Position nicht von ungefähr innehatte. Nicht mehr lange, und Simon würde nachfragen, was zur Hölle eigentlich mit ihr los war.

Wie auf Kommando warf Simon ihr einen Seitenblick zu. »Alles klar?«

»Folteropfer stecke ich nie locker weg.« Das Geständnis dämpfte Frankas Verlangen, die Enge des Wohnwagens fluchtartig hinter sich zu lassen.

»Du meinst, unser Opfer wurde mit System misshandelt?« Zwischen Simons Augenbrauen grub sich eine Falte. »Das wäre jetzt nicht mein erster Eindruck gewesen. Die meisten sichtbaren Verletzungen sehen eher nach einem Gewaltrausch aus, außerdem sind sie ziemlich abwechslungsreich. Die Nase, die Würgemale am Hals ... Da drüben auf dem Boden liegen ein paar Zähne. Hier war ein durchgedrehter Dreckskerl zugange, der sich aufs Gründlichste an unserem Opfer ausgelebt hat. Würgen allein befriedigt mich nicht? Dann verpasse ich dem Miststück einen Fausthieb ins Gesicht, bis die Nase nur noch ein Haufen blutiger Knorpel ist. Und wenn sie sich wehrt oder sogar ihre Fesseln durchreißt, dann steche ich die Schlampe halt ab.«

»Schon möglich, dass es so gelaufen ist.« Franka zögerte. »Aber ihre gebrochenen Finger passen nicht ins Bild. Die Verletzungen sehen so aus, als hätte der Täter sich ganz in Ruhe einen nach dem anderen vorgenommen.«

Sofort lief vor Frankas innerem Auge ein Film ab, der zeigte, wie der kleine Finger einer schmalen Frauenhand so weit nach hinten gebogen wurde, bis ein widerliches Geräusch ertönte. Dann wurde das erste Glied des Ringfingers gebrochen, sodass er nun ein grotesk anmutendes zusätzliches Gelenk trug. Als Nächstes der Mittelfinger und der Zeigefinger. Beim Daumen hatte das wohl nicht funktioniert, deshalb stand dieser jetzt in einem verwirrenden Winkel zur Seite ab.

»Man hat ihr Finger für Finger gebrochen, einen nach dem anderen. Und als diese Grausamkeit nicht zum gewünschten Ergebnis geführt hat, hat der Täter seinen Frust an ihr ausgelassen.«

Mit merklichem Widerwillen streckte Simon seine in einem Latexhandschuh steckenden Finger aus, um die von Schwellungen und Brüchen gezeichnete Hand, die wie ein skurriles Objekt auf dem Tisch lag, zu berühren. Als der

Ringfinger der Toten an der Bruchstelle einknickte, zog er seinen Arm zurück.

»Oder der Täter hat ihre Hand gepackt und so gedreht, dass einige Knochen gebrochen und andere aus dem Gelenk gesprungen sind«, sagte er.

»Im Zweifelsfall kann Helene die Rangfolge der Verletzungen rekonstruieren, dann wissen wir mehr.«

Dr. Helene Weisband war die Grande Dame der Rerricker Gerichtsmedizin und hatte einen gewissen Ruf. So war es auch keine große Überraschung, als Simon prompt aufblickte. »Du bist mit der Eiskönigin per Du?«

Franka setzte eine Unschuldsmiene auf. »Warum nicht? Du duzt Helene doch auch.« Als Einziger von der Kollegenschaft, setzte sie in Gedanken hinzu.

»Wie auch immer«, brummte Simon und widmete sich erneut den Fingerbrüchen.

Es war ein offenes Geheimnis, dass das Verhältnis zwischen Simon und der Gerichtsmedizinerin nicht nur aus beruflichen Gründen angespannt war. Simon schottete sein Privatleben zwar ab, aber Helene kannte eine solche Zurückhaltung nicht und rieb Simon in Frankas Gegenwart gern unter die Nase, wie wenig sie von seinem Verhältnis mit ihrer Freundin, der Psychologin Ariadne Reisch, hielt. Allem Anschein nach handelte es sich um eine komplizierte Beziehung, wofür Helene vor allem Simon verantwortlich machte. Was allerdings genau sie Simon vorwarf, hatte Franka bislang noch nicht herausfinden können.

»Unser Opfer dürfte seit mindestens vierundzwanzig Stunden tot sein«, sagte Simon. »Die Totenstarre ist schon dabei, sich zu lösen. Andernfalls wäre es den Raben auch nicht gelungen, ihren Arm zum Fenster rauszuziehen. Vielleicht irre ich mich, aber so wie unser Opfer dasitzt, muss sie kurz nach ihrem Tod in diese Position gebracht worden sein. Später wäre das so nicht mehr möglich gewesen.«

»Dann stehen die Chancen gut, dass sie bereits als vermisst gemeldet ist. Sind ihre Fingerabdrücke schon genommen worden?«

Zu Frankas Überraschung schüttelte Simon den Kopf. »Dürfte schwierig werden. Siehst du die schwarze Schmiere an ihren Fingerspitzen? Die hat sich unsere Tatortfotografin vorhin genauer angesehen. Das sind Verbrennungen. Entweder war diese Kokelei Teil der Misshandlung, oder jemand wollte es uns schwer machen, die Tote zu identifizieren.«

»Das ist doch eigentlich Helenes Job, uns so was zu erzählen. Ist sie krank?« Normalerweise war die Gerichtsmedizinerin immer als eine der Ersten am Tatort.

»Nein, nur sehr beschäftigt«, sagte Simon. »In der City hat es in der letzten Nacht einen schweren Brand in einem Mehrparteienhaus gegeben. Üble Sache. Es wurden mehrere Tote geborgen, da hat Helene alle Hände voll zu tun. Das gilt auch für die Spurensicherung und Co.«

Bestürzt stellte Franka fest, dass sie noch keinen Gedanken an die fehlenden Kollegen verschwendet hatte, obwohl sie bislang lediglich ein paar Streifenpolizisten und der Tatortfotografin über den Weg gelaufen war. Dieser Tunnelblick, sobald sie zu einem neuen Fall gerufen wurde, wurde immer ausgeprägter. Nur Simon war ihr nicht entgangen. Auch das wurde immer bezeichnender.

»Dann hat Abel Messner die Ermittlung übernommen?«, sagte Franka.

Simon wirkte überrascht. »Woher weißt du das?«

»Weil Abel unser Röstgut-Experte ist. Denkst du, ich weiß nach knapp einem Jahr beim Rerricker Mord-Dezernat nicht, welcher Kommissar welchen Schwerpunkt hat?«

»Ein Jahr schon?« Simon pfiff durch die Zähne.

Ein Jahr – und ich bin immer noch die Neue. Oder eher der Fremdkörper im Team, dachte Franka. Daran hatte sich auch nach dem Schwarze-Federn-Fall im letzten Herbst nichts geändert, obwohl einige Kollegen damals anerkennend genickt hatten. Schon klar, es wäre an ihr gewesen, die Chance zu nutzen und auf die anderen zuzugehen. Was ihr jedoch aus mehreren Gründen schwerfiel. Einer davon stand gerade neben ihr und rieb sich die geschwollenen Augenlider. Simons Nacht war ebenfalls zu kurz gewesen.

»Bist du dort gewesen, beim Brand?« An und für sich eine überflüssige Frage. Natürlich war er da gewesen, getrieben von der für ihn typischen Mischung aus Einsatz und Teamgeist.

Wie erwartet nickte Simon. »Die konnten jede Unterstützung gebrauchen. Der Brandherd war in einem riesigen Apartment, das völlig ausgebrannt ist. Von den Opfern sind nur ein paar Knochen und Asche zurückgeblieben. Sieht übrigens schwer nach Brandstiftung aus. Deshalb müssen wir beide vorläufig mit der Sparbesetzung vorliebnehmen. Ich habe Abel aber schon klargemacht, dass wir die Spurensicherung hier so schnell wie möglich brauchen.«

»Es wäre schon gut, wenn bald mal jemand auftauchen würde, um den Fundort zu dokumentieren, damit wir die Tote bewegen können«, sagte Franka. »Andererseits ist es auch nicht verkehrt, alles ohne die übliche Hektik auf sich einwirken zu lassen.«

Simon schnaufte. »Da bin ich ganz versessen drauf. Wer möchte nicht, dass sich ihm ein solcher Fundort bis ins kleinste Detail einprägt?«

Franka warf einen Blick aus dem Fenster, in dessen zerbrochener Scheibe sich die in Fetzen hängende Gardine verfangen hatte. Braun und grau getüpfelte Felder, ein verwaist wirkender Industriebau und der Autobahnzubringer waren alles, was sie zu sehen bekam. »Einen trostloseren Ort als diesen ausgedienten Wohnwagen für seine letzte Station kann ich mir nicht vorstellen. Die ganze Gegend ist deprimierend.«

»Ödes Niemandsland. Es ist ein Wunder, dass überhaupt jemandem die zum Fenster raushängende Hand aufgefallen ist. Wer schaut schon länger als eine Sekunde zu diesem maroden Schrotthaufen? Allerdings scheint unser Opfer hier auch nicht umgebracht worden zu sein.« Simon deutete auf die vom Blut dunkelbraun eingefärbte und im Bauchbereich zerfetzte Bluse der Toten. »Die Einstichstellen haben ordentlich geblutet, aber ich kann außer an ihr keine Blutspuren ausmachen. Nur die gezogenen Zähne, die mehr wie ein vergessenes Souvenir wirken.«

»Es hätte mich auch überrascht, wenn sie in diesem beengten Kasten gequält und getötet worden wäre. Hier ist einfach nicht genug Platz.« Franka deutete mit dem Arm auf den beengten Innenraum und rempelte prompt Simon an. »Wir beiden können ja kaum nebeneinanderstehen, ohne … du weißt schon.«

Simon murrte zustimmend, machte jedoch keine Anstalten, ein Stück von ihr abzurücken. Es war wirklich eng, aber in erster Linie schien die Nähe ihn nicht zu stören. Genauso wenig wie Franka. Über diese Sache denkst du jetzt nicht nach, wies sie sich an.

»Ein Wohnwagen ist ohnehin nicht gerade ein idealer Ort, um jemanden zu Tode zu quälen«, sagte Simon. »Die Gefahr, ertappt zu werden, ist einfach zu groß. Von den Autofahrern nicht so, die haben schon die Autobahnauffahrt im Kopf und das Radio bis zum Anschlag aufgedreht, während gleichzeitig das Navi Anweisungen kräht. Aber von Spaziergängern, und davon gibt es einige im Wald hinterm Wohnwagen. Man hätte ihre Schreie gehört.« Als Franka ihm einen fragenden Blick zuwarf, deutete er auf das Gesicht der Toten. »Sie war nicht geknebelt.«

»Du meinst wegen der fehlenden Leichenflecken um ihren Mund«, sagte Franka. »Dann haben ihre Schreie ihrem Peiniger nichts ausgemacht, ansonsten hätte er etwas dagegen unternommen. Ein Knebel ist schließlich keine große Sache.« Kälte kroch ihren Nacken entlang. »Was für ein Mensch hört sich freiwillig Schmerzensschreie an?«

»Wenn man voller Hass ist, klingen sie vermutlich wie süße Nachtmusik.« Ein harter Ton hatte sich in Simons Stimme geschlichen. Eine beliebte Abwehrmethode, auch bekannt als »der harte Hund«, bei der man schonungslos aussprach, was einem ansonsten Albträume bereitete.

Franka machte die Vorstellung ebenfalls zu schaffen, im Gegensatz zu Simon reichte es bei ihr nicht einmal mehr für Gefühle aus, sie wurde ganz Verstand. »Vielleicht musste unser Täter auf einen Knebel verzichten, damit das Opfer reden konnte.«

»Schon möglich«, sagte Simon. »Lass uns das vorerst offenhalten. Wir können allerdings davon ausgehen, dass unser Opfer an einem schallisolierten oder sehr einsam gelegenen Ort getötet wurde. Warum ausgerechnet dieser Wohnwagen als Abladestelle? So schrottreif, wie der ist, wäre er früher oder später eh von der Stadt entsorgt worden.«

»Wenn nicht vorher ein paar Kids aufgetaucht wären, um eine Privatparty zu veranstalten, und den ungeladenen Gast gefunden hätten.« Franka deutete auf den verdreckten Boden. »Überall liegen Jointkippen rum, und der stattlichen Leergutsammlung nach haben hier bereits ein paar wilde Nächte stattgefunden, auch wenn das eingeschlagene Fenster es ziemlich ungemütlich machen dürfte.«

»Was für ein Drecksloch.« Simon leuchtete mit der Taschenlampe die Ecken ab. Von innen zeigte sich der Wohnwagen noch ramponierter als von außen, wobei offenkundig kräftig nachgeholfen worden war. Die Schranktüren der Küchenzeile hingen schief in den Angeln, im Spülbecken türmte sich stinkender Unrat, und jedes freie Fleckchen war mit Sprüchen, Tags und Dreck beschmiert. Die Spurensicherung würde einen Nervenzusammenbruch bekommen, so viel stand fest.

»Ob derjenige, der die Tote hergebracht hat, in diesem Loch zuvor mal gefeiert hat?«, dachte Simon laut nach.

»Gut möglich. Wenn wir Glück haben, finden wir unter diesem ganzen Müll auch die Spuren unseres Täters.« Frankas Blick wanderte über die Tote, die trotz ihrer Misshandlungen wie ein verirrter Besucher an diesem Ort der Verwahrlosung aussah. »Ich kann mir nicht vorstellen, dass unsere Tote jemals zuvor einen Fuß in diesen Schrotthaufen gesetzt hat. Sie wirkt nicht wie eine Frau, die Spaß an Joints inmitten von stinkenden Müllbergen hat.«

»Wohl eher nicht.« Simon leuchtete unter den Tisch und die Sitzbank.

»Da unten hat jemand sauber gemacht«, stellte Franka fest.

Simon rieb sich mit dem Handrücken das Kinn. »Extra für sie?«

»Schon möglich.« Zwischen Frankas Schulterblättern breitete sich ein vertrautes Kribbeln aus, das sie die beklemmende Enge und den Gestank vergessen ließ. Die Art, wie das Opfer hingesetzt worden war, verriet viel. Wobei man kaum von Sitzen sprechen konnte, denn trotz der Mühe sah die Tote aus wie eine kaputte Puppe, die ein Kind ungeschickt zurechtgerückt hatte. Ihr Nacken bog sich so weit über die Sitzlehne, bis ihr Kopf Halt an der Wand gefunden hatte. Der Oberkörper war in sich zusammengesackt, während die Arme wie nutzlose Anhängsel an ihm hingen. Die Beine unter dem Tisch waren so verkeilt worden, dass sie einigermaßen normal dastanden.

»Irgendwie sieht sie aus wie ein Gast, der auf eine Tasse Kaffee wartet«, sagte Franka.

Simon runzelte die Stirn. »Ich dachte eher, durch ihre Platzierung sollten Neugierige abgehalten werden, nach dem Motto: Dieser Wohnwagen ist bereits besetzt.«

»Würde sich dafür wirklich der Aufwand lohnen? Sie in diese Haltung zu bekommen dürfte schwierig gewesen sein. Leichen sind verdammt unhandlich und folgen der Schwerkraft. Viel leichter wäre es gewesen, sie einfach auf dem Boden abzulegen, meinetwegen sogar auf dem Bett dort hinten. Wer immer sie auf die Bank gesetzt hat, wollte nicht, dass sie tot aussieht.«

»Schwierig mit den blutverkrusteten Einstichen im Bauchraum.«

»Ich meine ja auch, dass derjenige es für sich selbst gemacht hat«, sagte Franka. »Eine irrationale Handlung.«

»Vor lauter schlechtem Gewissen?«

Franka zupfte an ihrem Overall, unter dem es trotz der kühlen Temperaturen allmählich stickig wurde. »Oder weil derjenige, der unser Opfer zum Wohnwagen gebracht hat, nicht der Mörder war. Derjenige, der sie so brutal zugerichtet hat, hätte sie nicht mit so viel Respekt behandelt.«

»Vielleicht wollte er etwas wiedergutmachen, nachdem er die Beherrschung verloren und sie zu Tode gequält hatte.

Reue lässt Menschen die verrücktesten Dinge tun, eben auch in kindlicher Verleugnung der Tatsachen sein Opfer an einen Tisch setzen. Dann kann man sich ihm gegenübersetzen und ihm erzählen, wie leid einem alles tut.« Simon hielt inne, dann lächelte er Franka an, allerdings reichlich gequält. »Verdammt, deine Art zu denken färbt langsam auf mich ab.«

Mühsam unterdrückte Franka ein Lächeln.

Simon hielt ihren Blick, bis sie sich abwendete. Diese Art von Intimität hatte sich nach und nach bei ihnen eingeschlichen, genau wie die vielen ach so zufälligen Berührungen. Um ein wenig Abstand zu gewinnen, beugte Franka sich zur Toten hinab.

»Dieser eingetrocknete Film auf ihren Lippen ...«

Allem Anschein nach war er Simon schon aufgefallen, denn er versuchte nicht, einen genaueren Blick auf den Mund der Toten zu werfen. »Ich tippe auf eine Lungenverletzung durch einen Einstich, das würde die Rückstände von blutigem Schaum an ihrem Mund erklären. Um Genaueres zu erfahren, müssten wir die Bluse öffnen. Dann hätten wir jedoch nicht nur Helene im Nacken, die es hasst, wenn jemand an ihren Patienten herumfummelt, sondern auch den heiligen Zorn der Spurensicherung.«

»Da hacke ich mir doch lieber die Hand ab«, gab Franka zu. »Wir haben auch so genug, wo wir ansetzen können. Und das ganz ohne Verstärkung.«

Simon nickte. »Trotzdem bin ich froh, wenn die SpuSi auftaucht und die Beweise sichert. Diese Ruine von einem Wohnwagen könnte jederzeit in sich zusammenbrechen.«

»Ach, komm. Wir sollten über jeden Moment froh sein, an dem wir Feitner vom Hals haben. Der hätte uns fünf Sekunden mit der Leiche gegönnt und dann rausgeschmissen, weil wir seiner Meinung nach eh nur im Weg stehen.« Diesen Seitenhieb konnte Franka sich nicht verkneifen. Georg Feitner von der Spurensicherung war einer von den Typen, die auf der Weihnachtsfeier in die Bowle pinkelten und einen zur Krönung anschnauzten, wenn man sich darüber beschwerte. Besonders auf Franka hatte er es abgesehen – eine Abneigung, die auf Gegenseitigkeit beruhte.

Ein Grinsen schlich sich auf Simons Gesicht. »Mit unserem Oberspurensicherer und dir, das wird keine Liebe mehr, was? Dabei ist Georg ganz okay, wenn man ihn besser kennt.«

»Um Feitner sympathisch zu sein, müsste ich mir einen Schwanz wachsen lassen.« Franka ging neben der Leiche in die Knie, um deren untere Körperhälfte in Augenschein zu nehmen. Sie streckte die Hand aus, damit Simon ihr die Taschenlampe gab.

»Wenn du glaubst, dass Georg ein Männerfreund ist, dann achte mal drauf, wie er mit Ersan umspringt. Diese Dauerfrotzelei ist eben sein ganz persönlicher Unterhaltungsstil.«

Nein, das ist sein ganz persönlicher Frauen- und Türkenhass, wollte Franka gerade erklären, als Simon sich neben sie kniete. Ihre Schulter presste sich in seinen Bizeps, und ihre Hüften berührten sich leicht. Es gab einen dieser Momente, in denen sie unwillkürlich die Luft anhielt.

»Auch wenn die Bluse am Dekolleté aufgerissen worden ist: Nach einer versuchten Vergewaltigung sieht es nicht aus«, sagte Franka. »Der Bleistiftrock ist zwar bis zur Hüfte hochgerutscht, aber ihre Strumpfhose sitzt und weist nur Laufmaschen auf, die nach Schleifspuren aussehen. Wer auch immer diese Frau so übel zugerichtet hat, er hat sich ausschließlich an ihrer oberen Körperhälfte ausgetobt.«

»Also eher keine sexuell motivierte Tat, obwohl unser Täter kein Problem damit hatte, ihr während seiner Gewaltorgie ins Gesicht zu sehen. Als hätte sie die Qualen verdient.« Mit einem unterdrückten Seufzen stemmte Simon sich in die Höhe und streckte sich, so gut es bei der niedrigen Decke ging. Mit Mitte vierzig war er zwar geradezu vorbildlich fit, aber den Rücken hielt er sich doch auffallend oft. »Die große Frage ist also: Welchen Grund hat jemand, eine Frau ausgiebig und teils systematisch zu quälen, ehe er sie impulsiv umbringt? Danach sehen die chaotischen Einstiche in der Bluse jedenfalls aus. Dabei sollte jemand, der weiß, wie man professionell Finger bricht, auch wissen, wie man sein Opfer mit einem sauberen Stich erledigt. Auch so ein Widerspruch: Folter hat System, während willkürliche Abstecherei eher einen Kontrollverlust vermuten lässt.«

Franka wusste aus Erfahrung, dass ihr Partner solche Unklarheiten nicht ausstehen konnte, Widersprüchlichkeiten waren nicht seins. Darauf konnte sie jedoch keine Rücksicht nehmen. Geschmeidig stand sie auf und gab Simon seine Taschenlampe zurück. »Wir sollten uns fragen, wer sie ist. Und damit meine ich nicht bloß ihre offizielle Identität, sondern was für ein Mensch sie gewesen ist. Ich glaube nämlich nicht, dass sie ein zufälliges Opfer war. Unser Täter wollte sie als Person vernichten, ihr in die Augen schauen, wenn ihr Blick erlosch. Wenn wir sie kennen, kennen wir auch ihren Mörder.«

Mehr als ein Murmeln kam nicht von Simon. Diese Art Profiling war ihre Baustelle, ganz klar.

Dann mal los, spornte Franka sich an. Im staubigen Halbdunkel traute sie sich endlich zu, in der Toten mehr als nur ein Mordopfer zu sehen. Solange ihre Aufmerksamkeit auf die Blutergüsse und den von Wundmalen übersäten Hals gerichtet gewesen war, war ihr das unmöglich gewesen, da hatte allein das Aufnahmeprotokoll in ihr gerattert und sämtliche Fakten gespeichert. Dieser erste Abstand war nötig, um die Haltung zu wahren – vor ihrem Kollegen, aber auch vor dem Opfer, das eine professionelle Ermittlung verdiente und keine Kommissarin, deren Kopfkino mit ihr durchging, bevor sie die Situation überhaupt erfasst hatte.

Jetzt ließ Franka den Eindruck, den das Gesicht der Toten auf sie machte, an sich heran. Und für einen Sekundenbruchteil trat die Unbekannte aus der Dunkelheit und zeigte sich ihr. »Ich würde darauf tippen, dass sie ein eher geordnetes Leben geführt hat, mehr mit Kultur als Halligalli. Und sie liebte schöne Dinge. Eigentlich wirkt sie fast zu erwachsen für ihr Alter, ich würde sie nämlich auf Mitte zwanzig schätzen. Ich meine: kragenlose Seidenbluse und Knie umspielender Rock? Das ist schon modern, aber eher so für die Zielgruppe vierzig plus. Entweder war unsere Tote ihrer Altersgruppe um einiges voraus, oder sie wollte sie auf Biegen und Brechen hinter sich lassen.«

»Schon wieder ein Entweder-oder.« Simon seufzte. »Können wir nicht einfach sagen: Unsere Tote war reif für ihr Alter und Punkt?«

Franka schmunzelte. »Eigentlich solltest du wissen, dass die meisten Frauen nach außen zeigen, wer sie sein möchten, und nicht, wer sie sind. Vielleicht ist der Lady-Look auch eine Art Schutzschild. Jedenfalls ist er für twenty-something viel zu seriös. In ihrem Alter sollte Mode in erster Linie Spaß machen und lustvolles Konsumieren bedeuten.«

»So wie bei dir? Du bist ja auch so ein Ausbund an optischer Unbedarftheit mit deinen jungen zweiunddreißig Jahren.« Simon grinste herausfordernd.

Erwischt, gestand Franka sich ein. Ihre eigene Garderobe bestand ausnahmslos aus eleganten, überwiegend schwarzen Stücken und einer High-Heels-Sammlung, die ihre Umwelt verlässlich auf Abstand hielt. Sie wollte eben wirken wie eine durch und durch erwachsene Frau, mit der man sich besser nicht anlegt. Allerdings würde sie das Simon nicht auf die Nase binden. »Ab dreißig ist schlagartig alles vorbei, vom Spaß bis zur Unbeschwertheit – und frag mich jetzt ja nicht nach Details. Das Thema ist viel zu deprimierend.«

»Ist das so?« Simon schien nicht überzeugt. »Die Sache mit dem Schutzschild … Meinst du damit eine Art Verkleidung, hinter der sie ihre echte Persönlichkeit versteckt hat?«

Unwillkürlich fragte sich Franka, ob er über das Opfer oder über sie sprach.

»Eine Verkleidung … Schon, aber möglicherweise keine bewusste. Dafür ist alles zu stimmig: die Klamotten, die Frisur, der Schmuck.« Franka deutete auf den einen Perlohrstecker, der der Toten geblieben war. Der andere war während des Würgemartyriums vermutlich herausgerissen worden. »Alles ist mustergültig aufeinander abgestimmt, sogar ihr Haar ist perfekt gefärbt.« Zum Beweis hob Franka eine nougatfarbene Strähne an – und stockte. Unter dem zerwühlten Haar klaffte ein faustgroßes Loch. Jemand hatte eine dicke Strähne samt Wurzeln aus der Kopfhaut gerissen.

Langsam ließ Franka das Haar los, während Simon scharf einatmete. Auch wenn kein Kriminaler es freiwillig zeigte, so ertrug doch niemand die Nähe eines Mordopfers, ohne in irgendeiner Form zu reagieren. Ihr gewaltsames Ende hing den Toten an wie eine dunkle Aura, ein Warnschild, das sich nicht ignorieren ließ – nur bei Kollege Abel Messner versagte es, aber für ihn waren Gewaltopfer in erster

Linie Objekte, die man ungehemmt betrachten und sezieren durfte. Und das ist nicht seine einzige verfluchte Macke, dachte Franka. Dann riss sie sich zusammen und verdrängte Abel Messner aus ihren Gedanken.

Gerade kniete Simon sich erneut nieder, und zurück blieb der herbe Duft seines Aftershaves. Eine wohltuende Abwechslung in dem Gestank. Mit einem Kugelschreiber zog er einen Schuh, der dem Opfer vom Fuß gefallen war, unter der Bank hervor. Graues Wildleder und Kittenheels. »Dein Schema scheint zu stimmen«, sagte er. »Was fällt dir sonst noch zur Kleidung ein – einmal vorausgesetzt, dass die Sachen tatsächlich unserem Opfer gehörten?«

Nachdem Franka sich hingehockt hatte, befühlte sie durch den Latexhandschuh den Stoff des Bleistiftrocks. Dann bedeutete sie Simon, den Schuh so zu drehen, dass sie einen Blick auf die Marke werfen konnte. »Das sind alles schicke Sachen, zwar nicht High-End-Fashion, aber auch nicht Kaufhaus«, stellte sie fest. »Ich tippe auf einen Job, in dem das Outfit smart aussehen muss.«

»Etwa Werbebranche oder eine Presseabteilung«, schlug Simon vor. »Nur beuten solche Branchen ihre Mitarbeiter bloß aus, anstatt sie auf direktem Weg zu Tode zu quälen.«

»Dann suchen wir nach einem Täter, der bereit war, einer wohl situierten jungen Frau, die auf dem Weg zum Job oder vielleicht auch einem Kaffee mit einer Freundin war, die Hölle auf Erden zu bereiten. Warum?«

»Dazu braucht es ein starkes Gefühl«, sagte Simon. »Liebeskummer, mehr noch Hass. Etwas Persönliches eben.«

»Und die gebrochenen Finger? Die stehen eher für beherrschtes Vorgehen«, gab Franka zu bedenken.

Simon schüttelte den Kopf. »Jemand *wollte* diese Frau so zurichten, er hat sie gequält und schließlich abgeschlachtet, ehe ihr Leichnam an diesem gottvergessenen Ort auf einer Sitzbank drapiert wurde. Egal, wie systematisch er ihr die Finger gebrochen hat, ihr Tod stand von Anfang an fest. Wenn du mich fragst, dann haben wir es bei unserem Täter mit jemandem zu tun, der Spaß daran hatte, diese Frau zu zerstören.«

»Er will sein Opfer auslöschen: seinen Willen, seine Seele und seinen Körper«, stimmte Franka ihrem Partner zu. »Am Anfang die kühl kalkulierte Quälerei mit den Fingerbrüchen, dann die sich steigernden Misshandlungen aus Schlagen und Würgen und zum Schluss die Stiche wie letzte wütende Zuckungen. Die Tötung muss ein echter Höhepunkt für unseren Täter gewesen sein.«

»Meinst du, wir werden es in der nächsten Zeit mit weiteren verstümmelten Mordopfern zu tun bekommen?« Damit war die größte Sorge ausgesprochen: War das hier vielleicht nur der Anfang?

Die Enge des Wohnwagens schien sich um Franka zu verdichten, während sie über Simons berechtigte Frage nachdachte. »Das kommt drauf an, ob unser Täter erreicht hat, was er wollte.«

»Dieses wilde Einstechen auf die Brust heißt dann wohl eher, dass er es nicht bekommen hat. Das war doch blinde Raserei. Ansonsten hätte er unsere Lady schnell und sauber getötet.«

Franka schluckte. »Dann wäre dort draußen ein gewaltbereiter Täter unterwegs, der nur auf eine Gelegenheit wartet, seinen Druck am nächsten Opfer abzulassen.«

3

Mads Field stand nicht zum ersten Mal vor einem bewohnten Haus, in das er einsteigen wollte.

Nur tat er es zum ersten Mal allein.

Was seine feuchten Hände erklärte – jedenfalls zum Teil. Die Hauptschuld trugen die Latexhandschuhe unter den dicken Motorradhandschuhen, die er nur zu gern abgestreift hätte. Mads hasste diesen Gummischeiß und noch mehr seinen Gestank. Für eine Märznacht war es jedoch verflucht kalt, es lag immer noch Frost in der Luft, sodass kein Weg an den Handschuhen vorbeiführte, wenn seine Finger gleich ein erstklassiges Türschloss aufzaubern sollten.

Das Schlösserknacken war Mads' Spezialität, eines der wenigen Dinge, für die er eine Engelsgeduld aufbrachte. Nicht so gut lag ihm hingegen das Beschaffen von Informationen, ob ein interessantes Objekt auch von innen hielt, was es von außen versprach. Oder etwa das Auskundschaften – ein wichtiger, aber übelst langweiliger Job. Der gehörte zwar dazu, aber es war gut, wenn ihn ein anderer übernahm. In diesem Fall hatte Lutz aus ihrem Einbrecher-Quartett sich in einem halb eingefallenen Bushäuschen die Beine in den Bauch gestanden. »Wie kann es Ende März nur so scheißkalt sein?«, hatte Lutz geschimpft, als er durchgefroren bis auf die Knochen zurückgekehrt war. Ein besseres Versteck für die Observierung war jedoch nicht drin gewesen, denn das aufwendig restaurierte Bauernhaus, dem ihre Truppe die Tage einen Besuch abstatten wollte, stand einsam und verlassen auf weiter Flur, im Rücken den Wald, der in Rerricks Norden lag. Ansonsten gab es nur Obstwiesen, Weiden und eine Landstraße, deren Zustand nicht miserabler hätte sein können. Hier fuhr nur lang, wer unbedingt musste.

Das hatte heute Abend auch Mads zu spüren bekommen. Die Schlaglöcher auf der Landstraße hatten seinem Motorrad, einer Kawasaki Ninja, ganz schön zu schaffen gemacht. Die Maschine wartete nun neben dem Bushäuschen darauf, dass Mads von seinem Abstecher zurückkehrte, den schwarzen Rucksack hoffentlich gut gefüllt mit Beute.

Die Idee, allein ins Bauernhaus einzusteigen, war Mads erst gekommen, als Flori, ihr Info-Mann, herausgefunden hatte, dass der Besitzer vor zwei Tagen ein wertvolles Schmuckstück ersteigert hatte. Einen Diamantenanhänger, um genau zu sein. Ein Geschenk für die liebe Frau Gattin, vermutlich gekauft von ihrem eigenen Geld. Denn laut Flori war die Dame des Hauses nach dem Verkauf der Kunststofffabrik ihres verstorbenen Vaters diejenige, von deren Konto das aufgepimpte Bauernhaus und der angeblich erstklassige Fuhrpark bezahlt wurden. All das hatte Mads nicht sonderlich interessiert, erst als Flori erzählt hatte, was der Anhänger auf der Auktion gebracht hatte, hatte er aufgehorcht. Als die magische Zahl »vierzehntausend« gefallen war, hatte Mads' Herzschlag sich dermaßen beschleunigt, dass es einem Wunder gleichkam, dass die drei anderen am Küchentisch von Ranja, ihrer Fahrerin, es nicht gehört hatten. Vierzehntausend Mäuse – der exakte Preis für seine Freiheit.

In dem Bauernhaus gab es Lutz zufolge feinstes Technikequipment, ein paar gut einzusackende Designklassiker und Antiquitäten, die man immer loswurde, sowie ein Gemälde, das mit ziemlicher Sicherheit von einem berühmten deutschen Künstler stammte, dessen Name Mads sofort wieder vergessen hatte. Laut ihrem Späher hing es im Wohnzimmer, und Flori hielt es definitiv für ein Original. Wenn Mads die Zeit fand, würde er das Bild aus dem Rahmen schneiden und zusammengerollt mitnehmen, quasi als Zugabe. Sein eigentliches Ziel war jedoch dieser Diamantenanhänger, daran hatte Nell, sein Hehler, nämlich Interesse gezeigt. Abstrakte Pinseleien oder ein noch so hightech-mäßiger Plasmabildschirm waren dem Mann egal, er glaubte allein an harte Währung. Und Diamanten waren die härteste Währung überhaupt.

Mads ließ den Kopf kreisen, dann die Schultern, während er seine Finger in den festen Motorradhandschuhen so gut wie möglich streckte und krümmte. Dann kontrollierte er noch einmal, ob seine dunkelblonden Haare alle unter der Wollmütze steckten, schließlich wollte er so wenige Andenken wie möglich hinterlassen.

Zeit loszulegen.

In dem Haus war schon vor einer Stunde das letzte Licht gelöscht worden, jetzt ging es auf 2:30 Uhr in der Früh zu. Vermutlich drehten sich die Bewohner gerade auf die andere Seite, fest umfangen vom Tiefschlaf.

Automatisch verspürte Mads ein vages Ziehen im Rücken, das ihn daran erinnerte, dass er in den letzten Wochen kaum Schlaf bekommen hatte. Es waren zu viele durchgrübelte Nächte gewesen, doch damit würde schon bald Schluss sein. Alles, was es dazu brauchte, war ein gewisser Diamantenanhänger in seiner Tasche, durch dessen Zauber Nell vergessen würde, dass er jemals Schulden bei ihm gehabt hatte. Eventuell würde Mads seinen Kumpels später erklären, warum er die Nummer solo durchgezogen hatte. Wahrscheinlicher war jedoch, dass er ab der Sekunde, in der er Nell den Rücken zukehrte, nie wieder ein Wort über die Angelegenheit verlor. Er hatte sich einmal bis zum Hals in die Scheiße geritten, als er sich bei einem Halsabschneider wie Nell verschuldet hatte, das würde ihm kein zweites Mal passieren.

Das wird eine ganz lockere Sache, sagte Mads sich immer wieder, während er die Landstraße überquerte und, ohne ein Geräusch zu verursachen, die Grundstückspforte passierte. Du kennst das Türschlossmodell vom Hintereingang, und den Alarmanlagentyp hast du schon einmal ausgetrickst. Das hier ist leicht verdientes Geld.

Und so zitterten seine Finger auch kaum, als er zuerst das Kabel der Alarmanlage überbrückte und sich dann am Schloss zu schaffen machte. Die beste Sicherheitsanlage der Welt war halt immer noch ein verdammter Wachhund, dessen größte Hoffnung darin bestand, seine geifernden Zähne in Menschenfleisch zu schlagen. Aber die Besitzer des Nobel-Bauernhauses setzten lieber auf Technik – vermutlich hätte ein Köter nur die aufwendig restaurierten Holzdielen vollgesabbert.

Mit einem zufriedenen Grinsen merkte Mads, wie das Schloss aufschnappte.

In der Küche, in die er durch die Hintertür gelangt war, war es herrlich warm. Nachdem Mads Handschuhe und Jacke im Rucksack verstaut hatte, um sich besser bewegen zu können, überprüfte er noch kurz, ob seine Sneakers ein Geräusch auf dem Boden verursachten. Nein, nichts. Von der Digitalanzeige des Ofens ging ein schwaches Licht aus, das ihm vorerst ausreichte, um sich zurechtzufinden. Sein Trupp hatte mit dem Einbruch warten wollen, bis das Ehepaar mit seinen beiden Kids in die Osterferien verschwunden war. Dann hätten sie freie Bahn gehabt, um das Haus in Ruhe leerzuräumen. Wenn man jedoch wie Mads vorhatte, mit leichtem Gepäck zu reisen, brauchte es das nicht. Man musste nur leise sein und für den Fall, dass man trotzdem entdeckt wurde, schnell reagieren. Und schnell war Mads mit seinen vierundzwanzig Jahren, zweifelsohne schneller als der gut zwanzig Jahre ältere Hausmann, der mit seiner reichen Kunststoff-Erbin in dieser luxuriösen Einsamkeit lebte.

Das Arbeitszimmer bestand aus dunklem Holz und Leder, außerdem herrschte ein einziges Durcheinander an Bücherstapeln, Zeitungsausschnitten und sonstigen Papierhaufen. Schmutzige Kaffeebecher standen herum und sogar ein Whiskey-Glas. Vermutlich lungerte der Hausherr hier tagsüber rum und vertrieb sich seine Langeweile. Mads konnte diesen Typen direkt vor sich sehen: ein schlaffer Kerl, der in seinen Wälzern blätterte und davon träumte, auch mal ein paar Abenteuer zu erleben, während er in Wirklichkeit bloß immer älter und fetter wurde. Fehlten nur noch Pfeifengeruch und ein Paar Filzpantinen. Spaßeshalber leuchtete Mads einen Bücherstapel auf dem überladenen Schreibtisch an. Es waren alles dieselben Bücher. Wer zur Hölle kaufte sich ein Dutzend Mal dasselbe Buch? Der Typ war nicht nur gelangweilt, sondern völlig durch den Wind.

Wo Mads schon einmal vor dem Schreibtisch stand, öffnete er auch gleich die gesicherte Schublade. Keine echte Herausforderung, vermutlich versteckte der Mann hier bloß seinen Whiskey samt Pornosammlung, falls die Langeweile zu groß wurde. In diesem Fall lag Mads falsch, die Schublade enthielt einen Revolver. Ob geladen oder nicht, wollte er gar nicht so genau wissen. Schusswaffen waren nichts, womit er etwas zu tun haben wollte. Deshalb kümmerte er sich auch nicht weiter um die Vitrine an der gegenüberliegenden Wand, in der irgendwelche alten Waffen ausgelegt waren. Nur Kerle, die niemandem gefährlich werden konnten, sammelten so einen Tand.

Entschlossen schob Mads die Schublade wieder zu. Genug Zeit vertrödelt, fand er.

Es dauerte nicht lange, bis Mads im Arbeitszimmer den kleinen Safe entdeckte, dessen Fabrikat herauszufinden Flori am meisten Zeit gekostet hatte. Sorry, Alter, dachte Mads, als auch diese Tür nach knapp zwanzig Minuten Arbeit aufschnappte. Darin befanden sich jede Menge Papiere, zweitausend in Bar und eine Schatulle. Als er sie herausnahm, ging ein Kribbeln durch seine Finger. Das war sein Ticket in die Freiheit. Endlich. Dann konnte Nell sich gehackt legen samt seinem berüchtigten Schlägertrupp, der ihm vor seiner Abfahrt noch einen Besuch abgestattet hatte, um ihn daran zu erinnern, wie es ihm ergehen würde, falls er das Bauernhaus ohne das Schmuckstück verließ. Den Anreiz hatte es nun wirklich nicht benötigt, die halbe Stadt wusste schließlich, was mit Nells säumigen Schuldnern passierte.

»Tadaa«, flüsterte Mads, als er den Deckel der mit blauer Seide umspannten Schatulle öffnete.

Unter dem Deckel verbarg sich jedoch nur schwarzer Samt.

Hastig rupfte er den Samt raus, doch von dem Diamantenanhänger war nichts zu entdecken.

Das »Fuck«, das Mads über die Lippen flog, fiel eindeutig zu laut aus. Gerade noch so widerstand er dem Bedürfnis, die Safe-Tür mit Karacho zuzuschmeißen. Stattdessen lauschte er ins Haus und dachte nach. Er war ein Idiot. Welche Frau legte ihr neues Schmuckstück gleich in den Safe? Bestimmt trug die Erbin das verdammte Ding sogar im Bett um den Hals, nachdem sie sich bei ihrem Mann ausgiebig bedankt hatte. Nun gut, wenn die beiden sich ausgetobt hatten, dann würden sie wenigstens tief und fest schlafen und nichts davon mitbekommen, wie er sich in ihr Schlafzimmer schlich.

Nur … wo genau befand sich das Schlafzimmer?

Lutz hatte nach seiner Beschattung eine Skizze des Hauses angelegt und eingezeichnet, wo welches Zimmer lag. Für die untere Etage mit den Wohnräumen war das kein Problem gewesen, aber für die Schlaf- und Kinderzimmer sah das schon anders aus. Da sie für den Einbruch nicht weiter wichtig gewesen waren, hatte er sich mit Vermutungen zufriedengegeben, sodass es nun an Mads war, zu überprüfen, ob sein Kumpel richtiggelegen hatte.

Auf Zehenspitzen stieg er die Treppe hinauf, ohne ein leises Knarren verhindern zu können. Was fanden die Leute bloß an diesen alten Schuppen?

Noch immer regte sich nichts in den vom Flur abgehenden Zimmern.

Angestrengt versuchte Mads, sich Lutz' Skizze in Erinnerung zu rufen. Das größte Zimmer im Obergeschoss ging zum Garten raus … Vermutlich das Elternzimmer, während die Kids auf die nach Süden gehenden Zimmer aufgeteilt waren. »Ein Teenagermädchen und ein jüngerer Sohn, so Grundschulalter«, hatte Lutz gesagt, mit einem unterschwelligen »Unwichtig«. Genau das dachte Mads nun auch, als er die Klinke zum großen Zimmer runterdrückte und einen Moment wartete, bis seine Augen sich an das fahl einfallende Mondlicht gewöhnt hatten. Ein Bett zeichnete sich ab, aber erst nachdem er davorstand, erkannte er, dass er im falschen Zimmer gelandet war.

Im Bett schlief jemand. Eine einzelne Gestalt!

Auf Zehenspitzen trat Mads näher.

Das durchs Fenster einfallende Licht zeigte ein Gesicht

zwischen zwei Leben, nicht das einer Frau, aber auch nicht das eines Mädchens. Die Wangenknochen und die Stirn wirkten ausgereift, während der weich geschwungene Mund sehr viel jünger aussah. In erster Linie jedoch ein schönes Gesicht, umrahmt von dunklem Haar.

Mads konnte nicht sagen, wie lange er dastand und die schlafende Gestalt betrachtete. Lang genug jedenfalls, um über sich selbst zu staunen. Nichts in diesem Wohlstand und Langeweile ausstrahlenden Haus hatte sein Interesse geweckt, nichts das Bedürfnis ausgelöst, die Hand danach auszustrecken. Sogar der Diamantenanhänger war bloß ein Freifahrtschein und keineswegs etwas, das er persönlich besitzen wollte. Und jetzt war er auf das einzig Reizvolle gestoßen und würde nur die Erinnerung mitnehmen können.

Oder vielleicht doch nicht, dachte er, als er die silbrig schimmernde Kette um den Hals der Schlafenden entdeckte.

Langsam streckte er die Hand aus und beschloss im letzten Moment, den Latexhandschuh auszuziehen. Er wollte ihre Haut nicht durch das Plastik berühren. Er nahm sogar den Rucksack ab und setzte sich vorsichtig auf die Bettkante, um sich besser bewegen zu können.

Beim zweiten Anlauf bemerkte er ein leichtes Zittern seiner Finger, als sie der Kette unter das Nachthemd folgten, um hoffentlich den Anhänger zu ertasten. Er glaubte zu spüren, wie ihre Haut an Stellen, wo er sie streifte, auf seine Berührung reagierte. Und tatsächlich gab die Schlafende einen Laut von sich, nicht mehr als ein unterdrücktes Keuchen, und drehte sich auf den Rücken.

Mads hielt inne.

Jetzt war der Anhänger im tiefen Ausschnitt des Nachthemdes zu sehen, aber seine Aufmerksamkeit war nicht bei den Diamanten.

Er atmete tief ein, was sich sofort als nächster Fehler herausstellte. Wonach auch immer die Schlafende duftete, unschuldig roch es jedenfalls nicht. Ein anziehender Duft ging von ihrer nachtwarmen Haut aus.

Jetzt reiß dich gefälligst zusammen, wies er sich an. Du bist nicht hier, um dich an schlafenden Schönheiten zu laben, sondern deinen Scheißarsch zu retten.

Entschlossen beugte er sich vor und pflückte die Kette von ihrem Dekolleté, um sie mit einem Griff zwischen den Fingern durchzureißen.

So weit kam es jedoch nicht.

»Nimm deine gottverdammten Pfoten von ihr!«, ertönte eine heisere Männerstimme von der Zimmertür.

Mads fluchte leise, dann wirbelte er um die eigene Achse, bereit, wen auch immer mit einem Bodycheck beiseitezustoßen und dann im Rekordtempo zu türmen. Die Leute waren meist zu verblüfft, um zu reagieren, wenn sie einem Einbrecher gegenüberstanden. Man musste nur schnell genug sein.

Leider war der andere schneller, wie Mads feststellte, als ihn mitten in der Drehung ein harter Gegenstand an der Schläfe traf. Bewusstlos sackte er zu Boden, wobei er den Aufschlag gar nicht mehr mitbekam.

Mads hätte schwören können, dass er nur für wenige Herzschläge ausgeknockt gewesen war. Als er jedoch wieder zu sich kam, lag er bäuchlings auf dem Boden, mit dröhnendem Kopf und schmerzenden Schultern. Letzteres verdankte er offenbar seinen hinterm Rücken zusammengebundenen Handgelenken. Neben ihm lag eine ramponierte Stehlampe. Glücklicherweise war sein Schädel von der harten Sorte, wobei das Schlimmste wohl seine Mütze verhindert hatte. Stöhnend versuchte er sich auf die Seite zu drehen, aber sofort spürte er, wie ein Fuß zwischen seine Schultern gesetzt wurde.

»Liegen bleiben«, befahl die Männerstimme.

»Alles klar«, sagte Mads, hob aber trotzdem den Kopf so, dass er den Mann über sich ansehen konnte. Einen Kerl, der ein Leben als Hausmann führt, hatte er sich eigentlich anders vorgestellt, nicht so groß und bullig. Mads war zwar selbst hochgewachsen und durchtrainiert, aber etwas an der Statur des Mannes sagte ihm, dass er kein leichter Gegner war. Vielleicht lag es auch an dem brennenden Zorn, der in den Augen des Mannes aufleuchtete. »Ich wollte nichts von Ihrer Tochter, sondern nur …« Mads' Satz endete in einem Schmerzensschrei, als der Kerl sein gesamtes Gewicht auf seinen Fuß verlagerte.

»Du hältst die Schnauze.« Der Mann griff Mads ins Haar und zog seinen Kopf in den Nacken. »Es sei denn, ich frage dich etwas, verstanden?«

»Scheiße«, brachte Mads mühsam hervor. »Was soll das? Rufen Sie endlich die Bullen.«

Als Antwort wurde der Griff in seinem Haar noch fester, so fest, als würde er gleich skalpiert werden. Feine Strähnen lösten sich von der Kopfhaut.

»Okay, ich hab's kapiert«, keuchte Mads.

Sein Schopf wurde freigegeben, und gerade in dem Moment, als er durchatmen wollte, packte der Mann ihn am Jackenkragen und zerrte ihn auf die Knie. Schwarze Punkte explodierten vor Mads' Augen, und für einen Moment sah es danach aus, als würden sie sich verdichten, bis er erneut das Bewusstsein verlor. Aber der Schmerz in seinen Schultern war stärker, als der Mann ihn über den Boden schleifte bis zum Kopfteil des Bettes. Dort riss er seine Arme rücklings so weit nach oben, dass er die gefesselten Hände über den Bettpfosten ziehen konnte. Automatisch wollte Mads aufstehen, um den beißenden Druck in seinen überdehnten Schultern zu mindern, doch der Mann stellte einen Fuß in seine Kniekehle. Um diese gefühlten hundert Kilo auszuhebeln, hätte Mads sich zur Seite winden müssen, nur war dort die Zimmerwand und auf der anderen Seite der Hüne, der zu allem entschlossen schien. Mads versuchte es trotzdem – und scheiterte. Mehr als ein brennendes Ziehen in der Schulter sprang nicht dabei heraus.

»Du bleibst schön brav auf deinen Knien«, wies der Mann ihn an.

Mads musste wohl oder übel akzeptieren, dass der Bettpfosten sich in einen improvisierten Marterpfahl verwandelt hatte. Während ein Zittern durch seinen Körper ging, starrte er auf die Beine in den zerknitterten Pyjamahosen, die neben ihm aufragten. Mehr konnte er nicht sehen, dabei quälte ihn die Frage, ob das Mädchen noch im Raum war und Zeuge seiner Demütigung wurde.

»Hören Sie mal«, setzte Mads an. In seinen Knien breitete sich ein dumpfer Schmerz aus, der gegen das Reißen in seinem Rücken jedoch kaum ankam. »Ich verstehe ja, dass Sie wütend sind, aber … das ist Körperverletzung, ich renk mir in dieser Haltung gleich die Schultergelenke aus.«

»Genau auf diesen Augenblick warte ich.«

»Wie bitte?«

»Eine ausgerenkte Schulter soll sehr schmerzhaft sein, obwohl die Überdehnung allein auch kaum auszuhalten ist.«

»Glauben Sie, Sie stehen dann vor Ihrer Tochter wie ein Held da? Wohl kaum.«

Der Mann lachte. »Ich enttäusche dich ja nur ungern, aber wir beide sind allein. Die Sache hier läuft zwischen dir und mir. Nur wir zwei, verstehst du?«

Nein, das tat Mads nicht. Er begriff von Sekunde zu Sekunde weniger, was hier eigentlich ablief. »Wollen Sie mich bestrafen?«, fragte er. »Das ist doch krank. Rufen Sie die Polizei, Einbrecher dranzukriegen ist deren Job.«

»Spar dir deinen Atem lieber, du wirst ihn noch brauchen. Das hier ist erst der Anfang.« Der Mann klang seltsam gelassen, geradezu, als würde er regelmäßig Einbrecher in seinem Haus überwältigen und nach Lust und Laune quälen.

»Das ist doch verrückt, Sie haben kein Recht dazu. Verdammte Scheiße, Sie …« Mads kämpfte gegen das Bedürfnis an zu schreien. Vergeblich. Das Brennen in seinen Schultern war stärker. Es fühlte sich an, als würden die Bänder langsam reißen.

»Na, wie ist das?«, fragte der Mann, der sich innerhalb kürzester Zeit von einem Opfer in einen Folterknecht verwandelt hatte.

»Du kannst mich mal!«

»Oh, das werde ich. Ganz bestimmt. In jeder erdenklichen Weise. Wie ich schon sagte: Das ist erst der Anfang. Und danach werde ich deine Reste zu deinen verfluchten Freunden bringen, damit sie sehen, was ich mit solchen Typen wie euch mache. Ihr denkt, ihr könnt ungestraft in mein Haus eindringen und sie stehlen, ja? Da habt ihr euch geirrt.« Mit diesen Worten legte der Mann eine Hand auf Mads' Nacken und verstärkte den Druck, bis sich die Welt in rot leuchtenden Schmerz verwandelte.

4

Manchmal hasste Franka es, recht zu behalten. So auch in diesem Fall. Aus dem Obduktionsbericht, den die Assistenz aus der Gerichtsmedizin ihr gerade per E-Mail zugeschickt hatte, ging klar hervor, dass die Tote aus dem Wohnwagen tatsächlich systematisch gefoltert worden war – zumindest teilweise. Jeder einzelne Finger an der rechten Hand war gebrochen worden, und das auf unterschiedliche Weise, sodass sich der Bericht wie ein Protokoll direkt aus der Hölle las. Es gab drei Brüche der ersten Fingerglieder von Ring-, Mittel- und Zeigefinger, mit drei unterschiedlichen Winkeln, was darauf hindeutete, dass die Knochen einzeln über einen Gegenstand gebrochen worden waren, etwa eine Tischkante. Außerdem war der kleine Finger ausgerenkt, nachdem er brutal verdreht worden war.

Allein das Geräusch, das er gemacht haben muss, dachte Franka mit einem Schauder.

Ihr Bett, in dem sie noch saß, fühlte sich schlagartig weder heimelig noch warm an. Zeit, um aufzustehen. Allerdings zeigte ihr Handy erst 5:27 an, womit es eigentlich zu früh für so ziemlich alles war. Wenigstens hatte sie gestern Nacht den Weg ins Bett gefunden, während die Gerichtsmedizin Überstunden geschoben hatte, um das Kripo-Team auf den neuesten Stand zu bringen. Trotzdem brachte Franka es nicht über sich, den Bericht weiterzulesen, ihr Magen ließ es nicht zu. Sie beschloss, erst einmal Kaffee aufzusetzen, bevor sie sich weitere verstörende Details des Obduktionsberichts antat.

Auf dem Weg in die Küche kam sie an der angelehnten Zimmertür ihres Mitbewohners Noah vorbei. Der junge Mann war im letzten Herbst nach einer Zeit als Obdachloser bei ihr untergeschlüpft, nachdem sie sich bei Ermittlungen kennengelernt hatten. Genauer gesagt hatten sie einander gerettet. Während Franka sich von dem verstörenden Fall, der für sie mit einem gebrochenen Handgelenk und verätzten Handflächen endete, einigermaßen erholt hatte, war Noah immer noch angeschlagen und vergrub sich oft tagelang in seinem Zimmer.

Vorsichtig öffnete Franka die Tür einen Spalt. Süßlicher Cannabis-Geruch quoll auf den Flur hinaus.

Sofort bekam Franka ein schlechtes Gewissen, sie hätte ihn nicht so lange allein lassen dürfen. Dabei hatte Noah sie sogar zu ihrem Nordsee-Ausflug ermuntert, wobei sie ihm natürlich nicht den wahren Grund für ihren Kurztrip genannt hatte. »Why not?«, hatte er sie gefragt. »Ist doch besser, als jeden Abend auf dem Sofa abzuhängen und darauf zu hoffen, dass endlich mal wieder einer auf möglichst spektakuläre Weise umgebracht wird. Lass dich ordentlich durchwehen auf dem Deich, sonst setzt du noch Staub an.«

»So wie du?«, hatte Franka über ihr Glas Rotwein gefragt.

Dann hatten sie einander angegrinst, so als ob alles bestens wäre. Aber das war es nicht – und das wurde Franka klarer denn je, während sie vor Noahs Zimmer stand und auf seine Atmung lauschte. Gleichmäßig, wenn auch ein wenig flach.

Franka seufzte. Sie würde mit ihm reden müssen. Bald.

In der Küche angekommen, bemerkte sie, dass sie barfuß war. Schlagartig fühlten sich ihre Füße auf dem Fliesenboden eiskalt an. Was sie jetzt noch mehr brauchte als ein Aufputschmittel, waren eine warme Dusche und ein Augenblick, um sich zu sammeln.

Zehn Minuten später kehrte sie frisch geduscht zurück, um sich einen Kaffee zu holen, und weitere zehn Minuten später öffnete sie erneut den Obduktionsbericht, während sie vor ihrem Schuhregal stand. Der Inhalt des Regals teilte sich fein säuberlich auf in Arbeitsschuhe – also Hauptsache hohe Absätze – und Alltagsschuhe wie Sneakers und ausgetretene Boots aus ihrer Ausbildungszeit. Noah wurde nicht müde zu betonen, dass die strikte Zweiteilung ihrer Schuhsammlung ihre gespaltene Persönlichkeit verriet, womit er der Wahrheit näher kam, als ihr lieb war.

Gerade als Franka bei den Verbrennungen ankam, die dem Opfer an den Fingerspitzen beigebracht worden waren, begann ihr Handy das Jazzstück »Summertime« zu spielen. Offenbar war auch Simon zu dieser frühen Stunde schon auf den Beinen.

»Was machst du gerade?«, fragte ihr Partner mit seiner typisch rauchigen Guten-Morgen-Stimme.

»Unentschlossen vor meinem Schuhregal stehen.«

»Bist du wegen dieser Entscheidungsschwierigkeiten etwa schon so früh auf?«

»Ich stehe hier, ehrlich gesagt, jeden Morgen. Die Auswahl bringt mich noch um.« Und was machst du so, Simon? Außer schnell bei mir durchzurufen, während deine Freundin vermutlich gerade unter der Dusche steht? Doch das fragte Franka natürlich nicht laut, obwohl sie einiges dafür gegeben hätte, seine Reaktion erleben zu dürfen.

Simon lachte laut genug, dass sie es hören konnte. »Du und deine Schuhe. Aber genug des Vorspiels: Was sagst du zu dem Bericht?«

Franka nippte an ihrem Kaffee, der inzwischen kalt geworden war. »Ich habe eben erst mit dem Lesen angefangen, ziemlich harte Kost so früh am Morgen.«

»Ich habe bislang auch nur kurz reingeschaut«, gab Simon zu. »Da sind so ein paar Sachen … Wir sollten mit Helene darüber sprechen. Unsere Pathologin hat heute Morgen zwar einen wichtigen Termin, aber in der nächsten Stunde können wir sie noch in der Krankenhauskantine antreffen. Schaffst du das trotz des Schuhproblems? Dann würde ich dich gleich abholen.«

Franka stellte die Tasse ab und griff blindlings ins Regal. »Schon erledigt.«

5

Dr. Helene Weisband saß allein an einem Kantinentisch, mit einer Teetasse zwischen den Händen, während ihr Blick ins Leere ging. Die Linien auf ihrem Gesicht wirkten tiefer als sonst, was nach einer langen Nacht auch nicht anders zu erwarten war. Trotzdem saß der schneeweiße Bob wie mit dem Lineal gezogen, und als Franka mit Simon an ihren Tisch trat, flackerte in ihren Augen sofort volle Aufmerksamkeit auf.

»Ihr könnt von Glück sagen, dass ich zu müde bin, um euch zum Teufel zu wünschen«, begrüßte die Pathologin die beiden Kommissare.

Franka setzte sich. »Das war bestimmt eine harte Nacht. Ich habe gehört, dass zu den vier Toten, die man nach dem Brand gefunden hat, noch einer hinzugekommen ist, der seinen Verletzungen erlegen ist. Schlimme Sache.«

»Brandopfer sind immer hart«, bestätigte Helene. »Nur zu Tode gequälte Frauen sind noch schlimmer, vor allem, wenn es bereits auf Mitternacht zugeht.«

»Du hättest mit der Obduktion unserer Toten bis heute warten können, dann hätten wir dir Gesellschaft geleistet«, sagte Simon, der neben dem Tisch stehen geblieben war.

Helene verzog den Mund zu einem harten Lächeln. »Als ob ausgerechnet du so viel Wert darauf legst, im Leichensaal mit von der Partie zu sein. Davon mal abgesehen ist mein Tag vollgestopft mit Terminen, die sich nicht einfach verlegen lassen. Schließlich habe ich noch ein paar andere Verpflichtungen, als dem Rerricker Morddezernat zu Diensten zu sein.«

»Du weißt, was ich davon halte, dass du neben deiner Tätigkeit als Gerichtsmedizinerin auch noch eine Lehrtätigkeit angenommen hast«, sagte Simon. Zweifelsohne passte es dem Herrn Hauptkommissar nicht, die eh schwer ausgebuchte Gerichtsmedizinerin nun auch noch mit einem Pulk Studenten teilen zu müssen.

Helene ließ sich nicht provozieren. »Und weil ich mir schon gedacht habe, dass es dir nicht gefallen würde, bis heute Abend auf deine Obduktionsergebnisse zu warten, habe ich mich letzte Nacht noch drangemacht. Willst du dich wirklich darüber beschweren, Simon?«

Simon erwiderte ungerührt den Blick der Pathologin.

»Soll ich uns rasch einen Kaffee holen?«, versuchte Franka die Situation zu entschärfen.

Doch Simon winkte ab. »Lass, ich mach das schon. Die fünf Minuten hat Helene sicherlich übrig.« Er hatte sich bereits zum Gehen abgewandt, bevor eine der beiden Frauen etwas erwidern konnte.

»Der Herr Hauptkommissar kann ganz schön knurrig sein, wenn er will«, sagte Helene.

»Nur, wenn man ihm wichtig ist.«

Helene hob ihre feinen Augenbrauen. »Dann ist er wohl besonders oft miesepetrig zu dir.«

Sofort setzte Franka ihr Pokerface auf. »Ich bin seine Partnerin, für mich gelten Extra-Regeln.«

»Das habe ich schon mitbekommen.«

Der wissende Blick, mit dem Helene sie bedachte, sorgte dafür, dass Franka sich innerlich krümmte. Vermutlich wusste diese Frau sogar besser Bescheid als sie, wie es um ihre Beziehung zu Simon stand. Und was Helene sah, gefiel ihr offensichtlich nicht. Wundert es dich?, dachte Franka. Sie ist mit Simons Lebensgefährtin befreundet, während du nur eine Kommissarin bist, mit der sie sich regelmäßig herumschlagen muss.

Franka beschloss, das Gespräch schleunigst auf sicheren Boden zurückzubewegen. »Danke dafür, dass du dich auch noch mit unserem Fall beschäftigt hast. Wir treten nämlich auf der Stelle: Bislang haben wir keinen Zeugen auftreiben können, der beobachtet hat, wie die Leiche im Wohnwagen abgelegt worden ist. Der Regen hat mögliche Reifenspuren weggespült, und die Identifizierung unserer Toten steht weiterhin aus. Keine aktuelle Vermisstenanzeige passt auf sie, die DNA-Analysen dauern ja ewig, und mit Fingerabdrücken war wegen der starken Verbrennungen an den Fingerkuppen leider auch nichts zu machen.«

Helene rückte ihre Brille zurecht. »Meinen Bericht hast du wohl noch nicht gelesen?«

»Nur überflogen«, gab Franka zu.

»Ich bin heute Morgen wohl nicht die Einzige, die nicht ganz auf Zack ist.« Helenes Lächeln zeigte, dass sie keineswegs vorhatte, mit Franka hart ins Gericht zu gehen. In den letzten Monaten hatte sich die Beziehung der beiden Frauen vertieft, weshalb Franka auch nicht länger die Schultern bis an die Ohrläppchen hochzog, wenn sie auch nur an die gestrenge Frau Pathologin dachte.

»Genug auf Zack, um mich deiner scharfen Zunge auszusetzen«, entgegnete Franka.

Helene lachte, dann nahm sie einen Schluck von ihrem Tee. »Gut, fangen wir schon mal an, die Schlange vorm Kaffeeautomaten wird immer länger statt kürzer. Unsere Tote war zwischen zwanzig und fünfundzwanzig Jahre alt und ein osteuropäischer Typ. Außerdem war sie in einer gesunden Verfassung und auffallend gepflegt. Keine Drogen und laut den ersten Tests auch keine Medikamente, wobei es mich überraschen würde, falls da noch was nachkommen sollte. Vor mehr als einem Jahr hat sie übrigens auf natürlichem Weg ein Kind entbunden, äußerlich sieht man davon nichts mehr, sie war eben noch jung und hat fleißig Sport getrieben.«

»Dann war unsere Tote bereits Mutter. Hätte ich nicht gedacht.«

Die Neuigkeit musste Franka erst einmal sacken lassen. Eine frühe Mutterschaft passte nicht zu dem Bild, das sie sich von der Toten gemacht hatte. Für eine Zufallsschwangerschaft machte sie einen zu kontrollierten Eindruck. Blieb nur, dass sie sich bewusst für ein Familienleben entschieden hatte. Wenn sie jedoch in einer Familie lebte, warum wurde sie dann nicht schon längst vermisst? Selbst wenn sie für ein paar Tage eine Auszeit genommen hätte, wäre ihr Verschwinden aufgefallen. Dank des Smartphones gaben wir doch alle im regelmäßigen Takt Lebenszeichen von uns.

»Gibt es keine Auffälligkeiten, die uns bei der Identifizierung helfen könnten?« Franka hörte selbst, wie verzweifelt sie klang.

»Wie gesagt: eine kerngesunde, gut ernährte junge Frau, die allem Anschein nach nichts von modischem Körperschmuck wie Tattoos oder Piercings hielt. Als der Notarzt sie gestern Morgen am Fundort untersucht hat, war sie bereits an die vierzig Stunden tot. Hat sich dank der kühlen Witterung gut gehalten. Den Leichenflecken nach muss sie ein bis zwei Stunden nach ihrem Versterben im Wohnwagen platziert worden sein.«

»Dann ist sie am letzten Montagnachmittag verstorben.

Das ist schon eine verdammt lange Zeit für eine junge Frau mit Familie.« Franka stellte sich lieber nicht vor, dass ihr Opfer eine alleinerziehende Mutter war, deren Kleinkind seit drei Tagen auf sie wartete. Gleich nach diesem Gespräch würde sie sämtliche Krippen und Kindergärten durchtelefonieren. »Ich brauche dringend ein vorzeigbares Porträt von unserer Toten. Mit den Aufnahmen vom Fundort kann ich nicht arbeiten, darauf sieht sie zu ...« Franka gab es auf, nach einem umschreibenden Begriff zu suchen. »... so verflucht tot und schlimm zugerichtet aus. Besonders ihre eingeschlagene Nase wäre kaum hilfreich, bei dem Anblick kann kein potenzieller Zeuge mehr klar denken.«

»Ein Foto ist bereits in Arbeit, ich kenne jemanden von einem Bestattungsinstitut, der sich auf die Herrichtung von Verkehrsopfern spezialisiert hat. Der richtet das auch mit den Resten ihrer Nase.« Helene machte eine Pause, und Franka ahnte, dass der Pathologin etwas auf der Seele lag.

»Ist da etwas, was du mir außerhalb des Protokolls sagen willst?«

»Dir entgeht auch nichts, was?« Helene seufzte. »Mir sind da ein paar Sachen aufgefallen, die ich nicht belegen kann und die mehr auf meiner Erfahrung beruhen.«

»Du hasst Spekulation, schon klar. Aber ich kann mit solchen Infos umgehen, viel mehr noch: Sie sind wichtig für mich. Du weißt doch, wie ich arbeite, ich versuche immer mehr als die nackten Fakten zu sehen.«

»Offensichtlich ist das ansteckend.« Helene hielt Ausschau nach Simon, der weiterhin im morgendlichen Kaffeeautomatenstau festhing. »Ihrer körperlichen Verfassung nach war die Tote eine junge Frau, die ein ruhiges Leben geführt hat, bestimmt erstklassig durchstrukturiert, mit Yogakurs und den richtigen Nahrungsergänzungsmitteln. So gesehen verkörpert sie den aktuellen Zeitgeist, es hechelt doch gerade jeder mit seiner Outdoor-Sportclique durch den Stadtpark und trainiert sich Bauchmuskeln mit dem Online-Work-out an, während Aminosäuren geschluckt werden und literweise Wasser getrunken wird. Allerdings …«

Franka lächelte aufmunternd. »Dir ist noch etwas anderes aufgefallen.«

»Nichts Handfestes. Nur ein paar Hinweise darauf, dass es ihr nicht immer rosig ging. Ihre Zähne sind nicht gerade die besten, genau wie ihre Knochendichte.«

»Dann hat sie als Heranwachsende unter Mangelerscheinungen gelitten.«

»Oder unter einer Essstörung, was bei Jugendlichen – gerade bei den Perfektionistinnen, wie sie gewiss eine war – nicht selten vorkommt.«

Franka rieb sich nachdenklich das Kinn. »Unserer Toten ging es gut, aber in ihrer Vergangenheit hat es auch andere Zeiten gegeben. Manche Dinge sind eben nicht durch diszipliniertes Work-out zu tilgen, so wie ein hartnäckiges Schwangerschaftsbäuchlein. Sie sind wie feine Risse, die unter der polierten Oberfläche weiterhin erkennbar sind.«

»Oder wie die alten Brüche ihrer Finger.« Als Franka die Stirn kräuselte, seufzte Helene. »Den interessantesten Teil meines Berichts hast du wohl nicht mal bemerkt.«

Bevor Franka antworten konnte, kehrte Simon an den Tisch zurück. »Das dauert ja Ewigkeiten, bis man hier an der Reihe ist. Wo seid ihr gerade?«, fragte er und bot Franka einen Becher an.

An einer verdammt spannenden Stelle, dachte Franka, bedankte sich stattdessen, ehe sie die Fakten von Helenes Bericht zusammenfasste. Bei der Neuigkeit mit der ausgetragenen Schwangerschaft stutzte auch Simon.

»Eigentlich ist Anfang zwanzig ja nicht ungewöhnlich, um ein Kind zu bekommen«, sagte Simon. »In diesem Fall hätte ich aber trotzdem drauf getippt, dass sie eines Tages zu den Dreißig-plus-Muttis gehören würde, die vorher erst mal alles andere unter Dach und Fach bringen. Auslandsreise, Affären und was weiß ich.«

»Wir müssen mehr Tempo bei der Identifizierung machen«, sagte Franka. »Allein schon wegen dem Zwerg, der irgendwo auf seine Mama warten könnte.«

»Falls sie das Kind selbst aufgezogen hat. Gut möglich, dass ihre Eltern eingesprungen sind oder sie es zur Adoption freigegeben hat«, gab Simon zu bedenken. »Lass uns später darüber reden.« Was so viel hieß wie: Bringen wir das Gespräch mit der Pathologin möglichst schnell über die Bühne. Er setzte sich neben Franka, sodass es mehr nach einer Befragung der Gerichtsmedizinerin als nach einem morgendlichen Beisammensein aussah. »Die Täter haben uns die Identifikation ja nicht gerade erleichtert. Die Fingerspitzen unseres Opfers sind post mortem versengt worden, richtig?«

»So steht es in meinem Bericht«, bestätigte Helene kühl.

»Um die Fingerabdrücke zu zerstören?«

»Das zu beurteilen ist nicht meine Aufgabe.« Von der Offenheit der Pathologin war nichts übrig geblieben. »Es wurde übrigens keine besonders starke Flamme eingesetzt, eher ein Feuerzeug als ein Bunsenbrenner.«

»Klingt nicht nach einem Profi«, sagte Simon.

Helene zuckte mit den Schultern. »Ein Profi hätte das gewiss anders durchgezogen. Dennoch war unser Täter erfolgreich: Trotz der verhältnismäßig schwachen Flamme gab es stellenweise Verbrennungen dritten Grades, die einen Abgleich der Fingerabdrücke erschweren.«

Franka saß sofort ein Stück gerader. »Wir bekommen aber trotzdem einen Abdruck hin?«

»Wer auch immer euch die Identifizierung erschweren wollte, war zwar entschlossen bei der Sache, aber das letzte Quäntchen Durchhaltevermögen hat ihm gefehlt. Der Geruch von verbranntem Fleisch kann einem aber auch gehörig auf den Magen schlagen.« Helene stellte ihre Teetasse ab, als verströmte ihr Inhalt plötzlich einen schlechten Geruch. »Nach der Reinigung des Ringfingers der rechten Hand war ein passabler Abdruck möglich, um einen Datenabgleich abzurufen.«

»Teilabdruck?«, hakte Simon nach.

»Es sind nicht alle notwendigen Punkte vorhanden, die juristisch für eine offizielle Identifizierung erforderlich sind – das stimmt leider. Aber mehr habe ich nicht zu bieten.«

Franka winkte ab. »Alles, was wir brauchen, ist ein Name. Und wenn wir den haben, können wir im Zweifelsfall einen DNA-Abgleich nachschieben. Das ist großartig!«

»Gibt es noch mehr postmortale Verletzungen?«, unterbrach Simon ihre Lobeshymnen.

»Es wurden Zähne gezogen, genauer gesagt acht Stück, von denen aber nur drei am Fundort gesichert worden sind: je ein Prämolar, also ein Vormahlzahn auf jeder Seite des Unterkiefers, und der untere linke Schneidezahn. Nicht gefunden hat die Spurensicherung drei vordere Schneidezähne, einen Eckzahn und einen Mahlzahn – oder halt deren Kronen. Zwei Wurzeln stecken nämlich noch. Es wäre also möglich, dass die Schneidezähne rein aus kosmetischen Gründen überkront oder ihr schon früher Zähne ausgeschlagen worden sind. Die gezogenen Zähne und der Rest des Gebisses sind jedenfalls in einem gesunden Zustand, abgesehen von ein paar kleinen Kariesstellen.«

»Dann hat man ihr die Zähne gezogen, um ihre Identifizierung zu erschweren, und nicht, um sie zu misshandeln.« Simon klang erleichtert. »Und die unbehandelten Zähne sind nur zur Ablenkung beseitigt worden.«

»Ziemlich durchschaubar.« Franka stimmte nur ungern zu, führte es doch weg von ihrer Theorie, dass die Tote systematisch gequält worden war. Dagegen passte es zu Simons Vorstellung von einem Sadisten, der sämtliche Hemmungen verloren hatte. Kein Profi kokelte die Papillarleisten mit einem Feuerzeug an oder zog mehr Zähne als nötig. Das sah eher nach einem Täter aus, der schnell handeln musste und lediglich Vorabendserien als Hintergrundwissen zur Hand hatte. Aber wie ging das mit dem kontrollierten Brechen der Fingerknochen zusammen?

Franka suchte Simons Blick – nur um festzustellen, dass er ohnehin schon auf ihr ruhte. »Wir sollten bei der Spurensicherung nachfragen, ob die Post-mortem-Verletzungen dem Opfer erst im Wohnwagen beigebracht worden sind. Das würde Licht in die Sache bringen, ob wir es mit mehreren Tätern zu tun haben: dem Sadisten und dem Entsorger.«

»Nun«, warf Helene Weisband ein. »Die Verletzungen, die der Toten vor ihrem Tod zugefügt worden sind, weisen jedenfalls auf keinerlei Skrupel hin. Vor allem die Stiche in das Abdomen waren die reinste Raserei, es wurde mit der verwendeten Stichwaffe mehr auf das Opfer eingehackt als gestochen. Beim letzten Zustechen, bei dem dann die Lungenspitze verletzt wurde, ist sogar die Spitze der Waffe abgebrochen.«

»Dann war dieser Stich für ihren Tod verantwortlich?«, vergewisserte sich Franka.

Helene nickte. »Ein Zufallstreffer, wie es aussieht. Vermutlich drang die Stichwaffe bei dem Versuch, sie zu befreien, tiefer nach oben ein. Es handelte sich übrigens um ein Wakizashi, ein kurzes japanisches Schwert, die Klinge ist etwa dreißig Zentimeter lang.«

»Ein japanisches … was?« Simon schüttelte verwirrt den Kopf.

»Ein Kurzschwert, das die Samurais mit sich führten«, erklärte Franka. Das Ju-Jutsu-Training hatte bei ihr eine Faszination für die Wurzeln des japanischen Kampfsports ausgelöst, und es hatte nicht lange gedauert, bis sie zur Schwertkampfkunst vorgedrungen war. Ein Schwert war viel mehr als eine Waffe – aber das würde Simon kaum interessieren. »Es wurde zur rituellen Selbsttötung benutzt oder um seinem Feind den Kopf abzuschneiden. Auf ihn einzuhacken, als wäre das Wakizashi ein Eispickel, war eigentlich nicht vorgesehen.«

»Warum das Kurzschwert auf diese Weise benutzt wurde, müsst ihr schon allein herausfinden.« Helene Weisband warf einen Blick auf die schmale Armbanduhr an ihrem Handgelenk. »Bevor ich losmuss, gebe ich euch noch eine schnelle Übersicht über die sonstigen Verletzungen, die dem Opfer kurz vor dem Tod zugefügt worden sind.«

»Die Marter zog sich also nicht über mehrere Stunden hin?«, vergewisserte sich Franka.

»Dem Heilungsprozess nach muss die Gewalteskalation zeitnah vonstattengegangen sein. Deshalb ist es auch schwierig, eine exakte Abfolge der Verletzungen aufzustellen. Fest steht nur, dass die Bruststiche das Finale bildeten.«

»Wurde sie zuerst ins Gesicht geschlagen, oder begann ihre Qual mit dem Verstümmeln ihrer Hand?«, hakte Franka nach. »Es wäre gut zu wissen, was zuerst da war: der gezielte und disziplinierte Einsatz von Gewalt oder das dumpfe Zuschlagen. Oder ging beides durcheinander, weil es zwei verschiedene Täter waren?«

»Zwei Täter, zwei verschiedene Signaturen.« In Simons Augen leuchtete es auf. »Denkbar wäre auch ein Dritter, der hinterher aufgeräumt hat. Wahrscheinlich zum ersten Mal, wenn man sich seine Technik so anschaut.«

»Das herauszufinden ist euer Job«, unterbrach Helene das Gedankenspiel der beiden Kommissare. »Ich möchte meinen nun zu Ende bringen, wenn es den Herrschaften recht ist.«

Entschuldigend hob Franka die Hände, und auch Simon zuckte mit den Schultern, während er sich rasch einige Notizen machte.

»Neben verhältnismäßig oberflächlicher Gewaltanwendung wie dem Ausreißen von Haarsträhnen oder einem blau geschlagenen Auge stechen die diversen Brüche an der rechten Hand hervor. Wobei neben diesem fokussierten Vorgehen besonders interessant ist, dass unser Opfer an der linken Hand ähnliche, längst verheilte Brüche des ersten Fingerglieds von Zeige- und Mittelfinger aufweist.«

»Wie bitte?«, sagte Simon verwirrt.

»Über diese alten Verletzungen hatten Franka und ich gerade sprechen wollen, als du zurückgekommen bist«, sagte Helene. »Wie auch immer. Die beiden alten Fingerbrüche weisen ebenfalls verschiedene Bruchwinkel auf. Außerdem ist diese Verletzung damals nicht fachgerecht behandelt worden, und die Knochen sind deshalb schief zusammengewachsen.«

Franka spürte, wie ihr das Blut aus dem Gesicht wich. »Dann hat unser Opfer diese Prozedur schon einmal durchgestanden. Verdammte Scheiße.« Dafür, dass sie selten laut fluchte, tat sie es dieses Mal mit Inbrunst. »Dann hat sie ihren Täter vielleicht doch gekannt.«

»Kannst du beurteilen, wie alt die Verletzungen an der linken Hand sind?«, fragte Simon die Pathologin.

Nur das leichte Flackern von Helenes Lidern verriet ihren inneren Aufruhr. »Hier kann ich nur schätzen, aber an die vier bis fünf Jahre könnte das schon her sein.«

Simon lehnte sich im Stuhl zurück. »Dann war sie vielleicht noch ein Teenager, als sie schon einmal derartig misshandelt worden ist. Wir könnten es mit einem gewalttätigen Familienmitglied zu tun haben, einem herrischen Vater etwa, dem sich unser Opfer entzogen hatte, bis es zu einer erneuten Begegnung kam, die tödlich endete.«

Vor Frankas innerem Auge tauchte eine jüngere Ausgabe der Toten auf, das Gesicht feiner, das Haar weicher. So verletzlich. Und vor der Brust hielt sie ihre Hand oder vielmehr das, was noch davon übrig war. »Dann handelt es sich bei den Brüchen um eine Art Bestrafung«, sagte sie. »Nur, dass sie sich dieses Mal zur Wehr gesetzt hat. Denk an die Fesseln, die ihr die Haut an den Handgelenken zerschnitten haben, weil sie so heftig an ihnen gezerrt hat. Sie hat ganz bestimmt nicht stillgehalten, als ihr das angetan wurde.«

»Deshalb hat ihr Folterknecht die Beherrschung verloren und sie umgebracht. Erst dann wurde ihm klar, was er getan hat, und er hat sie entsorgt.«

»Würde ein Vater, egal wie brutal und herrschsüchtig er ist, seine getötete Tochter nicht eher irgendwo beerdigen, anstatt sie in einem verrotteten Wohnwagen zur Schau zu stellen?«, gab Franka zu bedenken.

»Vergiss die weitere beteiligte Person nicht, von der wir ausgehen. Es könnte ein Bruder oder ein anderes Familienmitglied gewesen sein, das sie auf diese Weise aufgebahrt haben könnte. Du hast doch selbst gesagt, derjenige wollte, dass sie wie eine Wartende aussieht, wie jemand, bei dem man sich entschuldigen kann.«

Franka nickte. »Klingt stimmig. Auch wenn man an ihr etwas zu reif wirkendes Outfit denkt: Sie wollte bei dem Wiedersehen unbedingt seriös wirken, als hätte sie ihr Leben vollauf in der Hand.«

»Dann haben wir es also wahrscheinlich mit einem Familiendrama zu tun.« Simon lächelte zufrieden. »Wenn wir mit dem Teil-Fingerabdruck einen Treffer landen, ist der Fall schon so gut wie erledigt.«

»Nicht, dass es mich etwas anginge«, sagte Helene, während sie aufstand und sich ihren vollgepackten Shopper über die Schulter schob. »Aber du solltest es dir nicht zu einfach machen, Simon. Egal, ob das dein Stil ist oder nicht.«

Franka zog instinktiv den Kopf ein.

»Vielen Dank für den Hinweis«, brummte Simon. »Es ist, wie du sagst: Mein Stil geht dich tatsächlich nichts an. Anmerkungen dieser Art kannst du dir künftig übrigens gern sparen. Besonders in Gegenwart meiner Partnerin. Oder legst du es etwa darauf an, mich vor ihr schlecht aussehen zu lassen?«

Helene blinzelte durch ihre Brillengläser. Mit einer so heftigen Reaktion hatte sie offenbar nicht gerechnet – und auch Franka war verblüfft. Normalerweise überging Simon nämlich Helenes Sticheleien.

»Belassen wir es dabei«, sagte diese nach einem Schreckensmoment. »Ach, Franka. Falls du am Sonntagabend noch nichts vorhast, komm doch zum Essen zu mir. Der Bio-Markt liefert mir jedes Wochenende eine Gemüsekiste, und ich koche furchtbar ungern für mich allein. Dann hätten wir Gelegenheit, mal ein bisschen miteinander zu plaudern. So gegen acht Uhr? Meine Adresse simse ich dir.«

Franka brachte nur ein schlappes »Danke, sehr gern« hervor.

Als die Gerichtsmedizinerin die Cafeteria durch die Schwingtür verließ, schüttelte Simon den Kopf, ohne jedoch etwas zu sagen. Das brauchte er auch nicht, Franka ahnte auch so, dass ihr Partner alles andere als begeistert über ihre Verabredung war. Mische ich mich in deine Privatangelegenheiten ein? Nein, das tat sie nicht. Allerdings aus Selbstschutz, wie sie sich nur ungern eingestand.

»Wir haben also einen Fingerabdruck und eine vernünftige Theorie«, sagte Franka. »Damit müsste doch etwas anzufangen sein.«

Simon spielte mit seiner leeren Kaffeetasse.

»Falls das mit dem Fingerabdruck nichts wird, können wir immer noch die Krippen und Kindergärten nach einer vermissten Mutti abklappern.«

Ein unverständliches Brummen.

»Simon?«

Erst Schweigen, dann ein widerwilliges: »Ja?«

Ehe Franka sichs versah, lächelte sie. »Hör auf zu schmollen.« Damit stand sie auf und atmete erst wieder durch, als Simon ihr folgte. Dass er dabei lachte, machte es besonders gut.

6

Mads hatte Durst.

Davon einmal abgesehen hatte er noch so einiges andere, vor allem Schmerzen und Schiss, der kurz davorstand, in Panik umzuschlagen. In erster Linie hatte er allerdings Durst, so stark, dass die einschneidenden Plastikschnüre an seinen Handgelenken und die überdehnten Schultern fast vergessen waren.

Wie lange hing er jetzt schon in diesem Albtraum fest? Stunden oder sogar schon Tage, seit er im Schlafzimmer der schönen Prinzessin das Bewusstsein verloren hatte?

Zuerst hatte Mads gedacht, es sei ein Geschenk, als die aufsteigende Dunkelheit ihn davor bewahrt hatte zu erleben, wie sein eigenes Körpergewicht seine Schultern zu zerreißen drohte. Als er wieder zu sich gekommen war, bereute er diese Auszeit jedoch sofort. Sein Peiniger hatte sie genutzt, um ihn zu verschleppen. Seitdem saß er in einem stockfinsteren Raum auf einen Stuhl gefesselt, die Hände hinter dem Rücken fest zusammengezurrt und die Fußknöchel an die Stuhlbeine gebunden. Jemand hatte ihm seine Sneakers ausgezogen; unter seinen Fußsohlen spürte er glattes Linoleum. Die Luft roch abgestanden, nach Plastik, Putzmitteln und Urin. Es war warm, das spürte er, obwohl er am ganzen Leib zitterte.

Anfangs hatten die Dunkelheit und die Schmerzen Mads fast in den Wahnsinn getrieben, durchmischt mit einem

Schamgefühl, weil seine Jeans klamm an seinen Beinen klebte. Dann war der Durst gekommen und hatte alles andere von Minute zu Minute mehr an den Rand gedrängt.

Als sich nun die Tür mit einem sanften Seufzen öffnete und das Deckenlicht angeschaltet wurde, brachte Mads kaum einen Schrei über die Lippen, so trocken waren sie. Es dauerte einen Moment, bis seine Augen sich an das gedämpfte Licht gewöhnt hatten, dann sah er sich um. Der Raum, in dem er eingesperrt war, maß nicht mehr als sechs Quadratmeter, die Wände waren weiß – abgesehen von verwaschenen braunen Flecken, deren Ursprung Mads lieber nicht wissen wollte. Neben einer schmalen Pritsche gab es noch einen Kühlschrank, einen Ausklapptisch und einen schwarzen Monitor, der vermutlich die Aufnahmen der Sicherheitskameras im und um das Bauernhaus zeigte.

Von einem gottverdammten Panikraum hatte Flori nichts erzählt, dieser Versager!

Bei einem paranoiden Hausbesitzer wäre Mads niemals eingestiegen, diese Leute waren viel zu unberechenbar, wie er jetzt an seiner eigenen Haut erfahren musste.

»Als ich diesen Raum habe einbauen lassen, hatte ich eigentlich darauf gehofft, ihn niemals mit meiner Familie benutzen zu müssen«, erzählte der Mann, der ihn überwältigt hatte. Mads weigerte sich, in seine Richtung zu blicken. Die Demütigung war eh nicht mehr zu toppen.

»Dieser Panikraum ist ganz hervorragend konstruiert, aus einem Guss sozusagen und sogar mit einer eigenen Luftzufuhr. Das einzige Problem ist natürlich die Tür, die man logischerweise von innen verschließt. Ich habe aber eine Eisenstange gefunden, mit der sie sich auch von außen verrammeln lässt. Nur so als Information, falls du auf dumme Ideen kommen solltest. Dann hängst du hier drinnen nämlich fest und kannst dir ausrechnen, wie lange der Sauerstoff ausreicht, denn ich werde dir ohne mit der Wimper zu zucken die Luftzufuhr abschalten. Hast du das verstanden?«

Mads presste die Kiefer fest aufeinander.

»Du sprichst nicht mit mir. Wie heroisch. Weißt du, was ich von großen Schweigern halte?«

Mads schnaufte, dann traf ihn etwas seitlich im Gesicht. Kalt oder heiß, er wusste es nicht. Es breitete sich aus, floss ihm in den T-Shirt-Kragen, und erst, als ein Tropfen in seinen Mundwinkel ran, begriff er, dass es bloß Wasser war. Trotzdem musste er ein Aufheulen unterdrücken. Seine Nerven würden ihn schon bald im Stich lassen, auch wenn er sich selbst dafür hasste.

»Schau mich an.«

Mads fixierte ein pinkes Etwas, das auf der Pritsche saß. Ein Plüschschweinchen mit einer Schleife um den Hals. Als ob ein verängstigtes Kind sich im Notfall von einer fetten, gut gelaunten Sau trösten lassen würde.

»Schau mich an«, forderte der Mann erneut.

Bevor Mads jedoch überhaupt reagieren konnte, knallte ein harter Gegenstand gegen sein Ohr und fiel mit Gepolter zu Boden, wo er zersprang. Es war ein Glas, dieser Wahnsinnige hatte ihm ein Glas an den Kopf geworfen! Und das Wasser ... es breitete sich zu einer Pfütze auf dem Linoleum aus. Nun stellte Mads fest, dass er noch nicht völlig ausgetrocknet war: Ihm schossen Tränen in die Augen. Wenn er jetzt blinzelte, würde er sein letztes bisschen Würde verlieren.

In seinem Sichtfeld tauchte die Silhouette des Mannes auf, und als der Kerl in die Knie ging, um nach einer Scherbe zu greifen, versuchte Mads mit dem Stuhl von ihm abzurücken. Doch mehr als ein paar Millimeter brachte er nicht zustande, seine Füße ließen sich kaum bewegen, sein eigenes Gewicht war zu schwer. Das Einzige, was er hinbekommen könnte, war, mitsamt dem Stuhl umzukippen. Am besten mit dem Gesicht in Richtung Pfütze.

Der Mann kümmerte sich nicht um ihn, sondern hockte da und spielte mit der Scherbe zwischen seinen Fingern, obwohl er sich bereits leicht geschnitten hatte. Als er einen Blick zur Seite warf, erwiderte er Mads' entsetzten Blick. »Die Scherbe ist ganz schön scharf«, sagte er wie zu sich selbst. »Vielleicht sind deine Lippen ja zugewachsen. Das würde erklären, warum du nicht mit mir sprichst. Besser, ich überprüfe das mal.« Langsam stemmte er sich in die Höhe, die Scherbe in der Hand.

»Ich kann reden, echt«, versicherte Mads heiser, als der Mann sich vor ihm aufbaute.

»Tatsächlich? Dann mal los.«

Mads schluckte und schluckte, doch der Widerstand, der sich in seiner Kehle aufgebaut hatte, blieb hartnäckig an Ort und Stelle. Außerdem pfiff es schrill in seinem getroffenen Ohr, das gefühltermaßen um das Doppelte angeschwollen war. »Ich bin wegen der Diamantenkette bei Ihnen eingestiegen. Das wissen Sie doch.«

Der Riese seufzte, dann drückte er mit seinem Handballen gegen Mads' Stirn, bis der den Kopf in den Nacken legte. Plötzlich bestand Mads' Welt nur noch aus einer scharfkantigen Scherbe, die vor seinem Gesicht tanzte.

»Was wollen Sie wissen – meine Hintermänner? Fuck, ich bin allein hergekommen, ich wollte einen Solo-Bruch durchziehen, damit ich die Beute mit niemandem teilen muss.«

»Die Story kenne ich schon«, sagte der Mann mit einer unnatürlichen Ruhe. »Nun gut, wenn du nicht redest, bleibt mir wohl nichts anderes übrig, als mein kleines Spielzeug hier zum Einsatz zu bringen. Wo fängt dein Mund an? Lass mich mal sehen. Hier vielleicht?«

Die Spitze der Scherbe bohrte sich ein Stück neben Mads' Mundwinkel in seine Wange. Die obersten Hautschichten sprangen unter dem Druck der scharfen Glasspitze sofort auf.

»Nicht«, brachte Mads schwach hervor, wobei die Bewegung die Scherbe noch tiefer trieb.

»Du hängst an deinem hübschen Gesicht, was? Kann ich dir nicht verübeln, das ist bestimmt ein fabelhafter Frauenmagnet. Mit einem Paar Joker-Mundwinkeln wäre es wohl nicht mehr ganz so vorteilhaft.«

Die Spitze drang noch ein Stück tiefer ein, und Mads spürte, wie ihm das Blut übers Kinn lief.

Unvermittelt wurde das Lächeln des Mannes zu einer Grimasse. »Das ist ja widerlich, du blutest wie ein Schwein. Jetzt hab ich dein ganzes Geschmiere an den Fingern.« Im nächsten Moment schleuderte er die Scherbe an die Wand und wischte sich seine Hände an den Hosenbeinen ab. »Ich denke, wir machen es lieber auf eine sauberere Art und Weise. Von deinen Körperflüssigkeiten habe ich genug, hier stinkt es ohnehin schon ekelhaft. Was hältst du von einem gebrochenen Knochen pro falscher Aussage? Mit der Technik bist du ja wohl bestens vertraut, das macht ihr doch besonders gern bei denjenigen, die nicht lernen wollen, stimmt's?«

»Was für eine Technik?« Es musste der Schock sein. In Mads' Ohren hörte sich das alles nach Unsinn an.

Der Mann verschränkte die Arme vor der Brust. »So ist das also«, sagte er. »Du glaubst nicht, dass einer wie ich die Nummer durchziehen kann. Oder fühlst du dich etwa bloß zu wohl, wie du hier hübsch auf einem Stuhl sitzt und mich reden lässt? Lachst dir ins Fäustchen, weil ich ein Schlappschwanz bin, der dir nichts anhaben kann. Stimmt das? Denkst du, ich hab's nicht drauf?«

»Nein«, keuchte Mads. »Sie haben es drauf, keine Frage. Sie haben mich schließlich geschnappt. Ich erzähle Ihnen alles, was Sie wissen wollen. Okay?«

»Dann sag mir, wer dich zum Auskundschaften geschickt hat und was genau ihr anschließend vorhattet.«

»Ich wollte die Kette verkaufen, ich habe Schulden, die …« Weiter kam er nicht, weil ihn ein Fausthieb in den Magen traf. Als sich der Funkenregen hinter seinen Augen verflüchtigte, holte der Mann schon wieder drohend aus.

»Du kannst dir deine Lügerei mit der Kette sparen, du Dreckschwein warst aus einem anderen Grund an Adas Bett. Ich weiß Bescheid.«

Darum geht es also, begriff Mads. Um das schlafende Mädchen. Der Irre denkt, ich hätte es auf seine Tochter abgesehen. »Ich wollte nichts von der Kleinen«, beteuerte er, obwohl ihm bereits klar war, wie sinnlos das Ganze war. In den Augen des Mannes war er ein Vergewaltiger, und damit hatte er ihm die perfekte Ausrede geliefert, alles mit ihm anzustellen, was seinem Pseudo-Gerechtigkeitssinn Befriedigung verschaffte. Entsprechend wenig überraschte es Mads, als der nächste Faustschlag ihn ins Gesicht traf und die empfindliche Haut über seinem Wangenknochen aufplatzte.

Der Mann rieb sich die Fingerknöchel, dann ging er zu einem Medikamentenschränkchen an der Wand und kehrte mit einer Mullbinde zurück. »Machen wir es also auf die harte Tour: Ich beweise dir, dass ich kein Problem damit habe, dich in deine Einzelteile zu zerlegen.

Ich bin kein Stück weniger hart als du und deine Mischpoke. Und dann versuchen wir es noch einmal mit der Wahrheit.«

»Warten Sie!« Mads begann an seinen Fesseln zu reißen, obwohl die Schnüre ihm tief ins Fleisch schnitten. »Bitte!«

»Du hast deine Chance zu reden gehabt, jetzt bist du erst einmal still«, sagte der Mann fast zärtlich und schob Mads die Mullbinde so tief in den Mund, dass er dran zu ersticken glaubte. Schon kurze Zeit später erwies sich der Knebel als sein kleinstes Problem.

7

Als Simon den Wagen durch den dichten Berufsverkehr bugsierte, organisierte Franka die Teambesprechung – was erstaunlich schnell ging, denn ihnen standen kaum Leute zur Verfügung. Die meisten Kollegen waren der Brandstiftung zugeteilt, für die bereits eine SoKo eingerichtet worden war.

»Der Brandsatz ist per Funksender gezündet worden«, berichtete Ersan Görük, der die Fahndungsgruppe der SoKo leitete, bei einer telefonischen Wasserstandsmeldung. Der junge Mann war einer von Simons Protegés und dank dessen Hilfe die Karriereleiter vor Kurzem eine Sprosse hochgeklettert. »Die große Frage ist nun, wie das Teil überhaupt unbemerkt im Loft platziert werden konnte. Die Wohnetage war hervorragend gesichert, in dem Haus gibt es sogar einen Portier. Der konnte uns allerdings nicht einmal sagen, wem genau das Luxus-Loft gehörte, er kannte nur die Haushälterin. Die Besitzer seien nur gelegentlich da gewesen und immer direkt von der Tiefgarage mit dem Fahrstuhl hochgefahren. Nicht gerade die Art von Reichtum, die man in Rerrick erwartet.«

»Dann kennst du die Stadt noch nicht wirklich«, sagte Simon in Richtung des auf Lautsprecher gestellten Handys. »Hier zeigen die Leute nur nicht gern, was sie alles haben, aber das Geld ist da.«

»Geheimnisvolles Rerrick.« Ersans Lachen klang eine Spur aufgesetzt. »Jedenfalls hat in der Nacht vor dem Feuer wohl eine kleine Party stattgefunden, und die Übernachtungsgäste haben es mit einem hochprofessionell vorgehenden Feind zu tun bekommen. Da hat niemand mit Gasleitungen oder Benzinkanistern rumhantiert, sondern ist unbemerkt in die gesicherte Festung eingestiegen und hat sein tödliches Paket am frühen Morgen hochgehen lassen – zu einem Zeitpunkt, wenn davon auszugehen ist, dass auch wirklich jeder Bewohner in der Tiefschlafphase liegt. Soweit wir das bislang sehen, sind drei Frauen und zwei Männer im Feuer umgekommen, außerdem liegen drei weitere Personen mit schweren Verletzungen im Krankenhaus. Seht also zu, dass ihr euren Familienstreit bald erledigt habt, wir können hier jede Hilfe gebrauchen.«

Nachdem Franka das Telefonat beendet hatte, sagte sie: »Das klingt ja fast so, als hätten wir mit unserem Fall eine lahme Ente erwischt, nur weil er keine SoKo wert ist.«

»Du kennst doch Ersan – er will im Job steil bergauf. Da vergaloppiert man sich auch mal.«

Eigentlich hätte Franka die Sache so stehen gelassen, aber Ersans Tunnelblick störte sie schon länger. »Ehrgeiz ist eine gute Sache, aber er sollte in unserem Job nicht der Antriebsmotor sein.«

»Das sagt ausgerechnet die Frau, die in dem Ruf steht, außer der Arbeit nichts zu kennen.« Simon grinste. »Nun schau mich nicht so entsetzt an, das war nur ein dummer Spruch. Aber du solltest wirklich nicht so hart mit Ersan ins Gericht gehen.« Es war klar, dass für Simon das Thema damit durch war.

Franka ließ ein paar Sekunden verstreichen, aber der Stich, den Simons Vergleich in ihr ausgelöst hatte, verschwand nicht. »Ich mache meinen Job, weil er mich interessiert – und weil ich unsere Arbeit wichtig finde. Das ist etwas anderes, als menschliche Schicksale danach abzuchecken, ob sie mir ein fettes Plus in meinem Fahnder-Zeugnis einbringen.«

»In Ordnung«, sagte Simon immer noch leicht belustigt. »Ich spreche bei Gelegenheit mal mit Ersan über die wahre Bedeutung unserer Aufgabe.«

»Fein.« Franka tippte die Worte Rerrick, Innenstadt und Kleinkindbetreuung in die Suchmaske ein.

»Und ich werde jede Kollegin und jeden Kollegen, der meinen Weg kreuzt, darauf hinweisen, dass dein Leben aus mehr als deinem Job besteht. Zufrieden?«

Der Stich löste sich in ein warmes Kribbeln auf, das Franka auflachen ließ. »Das fehlt mir noch zu meinem Glück: ein Partner, der Werbung für meine schillernde Persönlichkeit machen muss, weil sie sonst niemand bemerkt.«

Dann begann sie die Krippen und Kindergärten in der Stadt durchzutelefonieren. Allerdings passte die Beschreibung der Toten schon nach ein paar Anrufen auf sage und schreibe dreizehn Mütter, von denen dann gut die Hälfte samt ihren Kindern in den letzten Tagen nicht den Kindergarten besucht hatte, weil eine hartnäckige Erkältung kursierte.

»Es hilft nichts, wenn du dir die Fingernägel blutig beißt«, unterbrach Simon ihren Telefonmarathon.

Franka blickte irritiert auf. »Mache ich doch gar nicht.« Dann erst bemerkte sie das Brennen ihres Zeigefingers. Ihr war weder aufgefallen, dass sie dessen Nagelhaut bereits eingerissen hatte, noch dass sie mittlerweile in dem sich langsam füllenden Besprechungszimmer des Dezernats standen. »Ich dachte, ich kann uns Arbeit ersparen.«

»Indem du dich selbst verstümmelst?«

Hastig ließ Franka ihre Hand in der Manteltasche verschwinden, nur um sie gleich wieder herauszuholen und ihren Mantel auszuziehen. Im Besprechungszimmer herrschte eine gefühlte Tropentemperatur, nur ohne die typische Feuchtigkeit. Dafür roch es nach altem Teppich.

»Wir sollten die Besprechung schnell durchziehen, die Zeit läuft gegen uns«, sagte sie.

»Das tut sie doch immer.« Simon begann Stichwörter an die Tafel zu schreiben. Gerade als Franka sich um die Tatortfotos kümmern wollte, sagte er wie nebenbei zu ihr: »Sag mal, war mit deinem Urlaub alles okay? Du wirkst ein wenig abgehetzt.«

Es war ihm also nicht entgangen. Und wenn er sie sogar darauf ansprach, musste es schlimmer sein, als sie geglaubt hatte. Leugnen hatte folglich keinen Zweck, eine Ausrede musste her. »Der Umschwung von null auf hundert bekommt mir wohl nicht. Beim Morgenkaffee noch Schafe auf dem Deich und zwei Stunden später eine zu Tode gefolterte Frau, deren Kind auf sie wartet.«

»Ein Kind, das *vielleicht* auf sie wartet«, hielt Simon dagegen, während er in Großbuchstaben Anhaltspunkte an die Tafel schrieb. Ehe Franka protestieren konnte, hielt er inne und sah sie an. »Mir ist schon klar, dass manche Fälle dir nähergehen, als sie sollten. Pass aber bitte auf, dass sie dich nicht auffressen.«

Franka setzte ein tapferes Lächeln auf. »Auffressen tun mich die harten Fälle nicht, ich nehme sie nur eben mit nach Hause. Manchmal sogar im wahrsten Sinn.«

Die Anspielung funktionierte. »Wie geht es Noah?«, fragte Simon. Nach anfänglichen Vorbehalten hatte er akzeptiert, dass Franka einen ehemaligen Verdächtigen bei sich aufgenommen hatte. Zwar war Simon als ihr Vorgesetzter nicht gerade glücklich darüber, aber als Franka im Winter von einer Grippe niedergestreckt worden war, hatten Noah und Simon bei der Krankenpflege überraschend gutes Teamwork geleistet. Seitdem herrschte zwischen den beiden grundverschiedenen Männern Tauwetter.

»Noah geht jetzt ab und zu wieder aus.« Franka zögerte. »Vermutlich weil er mir nicht ständig die Bude vollkiffen will.«

Simon legte die Kreide beiseite. »Noah ist ein kluger Bursche, und es wird Zeit, dass er was draus macht. Soll ich mal mit ihm reden?«

Genau darauf habe ich gehofft, dachte Franka und verspürte zum ersten Mal an diesem Tag Erleichterung. »Eine gute Idee. Wenn ich was sage, denkt er bloß, dass ich ihn loswerden will.«

»Dann komme ich demnächst einfach mal vorbei, so ganz zufällig«, schlug Simon vor.

Franka nickte nur. Jede andere Reaktion wäre ihr vermutlich missglückt, so sehr, wie ihr Puls am Beschleunigen war. Außerdem kamen die letzten Mitglieder ihres Ermittlungsteams gerade zur Tür herein. Zeit für die Show, beschloss Franka und setzte ihr Profigesicht auf.

Die Besprechung ging schnell über die Bühne, und kaum war sie vorbei, da leerte sich auch schon der Raum. Normalerweise bildeten sich noch Grüppchen, in denen der Fall in Ruhe durchgesprochen und erste Theorien ausgetauscht wurden. Doch heute wollte niemand in der Nähe der Fundort-Fotos bleiben.

Schon während Simon das Martyrium der jungen Frau dargelegt hatte, hatte sich ein untypisches Schweigen ausgebreitet. Kein Rascheln und Flüstern, nicht einmal die klassische Husterei hatte es gegeben. Stattdessen herrschte jene Art von Gebanntheit, wie sie finstere Märchen ausüben. Doch in erster Linie verbarg sich hinter der Starre eine Hilflosigkeit, die sich Kriminalbeamte nur ungern eingestanden. Eine junge Mutter war in Rerrick, der inoffiziellen Hauptstadt der Langeweile, grausam misshandelt und in einem Blutrausch umgebracht worden. Und allem Anschein nach handelte es sich um kein armes Ding vom Drogenstrich, keine Illegale, deren traurig-schauriger Weg in einem traurig-schaurigen Finale endete, sondern um eine ganz normale Frau, die vielleicht ein paar Stunden vor ihrem Tod noch eine Kinderkarre vor sich hergeschoben hatte, wenn sie nicht gerade Schreibkram bei ihrem Halbtagsjob erledigte. Das war zu nah dran – an der eigenen Lebensgefährtin, an der Tochter oder auch an der eigenen Biografie.

So war es auch nicht weiter überraschend, dass Franka als Einzige im Besprechungsraum zurückblieb, um noch rasch ihre Unterlagen einzusammeln. Zumindest dachte sie das, bis ihr plötzlich jemand auf die Schulter tippte.

Die Fahnderin Svenja Harder grinste ihr Pippi-Langstrumpf-ist-erwachsen-aber-immer-noch-wild-Grinsen, die selbst gedrehte Zigarette für die nächste Pause bereits in der Hand.

»Hey«, sagte Franka. »Alles klar?«

»Sicher, wo ich doch einen tollen Job von dir vererbt bekommen habe. Kann es kaum erwarten, sämtliche Magen-Darm-Virus-verseuchten Kindergärten Rerricks abzuklappern.«

Franka schulterte ihre schwere Tasche und stand auf, was sie jedoch sofort bereute. Svenja reichte ihr nur bis zur Brust, und angesichts der Tatsache, dass die Kollegin mit der ihr zugewiesenen Aufgabe mehr als unglücklich war, war es nicht gerade clever, jetzt auch noch auf sie herabzusehen.

»Das ist natürlich viel Lauferei, aber sehr wichtig«, versicherte Franka. »Wir müssten bald eine vorzeigbare Aufnahme von der Toten haben, die wird es uns leichter machen. Außerdem habe ich eine Flasche Desinfektionsgel, die ich dir gern zur Verfügung stelle für deinen Trip in die Seuchenhölle.«

Svenja winkte ab. »Wenn es einen Vorteil hat, Mutter von drei Kids zu sein, dann den, ein top trainiertes Immunsystem zu haben.« Das trockene Lachen, das sie ausstieß, war ganz nach Frankas Geschmack. Aber sie kannte die Fahnderin gut genug, um zu wissen, dass es damit nicht getan war. Dafür drehte Svenja die Zigarette zu nervös zwischen ihren Fingern. »Den Job hab ich jetzt aber nicht am Hacken, weil ich die Mutti in der Truppe bin, oder?«

Da also lag der Hund begraben.

Franka setzte sich auf die Tischkante und versuchte, locker und gleichzeitig ernsthaft dreinzublicken, ansonsten würde Svenja ihr nicht abnehmen, dass sie die Kindergartenrecherche nur ungern abgegeben hatte. Dummerweise hatte sie nicht bedacht, dass Svenja mit ihren zwanzig Arbeitsstunden pro Woche es vermutlich gewohnt war, in die Familienecke abgeschoben zu werden. Zu Unrecht, wie Franka fand. Denn Svenja Harder war eine fantastische Ermittlerin, die nicht nur ihren Verstand, sondern auch ihr Herz in die Waagschale warf und dadurch Dinge aufdeckte, die von den klassischen Tunnelblick-Kollegen wie Ersan unbemerkt blieben.

»Ich vergebe keine Mutti-Jobs an meine beste Spurenleserin«, sagte Franka, wobei sie sich zwang, nicht zu lächeln. Das musste jetzt klar rüberkommen, damit jeder Zweifel ausgeräumt wurde. »Falls dieser halbe Fingerabdruck floppt, ist die Kindergartenkiste die heißeste Spur, die wir haben. Warte, ich schreibe dir noch schnell auf, wo ich schon überall durchgerufen habe.«

Dass Franka bereits selbst herumtelefoniert hatte, schien Svenja mehr zu überzeugen als das Kompliment. Trotzdem druckste sie weiterhin herum, weshalb sich Franka mehr Zeit als nötig beim Schreiben ließ.

»Tut mir leid, dass ich so überkandidelt reagiere«, sagte Svenja. »Es ist nur … Scheiße, ich will nicht wie ein Neidhammel rüberkommen, weil ich das nicht bin. Und ich gönne Ersan seinen Erfolg, er macht echt einen klasse Job, aber …«

Obwohl Svenja mitten im Satz abbrach, konnte Franka sich denken, was sich hinter diesem »aber« verbarg.

»Glaub mir, Ersan muss auch kämpfen, die Fahndungsleitung haben sie ihm nicht gerade nachgeschmissen. Das müssen wir alle, egal, ob wir nun Muttis, Turkish Boys oder blonde Zicken sind. Schlank durch die Mitte spazieren immer noch die Herren ohne weitere Auffälligkeiten. Und was Ersans Beförderung anbelangt: Er war einfach zur richtigen Zeit am richtigen Ort. Das sagt nichts über deine Leistungen aus. Die sind nämlich klasse.«

»Danke«, sagte Svenja, wobei nicht ganz klar war, ob sie damit das Lob oder die Unterstützung meinte.

Franka war jedenfalls zufrieden, nicht nur weil Svenja sich nun motiviert in die Ermittlung stürzen würde, sondern auch, weil nichts zwischen ihnen stand. Denn auch wenn sie noch nie privat einen Kaffee zusammen getrunken hatten, lag Franka etwas an der Fahnderin – etwas, das sie nur von wenigen Kollegen behaupten konnte, obwohl sie nun schon ein Jahr bei der Rerricker Mordkommission war. Größtenteils lag das an ihrer zurückhaltenden Art, in manchen Fällen aber auch an den Kollegen. Wie etwa an Abel Messner, dem Mann, den Franka seit dem Ende ihres Urlaubs krampfhaft aus ihren Gedanken zu verdrängen versuchte. Vergeblich.

»Alles okay?«, fragte Svenja. »Du machst ein Gesicht wie sieben Tage Regenwetter.«

»Urlaubsnachwehen«, sagte Franka und rang sich ein Lächeln ab.

8

»Muss das jetzt wirklich sein?«, seufzte Franka, als sie den langen Hauptflur des Dezernats betrat und Abel Messner bemerkte. Der Kommissar war gerade in eine Unterhaltung mit seinem Partner Björn Dietze verstrickt.

Die beiden Männer gaben ein ungleiches Paar ab, nicht nur, was ihr Äußeres anging. Wobei der fast fünfzigjährige Björn Dietze aussah wie ein ehemaliges Schwergewicht, das zu viel Zeit mit einem Bier in der Hand vorm Kühlschrank verbrachte. Der fünfzehn Jahre jüngere Abel hingegen war einer dieser hochgewachsenen Männer, die jene Mischung aus Kantigkeit und Energie an den Tag legten, bei der Frauen einen interessierten Blick bekommen und Männer vorsichtig werden. Zu Recht, wie Franka am eigenen Leib erlebt hatte. Abel Messner war nicht nur ein kaum zu überschätzender Gegner, sondern auch ein Spieler, der sich nie ins Blatt schauen ließ. Nebenbei bestimmte er gern das Spiel und verschwieg einem die Regeln. Kein Wunder also, dass Franka den stets überhitzten Dietze kaum wahrnahm, wenn er neben seinem Partner stand: obwohl er so massiv war, verschwand er in Abels Schatten.

Auch jetzt schnürte sich Franka bei Abels Anblick automatisch die Brust zu. Dann suchte sie mit voller Absicht seinen Blick, während sie den Flur entlangging. Angriff war bei diesem Mann die einzige wirksame Strategie.

»Sieh an, da ist ja unser Fräuleinwunder«, begrüßte Björn Dietze sie auf seine joviale Art. »Und so allein. Hat sich Kollege Ackermann auf dem Klo verkrochen und beißt sich vor Frust in den Arsch, weil er nur ein totes Mädchen hat, während wir mit unserer Brandstifter-SoKo heißlaufen?«

Franka flötete im Vorbeigehen: »Sag bloß, Abel hat dich mitgenommen, als sie ihn gebeten haben, die SoKo zu übernehmen? Dirk, du hast echt Glück, dass dein Partner dich immer mitschleppt, ansonsten würdest du außer Altenheimen und eindeutigem Suizid nichts zu sehen bekommen.«

Björn Dietze warf den wuchtigen Kopf in den Nacken und lachte aus Leibeskräften.

Franka grinste ebenfalls, froh darüber, dass Björn Sticheleien generell sportlich nahm. Und davon musste der Kommissar einige wegstecken. Es war nämlich keine große Kunst, seine Schwachstelle ausfindig zu machen. Sie stand direkt neben ihm, ohne sich die Mühe zu machen, seinem Partner beim Schlagabtausch beizustehen. Dafür sah Abel Franka auf eine Weise an, als hätte er ohnehin eben über sie nachgedacht. Als würde er ständig über sie nachdenken … Auch wenn er das natürlich niemals zugeben würde, das war nicht sein Stil. Welches Raubtier warnte schon seine Beute, dass es zum Sprung anzusetzen gedachte? Nur wusste Franka im Gegensatz zu ahnungslosen Opfern, mit wem sie es zu tun hatte. Sie beschleunigte ihre Schritte, um die beiden Kollegen möglichst schnell hinter sich zu lassen.

Dabei hatte Abel sie seit seinen Nachstellungen im letzten Herbst in Frieden gelassen, ganz so, als hätte er plötzlich das Interesse an seiner neuen Kollegin verloren.

Vielleicht hätte ich es lieber auf sich beruhen lassen sollen, dachte Franka.

Doch für solche Überlegungen war es nun zu spät.

Franka schlug den Weg in die Teeküche ein, sie brauchte dringend einen Kaffee und noch dringender ein paar Minuten Ruhe. Die waren ihr jedoch nicht vergönnt, denn schon einen Augenblick später betrat jemand hinter ihr die kleine Küche.

Sie musste keinen Blick über die Schulter werfen, um zu wissen, dass er es war. Sie kannte seinen Gang, und sie kannte seinen Geruch, obwohl sie sich das nur ungern eingestand. Wie der Wald nach dem Regen, dachte sie, während sie darauf wartete, dass die Maschine ihren Pappbecher füllte. Womit auch immer. Sie konnte sich nicht erinnern, welchen Knopf sie gedrückt hatte.

Abel stellte sich dicht hinter sie. »Und, wie war es im Norden?«, fragte er.

Sofort war der Kaffee vergessen, und Franka wirbelte herum, obwohl sie dadurch fast Brust an Brust mit Abel stand. »Woher weißt du davon?«, entfuhr es ihr. Damit spielte sie ihm zwar in die Hände, aber der Schreck, dass er von ihrem Ausflugziel wusste, saß zu tief.

»Aufgeschnappt, denke ich. Irgendwer wird es wohl erwähnt haben.«

Abel konnte so glatt lügen, dass es unheimlich war. Und dass er log, stand fest, denn Franka hatte außer Noah niemandem von ihren Plänen erzählt. Nicht einmal Simon gegenüber hatte sie ein Wort fallengelassen.

Plötzlich hob Abel den Arm, und Franka wich zurück. Aber er griff nur an ihr vorbei, um die immer noch gurgelnde Maschine abzustellen.

»Latte Macchiato passt nicht in die kleinen Becher.« Franka konnte ein zufriedenes Grinsen in Abels Stimme hören, auch wenn er keine Miene verzog.

Notgedrungen wendete sie sich der Kaffeemaschine zu.

Eine Milchschaumflut hatte sich bis auf den Fliesenboden ergossen. »Verdammt«, fluchte Franka, während sie mit einem Stapel Papierservietten versuchte, das Chaos zu beseitigen. Dabei war sie sich bewusst, dass Abel jede ihrer Bewegungen registrierte und es genoss, sie dermaßen verunsichert zu haben. Das war seine Spezialität. Es war an der Zeit, dass Franka ihn aus dem Sattel hob.

»Ich bin im Norden übrigens nicht nur durch Wiesen gestreift und habe Schafe gezählt«, erzählte sie mit den Fingern voller Milchschaum. »Obwohl Hafebure wie gemacht dafür ist.«

Das folgende Schweigen war fast greifbar.

Ja, dachte Franka, jetzt grinst du nicht mehr. Obwohl sie es ansonsten vermieden hätte, aus kniender Position zu Abel aufzublicken, tat sie es jetzt. Und es lohnte sich: Ein Zucken fuhr durch sein sonst so abgeklärtes Pokerface. Allerdings war es nicht mehr als ein Aufflackern, dann hatte er sich wieder unter Kontrolle.

»Hafebure ist nicht gerade ein idealer Ort für ein verlängertes Wochenende«, sagte er. »Da hätte ich dir bessere Tipps geben können.«

»Ein bisschen trostlos ist es in dem Achthundert-Seelen-Örtchen in den Weiten des Emslands tatsächlich. Als Kind mag es toll sein, kilometerweit gucken zu können und nur Äcker zu sehen, aber für einen Jugendlichen ist das bestimmt die Hölle. Besonders, wenn man auf einem abseits liegenden Hof aufwächst.«

Abel sparte sich einen Kommentar.

»Vielleicht hatte ich dieses beklemmende Gefühl auch nur, weil der Hof, den ich mir angeschaut habe, so schrecklich verlassen daliegt. Kein Wunder, wer will schon in einem Haus leben, bei dem das Obergeschoss ausgebrannt ist und offenbar das Geld fehlt, es wieder instand zu setzen? War wahrscheinlich eine Erlösung für seine Bewohner, als sie endlich dort wegziehen konnten.« Franka stand auf und wusch sich ihre Hände im Spülbecken, während sie Abels Reaktion abwartete.

»Der Hof meiner Eltern war schon vor dem Brand kein Hingucker«, sagte Abel schließlich.

»Das Pflegeheim, in dem dein Vater jetzt lebt, ist nicht unbedingt heimeliger.«

»Du hast Jost besucht? Ich bin beeindruckt.«

Bildete Franka sich das nur ein, oder schwang da tatsächlich ein Hauch Respekt mit?

»Das mache ich das nächste Mal, falls ich mich wieder dazu aufraffen kann, dorthin zu fahren.« Was ich tun werde, wenn du mich nicht in Ruhe lässt, stand ganz klar zwischen den Zeilen. »Der Höhepunkt meines Ausflugs war übrigens ein Schnack mit einem alten Schulfreund von dir. Es war spannend zu hören, wie der junge Abel Messner so getickt hat. Du musst ja ein ganz schön wilder Bursche gewesen sein. Wobei dieser Schulfreund lediglich ein paar Anekdoten zum Besten gegeben hat, aber Mannomann! Besonders die Geschichte mit deiner Englischlehrerin, mit der du was am Laufen gehabt hast …«

»So ein Gerede hörst du dir an? Also echt.« Abel lachte.

Es klang entspannt, aber Franka war ein Profi, was gespieltes Lachen anbelangte. Bei dem Mann schrillten jetzt sämtliche Alarmsirenen. Egal wie gelassen Abel sich gab, seine Augen verrieten ihn. Und der intensive Ausdruck in ihnen – ein Gemisch aus Überraschung, Ärger und verwirrenderweise Vergnügen – sorgte dafür, dass ihr der Schweiß zwischen den Schulterblättern ausbrach.

Nachdem sein Lachen verklungen war, schüttelte Abel den Kopf. »Was sagt eine verbotene Liebe schon über einen aus? Schließlich hat doch jeder von uns so seine Jugendsünden im Strafregister.«

»Es ist wohl eher die Frage, ob es bei Jugendsünden bleibt«, hielt Franka dagegen.

»Welche Geschichten hat dir mein namenloser Schulfreund denn noch über meine zügellose Vergangenheit aufgetischt? Wie viele Biere hat es gebraucht, bis der Kerl sich genug Mut angesoffen hatte, um von mir zu erzählen?«

Franka zwang sich zu einem Lächeln, obwohl ihr das Blut durch die Schläfen rauschte. Sie musste das hier durchziehen, ihr blieb nichts anderes übrig, wenn sie sich sicher sein wollte, dass Abel sein Spiel mit ihr endgültig ad acta legte. Klare Fronten, darum ging es.

»Einige Bier und noch ein paar Schnäpse. Interessant, wenn man bedenkt, dass er dich seit über fünfzehn Jahren nicht mehr gesehen hat. Andererseits war das eine unschöne Sache mit deiner Lehrerin: eine verheiratete Frau mit zwei kleinen Kindern und dem perfekten Vorzeigeleben inklusive reichem Gatten. Das Lebensglück zerstört durch ein paar heiße Nummern mit ihrem minderjährigen Schüler.«

»Genau genommen war es mit Kirstens Lebensglück nicht allzu weit her, ansonsten hätte eine Frau wie sie mich keines Blickes gewürdigt. Und was ihren Mann anging … der war das ganze Jahr über auf Dauergeschäftsreise, während Kirsten jeden Abend allein durch den Architekturbunker geisterte, den er aus lauter Größenwahn in die Walachei hatte setzen lassen. Kirsten war etwas Besonderes, sie hatte nichts verloren in einem norddeutschen Dorf, in dem sich die Familien seit Generationen kennen und anschweigen. Man konnte ihr regelrecht zusehen, wie dieses Leben ihr die Farbe auswusch und sie immer grauer wurde.«

»Bis du ihr den Regenbogen gemacht hast.« Franka schürzte die Lippen. »Mit siebzehn schillert man ja nur so vor Farbe.«

Noch immer weigerte Abel sich, verlegen auszusehen. »Du hast ja einen Eindruck davon bekommen, wie es sich in Hafebure lebt. Kirsten und ich … wir haben uns gegenseitig geholfen, würde ich sagen.«

»Euer Farbrausch hat ja dann mit einem großen Knall geendet, nachdem ihr Ehemann dir auf der Weihnachtsfeier vor versammelter Schule ein ordentliches Veilchen verpasst hat.«

Abel fasste unwillkürlich an sein Jochbein, über dem die Narbe schimmerte, die Franka schon öfter aufgefallen war. »Das blaue Auge hatte ich verdient, obwohl die Affäre zu diesem Zeitpunkt schon vorbei war. Anfangs haben Kirsten und ich uns vormachen können, dass wir die richtige Medizin füreinander wären, aber nach einer Weile war klar, dass sich dadurch nur alles verschlimmerte.«

»Dann hast du mit ihr Schluss gemacht?«, fragte Franka. Die Geschichte, mit der sie von ihrer Reise zurückgekehrt war, bekam erste feine Risse.

»Es war vorbei – das ist das Einzige, worauf es ankommt«, sagte Abel.

Eigentlich hätte Franka es dabei belassen können. Abel und sie waren quitt. Davon abgesehen ging es sogar an einem harten Hund wie Abel nicht spurlos vorbei, an die dunkelsten Stunden seines Lebens erinnert zu werden. Nur … genau das hatte er mit ihr gemacht: Er hatte in ihrer Vergangenheit herumgestochert und sie wissen lassen, was er zum Vorschein gebracht hatte. All die unaussprechlichen Dinge, von denen sie geglaubt hatte, sie hätte sie für immer versteckt. Ihr blieb also gar nichts anderes übrig, als sich zu wehren.

»Damit hat es doch in Wahrheit erst richtig angefangen«, sagte Franka. »Kirsten ist in einer Endlos-Therapie gelandet, deine Eltern standen vor ihrem ausgeräucherten Heim, und du bist von einem Tag auf den anderen zu Verwandten in einem noch abgelegeneren Küstenörtchen abgeschoben worden. Zwangsumsiedlung, um Schlimmeres zu vermeiden, könnte man meinen.«

»Ist es das, was die Leute in Hafebure vermuten: dass ich in Wirklichkeit ein liebeskranker Pyromane war?« Abel schüttelte den Kopf. »Die Frage, warum ich mein Elternhaus abgefackelt habe anstelle von Kirstens Designalbtraum, hat sich wohl keines der Dorfgenies gestellt. Ein brandschatzender Jugendlicher, vor allem einer mit einem gewissen Ruf, ist ja auch die einfachste Erklärung – und einfache Erklärungen schätzen die Leute, wobei ich dich nicht dazugezählt hätte.«

»Wer sonst soll in deinem Zimmer gezündelt haben, während deine Eltern auf dem Silvesterball waren? Abel, ganz allein und verlassen, ein gedemütigter Jugendlicher mit einer geballten Ladung Wut im Bauch, während alle anderen sich amüsierten und Feuerwerk anzündeten.«

Abel erwiderte nur ihren Blick.

»Du warst nicht allein in dieser Nacht«, sagte Franka. »Hat Kirsten dich besucht, obwohl es zwischen euch längst vorbei war?«

»Sag du es mir.«

Ein Film begann vor Frankas innerem Auge abzulaufen: Die Nacht ist von dicht fallendem Regen durchzogen. Eine Frauengestalt läuft quer durch die Felder auf das einsam liegende Bauernhaus zu. Nur in einem Fenster im Obergeschoss brennt Licht, sonst liegt der Hof verlassen da. Die Tür wird erst nach langem Klopfen geöffnet, und als die Frauengestalt eintreten will, wird sie daran gehindert. Aber sie zwängt sich durch den Türspalt …

Lange fällt nur der Regen, so dicht, dass das Licht im Fenster kaum noch zu erkennen ist. Dann wird es immer heller, Glas bricht, und Flammen züngeln durch die Öffnung hinaus.

»Du hast Kirsten in dieser Nacht abgewiesen, und in ihrer Verzweiflung …«, begann Franka. »Ein reinigendes Feuer, um alles auf Neuanfang zu setzen – darum ging es.«

Abels Kopf zuckte vor Erstaunen zurück. »Wenn ich nicht wüsste, dass es dein erstklassiger Ermittlerspürsinn ist, der dich solche Sachen erkennen lässt, wärst du mir unheimlich.« Dann grinste er. »Eigentlich bist du mir trotzdem unheimlich.«

Franka war zu gefangen von den inneren Bildern, die ihr eine ferne Silvesternacht zeigten, um auf Abel zu reagieren. »Aber warum ist Kirsten nicht im Feuer geblieben?«, überlegte sie. »Im Gegensatz zu dir hatte sie weder Verbrennungen noch andere Verletzungen. Das wäre in einem kleinen Ort wie Hafenbure zweifelsohne aufgefallen.« Sie hielt inne. »Kirsten ist gleich, nachdem sie das Feuer gelegt hat, gegangen. Aber dich hat sie zurückgelassen. Hast du versucht, das Feuer zu löschen?«

Abel zuckte die Schulter. »Dafür war es zu spät, als ich zu mir gekommen bin. Ich kann nur froh sein, dass ich so einen harten Schädel habe, sonst wäre ich nicht mehr rechtzeitig aus dem brennenden Haus rausgekommen.«

»Warum hast du niemandem gesagt, dass Kirsten das Feuer gelegt hat?«

»Wahrscheinlich, weil ich der Auffassung war, es verdient zu haben. Es war der Preis dafür, dass ich mich viel zu lange geweigert habe, der Wahrheit ins Gesicht zu sehen und zu akzeptieren, dass mein Verhältnis zu Kirsten direkt in den Abgrund führte. Diesen Fehler hast du doch auch gemacht, Franka – und der Preis, den du gezahlt hast, war noch viel höher.«

Franka spürte, wie ihr das Blut aus dem Kopf sackte und ihre Lippen taub wurden. »Ich weiß nicht, wovon du redest«, brachte sie mühsam hervor.

»Du brauchst mir nichts vorzumachen, ich weiß Bescheid über Hamburg.« Zum ersten Mal spielte Abel auf sein Wissen über ihr altes Leben an, ohne dass eine Drohung mitklang. »Jetzt, wo du gleichgezogen hast, sollten wir uns endlich in die Augen schauen können. Oder was meinst du?«

»Ich will nur, dass du aufhörst.«

»Womit?«

Frankas Gedanken begannen zu schwirren. »Mir immer näher zu kommen.«

»Bist du dir sicher?«

Abel neigte den Kopf, und einen Moment lang glaubte Franka, er wolle sie küssen. Aber es ging ihm darum herauszufinden, ob sie zurückwich. Das erkannte sie jedoch erst zu spät, genau wie die Tatsache, dass sie nicht einmal einen Zentimeter zurückgewichen war.

Hör auf damit, dachte sie, unsicher, ob sie Abel meinte – oder sich selbst.

»Weiß im Dezernat jemand von deiner Geschichte?«, fragte sie.

Ein feines Lächeln schlich sich in Abels Mundwinkel. Jede andere Frau hätte es wohl als attraktiv bezeichnet, aber für Franka brachte es auch die letzten Warnlichter zum Leuchten. So lächelte Abel normalerweise nicht, genau genommen lächelte er gar nicht.

»Jost hat es als Einziger vermutet, aber inzwischen dürfte er es vergessen haben«, sagte Abel. »Also bleibst nur du.«

»Dann solltest du nett zu mir sein, damit sich daran nichts ändert«, flüsterte Franka. »Und am nettesten finde ich dich, wenn du auf Abstand bleibst.« Mit diesen Worten nahm sie ihren überschwappenden Pappbecher und drängte sich an Abel vorbei, ohne sich darum zu scheren, dass sie dabei seine Schulter streifte.

Franka trat gerade auf den Flur hinaus, als Abel ihr »Die Neuigkeiten in der Brandstiftung hast du wohl schon gehört« nachrief.

Sie wollte sich nicht umdrehen, nicht nach dem Kräftemessen, das gerade zwischen ihnen stattgefunden hatte und von dem sie sich nicht sicher war, wer es gewonnen hatte. Aber das Wort Neuigkeiten übte eine ganz eigene Macht aus. Ein Fluchen unterdrückend, blieb sie stehen, wodurch fast eine Kollegin mit einer Salatschüssel in den Händen in sie reingelaufen wäre. Auf dem Flur setzte die Mittags-Rushhour ein, und sie stand noch immer mit Abel Messner herum, anstatt den Kollegen von der forensischen Toxikologie wegen der Kleidung ihres Opfers auf den Zahn zu fühlen.

»Wenn du mir was erzählen willst, mach schnell«, sagte Franka. »Ich habe eh schon zu viel Zeit verschwendet.«

Ganz in Ruhe nahm Abel erst mal einen Schluck von seinem Kaffee. »Wir haben bereits drei der vier Verbrennungsopfer identifiziert. Einer davon ist ein alter Bekannter der Sitte, ein führender Kopf im norddeutschen Menschenhandel. Sagt dir der Name Reinhold Jäcker etwas?«

»Noch nie gehört«, gab Franka zu.

»Ging mir bislang auch so. Aber nachdem wir seine Akte aufgerufen haben, wurde sofort eine Sonderkommission vom LKA informiert. Die sind wohl in Sachen ›Organisiertes Verbrechen‹ unterwegs. Jedenfalls sind zwei von deren Leuten bereits auf dem Weg zu uns.«

Das ist eine wirklich interessante Entwicklung, gestand Franka sich ein. »Dann nimmt eure Brandstiftung ja immer größere Dimensionen an.«

»Wer weiß, was die Geschichte noch für Kreise zieht. Dieser Jäcker scheint jedenfalls eine illustre Vergangenheit zu haben, hat ganz klein auf dem Hamburger Kiez angefangen und sich dann mit dem aufkommenden Mädchenhandel aus Osteuropa einen Namen als Einreiter gemacht.«

»Als was?«

»Jäcker war dafür verantwortlich, widerspenstigen Mädchen klarzumachen, was von ihnen erwartet wurde. Erst organisierte Gruppenvergewaltigung, und wenn dann immer noch Widerstand kam, hat er auf gezielte Foltermethoden gesetzt.«

»Er hat die Mädchen also nicht einfach nur geschlagen?«

Abel nickte. »Seine Spezialität war der Einsatz von Stromschlägen, weil er die Ware möglichst wenig optisch beschädigen wollte. Aber er hat wohl auch ganz gute Erfahrungen mit Fingerbrüchen gemacht – da kann das Opfer zusehen, wie es passiert, und die Brüche heilen auch schneller als eine kaputte Nase.«

Hinter Frankas Stirn verfestigte sich ein Verdacht, auch wenn er abwegig schien. »Wie lange ist Jäckers Zeit als Einreiter her?«

»Gut und gern zehn Jahre. Wie gesagt, der Mann hat steil Karriere gemacht, der sitzt jetzt so weit oben, dass unsereins nicht mal mehr seinen Namen kennt. Aber vielleicht geht er seiner Leidenschaft ja noch als Hobby nach, jedenfalls hatte eine der weiblichen Toten solche – allerdings verheilten – Fingerbrüche aufgewiesen. Sie wird eins seiner persönlich abgerichteten Mädchen gewesen sein.« Plötzlich legte Abel die Stirn in Falten. »Hat deine Frage irgendwas mit eurer Toten aus dem Wohnwagen zu tun?«

»Ich weiß es nicht«, sagte Franka. Doch ihr Instinkt flüsterte ihr »Treffer« zu.

9

Ada saß vor dem Wandspiegel über dem Frisiertisch und drehte langsam den Kopf zur Seite.

Tatsächlich. Ihr linkes Profil unterschied sich grundlegend vom rechten. Ihr Mund wirkte sinnlicher, der Wangenknochen trat klarer hervor und ließ sie älter wirken. Mitte zwanzig, zumindest wenn sie die Lider senkte, damit ihre Augen nicht allzu Bambi-mäßig aussahen. Wenn sie den Kopf nach vorne richtete, verschwand dieser Eindruck sofort, und sie sah wieder aus wie sweet sixteen. Die Unschuld in Person.

Mit einem Seufzen strich Ada ihr dunkelbraunes Haar in die Stirn und widerstand der Versuchung, noch einmal den Kopf nach links zu neigen. Es half ja nichts. Sie saß fest in dem Leben eines unmündigen Kindes, egal was ihre Wangenknochen über ihre Seele verrieten.

Unten im Vorhof wurden Autotüren geschlossen und der Motor angelassen. Endlich.

Wie lange konnte man sich bloß verabschieden, wenn man sich ansonsten kaum etwas zu sagen hatte?

Ada trat ans Fenster und blickte durch einen Spalt im Vorhang auf den Hof. Die Rotgefärbte, besser bekannt als Eva oder auch »ihre Mutter«, fuhr mit dem Volvo-Kombi vom Hof, auf dem Rücksitz war der helle Schopf von Maxi zu erkennen.

Eigentlich hätte die Familie längst in die Frühlingsferien

aufbrechen sollen, aber daraus war nichts geworden. Wofür Ada äußerst dankbar war, denn Pseudofamilienurlaube gingen ihr gegen den Strich. Nur der Grund für die geänderten Ferienpläne lag ihr auf der Seele. Die ganze Nacht über hatte sie wach gelegen und ins Dunkel gelauscht. Natürlich war nichts zu hören gewesen, der Panikraum war schalldicht. Trotzdem hatte sie den Schmerz und die Verzweiflung, von der er zweifelsohne erfüllt war, bis hinauf ins Obergeschoss gespürt. Wie dunkle Wellen waren die Gefühle durch sie hindurchgedrungen. Und sie hatte es geschehen lassen. Es war ein vertrautes, fast schon beruhigendes Gefühl.

Jetzt, wo die Rote und der fünfjährige Maxi fort waren, würde es hoffentlich leichter werden. Der Kleine war wie ein Radar, das jede Stimmungsänderung seiner Mutter sofort einfing. Nicht sehr günstig, wenn ständig eine Stimmung die nächste jagte. Seit *jener* Nacht war es besonders schlimm geworden, das Schweigenmüssen machte sie alle ganz verrückt. So zu tun, als wüssten sie nicht, dass ihr Haus sich in ein Gefängnis verwandelt hatte. Auch Ada spielte mit und gab vor, keine Ahnung zu haben, wer im Panikraum gefangen gehalten wurde. »Er ist fort«, war ihr gesagt worden, damit sie sich ja nicht aufregte. Als wäre sie ein dummes Kind.

»Maxi wird eine schöne Zeit bei der Oma haben, weit weg von alldem hier«, versicherte Ada ihrem schemenhaften Spiegelbild in der Fensterscheibe. »Er ist ein Kind, er darf noch dumm sein.«

Außerdem machte der kleine Blondschopf den Riesen alias »ihren Vater« mit seinen Kinderaugen immer ganz schwermütig. Ada hielt es kaum aus, wenn der Riese den Jungen auf seinen Schoß zog und fest die Arme um dessen schmalen Körper schloss. Ein Monster, das falsche

Märchen erzählte – und dessen Lieblingsmärchen hieß: »Alles wird gut, wenn man nur fest genug daran glaubt.« Dabei wusste der Riese es besser, genau wie Ada.

Unwillkürlich fuhren Adas Finger ihren Hals entlang, aber die Kette hing dort nicht mehr. Die Rote hatte sie ihr heute Morgen abgenommen, nachdem sie Ada lang und prüfend angestarrt hatte. Schweigend. Sie war – im Gegensatz zu ihrem Mann – nicht für Lügen zu haben. Ada hatte es über sich ergehen lassen, nur ein paar Tränen waren ihr in die Augen gestiegen. Diese Kette ... man hätte sie ihr nicht wegnehmen dürfen. Sie gehörte zu ihr!

Das Zuschlagen der schweren Haustür erinnerte Ada daran, dass sie jetzt allein mit dem Riesen im Haus war. Nun, nicht ganz allein, wenn man den unfreiwilligen Gast im Panikraum mit einrechnete. Der Gast, von dem der Riese so tat, als wäre er nicht da.

»Ada?«, rief der Riese aus dem Untergeschoss, wohl wissend, dass sein dröhnender Bariton bis in ihr Zimmer vordrang. »Was hältst du von einem Spaziergang? Es hat endlich aufgehört zu regnen.«

Einen Moment lang sah Ada noch auf die Landstraße hinaus, auf der der Volvo längst nicht mehr zu sehen war. Dann kehrte sie zum Spiegel zurück und betrachtete ihr Spiegelbild. Ihren ungeschmückten Hals.

Schritte ertönten auf der Treppe, hielten jedoch auf der Mitte inne.

»Ada?«

Sie blickte in ihre eigenen Rehkitzaugen, hinter denen eine Wahrheit lag, die niemand sehen durfte.

»Nur ein paar Schritte durch den Wald«, lockte der Riese von der Treppe aus. Ihr Zimmer zu betreten vermied er. Das Bett machte ihn nervös.

Das unschuldige Lächeln bekam Ada gut hin, sie glaubte es sich beinahe selbst. Nur ihre Augen würden sie verraten, wenn jemand sich die Mühe machte, wirklich hinzusehen. Dann würden auch der Mädchenhaarschnitt und das ungeschminkte Gesicht nicht länger darüber hinwegtäuschen, wer sie in Wirklichkeit war. Sie freute sich auf diesen Tag.

»Gut, dann geh ich allein. Falls das okay für dich ist ... Du brauchst keine Angst zu haben, weißt du?«

»Geh nur«, flötete Ada, ohne den Blick von ihrem Spiegelbild zu nehmen.

»Also, dann.« Stille, auf die erst nach einer Weile ein zögerliches »Bis später« folgte.

Sie hörte die Unsicherheit in seiner Stimme. Der Riese überlegte, ob er es doch wagen sollte, ihr Reich zu betreten. Bei der Vorstellung wanderte ihr Blick zu ihren Anziehsachen, die ordentlich auf ihrem Bett lagen, während sie lediglich einen Slip trug. Doch sie ließ die Sachen dort liegen. Sollte er sie ruhig sehen, ihr war es egal, selbst wenn sie ihn damit provozierte. Sie hatte keine Angst ... oder zumindest nicht genug Angst.

Wie von selbst wanderten ihre Finger zu ihren Brustspitzen und kniffen so fest zu, dass sie ein Stöhnen unterdrücken musste. Für eine Sekunde war es, als ragte der Schatten des Riesen hinter ihr auf.

Doch er kam nicht die Treppe hoch, sondern schlug die Haustür hinter sich zu. Ganz gewiss würde er schon bald zurückkehren, sie musste sich also beeilen.

Hastig zog Ada sich den Pulli über den Kopf, schlüpfte in Strümpfe und Rock und zupfte ihre dichten Ponyfransen zurecht. Jetzt war sie ganz Audrey Hepburn, ihre Lieblingsverkleidung. Sie tänzelte die Treppe hinunter und machte einen Abstecher in die Küche, um ein paar Dinge einzusammeln, die sie brauchte. Dann ging sie im Wohnzimmer zu der Ziegelsteinwand, die eigentlich die Tür zum Panikraum war, was man jedoch selbst auf den zweiten Blick kaum erkannte, so gut versteckt war sie. Nun verriet sie allerdings eine Eisenstange, die gegen sie gestemmt war.

Entschlossen zerrte Ada an der Eisenstange, doch sie ließ sich nicht entfernen, sie saß zu fest zwischen der Wand und einem festgenagelten Holzblock auf dem Boden. Nach einer Weile lockerte sich die Stange jedoch und kippte dann so plötzlich zur Seite, dass sie einen hässlichen Kratzer in den Holzdielen hinterließ.

Ob es dem Riesen auffallen würde?

Hitze breitete sich entlang ihrer Wirbelsäule aus.

So oder so, jetzt gab es keinen Weg zurück.

Ohne noch mehr Zeit zu verschwenden, drückte sie den Knopf, der hinter einer Buchreihe im Regal versteckt war, und die Ziegelmauer glitt lautlos auf. Verbrauchte Luft und ein Gestank nach verbranntem Plastik, Angstschweiß und anderen Körperflüssigkeiten drang ins Freie. Im dahinterliegenden Raum herrschte Dunkelheit, aber damit hatte Ada gerechnet und knipste eine mitgebrachte Taschenlampe an.

Es dauerte nicht lange, bis der Lichtkegel sein Ziel fand. Der Gast des Riesen saß auf einem Stuhl in der Mitte des Raums, wobei die Beschreibung »hing auf einem Stuhl« es besser getroffen hätte. Wären die Schnüre um seinen Oberkörper nicht gewesen, wäre er vermutlich heruntergerutscht. So hing nur sein Kopf auf die Brust.

Ich bin zu spät, er ist schon tot, dachte Ada mit wild schlagendem Herzen.

Da hob sich jedoch der Wust aus dunkelblondem Haar,

und ein kreidebleiches Gesicht kam zum Vorschein. Zu Adas Überraschung sah es genau so aus, wie sie es in Erinnerung hatte. Mal abgesehen von einer blau geschlagenen Wange und einer hässlichen Schorfwunde neben dem Mundwinkel. Die gleichen Katzenaugen, die gleichen ausdrucksstarken Gesichtszüge. Wenn sie die Augen schloss, sah sie sein Gesicht vor sich. Dabei hatte sie nur wenige Sekunden gehabt, um es sich einzuprägen, ehe der Riese sie aus dem Bett gerissen und raus auf den Flur gescheucht hatte. Dort hatte sie dann vor ihrer geschlossenen Zimmertür gestanden und auf das Reden und die späteren Schmerzensschreie gelauscht, bis die Rote sie am Arm in Maxis Zimmer genommen hatte, wo sie drei eng beisammen auf dem eigentlich viel zu kleinen Kinderbett gesessen hatten, bis die Schreie aus ihrem Zimmer verklungen waren. Erst viel später war der Riese aufgetaucht und hatte behauptet, dass der Eindringling nun fort sei und sie keine Angst mehr zu haben brauchten. Daraufhin war Ada in ihr Bett zurückgekehrt, schweigend, so, als hätte sie die Lüge geglaubt.

»Bitte«, sagte der junge Mann, während er ins Licht der Taschenlampe blinzelte. »Ich weiß echt nicht, was Sie von mir wissen wollen. Aber ich werde tun, was Sie verlangen. Wir müssen nicht da weitermachen, wo wir das letzte Mal aufgehört haben.«

Ada rechnete es ihm hoch an, dass kein unterwürfiges Winseln in seiner Stimme durchklang. Mit drei Schritten war sie bei ihm und hielt ihm einen Becher mit Wasser vor den Mund. Dabei nahm sie den Gestank, der von ihm ausging, wahr, ohne sich daran zu stören. An den beißenden Geruch von Angstschweiß und Urin konnte man sich gewöhnen, so wie auch an vieles andere.

»Durst?«

Obwohl er zweifellos durstig war, starrte er sie an, als wäre sie eine Erscheinung. Fast hätte Ada gelächelt.

»Möchtest du nichts trinken?«

»Doch«, sagte er und trank in wenigen Zügen den Becher leer.

»Ich habe noch mehr.«

Ada stellte die Taschenlampe auf den Boden, sodass der Lichtkegel die niedrige Decke anstrahlte, und griff nach der Wasserflasche, die wenig damenhaft in ihrer Rocktasche steckte. Nachdem der junge Mann auch den Flascheninhalt ausgetrunken hatte, ließ er schwer atmend den Kopf in den Nacken sinken und musterte sie aus halb geschlossenen Augen.

»Wer bist du?«

»Der Mann, der dich hier eingesperrt hat, würde sagen: seine Tochter.«

»Seine Tochter also.« Er schloss die Augen, und Ada befürchtete schon, dass er vor Erschöpfung eingeschlafen sei. Gerade als sie ihn auf die Schulter tippen wollte, hob er die Lider. »Ich habe dich gesehen …«, sagte er, als versuchte er eine ferne Erinnerung zu fassen zu bekommen. »Du hast geschlafen.«

»Ja.« Ada nickte bestätigend. »Und du hast mich aufgeweckt.«

»Habe ich das?« Verwirrung breitete sich auf seinem Gesicht aus.

Ada hatte nichts anderes erwartet. Natürlich verstand er nicht, was sein Auftauchen für sie bedeutete, aber das würde sich bald ändern. Da war sie sich sicher. »Hat er dir sehr wehgetan?«, wollte sie zuerst einmal wissen.

Der junge Mann lachte heiser. »Kommt drauf an, was man darunter versteht. Dein Vater hat mir zwei Finger gebrochen, und als ihm das zu langweilig wurde, hat er Plastiktüten auf meinem Schoß angezündet. Das heiße Plastik hat sich an einigen Stellen durch meine Jeans gefressen, ich wusste nicht, dass etwas so höllisch schmerzen kann. Und dann hat er gesagt: ›Das nächste Mal probieren wir das Experiment, wenn du keine Hose anhast.‹ Von daher ist ›wehtun‹ relativ.«

Erneut nickte Ada, während sie innerlich ein freudiges Jauchzen ausstieß. Der Riese hatte seinen Gefangenen nicht gebrochen, so viel stand fest.

»Kannst du mich losbinden?«

Ada deutete auf die Plastikschnüre, die eng um seine Gelenke gebunden waren. »Dafür brauche ich eine Schere.«

»Dann hol eine.«

Ada reagierte nicht.

»Okay.« Er sah sie nachdenklich an. »Dann findest du es also richtig, dass ich hier eingekerkert bin. Vielleicht kannst du mir dann ja mal erklären, was der Scheiß soll, was dein Vater von mir will? Ich habe nämlich nicht den geringsten Schimmer.«

»Nun …«, sagte Ada. »Er will eine Plastiktüte auf deinem nackten Schoß anzünden.« Als der junge Mann aufkeuchte, als hätten ihre Worte ihm die Luft abgepresst, tat er Ada fast leid. »Manche Menschen tun solche Dinge eben gern«, erklärte sie.

»Dein Vater ist ein abgefuckter Sadist, weißt du das? Zur Hölle, was für eine kranke Scheiße geht hier ab, das kann doch nicht wahr …«

Ada legte ihren Zeigefinger auf seine Lippen. »Wir haben nicht viel Zeit, er ist bald wieder da. Deshalb musst du mir zuhören.« Sie wartete ab, bis er ihren Blick erwiderte, dann sagte sie: »Ich kann dich befreien.«

»O Gott, ja. Tu das!«

Obwohl Ada sich dafür verachtete, genoss sie den Moment der Macht über diesen Fremden. Wie er so ausgeliefert vor ihr saß, bereit, zu betteln und sich zu erniedrigen, damit er bloß seinem Peiniger entkommen konnte. So waren sie eben, die Menschen. So war auch sie.

»Ich habe allerdings eine Bedingung.«

»Alles, was du willst. Wirklich, ich mache alles!«

Nun gönnte sich Ada doch ein Lächeln. »Du musst mich mitnehmen und vor ihm verstecken.«

Plötzlich änderte sich etwas in seinem Blick, als begriff er endlich, wer vor ihm stand. Kein Mädchen, nein. Sondern seine Erlösung. »Ja, das mache ich«, sagte er leise. »Versprochen.«

Und Ada glaubte ihm. Sie stand ganz still da und prägte sich diesen Augenblick ein, in dem ihr Pakt geschlossen wurde. Ab jetzt würde ihr Leben eine andere Richtung nehmen.

»Ich nehme dich mit, ich schwöre es«, sagte er, als sie sich immer noch nicht regte.

»Das wirst du. Wenn ich das nächste Mal zu dir komme.«

Sofort breitete sich Panik auf seinem Gesicht aus. »Nein, jetzt! Bitte lass mich nicht hier.«

»Er ist gleich wieder da, wir würden nicht weit kommen.«

»Aber … aber, wenn er bis dahin tut, was er gesagt hat?«

Zärtlich strich Ada ihm durch sein verschwitztes Haar. »Dann wirst du es aushalten müssen. Das geht. Glaub mir.«

Zuerst sah es so aus, als würde er in ein wütendes Geschrei ausbrechen, doch dann schluckte er Zorn und Verzweiflung herunter. »Wie heißt du?«, fragte er, sichtlich um Fassung bemüht.

»Ada.«

»Ich bin Mads. Mads Fields. Nur für den Fall, dass wir beide uns nicht wiedersehen sollten.«

Zu gern hätte Ada ihm versichert, dass es natürlich ein nächstes Mal geben würde. Aber sie wollte nicht lügen. »Ich werde mir deinen Namen merken«, sagte sie stattdessen. Dann nahm sie die Taschenlampe auf und löschte das Licht. Das leise Schluchzen, als sie den Panikraum wieder verschloss, bildete sie sich vielleicht nur ein.

10

Obwohl es noch früh am Vormittag war, mussten Franka und Simon in Helmut Remens' Büro darauf warten, dass ihr Chef einen Moment Zeit für sie hatte. Die Verschnaufpause kam beiden recht, denn der vergangene Tag hatte zwar aus fieberhaftem Zusammentragen verschiedener Puzzleteilchen im Wohnwagen-Mord bestanden, aber die großen, weitreichenden Neuigkeiten standen noch aus.

Ganz anders als in dem Fall der Brandstiftung. Durch den mafiösen Hintergrund mindestens eines Todesopfers hatte sich hier eine gewisse Dynamik entwickelt. Besonders die Öffentlichkeitsarbeit stellte plötzlich ein Minenfeld dar – und zwar eins, in dem Helmut Remens als Leiter des Morddezernats gerade bis zum Hals drinsteckte. Mit seinen über vierzig Dienstjahren hatte der Mann genug Erfahrung, um lediglich das Nötigste an Informationen rauszulassen. Trotzdem würde es kein leichtes Spiel sein, die Presse lauerte schon seit Monaten auf einen neuen großen Fall, nachdem es für ihren Geschmack viel zu ruhig geworden war in Rerrick.

»Wirklich keinen Kaffee? Ich bin berühmt für meinen Luxuskaffee, da kommt kein Barista ran.« Remens' Assistent Lorenz steckte den Lockenkopf, wegen dem er von allen Goldlöckchen genannt wurde, durch den Türspalt. Offenbar war es ihm ein Rätsel, wie die beiden Kommissare so ein

Päuschen nicht anständig zu nutzen wussten. »Ich hab auch noch Kekse da. Mit Mandeln.«

»Nein, danke. Alles bestens hier«, sagte Franka freundlich.

»Kann aber noch ein Minütchen dauern. Wenn der Chef den Pressetermin macht, riecht die Journaille immer sofort Lunte. Die lassen dann nicht locker, vor allem wenn nur ganz wenig Info rausgelassen wird.«

Simon winkte ab. »Die Herrschaften von der Presse wissen doch, dass Abel Messner die Ermittlungen leitet und er seit diesem gewissen Vorfall nicht mehr auf Medienmenschen losgelassen wird. Der Mann hat einen Ruf.«

Womit der Vorfall gemeint war, bei dem Abel einem etwas übereifrigen und offenbar begriffsstutzigen Journalisten kurzerhand demonstriert hatte, wie er einem Verdächtigen, der sich seiner Festnahme widersetzt hatte, den Arm auf den Rücken gedreht hatte und der Mann dabei versehentlich auf der Nase gelandet war. Genau wie der Journalist, nur dass dieser nicht nur ein vollgeblutetes Hemd, sondern auch eine angeknackste Brille zu beklagen hatte. Seitdem durfte Abel bei Presseterminen nicht mehr tun, als sich kurz vorzustellen und das Mikrofon an Helmut Remens oder die Staatsanwaltschaft abzugeben.

»Ja, dann.« Lorenz alias Goldlöckchen stand immer noch in der Tür und musterte Simon unauffällig. »Falls ihr es euch anders überlegt, braucht ihr nur zu rufen. Bin dann gleich da.«

Nachdem die Tür sich kaum hörbar geschlossen hatte, grinste Franka ihren Kollegen an. »Erbst du Lorenz eigentlich, wenn der Chef den Stab an dich weitergibt?«

»Das will ich doch hoffen. Es gibt Schlimmeres als einen kaffeekochenden und kekseservierenden Assistenten.«

Simon stand im geöffneten Fenster in einem schmalen Sonnenstreifen. Franka hingegen lehnte mit dem Hintern an der Fensterbank und ließ sich von der Sonne den Rücken durchwärmen. Nach dem vergangenen Winter sehnte sie sich nach Helligkeit, Wärme und dem Grün der Blätter.

»Lorenz würde dir sicherlich auch eine erstklassige Fußmassage verpassen, wenn du ihn nur darum bittest«, neckte sie ihren Kollegen.

»Den Job habe ich bereits für dich reserviert. Außerdem wirst du mir immer eine Parklücke freihalten müssen, ich habe die Sucherei nämlich satt.« Das Dezernat war in einem maroden Gebäude in Bahnhofsnähe untergebracht, wo chronischer Parkplatzmangel herrschte.

»Ich wusste doch, dass du es gut mit mir meinst«, sagte Franka schmunzelnd.

Eine Weile standen sie schweigend da. Es war einer dieser Wohlfühlmomente, die in ihrem Alltag viel zu rar waren.

Nach ihrem Gespräch mit Abel war Franka am gestrigen Tag bis unter die Schädeldecke mit Adrenalin vollgepumpt gewesen, und es war ihr bis spät in die Nacht nicht gelungen, ihre Anspannung runterzufahren. Besonders nicht, weil ein Abgleich der Obduktionsberichte zwischen einem der weiblichen Brandopfer und der Toten aus dem Wohnwagen tatsächlich nahelegte, dass beide einer ähnlichen Art der Folter ausgesetzt gewesen waren. Jung, weiblich und vorsätzlich zugefügte Fingerbrüche – das waren die Gemeinsamkeiten. Reichten sie aus, um eine Verbindung zwischen beiden Fällen herzustellen? Es war noch zu früh, um schon eine Aussage zu treffen. Trotzdem quälte Franka die Frage wie ein Stachel im Fleisch.

Von einer plötzlichen Unruhe erfüllt, warf sie einen Blick auf die Zeitangabe ihres Handys. »Schon fast elf. Sieht ganz danach aus, als hätte sich der Pressetermin tatsächlich in einen Eiertanz verwandelt. So viel gibt es doch noch gar nicht zu sagen.«

Simon verschränkte locker die Arme vor der Brust, anstatt seinen Krawattenknoten zu lösen, so, wie er es sonst bei jeder Gelegenheit tat. Aber ein Gespräch mit Helmut Remens nahm er ernst, da saß sogar die Krawatte. »Wird schon schiefgehen. Die Kollegen im Dezernat haben zwar ein gutes Feeling dafür entwickelt, was sie an Infos weitergeben dürfen, aber mich würde es trotzdem nicht überraschen, wenn einer der Journalisten spitzbekommen hätte, dass eines der Brandopfer sich im Ruch des Menschenhandels bewegt hat. Und schon fliegt einem die Veranstaltung um die Ohren. Tobt ein Mafiakrieg mitten in unserer schönen kleinen Stadt? Sind unsere Kinder, besonders unsere minderjährigen Töchter gefährdet?«

»Diese Fragen werden wir uns bei der nächsten Pressekonferenz bestimmt anhören müssen«, sagte Helmut Remens, der gerade zur Tür hereinkam. Für einen Endfünfziger hatte sich der Chef der Mordkommission hervorragend gehalten, auch wenn von seinem Haarschopf nur ein silberner Kranz geblieben war und der chronische Schlafmangel tiefe Furchen in seinem Gesicht hinterlassen hatte. »Lasst das Fenster ruhig offen, ich habe eben eine Stunde in Gesellschaft von Leuten verbracht, denen der Dauerstress und die Gier nach News im wahrsten Sinn aus jeder Pore dringen.« Während Remens sich, die Hände in den Hosentaschen vergraben, zu ihnen gesellte, nickte er Franka zu. »Abel Messner hat mir erzählt, dass es zwischen den beiden Fällen möglicherweise eine Verbindung gibt.«

»Das ist vorläufig nur eine Theorie«, wiegelte Franka ab. »Sobald wir die Identität der Toten aus dem Wohnwagen kennen, werden wir hoffentlich Genaueres wissen.«

Helmut Remens musterte sie, als vermutete er hinter ihrer Untertreibung mehr als nur die übliche Vorsicht einer Ermittlerin. »Wenn ich Abel richtig verstanden habe, gibt es eine charakteristische Übereinstimmung von absichtlich herbeigeführten Fingerbrüchen.«

Plötzlich war der Platz am Fenster nicht mehr ganz so gemütlich. Schon gestern, als sie Simon von der Parallele erzählt hatte, hatte sie einen inneren Widerstand verspürt, den sie sich nicht recht erklären konnte. »Es scheint mehr Unterschiede als Gemeinsamkeiten zu geben.«

»Beide Frauen sind in derselben Woche eines gewaltsamen Todes gestorben«, gab Simon zu bedenken. »Und bei beiden ging es um mehr als um klassische Beziehungstaten.«

»Kurzum: eine lohnenswerte Spur.« Helmut Remens lächelte Franka aufmunternd an. »Jedenfalls habe ich Abel gebeten, im engen Austausch mit Ihnen zu bleiben. Sie beide hatten ja schon einmal das richtige Näschen.«

Franka musste sich beherrschen, nicht zu widersprechen. Nicht nur, weil es sich um eine Dienstanweisung handelte, sondern auch, weil es stimmte. Abel und sie arbeiteten gut zusammen, wenngleich seine Gegenwart ihren Blutdruck hochtrieb. »Wir hoffen, möglichst rasch die Identität der Toten geklärt zu haben. Das wird uns in dieser Hinsicht ein entscheidendes Stück weiterbringen«, sagte sie ausweichend.

Doch Helmut Remens war in Gedanken schon weiter.

»Die ähnlichen Fingerbrüche bei den zwei weiblichen Opfern könnten auf einen speziellen Einreiter abgesehen von Jäcker hinweisen. Fragt mal bei den Kollegen von der Sitte nach, was denen dazu einfällt.«

»Haben wir schon«, sagte Simon. »Bislang leider ohne Ergebnis, obwohl die Kollegen eine erschreckend lange Liste zu bieten haben, wenn es um Techniken geht, Frauen gefügig zu machen. Eingegipste Finger sind in dem Gewerbe allerdings deutlich hinderlicher als blau geschlagene Augen. Wir sind da dran, was jetzt allerdings im Vordergrund stehen sollte, ist ...« Sein Handy, das er auf der Fensterbank abgelegt hatte, begann zu vibrieren. Er warf einen Blick aufs Display, wohl wissend, dass ihr Chef Telefonate während eines Gesprächs unmöglich fand. Der Anruf musste jedoch wichtig sein, denn Simon griff mit einem entschuldigenden Lächeln nach dem Handy. »Nur eine Sekunde«, erklärte er, bevor er das Gespräch annahm.

Während Simon ein paar Schritte zur Seite ging, sagte Helmut Remens: »Franka, Sie sollten die Chance nutzen, sich in der Zusammenarbeit mit Abel auszuprobieren. Wenn Simon nämlich erst einmal hinter meinem Schreibtisch sitzt, werden Sie einen neuen Partner brauchen. Ich weiß, dass Abel ein schwieriger Typ ist, aber Sie würden ein gutes Gespann abgeben. Das könnte für Sie beide karrieretechnisch von Vorteil sein.«

Franka zwang ihre Mundwinkel ein Stück in die Höhe. »Sie wollen ja nur verhindern, dass Abel auf die Idee kommt, wieder Pressetermine abzuhalten, sobald Sie nicht mehr da sind. Eigentlich ist es ein Wunder, dass die Journalisten keinen Maulkorb für ihn fordern.«

Wie erhofft lachte Helmut Remens. »Darüber sollten

wir generell einmal nachdenken. Na, Simon. Gute Neuigkeiten?«

Tatsächlich kehrte Simon mit leuchtenden Augen ans Fenster zurück. »Der Teilabdruck vom Finger unserer Toten war tatsächlich zu etwas gut, auch wenn der Kollege vom Erkennungsdienst mich extra noch einmal darauf hingewiesen hat, dass der Abgleich vor Gericht keinen Bestand hat. Jedenfalls hat unsere Tote jetzt einen Namen: Rosalia Orlow. Sie ist vor vier Jahren ohne Visum aus Georgien eingereist und den Kollegen in Hannover bei einem Krankenhausaufenthalt aufgefallen, ehe sie sich abgesetzt hat. Seitdem herrscht Funkstille – bei der Botschaft wissen sie nichts von ihr, und sie hat nie irgendwelche Anträge gestellt, geschweige denn einen Eintrag beim Einwohnermeldeamt gemacht oder ein Konto auf ihren Namen eröffnet. Falls sie die letzten Jahre tatsächlich in Deutschland gelebt hat, hat sie zumindest keine offiziellen Spuren hinterlassen. Was einer Mutter ziemlich schwerfallen dürfte. Es sei denn, sie hat das Kind unter der Hand weggegeben.«

Helmut Remens war mit seinen Gedanken schon weiter. »Georgien also«, sagte er. »Ein gutes Wilderergebiet für Menschenhändler. Klingt so, als hätten Sie und Abel tatsächlich eine Verbindung zwischen den beiden Fällen aufgetan. Glückwunsch.«

Franka verschluckte sich an dem »Danke«.

Für einen Augenblick zog Simon die Stirn kraus. Offenbar war ihm inzwischen aufgefallen, wie oft Remens das Teamwork von Franka und Abel ansprach. Dann aber war er wieder ganz der Ermittler auf einer heißen Spur. »Wären wir hier so weit?«, fragte er den Chef. Nachdem Remens genickt hatte, sagte er zu Franka: »Ich würde vorschlagen, dass wir uns aufteilen. Einer spricht mit den Kollegen aus Hannover, die Rosalia Orlow damals im Krankenhaus besucht haben. Vielleicht haben die noch ein paar Dinge über die Frau auf Lager, die nicht im Bericht stehen. Und der andere hängt sich an den behandelnden Arzt dran. Okay, Damenwahl. Was ist dir lieber?«

»Ich nehme den Arzt«, entschied Franka tapfer. Normalerweise vermied sie es, auch nur in die Nähe von Ärzten und noch mehr Krankenhäusern zu kommen. Zu viele böse Erinnerungen. Aber ihr schlechtes Gewissen wegen Simon, weil sie Abel in ihren Fall miteinbezogen hatte, war stärker.

11

Die knapp einstündige Autofahrt nach Hannover nutzten Franka und Simon, um zu überlegen, an was für einem Ort ihr Opfer möglicherweise getötet worden war.

»Wir sollten die alten Bunkeranlagen überprüfen.« Simon blinzelte angestrengt durch den Nieselregen, der die Windschutzscheibe schneller benetzte, als die Scheibenwischer ihn wegwischten.

Franka fielen sofort drei von den Zweiter-Weltkrieg-Klötzen ein. Auf ihren Joggingrunden verspürte sie jedes Mal Beklemmung, diese verwitterten Bunkeranlagen waren eine Art städtische Gruselbahn for free.

»Ja, da sollten wir auf jeden Fall nachschauen, genau wie in verlassenen Kellergewölben oder Garagenhöfen«, stimmte sie zu. »Wobei die bekannten Absteigen nicht infrage kommen dürften. Es wäre zu riskant, dort jemanden unbemerkt zu misshandeln und anschließend seinen Leichnam abzutransportieren. In diesen Gemäuern treiben sich doch immer Landstreicher, Junkies oder irgendwelche abenteuerlustigen Kids herum.«

Als Simon zum Überholen ansetzte, heulte der Motor des alten Kadetts auf. Sofort zeichnete sich eine Sorgenfalte auf seiner Stirn ab. Erst als das Manöver abgeschlossen war, nahm er den Faden wieder auf. »Mir schwebt so was wie ein Tonstudio oder Übungsraum vor, ein schalldichter Raum eben. Ein Ort, den Rosalia ohne Bedenken aufgesucht hätte.«

Hier erschöpften sich Frankas Kenntnisse der Stadt. »Hast du was Bestimmtes im Sinn?«

»Nicht wirklich. Mir fallen gerade nur Räumlichkeiten ein, die professionell organisiert sind und damit wegen des hohen Risikos nicht infrage kommen. Sprich doch mal mit Noah, vielleicht hat der eine Idee. Illegale Proberäume für Bands oder so.«

»Mach ich. Wobei es natürlich auch denkbar ist, dass unser Täter sich extra ein Zimmer für die Tat hergerichtet hat. Zumal er seinem sadistischen Hobby offenbar schon öfter nachgegangen ist.« Was wir brauchen, ist ein Profil des Täters – und zwar ein professionelles, gestand Franka sich ein. Allerdings kam dafür nur eine Person in Rerrick infrage: Ariadne Reisch. Und Franka verspürte kein großes Verlangen, Simons Freundin ins Spiel zu bringen. Eine Weile focht sie einen inneren Kampf aus, dann siegte ihr Kriminalerherz. »Es wäre vielleicht nicht schlecht, einen forensischen Psychologen zurate zu ziehen, damit wir uns ein besseres Bild machen können. Das würde die Suche nach dem oder den Tätern immens erleichtern.«

Ruckartig flog Simons Kopf herum, und er starrte sie an, als hätte sie eine Obszönität hinausposaunt. Keine gute Idee auf einer regennassen Autobahn, während der altersschwache Wagen hundertvierzig Stundenkilometer machte.

»Simon, du fährst gleich auf«, brachte Franka atemlos hervor und presste sich in den Sitz.

Fluchend trat Simon auf die Bremse und konzentrierte sich auf die Straße. Frankas Atmung hatte sich bereits wieder einigermaßen beruhigt, als er sagte: »Wir brauchen keinen Psychologen, wir haben dich.«

»Das ist nicht das Gleiche – und das weißt du genau.«

»Willst du noch mehr externe Leute auf unseren Fall ansetzen? Reicht es nicht, dass Abel schon wieder einen Fuß in der Tür hat?«

Frankas Kampflust kühlte empfindlich ab. »In erster Hinsicht will ich, dass wir den Fall lösen.«

»Dann haben wir dasselbe Ziel.« Simon fuhr immer noch zu schnell. »Das ist unser Baby, wir machen das, ohne uns von außen reinreden zu lassen. Wenn man sich erst mal irgendwelche Berater dazuholt, versuchen die, sich einen Platz in der ersten Reihe zu erkämpfen, wollen mitreden, ihre Interessen durchsetzen. Da ist kein Teamgeist angesagt – aber genau darauf kommt es an.«

Es wäre so leicht gewesen, Simons Argumentation auszuhebeln. Und vermutlich auch richtig. Allerdings würde Franka damit auch Zweifel an ihrer Partnerschaft anmelden – also genau das tun, was sie auf jeden Fall vermeiden wollte, selbst um den Preis, dass die Ermittlerin in ihr enttäuscht aufstöhnte. »Dann schauen wir erst einmal, wie weit wir mit unseren Mitteln kommen. Sonst können wir ja immer noch jemanden dazubitten.« Die Idee, den Namen Ariadne Reisch fallen zu lassen, war in weite Entfernung gerückt.

»Einverstanden.« Man konnte Simon regelrecht ansehen, wie er sich entspannte. »Welche Sorte Täter schwebt dir eigentlich vor? Ein Profi-Sadist, der fürs Menschenhandel-Pack arbeitet, oder doch eher ein bislang unbescholtener Bürger, dessen Selbstbeherrschung sich in Luft aufgelöst hat, nachdem er dank des ersten Schlags in ein Frauengesicht einem Machtrausch erlegen ist und mehr davon wollte?«

»Es passt immer noch beides«, gab Franka widerwillig zu. »Nur bekomme ich die beiden Profile nicht zusammen, und dass zwei so unterschiedliche Täter sich auf ein Opfer einigen können, glaube ich auch nicht. Entweder sehe ich die Frau vor mir als ein Stück Fleisch an, das ich nach gewissen Vorstellungen formen will. Oder ich will ihr ohne Rücksicht einbläuen, wer hier das Sagen hat. Die Motivationen sind komplett unterschiedlich.« Franka stockte. »Meine Gedanken wandern ohnehin ständig zu Rosalia. Wer sie war, was für ein Leben sie geführt hat … Dabei ist das, was wir bislang über sie wissen, genauso widersprüchlich wie das Bild des Täters.«

»Wenn es dir wichtiger erscheint, dass wir uns auf Rosalia konzentrieren, dann machen wir das.«

Weil wir ja ein ganz wunderbar funktionierendes Team sind … Der spöttische Gedanke war so plötzlich da, dass Franka erschrak. Scheinbar fiel es ihrem Ego doch nicht so leicht, sich Simons Schweigediktat um des lieben Friedens willen unterzuordnen.

»Was wissen wir denn schon groß über Rosalia?«, fragte sie.

»Nun stell dein Licht mal nicht unter den Scheffel.« Simon warf ihr ein aufmunterndes Lächeln zu. Von seiner Seite aus herrschte längst wieder Harmonie. »Du hast ein hervorragendes Gespür für solche Dinge, das hast du schon oft genug bewiesen. Also lass uns ein wenig mit Rosalias Profil herumspielen, und falls nichts Neues dabei herauskommt, ist es auch egal. Wir sind doch unter uns.«

Okay, dachte Franka. Nur du und ich und keine Ariadne Reisch. Dann testen wir mal, ob an deinem Vertrauensvorschuss auch was dran ist.

»Gehen wir mal davon aus, dass Rosalia sich nach ihrem Krankenhausbesuch vor vier Jahren ein Leben in Rerrick aufgebaut hat. Wahrscheinlich hat sie geheiratet und den Namen ihres Mannes angenommen, auf jeden Fall deutet einiges darauf hin, dass sie ihre Vergangenheit als Illegale abgestreift hat. Rosalia hat sich etabliert, alles an ihr war gepflegter oberer Mittelstand, also das komplette Gegenteil einer Frau, die vor der Polizei flieht. So, wie Rosalia angezogen war, war sie auf einen Kaffee mit einer Bekannten oder zu einem geschäftlichen Mittagessen verabredet. Irgendwas Unverfängliches, für das sie sich zwar schick angezogen hat, aber nicht so, als wollte sie einen Mann bezirzen. Zumindest keinen, an dem sie ein gewisses Interesse hatte.«

»Also keine fatale Liebschaft, sondern nur ein Plauderstündchen«, brachte Simon es auf den Punkt.

»Als Treffpunkt käme dann eher ein öffentlicher Ort infrage, ein Café, ein Museum oder auch eine Ausstellungseröffnung.«

Simon gab ein frustriertes Knurren von sich. »Großartig. Beim Täter denken wir an halb verrottete Bunker und bei unserem Opfer an ein Glas Sekt bei einer Vernissage. Wie kriegen wir das jetzt zusammen?«

»Indem wir das Ganze in zwei Abschnitte unterteilen: Im ersten ist Rosalia unterwegs zu einem normalen öffentlichen Ort – ob sie nun mit ihrem späteren Peiniger verabredet ist oder ihn dort zufällig trifft, können wir noch nicht sagen. Ich tippe jedoch darauf, dass sie keine Ahnung hatte, was auf sie zukam. Im zweiten Abschnitt begibt sie sich jedenfalls an einen abgeschiedenen Ort, vielleicht unter einem vorgetäuschten Grund oder auch unter der Androhung von Gewalt.« Franka rieb nachdenklich ihren Handrücken. »Sie wurde in eine Falle gelockt … Vielleicht haben wir es mit einer Entführung zu tun, die schiefgelaufen ist.«

»Ihr Entführer misshandelt sie zuerst, flippt dann aber blutrauschmäßig aus und lädt ihren Leichnam in einem

Wohnwagen ab?« Die Vorstellung bereitete Simon merklich Probleme.

»Das passt doch zu unserer Theorie, dass mindestens zwei Menschen an der Tat beteiligt waren«, hielt Franka dagegen. »Der Sadist und der Aufräumer, der sich bemüht hat, ihre Leiche möglichst würdevoll auf der Sitzbank zu platzieren. Diese Person könnte auch als Köder gedient haben, jemand, mit dem man einen Kaffee trinken geht, jemand, dem man sogar an einen eher ungewöhnlichen Ort folgt. Ein älterer distinguierter Herr etwa oder eine junge Frau, auf jeden Fall eine Person, die vollkommen harmlos wirkt – und später aus lauter schlechtem Gewissen die tote Rosalia wie jemanden aussehen lässt, der bloß auf seinen Kaffee wartet.«

»Es liegt also im Bereich des Möglichen, dass wir nach einem durchgedrehten Pärchen suchen. Das wird der Presse gefallen, ich sehe die Schlagzeilen schon vor mir.« Simon lachte trocken.

»Was meinst du, wie die Presse erst aus dem Häuschen sein wird, falls wir auch noch den toten Oberzuhälter Jäcker mit ins Boot holen«, gab Franka zu bedenken. »Schließlich tragen beide Frauen sein Markenzeichen: die Fingerbrüche.«

»Schade, dass Jäcker als Rosalias Mörder nicht infrage kommt. Zum Zeitpunkt ihres Todes ist er laut LKA am Flughafen von Hannover von einer Geschäftsreise zurückgekehrt.«

»Das wäre auch wirklich zu einfach gewesen.« Franka rieb sich die Augen und hatte prompt die Finger voller Wimperntusche. Nach all den Monaten, in denen sie nun schon Make-up verwendete, hatte sie sich noch immer nicht daran gewöhnt. »Wenn Jäcker nicht unser Täter ist und auch niemand aus seinem Umfeld, dann haben wir es möglicherweise mit einem Sadisten zu tun, der unter Prostituierten wildert. Er wäre nicht der erste Frauenhasser, der auf diese Weise Opfer findet. Nur dass es bei Rosalia mit ihm durchgegangen ist und er sie umgebracht hat.«

»Dann gehst du jetzt plötzlich davon aus, dass unsere Tote sich als Hure verdingt hat?«

»Ganz ehrlich? Auch wenn einiges darauf hindeutet, glaube ich es nicht. Früher vielleicht mal, aber selbst wenn, hat Rosalia die Prostitution meilenweit hinter sich gelassen. Sie wirkte so … etabliert.« Franka stockte. »Das war jetzt genug Pseudo-Profiling.«

»Ich fand es ganz anständig.« Simon klang einen Tick zu wohlwollend. Notfalls hätte er Frankas Künste sogar in den Himmel gelobt, solange sie nicht wieder auf die Hinzuziehung einer forensischen Psychologin bestand, fürchtete sie.

»Wenn wir nicht bald geklärt haben, wer unsere Tote ist, werden wir uns mit ihrem Foto an die Presse wenden müssen«, sagte Franka. »Auf eine solche Aktion möchte ich gern verzichten, allein schon weil unser Sadist keine Öffentlichkeit bekommen sollte. Wer weiß, wozu ihn das inspiriert.«

»Nun sei mal nicht so pessimistisch, wir sind doch schon einen mächtigen Schritt weiter. Sobald Rosalias Identität bestätigt ist, wird sich alles Weitere finden. Du hast doch gerade selbst gesagt, dass sie sich etabliert hat – und Menschen, die ein normales Leben führen, verschwinden nicht einfach, ohne dass es früher oder später jemand meldet.«

»Wir werden sehen«, sagte Franka. Sie versank in Grübeleien, sodass sie zusammenzuckte, als Simon »Gleich sind wir da« sagte. Überrascht stellte sie fest, dass sie die Autobahn verlassen hatten. Hinter einigen für den Stadtrand typischen Bürokomplexen tauchten die ersten Wohnhäuser auf. »Das ging ja fix.«

»Ja«, sagte Simon mit wenig Begeisterung in der Stimme. »Die Zeit rast, wenn man Spaß hat.«

Ein paar Querstraßen weiter bogen sie von der befahrenen Hauptstraße in ein Wohnviertel mit gepflegten Altbauten ein. Hoch aufragende Buchen und Birken verschönerten mit ihrem ersten Grün die Straßen.

»Hier muss es sein.« Simon hielt in zweiter Reihe und ließ den Motor laufen. »Ein schickes Häuschen mit Jugendstilfassade hat sich der Herr Doktor da ausgesucht. Weiß er, warum du kommst?«

»Ich habe ihn am Handy erwischt, als er gerade seinen Sohn in den Kindergarten gebracht hat, während sein jüngeres Kind nach Leibeskräften brüllte.« Bei der Erinnerung schallten Franka sofort die Ohren. Sie hatte keine Ahnung gehabt, dass Zweijährige so laut schreien konnten. »Dr. Bieringer ist gerade in Elternzeit und hat mir vorgeschlagen, einfach bei ihm zu Hause vorbeizukommen, um alles Weitere in Ruhe zu besprechen. Das mit der Ruhe könnte sich allerdings als Problem erweisen …«

»Zumindest musst du keinen Fuß in ein Krankenhaus setzen.« Simon lächelte aufmunternd. »Falls du früher fertig bist als ich, mach einen Abstecher in den Zoo, der ist nur ein paar Straßen weiter.«

Franka warf einen Blick auf ihr Handy. »Ich kann sonst auch mit dem Zug zurückfahren, der Bahnhof ist ebenfalls in der Nähe.«

Doch Simon winkte ab. »So lange wird es mit den Kollegen schon nicht dauern. Außerdem sollten wir die Chance nutzen, uns noch einmal in Ruhe zu besprechen, bevor wir uns heute Abend in die Höhle des Löwen begeben.«

Unwillkürlich verzog Franka das Gesicht. »Warum musstest du mit Abel und diesen LKA-Leuten unbedingt ein Abendessen organisieren?«

»Es ist besser, freiwillig auf Abel zuzugehen, sonst hat man ihn bloß nach Feierabend vor seiner Haustür stehen und wird ihn nicht mehr los. Und darauf legen wir es wohl beide nicht an, oder?«

»Da ist was dran«, gab Franka zu, wobei sie Simons prüfendem Blick auswich. Spontan besucht hatte Abel sie zwar noch nicht, aber er war auf andere Weise in ihr Privatleben eingedrungen. Seufzend langte sie nach dem Türgriff. »Dann mal viel Vergnügen mit den Hannoveraner Kollegen. Und lass dich von denen nicht wie ein Landei behandeln.«

Simon zog die Augenbrauen hoch. »Selbst wenn sie das tun, bekäme ein Hinterwäldler wie ich das doch gar nicht mit.«

Mit einem Lachen stieg Franka aus dem Kadett und nahm sich die Zeit, dem Wagen nachzusehen, wie er in Richtung Hauptstraße verschwand.

Während ihres Studiums war sie ein- oder zweimal auf Rockfestivals in Hannover gewesen, ansonsten kannte sie die Stadt nur aus den Medien, wenn eine der populären Messen stattfand. Andererseits lag sie vermutlich nicht allzu sehr daneben, wenn sie Hannover als große Schwester Rerricks bezeichnete, wobei Hannover von allem ein bisschen mehr hatte: mehr Einwohner, mehr Land, mehr Kriminalität. Für das Gespräch, das ihr bevorstand, machte es vermutlich keinen Unterschied, in welcher der beiden Städte es stattfand. Kranke Frauen ohne Versicherungskarte gab es überall.

12

»Ja, bitte?«, schallte es durch die Gegensprechanlage.

Franka hielt ihren Polizeiausweis ins runde Kameraauge, das neben der Haustür angebracht war und sie mit seiner künstlichen Iris anstarrte.

»Franka Janhsen, Kriminalpolizei Rerrick. Wir hatten telefoniert, Dr. Bieringer.«

»Stimmt, ja, hatte ich vor lauter Trubel ganz vergessen ... Und jetzt sind Sie auch schon da. Das ging ja fix.«

Hoffentlich funktioniert wenigstens das Langzeitgedächtnis von Mr. Elternzeit, dachte Franka. Sie steckte ihren Ausweis weg, dann lächelte sie in die Sicherheitskamera, wobei sie sich einen Mann vorstellte, der sich gerade leicht orientierungslos durchs Haar fuhr, während er sich fragte, ob es wirklich eine gute Idee gewesen war, sich die Kriminalpolizei ins Haus einzuladen.

»Dr. Bieringer?«, fragte sie nach einer ganzen Weile, in der nur das leise Knarzen der Gegensprechanlage zu hören war.

»Entschuldigen Sie. Kommen Sie doch bitte rein, erster Stock.«

Trotzdem dauerte es noch einen Moment, bis der Summer ertönte und Franka die schwere Eingangstür öffnen konnte. Der Hausflur begrüßte sie mit einem fein gearbeiteten Bodenmosaik und luftig hohen Wänden. Ein wirklich schönes Haus, da hatte Simon recht. Fast rechnete Franka damit, vor einer geschlossenen Wohnungstür zu stehen, weil Dr. Bieringer sie über den Familientrubel schon wieder vergessen hatte. Tatsächlich drang Kindergebrüll bis ins Treppenhaus, aber Dr. Bieringer erwartete sie mit einem tapferen Lächeln. Ein gut Dreißigjähriger mit braun gelocktem Haar, der die Uniform aller Kleinkindväter trug: ein zerknittertes Polohemd und eine Chino, auf der ein handtellergroßer grüner Fleck prangte.

»Tut mir leid, wenn ich ungelegen komme.« Franka schüttelte die Hand des Chirurgen.

Dr. Bieringer blinzelte sie durch seine Hornbrille an. »Ungelegen? Ach, Sie meinen das Gebrüll. Florentin-Tristan braucht immer eine Weile, bis er in seinen Mittagsschlaf findet. Einfach überhören.« Dann breitete sich ein verzweifeltes Lächeln auf seinem Gesicht aus. »Was anderes bleibt Ihnen auch gar nicht übrig, wenn Sie sich mit mir unterhalten möchten. Ich bin hier nämlich für die nächsten sieben Wochen gefangen, obwohl meine Frau von zu Hause aus arbeitet. Sie ist Illustratorin – oder versucht es nach einer längeren Pause gerade wieder zu sein.«

»Wie viele Kinder haben Sie denn?«

»Drei an der Zahl, Benedikt-Lorenz ist gerade vier geworden und Jonathan-Cederic ist schon fünf.«

»Drei Jungs – Glückwunsch.«

»Danke, danke.« Dr. Bieringer machte keinen glücklichen Eindruck, obwohl er immer noch lächelte. »Kommen Sie, wir setzen uns in die Küche, da sind wir am weitesten entfernt vom Kinderzimmer.«

Die Küche sah aus wie etwas, das einst von einem ehrgeizigen Inneneinrichter entworfen worden war, der in seiner Planung jedoch weder Kinderhochstühle, Plastikschalen mit braun angelaufenem Obst noch eine Menge Apparaturen mit Elefanten-Aufdrucken berücksichtigt hatte. In Frankas Welt existierten Kinder nur in einer unbestimmten Zukunft, und wenn sie so recht darüber nachdachte, würde es wohl auch dabei bleiben.

Dr. Bieringer goss zwei große Becher Kaffee ein und nahm sie mit zum Küchentisch. »Holen Sie doch bitte die Milchpackung aus dem Kühlschrank, wenn Sie welche möchten«, rief er über die Schulter.

Als Franka ihm gegenüber Platz nahm, löffelte er gerade bergeweise Zucker in seinen Becher. Er grinste entschuldigend. »Schon klar, als Arzt sollte ich mit gutem Beispiel vorangehen, aber das hebe ich mir für nach der Elternzeit auf.«

Wie auf Befehl krähte Florentin-Tristan so herzerweichend laut, dass Franka das Bedürfnis verspürte, aufzuspringen und loszurennen, Hauptsache, dem Kind wurde geholfen. Wenn Eltern sich die ganze Zeit so fühlten, war es ein Wunder, dass ihr Blutdruck nicht ständig durch die Decke ging.

»Wegen welchem Patienten wollten Sie mich noch mal sprechen?«, fragte Dr. Bieringer gegen den Lärm an.

»Den Fall habe ich am Telefon noch gar nicht erwähnt.« Franka lächelte aufmunternd. »Die Identifizierung einer Verstorbenen hat uns einige Schwierigkeiten bereitet, da sie illegal nach Deutschland eingereist war. Bislang haben wir nur in Erfahrung gebracht, dass Sie die Frau in der Notaufnahme behandelt haben. Es ist allerdings schon ein paar Jahre her, laut unseren Unterlagen wurden unsere Kollegen am 17. Mai vor vier Jahren am Vormittag angerufen.«

Dr. Bieringer pustete die Wangen auf. »Puhhh. In der Notaufnahme habe ich während meines Studiums nur Station gemacht. Da war immer die Hölle los. Haben Sie denn wenigstens einen Namen oder besser noch ein Foto?«

»Ich habe beides.« Franka klickte das Foto von Rosalia

Orlow an, das nach einer umfassenden Bildbearbeitung für die Ermittler freigegeben worden war. Trotzdem sah die Frau darauf eindeutig tot aus. Da ein studierter Mediziner ausreichend Erfahrung mit Leichen gemacht haben dürfte, reichte sie ihm ihr Handy kommentarlos.

Dr. Bieringer ruckelte an seiner Brille. »Das ist Ihre Tote?«, fragte er.

»Rosalia Orlow. Sie erinnern sich?«

»Rosalia? Ja, natürlich erinnere ich mich. Rosalia.« Dr. Bieringer sprach den Namen mit einer verblüffenden Zärtlichkeit aus. Allem Anschein nach hatte die junge Frau einen bleibenden Eindruck bei ihm hinterlassen. Während er das Porträt betrachtete, bildete sich eine steile Falte auf seiner Stirn. »Aber dieses Foto wird Rosalia überhaupt nicht gerecht, ihr Haar ist blond, so richtig weißblond, wie es sonst nur Kinder haben.«

»Möglicherweise war es damals ja gebleicht«, gab Franka zu bedenken.

»Meinen Sie?« Ein Anflug von Enttäuschung huschte über sein Gesicht. »Es passte jedenfalls sehr gut zu ihr, verlieh ihr etwas Unschuldiges – im Gegensatz zu ihrer Kleidung.« Der Mediziner schluckte, als stieße ihm die Erinnerung an Rosalias Aufmachung unangenehm auf.

Franka beschloss, das Thema Outfit auf später zu verschieben. »Ihr Gesicht kommt Ihnen aber vertraut vor«, versicherte sie sich stattdessen.

Dr. Bieringer ließ sich Zeit, ehe er sagte: »Nicht wirklich. Ihr Gesicht war deutlich schmaler, und ihre Nase … die habe ich irgendwie anders in Erinnerung, obwohl da schon eine Ähnlichkeit ist.«

»Die Nase mussten wir für das Foto rekonstruieren«, sagte Franka.

Zu ihrer Erleichterung hakte Dr. Bieringer nicht nach, er war viel zu sehr damit beschäftigt, das Display anzustarren. »Und sie ist tatsächlich tot? Warum? Sie war doch noch so jung, so …« Unvermittelt nahm er die Brille ab und wischte sich über die Augen.

»Trotz der erklärbaren Unstimmigkeiten erkennen Sie Ihre Patientin auf dem Foto aber wieder, richtig?«, versuchte Franka erneut, eine verbindliche Zusage des Mediziners zu bekommen.

»Ich denke schon, dass sie das ist, auch wenn sie jetzt anders aussieht. Es ist ja schon ein paar Jahre her, dass ich Rosalia behandelt habe. Andererseits war es eins von diesen Erlebnissen, die man nicht vergisst.« Dr. Bieringer zögerte, ehe er Frankas Blick suchte. »Also, ich denke, dass die Frau auf diesem Bild Rosalia sein könnte, aber auf die Bibel schwören würde ich nicht.«

Damit gab sich Franka vorerst zufrieden. »Was können Sie mir über Rosalia erzählen?« Eigentlich hätte Franka in einem solchen Gespräch auch den Nachnamen des Opfers genannt, aber die Reaktion ihres Gegenübers ging eindeutig über ein professionelles Verhältnis hinaus, und deshalb schien es ihr klüger, das Gespräch persönlicher zu gestalten. Die Abklärung der Fakten konnte warten.

»Sie war …« Dr. Bieringer blinzelte Franka kurzsichtig an. »Nun, Sie können es sich vermutlich schon denken: Ich fand sie zauberhaft. Im Gegensatz zu der übereifrigen Stationsschwester, die nichts Besseres zu tun hatte, als die Polizei anzurufen, weil das Mädchen keine Papiere bei sich hatte.«

Franka sah über die Meldepflicht, der das Krankenhauspersonal in solchen Fällen unterliegt, hinweg. »Was fehlte Rosalia denn? Soweit ich weiß, ist sie ohnmächtig in einem Drogeriemarkt zusammengebrochen.«

»Zuerst war sie kaum ansprechbar«, sagte Dr. Bieringer. »Wir haben sie stabilisiert und beruhigt, weil sie unbedingt aufstehen wollte, obwohl sie eindeutig orientierungslos war. Es war der Kreislauf, sie war völlig dehydriert, und gegessen hatte sie vermutlich auch schon länger nichts. Sie wissen doch, wie junge Frauen manchmal sind: Da gibt es nur Himbeeren und Proteinshakes, dazu jede Menge Sport – und dann liegen sie plötzlich am Boden und wissen nicht mehr, wie ihr Name lautet.«

»Rosalia war also ausgehungert.« Franka spielte nachdenklich mit ihrem Kugelschreiber. »Gab es sonst noch irgendwelche Auffälligkeiten, Blutergüsse, Schürfwunden oder Brüche etwa?«

»Sie ist im Drogeriemarkt böse gefallen, da hatte sie jede Menge Blutergüsse und Hautabschürfungen davongetragen.«

Offensichtlich war der Arzt so sehr mit Schwärmen beschäftigt gewesen, dass ihm nicht die Idee gekommen war, er könnte es mit einer zur Prostitution genötigten Frau zu tun haben. »Aber keine Knochenbrüche, an den Fingern etwa?«, hakte Franka nach.

Dr. Bieringer schüttelte den Kopf. »Wenn ich mich richtig erinnere, musste ich ihren Handballen nähen, weil dort ein Schnitt klaffte. Aber Brüche … nein.«

Franka notierte die Aussage. »Was fällt Ihnen noch zu ihr ein?«

»Rosalia war … Ich weiß nicht, wie ich es beschreiben soll.« Wie um dem Geheimnis der Toten auf den Grund zu gehen, setzte er die Brille wieder auf und studierte das Foto. »Diese dunklen Haare machen sie mir ganz fremd. Und ich glaube nicht, dass ihr Haar blondiert war, so billig war sie nicht, ganz egal, was die Schwestern und später auch

Ihre Kollegen von ihr gehalten haben. Sie war engelsgleich und irgendwie geheimnisvoll. Ja, geheimnisvoll. Wie eine Lady, die eines wahren Ritters bedarf. Das habe ich gleich erkannt.« Er brach ab, versunken in seiner Erinnerung, während er offenbar vergessen hatte, wer ihm gegenübersaß und aufmerksam zuhörte.

Franka war klar, dass Dr. Bieringer früher oder später bewusst werden würde, dass er etwas preisgab, was er unter anderen Umständen gewiss für sich behalten hätte. Im Moment war er dafür jedoch zu erschöpft und verwirrt.

»Warum haben die anderen denn so einen falschen Eindruck von Rosalia bekommen?«, hakte Franka nach.

»Wegen ihrer Kleidung. Als ob die von Bedeutung wäre! Sagt doch überhaupt nichts aus über einen Menschen.«

»Würden Sie mir ihre Kleidung bitte beschreiben?«

Ein Anflug von Empörung leuchtete in Dr. Bieringers Augen auf. »Sie trug einen Trenchcoat und nicht viel drunter, nur sexy Wäsche, um genau zu sein. Wie eine wandelnde Männerfantasie eben. Wahrscheinlich hatte sie nur vergessen, sich ihr Kleid überzuziehen, weil es ihr nicht gut ging. Und Strapse sind doch nun nichts Ungewöhnliches, attraktive Frauen tragen so etwas doch häufiger unten drunter, oder etwa nicht?«

Mitten in seinem Satz ging die Küchentür auf.

Schlagartig wurde Franka bewusst, dass es zuletzt verdächtig ruhig in der Wohnung geworden war.

Es tapste jedoch kein Zweijähriger in die Küche. Stattdessen erschien eine Frau, deren Haare zu einem schiefen Dutt hochgesteckt waren. Sie blieb mit verschränkten Armen im Türrahmen stehen und musterte Franka kommentarlos.

Wie lange hast du denn schon hinter der Küchentür gelauscht? Franka kam nicht umhin, sich ertappt zu fühlen.

Dr. Bieringer ging es offenbar nicht besser, denn er sprang auf und lief ein paar Schritte auf die Frau zu, um dann abrupt stehen zu bleiben.

»Hallo, Steffi-Maus. Brauchst du noch einen Kaffee? Das ist die Kriminalkommissarin, von der ich dir erzählt habe. Aus Rerrick. Frau …« Allem Anschein nach hatte er Frankas Namen vergessen, also stellte sie sich kurzerhand selbst vor.

»Janhsen, Franka Janhsen von der Kriminalpolizei. Tut mir leid, dass ich mit meinen Fragen mitten in Ihren Familienalltag einbreche.«

Die Frau namens Steffi nickte nur, dann sagte sie zu Dr. Bieringer: »Über wessen Strapse plauderst du gerade? Die von der süßen neuen Krankenschwester oder von der Assistenzärztin, die ständig bei uns anruft?«

Dr. Bieringer lachte auf. »Wir reden nur über eine ehemalige Patientin. Sie ist tot.«

»Und dadurch noch geheimnisvoller, was?« Einen Moment lang sah es so aus, als würde seine Frau wie ein Racheengel über Dr. Bieringer kommen. »Was ist bloß los mit dir?«, brüllte sie. »Statt irgendwelcher Scheißweiber solltest du deine Familie im Kopf haben. Solange du noch eine hast! Aber du säuselst ja lieber über irgendwelche Schlampen, weil sie in ein paar Nylons stecken. Gott, und ich habe dich für einen aufrichtigen Mann gehalten, der nicht nur seinen Verstand, sondern auch seine Finger unter Kontrolle hat.«

Franka wog ab, ob dieser Beziehungszwist innerhalb der nächsten fünf Minuten ausgestanden war. Dass Steffis Ton sekündlich schriller wurde, sprach dagegen. Aus dieser Frau würde ihr angestauter Frust gleich wie aus einem Vulkan hervorbrechen, und ihr Partner machte den Eindruck, als würde er hilflos mitgerissen werden. Vermutlich gehörte

Bieringer ohnehin zu der Sorte Männer, die es immer nur schlimmer machten, sobald sie den Mund öffneten. So wie jetzt.

»Nun hör mal, Liebling«, sagte Dr. Bieringer beschwörend. »Das hier hat doch nichts mit der Lena-Sache zu tun. Außerdem wollten wir die Geschichte endlich hinter uns lassen, okay? Die ganzen anstrengenden Therapiesitzungen … Ich dachte, wir wären da schon entscheidend weiter.«

»So einfach denkst du dir das also.«

Dr. Bieringer machte den Fehler, die plötzlich so ruhige Stimme seiner Partnerin als Zeichen für die Entspannung der Lage anzusehen. Lächelnd trat er einen Schritt auf sie zu, während bei Franka sämtliche Alarmglocken losschrillten. Hastig sprang sie auf die Beine und schaffte es gerade noch, Steffis Aufwärtsschwinger abzufangen, der Dr. Bieringer definitiv die Brille ins Nasenbein gerammt hätte.

»Fass mich nicht an!«, brüllte Steffi vor Enttäuschung.

»Beruhigen Sie sich jetzt erst einmal«, sagte Franka, während sie den Arm der Frau freigab.

»Er ist ein verdammtes Dreckschwein, auch wenn er immer so unschuldig tut. Hundert Prozent Schwärmer, glaubt man. Genau das ist ja sein Trick.« Steffi kämpfte gegen ihre Tränen an – und verlor. »Diese Tussi, von der er eben geschwärmt hat, hat er bestimmt auch flachgelegt, vielleicht sogar ausgehalten wie diese verdammte Lena. Das geht schon seit Jahren so. Scheiße.« Sie biss sich auf die Unterlippe.

Während Franka der aufgelösten Steffi auf die Schulter klopfte, warf sie Dr. Bieringer einen Blick zu, in der Hoffnung auf ein bisschen Unterstützung. Der stand jedoch bloß wie erstarrt da.

»Geht es wieder?«, fragte Franka nach einer Weile.

Steffi schniefte. »Geht schon, mir bleibt ja auch nichts anderes übrig.« Zum ersten Mal sah sie Franka an, als wäre sie keine Feindin. »Machen Sie aber bitte schnell mit Ihren Fragen. Dieser Arsch muss bald mit dem Kochen fürs Mittagessen anfangen. Florentin-Tristan bekommt einen Anfall, wenn er aufwacht und sein Essen noch nicht fertig ist. Und das halte ich heute echt nicht aus.« Damit drehte sie sich um und verließ die Küche.

»Entschuldigung, Steffi ist sonst nicht so«, erklärte Dr. Bieringer, nachdem er die Tür geschlossen hatte – nicht, ohne vorher noch zu überprüfen, ob seine Lebensgefährtin auch wirklich in ihr Arbeitszimmer zurückgekehrt war. »Es läuft gerade nicht so gut. Also zwischen mir und Steffi, nicht zwischen mir und den Kindern. Es ist wegen dieser Lena-Sache …«

»Wir sollten jetzt besser zu unserem Thema zurückkehren, Sie haben ja noch anderes zu tun«, unterbrach Franka. »Rosalia war also zusammengebrochen, weil sie erschöpft, geradezu ausgezehrt und halb am Verdursten war. Könnte sie gefangen gehalten worden sein? Hat sie vielleicht entsprechende Andeutungen gemacht, oder war sie übermäßig verängstigt?«

»Oh mein Gott, sie war ein Entführungsopfer? Das arme Ding.«

Langsam reichte es Franka. »Das habe ich nicht behauptet, Dr. Bieringer. Sondern ich habe Sie gefragt, ob es denkbar wäre.«

»Wenn Rosalia misshandelt worden wäre, wäre mir das nicht entgangen, ich habe sie schließlich genauestens untersucht. Wenn da etwas Auffälliges gewesen wäre, hätte das in meinem Bericht gestanden.« Was die trotzige Miene anbelangte, stand Dr. Bieringer seinem zweijährigen Sohn vermutlich in nichts nach. »Und wenn dem so gewesen wäre, wäre ich der Sache selbstverständlich nachgegangen! Ich setze mich für meine Patientinnen ein.«

»Das glaube ich Ihnen gern«, sagte Franka. »Dass Sie sich so gut an Rosalia erinnern können, spricht schließlich Bände. Also, warum ging es der jungen Frau so schlecht?«

Gepäppelt von dem Kompliment stand Dr. Bieringer gleich ein Stück gerader. »Meiner Einschätzung nach ist sie über einen längeren Zeitraum großem Stress ausgesetzt gewesen, Uni-Klausuren oder Liebeskummer vielleicht. Jedenfalls war ihr Blutdruck viel zu hoch und ihre Eisenwerte im Keller. Die waren sogar ihr größtes Problem, was Sie sich als Frau wohl gut vorstellen können.«

Das konnte Franka tatsächlich. In einem solchen Zustand wird Rosalia kaum freiwillig das Sofa verlassen und sich Reizwäsche angezogen haben, dachte sie. »Welche Behandlung hatten Sie vorgesehen?«

»Wir haben sie so gut es ging aufgepäppelt und wollten sie über Nacht noch zur Beobachtung dabehalten, da mir die Eisenwerte ernsthaft Sorgen bereitet haben. Leider hat sie sich dann ja mitten in der Nacht abgesetzt, nachdem Ihre Kollegen sie mit ihrer Machotour offenbar vollkommen verängstigt hatten.«

»Kann Rosalia ihren Eisenmangel auf eigene Faust ausgeglichen haben?« Franka konnte sich die Frage zwar selbst beantworten, wollte es aber trotzdem von Dr. Bieringer bestätigt bekommen.

»Es blieb ihr gar nichts anderes übrig. Aber die Sache mit dem Blutdruck … Es ist mir ein Rätsel, woher sie die nötigen Medikamente ohne Rezept bekommen hat.«

»Auf dem Schwarzmarkt bekommt man so ziemlich alles«, sagte Franka. »Bitte versetzen Sie sich genau zurück in die Notaufnahme, auch wenn es lange her ist. Hat Rosalia etwas gesagt, vielleicht, wo sie wohnt oder was sie in Deutschland macht?«

»Nein, sie hat so gut wie gar nicht gesprochen. Nicht mehr als Ja und Nein. Selbst ihren Namen wussten wir ja nur, weil Ihre Kollegen ihr den abgepresst haben.«

»Und das ist alles, was Sie mir dazu erzählen können?«, bohrte Franka nach.

Der Arzt nickte.

»Dann vielen Dank soweit.« Franka reichte ihm ihre Visitenkarte. »Rufen Sie mich bitte an, falls Ihnen noch etwas einfällt.«

»Das ist schon alles? Wollen Sie mir denn nicht noch erzählen, was genau Rosalia zugestoßen ist? Sie hat ja schon eigentümlich ausgesehen auf Ihrem Foto … Das lag doch bestimmt nicht daran, dass sie alt geworden ist.« Er hielt verlegen inne. »Ich meine natürlich: älter geworden. Es wäre mir schon wichtig zu erfahren, warum sie tot ist.«

»Dann sollten Sie uns unterstützen, damit wir es herausfinden«, erwiderte Franka. »Aber jetzt will ich Sie nicht länger vom Kochen abhalten. Ich finde allein hinaus.«

Im Wohnungsflur glaubte Franka leises Schluchzen zu hören, als ob es in einem Kissen erstickt wurde. Das musste aus Steffis Arbeitszimmer kommen. Es hallte Franka nach; selbst als sie draußen vor dem eleganten Haus stand, glaubte sie es noch zu hören.

13

Der Mann stand vor Mads, die Hände in den Hosentaschen, die Stirn kraus gezogen. »Und?«, fragte er. »Wie sieht's aus?«

»Nicht gut«, sagte Mads. »Ziemlich scheiße sogar. Oder meinen Sie, es ist ein gutes Zeichen, dass meine Füße wegen der engen Fesseln wie tot sind?« Tatsächlich spürte er auch seinen Hintern nicht mehr, auf dem er schon seit einer Ewigkeit saß. So schien es ihm jedenfalls. In der Dunkelheit des Kerkers kam einem jedes Zeitgefühl abhanden.

»Nun, falls du weiterhin nicht zugibst, warum du in Wahrheit bei uns eingedrungen bist, könnte ich dafür sorgen, dass du deine Beine ganz schnell wieder fühlst.«

»Ich weiß, die Plastiktütennummer«, sagte Mads resigniert. »Dann lassen Sie es uns schnell durchziehen, weil ich Ihnen nämlich immer noch nichts anderes zu bieten habe als meine Einbruchsgeschichte. Wenn Sie unbedingt wollen, dass ich Ihnen was vorlüge, müssen Sie mir schon ein paar Anhaltspunkte geben. So ins Blaue hineinzuflunkern liegt mir nämlich nicht.«

Der Mann gab Mads für seine Frechheit keine Ohrfeige, verpasste ihm auch keinen Fausthieb in den Solarplexus und verzichtete sogar darauf, ihn mit einer weiteren Drohung einzuschüchtern. Stattdessen starrte er ihn nur abwägend an. »Ich habe dein Motorrad gefunden«, erklärte er nach einer Weile. »Ach ja, und das Passwort für dein Handy ebenfalls. Was ist bigkrit?«

»Einfach googeln«, schlug Mads vor, dem bei dem Gedanken, was sich alles auf seinem Handy befand und was nun ein Fremder gesichtet hatte, speiübel wurde. »Ich hatte mein Handy aber gar nicht bei mir«, fiel ihm ein.

»Stimmt, aber deinen Führerschein. Das Handy lag in der Absteige, in der du haust. Hätte gedacht, dass man sich in deinem Gewerbe etwas Besseres leisten kann.«

»Sie waren in meiner Bude?« Nicht ganz so schlimm wie das geknackte Handy, aber trotzdem fies.

Ein Grinsen erschien in dem unrasierten Gesicht des Mannes. »Dein Dietrich-Set war sehr hilfreich. Keine Sorge, ich habe mich nur eine Winzigkeit umgesehen und – ich gebe es zu – auch ein paar interessante Dinge eingesteckt. Kannst du dir vorstellen, was das wohl sein könnte?«

Das konnte Mads. Leider. Neben seiner stolzen Sammlung an Spezialwerkzeugen und einigen Beutestücken, die zu heiß waren, um sie zu Geld zu machen, war da der Laptop, den er bei seinem letzten Einbruch bei einem Steuerberater hatte mitgehen lassen. Zuerst hatte er geglaubt, ein bisschen Geld mit den Daten rausholen zu können, bis ihm klar geworden war, wessen doppelte Buchhaltung da gespeichert war: Reinhold Jäcker, dem laut seiner Unterlagen nicht nur ein Riesenvermögen gehörte, das er geschickt vorm Finanzamt versteckte, sondern auch einige Protzimmobilien und die Hälfte der im Umland von Rerrick liegenden Puffs. Sich mit einem Abzocker wie Jäcker anzulegen wäre eine Sache gewesen. Aber hinter dem Typen stand zweifelsohne die Mafia, auch wenn sie sich in Norddeutschland nicht so nannte. Solchen Leuten kam man nicht in die Quere, wenn man einigermaßen klar bei Verstand war. Also hatten Mads und seine Leute ihre gesamte Ausbeute nach dem Steuerberater-Bruch verschwinden lassen, weil sie ihren Hehler zwar durchaus schätzten, ihm aber lieber nicht ihr Leben anvertrauen wollten. Nur den Laptop hatte Mads behalten, denn die finanzielle Kerbe, die ihm der Ausfall eingebracht hat, hatte ihm fast das Genick gebrochen. Was sie letztendlich ja wirklich zu tun schien, schließlich saß er wegen seiner erdrückenden Schulden in diesem verfluchten Panikraum, der seinem Namen mittlerweile alle Ehre machte.

Der Mann lächelte zufrieden. »Deinem Gesichtsausdruck nach kannst du dir denken, wovon ich rede. Damit du Bescheid weißt: Die Sachen sind jetzt an einem sicheren Ort.«

»Was wollen Sie denn mit meinem Kram?«

»Dämliche Frage. Wenn ich mit dir fertig bin, will ich, dass du zu deinem Chef gehst und ihm sagst, was ich jetzt gegen ihn in der Hinterhand habe.«

Mads hörte nur mit halbem Ohr zu. »Dann komme ich hier also lebend raus?«

Das Grinsen des Mannes wurde breiter. »Natürlich. Was hätte ich denn davon, dich umzubringen? Die entscheidende Frage ist doch vielmehr, in welchem Zustand du hier rauskommst.«

Das ist ja noch viel beängstigender, als mit dem Tod bedroht zu werden, stellte Mads fest. »Und jetzt?«, fragte er, obwohl er es gar nicht wissen wollte.

»Jetzt reden wir noch einmal darüber, was du in Adas Zimmer gewollt hast. Ich will genau wissen, was dir durch dein krankes Hirn gegangen ist. Jedes Detail.«

Erstaunlich geschmeidig für seine Körpergröße ging der

Mann in die Knie und holte ein Teppichmesser aus seiner Hosentasche. Damit schnitt er die Fesseln um Mads' Fußgelenke auf. Dann griff er nach dessen Ledergürtel.

»Pfoten weg!«, brüllte Mads. Er wollte nach dem Mann treten, aber seine Beine gehorchten ihm nicht.

»Wer wird denn so empfindlich sein?«, fragte der Mann, während er sich an Mads' Jeans zu schaffen machte. »Sei lieber froh, dass du dieses vollgepisste Ding loswirst.«

Wenn Mads geglaubt hatte, dass es nicht schlimmer ging, dann hatte er sich geirrt. Wenn der mich jetzt auch noch angrapscht, dann ... Ja, was dann?

An solchen Übergriffen schien der Mann jedoch nicht interessiert zu sein. Mit einem angewiderten Ausdruck schob er Mads den steifen Stoff über die Hüften und riss ihn von seinen Beinen, in denen sich ein erstes zaghaftes Kribbeln bemerkbar machte.

»Widerlich!« Der Mann schleuderte die Jeans in die Ecke, dann legte er Mads neue Fesseln aus Kabelbinder an.

In Mads flackerte Wut auf. »Tut mir leid, dass sich mein Am-Arsch-Sein für Sie nicht angenehmer gestaltet.«

»Die Sache mit dem Knebel in deinem frechen Mundwerk hatte es zumindest etwas erträglicher gemacht. Vielleicht sollten wir die Tradition wiederaufleben lassen, was?«

»Hören Sie«, setzte Mads an, als der Mann eine Plastiktüte aus seiner Hosentasche hervorkramte. Jetzt fehlte nur noch das Feuerzeug. »Wenn Sie bei mir eingestiegen sind, dann wissen Sie auch, womit ich mein Geld mache: nämlich mit Einbrüchen.«

»Ein Einbrecher kommt nicht auf einem Motorrad und nur mit einem Rucksack, wenn die wertvolleren Gegenstände sich auf diesem Weg unmöglich abtransportieren lassen. Dafür habe ich jetzt aber den Beweis, dass du einen speziellen Freund von mir kennst. Nicht, dass es mich weiter erstaunt hätte. Ist er dein Auftraggeber?«

»Scheiße, es gibt keinen Auftraggeber! Ich hab Schulden, darum bin ich hier.«

»Und wie solltest du sie abbezahlen? Indem du Ada vergewaltigst?«

Bevor Mads antworten konnte, glitt die Tür hinter ihm auf.

Der Mann streckte schnell den Arm aus und drückte sie wieder zu. Ein leiser Aufschrei drang gerade noch in den Raum. Kurz ballte der Mann die Hände zu Fäusten, dann ließ er sie sinken. »Wir beide machen später weiter.« Dann öffnete er auch schon die Tür und verschwand.

Mads konnte kaum glauben, dass ihm noch einmal eine Gnadenfrist zugestanden wurde. Jetzt kann ich mir in aller Ruhe ausmalen, was der Irre als Nächstes mit mir anstellt, dachte er. Ein raues Lachen stieg seine Kehle hoch und brach sich Bahn. Vielleicht war der Aufschub doch eher Folter.

14

Wie jeden Freitagabend kämpften die Ausgehfreudigen traditionell um die spärlich gesäten Parkplätze der Rerricker Innenstadt. Sogar jetzt gegen einundzwanzig Uhr hatte der rollende Konvoi noch nicht an Stärke eingebüßt. Als Simon einen Parkplatz erspähte, gab er ein zufriedenes Brummen von sich und legte den Rückwärtsgang ein. Dann setzte er den Kadett gegen den stockenden Verkehr so weit zurück, bis er in die Lücke einschlagen konnte. Das Hupen und Fernlichtfeuerwerk schien ihn nicht weiter zu beeindrucken – im Gegensatz zu Franka, die jeden Augenblick mit einem Auffahrunfall rechnete. Verdammt, sie hätte darauf bestehen sollen, in ihrem eigenen Wagen zum Restaurant zu fahren, auch wenn sie und Simon noch einiges zu besprechen gehabt hatten, bevor sie sich mit Abel Messner samt seinem Partner Björn Dietze und den Kollegen vom LKA an einen Tisch setzten.

Nachdem Simon den Wagen trotz fehlender Servolenkung – der Kadett stammte aus den 1960er-Jahren – in die Lücke manövriert hatte, stellte er den laut röhrenden Motor ab und lehnte sich im Sitz zurück.

»Es ist schon Viertel nach neun«, erinnerte Franka ihren Partner nach einer Weile. Sie waren bereits vor einer Stunde zum Essen verabredet gewesen, aber die abendliche Teambesprechung im Dezernat war länger als erwartet ausgefallen. Die Suche nach Rosalia Orlows letztem Verbleib stellte wegen ihrer schwachen Besetzung eine Herausforderung dar.

Doch Simon blieb in seiner entspannten Haltung. »Kein Grund zur Eile, ich kenne einen der LKA-Typen. Lars Brenner hat Sitzfleisch, solange es Bier gibt und er mit seinen Heldentaten prahlen kann. Das ist die perfekte Bühne für sein Ego.«

»Ist das der einzige Grund?«

Simon sank noch ein Stück tiefer in den Sitz. »Dieses Essen wird der reinste Kriegsschauplatz.«

»Nun übertreib mal nicht. Abel ist zwar ein Querkopf, aber ich kann mir nicht vorstellen, dass er sich mit diesem Brenner ein Kräftemessen liefern wird.«

»Selbst wenn Abel es drauf anlegen würde, würde Brenner ihn einfach ins Leere laufen lassen, schließlich ist die Rangordnung bei der Brandstiftung offiziell geklärt. Im Gegensatz zu unserem Fall. Brenner und der andere LKA-Mensch werden ihn sich im ersten günstigen Moment unter den Nagel reißen, wenn sie eine Verbindung zu Jäcker sehen. Dann sind wir bestenfalls noch Handlanger und dürfen die Laufarbeit machen.«

»Da hat unser Häuptling trotzdem noch ein Wörtchen mitzureden«, gab Franka zu bedenken. Zumindest vermute ich, dass Remens' Meinung in so einem Fall Gewicht hat, schob sie in Gedanken nach. Wieder einmal frustrierte es sie, am Anfang ihrer Laufbahn zu stehen und entsprechend wenig über innenpolitische Angelegenheiten zu wissen. »Bislang hat der Chef sich noch immer bedingungslos hinter seine Leute gestellt.«

Prompt verzog Simon das Gesicht. »So, wie die Dinge liegen, wäre es verdammt unklug von Helmut, sich reinzuhängen. Eine Sonderkommission ›Organisiertes Verbrechen‹ ist eine große Sache. Dahinter stecken massenhaft Geld und weitreichende Befugnisse, mal ganz abgesehen von den Leuten, die die Macht haben, eine solche Kommission ins Leben zu rufen, und entsprechende Erfolge sehen wollen. Denen kann unser Chef bestenfalls eine Empfehlung aussprechen.« Simon schlug mit der flachen Hand aufs Lenkrad. »Ich hasse es, in einen bereits verlorenen Kampf zu ziehen und dabei auch noch freundlich lächeln zu müssen.«

Franka sah nicht ein, innerlich frühzeitig die weiße Fahne zu hissen. »Noch steht nicht fest, dass es eine Verbindung zwischen den beiden Ermittlungen gibt. Und solange das so ist, gehört der Fall uns.«

»Das wird Abel, dein neuer Lieblingskollege, anders sehen nach eurer konspirativen Zusammenarbeit.«

»Lieblingskollege? Von wegen.« Mehr Entrüstung brachte Franka nicht auf, dafür klang ihr Helmut Remens' Lobgesang auf ihr ach so erfolgreiches Teamwork mit Abel noch zu laut in den Ohren. Und Simon scheinbar auch, wie sein Seitenhieb bewies.

»Wärst du mit deinem Verdacht zuerst zu mir gekommen, hätten wir der Angelegenheit in Ruhe nachgehen können«, ließ er nicht locker. »Jetzt haben wir Abel samt seinen neuen Freunden von der Sonderkommission mit im Boot.«

»Und darüber freue ich mich genauso sehr wie du!«

»Wir beide ziehen also am selben Strang?«

»Natürlich.«

Mit einem Grinsen zog Simon den Schlüssel ab. »Dann mal auf in die Schlacht.«

»So laut, wie der Auspuff von deinem Wagen röhrt, wissen die Kollegen eh längst, dass wir da sind. Und das, obwohl das Restaurant noch ein paar Querstraßen entfernt ist.«

Simon schwang sich lachend aus dem Wagen, während Franka nach ihrer Tasche im Fußraum griff. Dabei ließ sie sich mehr Zeit als nötig, um Simon die Chance zu geben, ihr die Tür zu öffnen. Eine mehr als höfliche Geste, obwohl sie beide sich Mühe gaben, so zu tun, als wäre es lediglich eine Marotte, wie sie Partner mit der Zeit entwickeln. Doch wenn Franka abends auf dem Sofa saß und sich die bekifften Flausen von ihrem Mitbewohner Noah anhörte, wusste sie es besser. Es war ein Spiel, das Simon und sie spielten. Ein Spiel, um die Grenzen zwischen ihnen immer weiter auszudehnen, bis … An dieser Stelle schob Franka für gewöhnlich einen mentalen Riegel vor. Über Simon Ackermann auf diese Art nachzudenken konnte sie sich nicht leisten, nicht nur als seine Partnerin, sondern auch als Frau.

Das American Diner als Treffpunkt hatte Franka vorgeschlagen, durchaus mit schlechtem Gewissen, schließlich wurde ihr Alltag ohnehin schon von Fast Food regiert. Nur herrschte in dem verwinkelten Altbau, in dem das Restaurant untergebracht war, meist ein Heidenlärm – abgesehen von den Nischen, in denen längliche Gesellschaftstische standen. Das war ein unschlagbarer Vorteil, wenn sich sechs Polizisten über verstümmelte Leichen, professionelle Brandstiftung und das organisierte Verbrechen auf den Straßen Rerricks unterhielten. Dafür, dass der Nachbartisch nicht jedes einzelne Wort von ihrer Unterhaltung mitbekam, nahm Franka gern Sodbrennen in Kauf.

Sie brauchten einen Moment, bis sie ihre Kollegen in dem Gewühl des Diners gefunden hatten, und einen weiteren, bis sie sich durch die Gästeschar zu ihnen durchgekämpft hatten. Franka nutzte die Gelegenheit, das angekündigte Duo von der LKA-Sonderkommission in Augenschein zu nehmen. Der eine Kollege erwies sich als Kollegin, eine überraschend jung aussehende Brünette mit einem modernen Kurzhaarschnitt; sie trug eine Tunika, deren Ärmel sie lässig hochgekrempelt hatte. Neben ihr saß demnach Lars Brenner, von dem Simon bereits gesprochen hatte. Ein Vierzigjähriger, der seinem Haarschwund mit einer radikalen Kopfrasur entgegentrat, was gut zu seinem kantigen Gesicht passte. Offenbar war Brenner bester Laune, denn er ließ den Arm über die Stuhllehne hängen und grinste entspannt – was in der Gesellschaft von Abel Messner eine echte Herausforderung darstellte.

»Da seid ihr ja!« Björn Dietze hatte sie als Erster entdeckt und winkte ihnen zu. »Wir haben schon mal mit dem Essen angefangen, aber nur Vorspeisen.« Auf dem Tisch standen halb geleerte Schalen mit Nachos, deren Käsekruste bereits eintrocknete.

Simon nahm Frankas Ellenbogen auf dem letzten Meter. »Lass uns dafür sorgen, dass wir nicht als Hauptgang enden«, raunte er ihr zu, ehe er in die Runde grüßte. Franka entging nicht das Stirnrunzeln, mit dem Abel Messner sie beide bedachte. Mit dem Kriegsschauplatz Abendessen hatte Simon mehr recht, als er ahnte.

»'n Abend, Simon.« Lars Brunner hob sein Bierglas zum Gruß. »Schön, dich mal wiederzusehen, ist ja Jahre her. Und dazu noch in einer Weltstadt wie Rerrick. Hätte nicht gedacht, dass das Hannoveraner Vorland für einen smarten Kerl wie dich die richtige Kragenweite ist.«

»Hannover kam mir nach der Ausbildung ein wenig überlaufen vor«, sagte Simon und stellte Franka als seine Partnerin vor.

»Freut mich.« Franka erwartete halb, dass Lars Brunner sofort den nächsten Kommentar abgeben würde, als er sich quer über den Tisch beugte, um ihr die Hand zu schütteln. Aber er begnügte sich damit, sie charmant anzulächeln. Es war ein Einfaches, sich auszumalen, wie dieser Mann bei einem Kneipenabend sämtliche Frauen mit dieser Mischung aus Kernigkeit und Charisma bezirzte. Bei dem musst du wachsam sein, ermahnte sich Franka. Der ist es gewohnt, seinen Willen durchzusetzen.

»Sieht so aus, als wären wir beide mit krähenden Hähnen als Partner geschlagen«, rief Brunners Kollegin an seiner Schulter vorbei.

Sofort lehnte Lars Brunner sich zurück. »Darf ich vorstellen? Meine Partnerin Luca Vidal, ein echtes Wunderkind. Ihre Mutter hat es einst aus sonnigen Gefilden Spaniens in den Norden Deutschlands verschlagen. Glücklicherweise – wie ich nicht müde werde zu betonen.«

Allem Anschein nach hatte Luca Vidal nichts gegen eine solch überschäumende Einführung einzuwenden. Ihr Blick aus den dunklen Augen war selbstbewusst, vielleicht sogar eine Spur überheblich. Franka beschloss, sie sympathisch zu finden, allerdings nur auf Kredit.

»Schön, euch kennenzulernen«, sagte die junge Frau. »Wobei ich mir auf der Fahrt nach Rerrick ja schon ein paar wilde Geschichten über einen von euch anhören durfte.«

»Sie kennen Simon also von früher?«, fragte Franka Lars Brunner, der sie ungeniert musterte. »Er muss ja ordentlich Eindruck gemacht haben, dass Sie so gern über ihn reden.«

Lars Brenner zog mit gespieltem Erstaunen die Brauen hoch. »Hat Simon unsere gemeinsame Ausbildung an der Polizeifachhochschule Oldenburg etwa unterschlagen? Da könnte man ja fast meinen, dass seine Vergangenheit ihm peinlich ist. Und dabei hatten wir so eine prima Zeit – niemand weiß so gut wie Simon, wie man immer kriegt, was man will. Ob ein Bier nach Zapfenstreich oder die Telefonnummer der kühlen Blondine.«

Simon lächelte nur, während er Franka den Mantel abnahm. Die fürsorgliche Geste wurde von Abel mit einem Kopfschütteln quittiert. Wobei Franka sich unsicher war, ob Abel es lächerlich fand, dass sie sich helfen ließ oder dass Simon sie so offenkundig umsorgte.

»Sollten wir uns der Einfachheit halber nicht besser duzen?«, schlug Lars Brenner vor. »Sonst gibt das doch nur Durcheinander.«

»Gern«, sagte Franka und setzte sich neben den kauenden Björn Dietze.

Simon nahm an der Stirnseite des Tisches Platz. Als Erstes streckte er die langen Beine aus, dann verbarg er sein Gesicht hinter der großen Speisekarte. »Kann man die Steaks hier essen?«, fragte er seine Partnerin.

Franka studierte gerade die Burger-Varianten, wobei sie notdürftig dem Verlangen widerstand, gleich den erstbesten zu bestellen – Hauptsache heiß und fettig. »Ich würde sagen, wenn du auch so einen Hunger hast wie ich, dann gibt es hier das beste Steak, das du je gegessen hast.«

Als die Getränke kamen, war Luca Vidal gerade dabei, die Aufgabe ihrer Sonderkommission mit dem klingenden Namen »Endgame« zu umreißen. Das Ziel war kein geringeres, als die führenden Köpfe des Menschenhandels ausfindig zu machen und sie aus dem Spiel zu nehmen. Da man diesen Leuten in der Regel nur schwerlich überhaupt eine Verbindung nachweisen konnte, wurden extra Teams abgestellt, um sie generell zu durchleuchten und sie notfalls wegen Trunkenheit am Steuer festzunehmen. Hauptsache, es wurde ihnen unbequem und man fand einen Vorwand, um näher an sie heranzukommen. Die Kreativität, mit der die Ermittler vorgingen, war genauso beeindruckend wie ihre Befugnisse.

»Wahnsinn«, sagte Björn Dietze. »Solche großen Nummern kennen wir in unserm schönen Rerrick gar nicht.«

Luca Vidal winkte ab. »Mit euren irren Mordserien in der letzten Zeit seid ihr doch ganz vorn mit dabei: Erst der Asche-Fall, dann die Sache mit den gefederten Toten. Ganz schön krass.«

»Mittelgroße Städte wie Rerrick haben immer etwas Zwiegespaltenes«, warf Lars Brenner ein. »Sie wollen wie die nette Kleinstadt wirken, die sie schon lange nicht mehr sind. Gleichzeitig sind sie aber zu klein, um zu ihren dunklen Seiten zu stehen. Während in Berlin oder Köln das Andersartige öffentlich ausgelebt wird, muss es in Rerrick im Schatten stattfinden. Die Geheimnistuerei treibt dann die seltsamsten Blüten.«

Genau so würde Franka Rerrick inzwischen auch beschreiben, nachdem sie während ihrer ersten Monate noch gedacht hatte, in der ruhigsten und unaufregendsten Stadt Deutschlands gelandet zu sein. Dass Lars Brenner Rerricks Janusgesicht erkannte, ohne hier zu leben, ließ sie aufhorchen.

Ganz im Gegensatz zu Simon, der gelangweilt einen Nacho zerkrümelte. »Bei dir klingt das so, als wäre Rerrick ein geheimer Spielplatz für Perverse.«

Lars Brunner winkte ab. »Perverse, Psychos und Arschlöcher gibt es überall. Es ist nur die Frage, welche Möglichkeiten sie vorfinden, um ihre Bedürfnisse auszuleben. Nimm diesen Rechtsanwalt, bei dem ihr im letzten Herbst ermittelt habt. In seinem Wintergarten liegen plötzlich zwei Tote, auf Federn gebettet und hübsch zurechtgemacht wie schlafende Engel. Dieser Rechtsverdreher … Wie war noch mal sein Name?«

»Albert Nehring.« Bei diesem Namen stellten sich Frankas Nackenhaare auf. Der Prozess im Fall Schwarze Federn stand ihr noch ins Haus, danach würde sie hoffentlich nicht mehr von Albträumen heimgesucht werden. Unweigerlich sah sie zu Abel – der ihren Blick geradewegs erwiderte.

»Nehring – stimmt, so hieß der Kerl«, sagte Lars Brenner. »Eine völlig bizarre Mordserie in der Hauptstadt der Langeweile. Wer weiß, was hier nicht noch alles möglich ist.«

»Gibt es beim LKA seit Neuestem Dramatikkurse? Rerrick ist vieles, aber bestimmt nicht die Brutstätte des Bösen«, sagte Abel.

Lars Brenners Lachen war laut und unecht. »Da ist wohl mein innerer Operettenstar mit mir durchgegangen. Aber ich habe verstanden: keine Psycho-Binsenweisheiten mehr.«

Bevor Franka entschied, wie sie zu dem Mann stand, wurde ihr Cheeseburger mit Jalapeños serviert. Es kostete sie ihre gesamte Willenskraft, ihr Essen nicht mit gierigen Bissen zu verspeisen. Wer sich jedoch wie eine Lady zu Tisch begleiten ließ, konnte anschließend nicht wie ein Wolf schlingen.

»Was haltet ihr davon, wenn wir langsam mal zur Sache kommen?«, sagte Simon nach einer Weile in die geschäftige Stille hinein.

»Einverstanden, ich fasse den Stand in unserem Fall kurz zusammen«, übernahm Abel das Ruder. »Der Brandsatz wurde in dem weitläufigen Loft morgens gegen vier Uhr extern gezündet, und zwar in einem vor knapp drei Jahren luxussanierten ehemaligen Lagerhaus. Die beiden Lofts darunter sind beim Brand zwar in Mitleidenschaft gezogen worden, aber es wurde niemand verletzt. Das betroffene Loft hatte sich hingegen in den reinsten Brennofen verwandelt, da ist nicht viel übrig geblieben. Laut Statiker läuft das Ganze auf einen Abriss hinaus, unsere Leute haben Probleme, den Tatort zu sichern, weil an vielen Stellen der Boden kurz davorsteht, einzubrechen. Bislang haben wir den Eigentümer des Lofts nicht ermitteln können, was daran liegt, dass es offiziell einer Briefkastenfirma namens Loneliness gehört.«

»Ein Bordell?«, mutmaßte Simon.

»Die Kollegen von der Sitte haben bei der Adresse ratlos mit den Schultern gezuckt. Und soweit wir vom Portier und den Nachbarn wissen, herrschte auch kein Besucherstrom im Stundentakt. Nur gelegentliche Gäste am Abend oder am Wochenende. Als einzige feste Bewohnerin des Lofts galt eine Frau namens Lilian Sorbis, die wohl die Haushälterin war. Ihre Beschreibung stimmt mit einer der drei weiblichen Leichen überein. Sie hatte nämlich eine auffällige Beinverkürzung. Wer die Besitzer des Lofts waren, wussten die Nachbarn nicht, und es hat sie wohl auch nicht sonderlich interessiert, solange es keine Probleme gab.«

»Ein ziemlich versnobter Haufen, diese Loft-Besitzer.« Björn Dietze verzog das Gesicht. »Jedenfalls haben wir neben Lilian Sorbis noch zwei weitere der insgesamt fünf Toten identifizieren können: einen Mann namens Michael Gede, dessen Wagen auf dem Stellplatz des Lofts gefunden wurde. Ein Dienstwagen der Rerricker Bank übrigens, wo Gede im Management tätig war. Und Reinhold Jäcker.«

»An dessen Namen ein direkter Draht zum LKA hängt?«, sagte Franka. Mittlerweile bereute sie es, ihren Burger wider besseren Wissens runtergeschlungen zu haben. Nun drückte ihr Magen so übel, dass sie kaum wusste, wie sie sitzen sollte.

Auch Luca Vidal schob ihren Teller mit den Spareribs-Überbleibseln von sich weg. »Genau der Typ. Wir beobachten Reinhold Jäcker schon länger, obwohl er sich nach seinen Anfängen als Zuhälter bedeckt gehalten hat. Seit einigen Jahren zählt er zu den führenden Köpfen in einer Menschenhandelsorganisation, leider viel zu weit im Hintergrund, um ihn dranzukriegen. Sogar unsere Überwachung wurde dank seiner Anwälte gekippt. Wie das eben so ist bei den Spitzen des Organisierten Verbrechens: Wir kennen ihre Namen, sehen, was läuft, können gegen sie direkt jedoch selten was unternehmen.«

»Deshalb ist es für uns auch sehr wichtig, dass wir mit der Sonderkommission im Rücken was reißen. Dass Jäcker umgebracht worden ist, allem Anschein nach sogar vorsätzlich, könnte für uns der Stein sein, der endlich alles ins Rollen bringt.«

»Das wird sich noch zeigen«, würgte Abel die Spekulation ab. Er saß zurückgelehnt da, sein Steak größtenteils unberührt. Dieser Mann legte es regelrecht darauf an, in jeder Runde der Fremdkörper zu sein. Immer danebenzustehen hat vermutlich auch so seine Vorteile, dachte Franka. Dann verstellt einem wenigstens niemand den Blick.

»Jäckers Background lässt jedenfalls Rückschlüsse auf die Nutzung des Lofts zu«, sagte Luca Vidal. »Dieser Michael Gede von der Bank wird als Gast bestimmt nicht nur ein Glas Champagner angeboten bekommen haben – nicht bei einem Mann wie Jäcker. Auch wenn die Nachbarn nichts davon mitbekommen haben, dürfte es sich um ein Laufhaus der Extraklasse gehandelt haben.«

»Dabei vergisst du einen wesentlichen Faktor: Ein Puff ohne Kundschaft ist kein Puff.« Björn Dietze wischte sich den Mund ab und verteilte dabei Ketchup über sein Kinn.

»Es gibt verschiedene Formen von Bordellen«, sagte Lars Brenner. »Das Loft könnte wichtigen Kunden vorbehalten gewesen sein – Geldgebern zum Beispiel oder besonderen Freunden, auf deren Unterstützung man in der Politik angewiesen war. Jäcker brauchte sich mit seinem Gast in Hannover nur in seine Luxuslimousine zu setzen und war keine Stunde später in Rerrick, ohne dass irgendwer davon Notiz nahm.«

»Das würde erklären, warum die Sitte nichts davon gewusst hat. Mit einem exklusiven Privatclub kommt der gewöhnliche Freier nicht in Berührung.« Eigentlich hatte Franka nicht vorgehabt, sich in diese Unterhaltung einzumischen – es war nicht ihre Spielwiese. Trotzdem stand ihr das Bild, worin der Sinn dieser Räumlichkeiten bestanden hatte, so klar vor Augen, dass sie es nicht für sich behalten konnte. »Die Herrschaften Jäcker und Kredit-Gede vergnügen sich zusammen, zuerst in einem erstklassigen Restaurant zum Warmlaufen, möglicherweise bereits in entzückender Gesellschaft. Danach geht es jedoch nicht in so etwas Profanes wie die nächste Stripbar, sondern in ein schickes Loft. Was dort stattfindet, bleibt auch dort, es gibt weder Öffentlichkeit noch Zeugen, dafür aber jede Menge Komfort. Wer will, kann sich zurückziehen, es ist ja ausreichend Platz da. Alles ganz entspannt und diskret, ohne den Druck gemieteter Hotelzimmer, falls mal eine Party außer Kontrolle gerät. Herr Gede kann seinen Bedürfnissen freien Lauf lassen.«

Simons Nacho-Friedhof war augenblicklich vergessen. »Dass diese Bedürfnisse auf jeden Fall befriedigt werden, dafür hat Jäcker bestimmt persönlich gesorgt, auch wenn er inzwischen vermutlich keine Finger mehr brechen muss, um sich eine Frau gefügig zu machen.«

»Das Loft als der perfekte Ort, um ein und aus zu gehen, ohne dabei Aufsehen zu erregen«, stieg Abel in die Runde ein.

»Und was ist mit den Nutten?«, fragte Björn Dietze. »So eine Handvoll junger Dinger im Haus wären selbst dem Snob-mäßigsten Nachbarn aufgefallen.«

Abel lehnte sich genervt im Stuhl zurück. »Die Mädchen werden kaum dort gewohnt haben, sondern wurden extra für die Termine rangekarrt, vermutlich abgestimmt auf die Bedürfnisse des jeweiligen Gastes – blutjunge Dinger für Kerle, die sich was beweisen wollen, ein halbes Dutzend Mädchen für narzisstische Arschlöcher und duldsame Lämmchen für diejenigen, die gern mal fester zulangen. Ein Menschenhändler wie Jäcker kann auf einen ganzen Pool voller Huren zurückgreifen und wird für seine Lieblingskunden die besten und frischesten rausgesucht haben.«

»So eine Art ›Best of‹ aus Reinhold Jäckers umfangreichem Stall«, sagte Lars Brunner. Abels Theorie schien ihm einzuleuchten. Dann sah der LKA-Mann in die Runde, bis sein Blick an Franka hängen blieb. Sie wusste auch, warum: Ihre Wangen hatten sich als einzige rot verfärbt. Eine durch und durch unprofessionelle Reaktion, gegen die sie jedoch nichts tun konnte. Es ließ sie nun einmal nicht kalt, dass ihre Kollegen über diese Frauen wie über eine beliebige Ware sprachen, die ganz auf Kundenwünsche ausgerichtet war. Handelsware – nicht mehr und nicht weniger. Eine Haltung, die ihr unmöglich war.

»Dürfte nicht leicht sein, die Spur dieser Frauen nachzuvollziehen«, dachte Franka laut nach. »Nach allem, was ihr über Jäckers Menschenhandelsring erzählt habt, sind sie bestimmt illegal ins Land gebracht worden.«

»Die Nutten sind Nebensache«, winkte Luca Vidal ab. »Die waren bloß Personal. Genau wie diese Lilian Sorbis, die bestimmt die Puffmutter gegeben hat, die alles schön in Ordnung hält, immer ausreichend saubere Handtücher auf

Vorrat hat und dafür sorgt, dass ihren Mädels auch hübsch die Titten aus dem Ausschnitt hüpfen.«

Okay. Luca Vidal konnte offenbar mühelos trennen zwischen sich und den unwichtigen Nutten. Franka spürte, wie ihre Hilflosigkeit in Wut umschlug. »Du meinst, diese toten Frauen kann man getrost beiseiteschieben, solange der große Fisch Jäcker an der Angel hängt, auch wenn er nicht mehr zappelt?«

Die LKA-Frau zog eine Augenbraue hoch. »Wie tickst du denn?«, sollte das wohl bedeuten.

»Entscheidend ist doch, wer es auf Reinhold Jäcker abgesehen hatte, um einen derartig hochprofessionellen Kill durchzuziehen«, sprang Lars Brenner seiner Partnerin zur Seite. »Wenn wir das klären, klärt sich das mit den anderen Opfern von allein. Damit wäre dann allen gedient.«

»Das gilt vielleicht für eure Ermittlung, Lars. Aber für den Rest von uns sieht das schon anders aus«, warf Simon ein. Nur der harte Zug um seine Mundwinkel herum verriet, wie sehr ihm das Ganze gegen den Strich ging. »Für Abels und Björns Ermittlungen wird jedes Brandopfer gleich zählen, ihre Schwerpunkte liegen deshalb anders als die von euch LKA-Leuten. Aber das werdet ihr sicherlich noch untereinander klären.« Auf Abels geraunte s»Unbedingt« ging er nicht ein. »Franka und ich sind wegen der Toten aus dem Wohnwagen hier, für uns steht sie im Zentrum. Und wir müssen uns fragen, ob sie früher zu Jäckers Stall gehört hat oder ob es sich bloß um einen Zufall handelt.«

»Gut, das verstehe ich ja«, sagte Lars Brenner – nur dass es gar nicht so klang, als wäre irgendwas gut. Zum ersten Mal verdüsterte sich das selbstbewusste Lächeln des LKAlers. Ein paar Sekunden schien er mit sich zu kämpfen, ob er die Autoritätskarte ausspielen sollte, entschied sich dann jedoch anders. »Das mit den alten Fingerbrüchen ist eine wirklich interessante Verbindung, auch wenn euer Opfer ja deutlich vor dem Brandanschlag getötet wurde.«

»Ich habe mir den Obduktionsbericht der Wohnwagenleiche angesehen«, sagte Luca Vidal. »Man könnte die Misshandlungen durchaus als Folter deuten. Wenn wir einmal davon ausgehen, dass die Tote zu Jäckers Dunstkreis gehörte, war sie vielleicht schon mal im Loft gewesen. Dann war vermutlich einer scharf auf Insiderwissen und hat es ihr gewaltsam entlockt. Die Sicherung des Lofts war schließlich top, und trotzdem ist jemand eingedrungen, ohne Spuren zu hinterlassen.«

»Ich kann mir kaum vorstellen, dass sich irgendeine kleine Fickmaus so sehr fürs Alarmsystem interessiert, dass jemand etwas mit ihrem Wissen anfangen kann«, widersprach Björn Dietze. »Die Spur ist doch jetzt schon genauso tot wie die Braut aus dem Wohnwagen.«

Der Kommentar war in vielerlei Hinsicht ein Fehler, wie Abels wütender Seitenblick verriet. »Du redest vielleicht einen Schwachsinn«, sagte er.

Björn Dietze zuckte zusammen, und obwohl seine fleischigen Lippen bebten, kam kein Laut über sie.

Für gewöhnlich stand es nicht gerade zum Besten in der Partnerschaft der beiden Kommissare, aber zumindest hatte bislang der nötige Zusammenhalt geherrscht. Wenn Björn Dietze sich jetzt – aus welchem Grund auch immer – aus diesem Pakt verabschiedete, war er noch dümmer, als Franka ohnehin schon angenommen hatte. Denn dass man sich nicht ohne Not mit Abel Messner anlegte, wusste das gesamte Dezernat.

»Die Fickmaus hat übrigens einen Namen«, sagte Franka, da Simon zu sehr damit beschäftigt war, Nacho-

Krümel über den Tisch zu schnipsen, ganz so, als hätte er den Konflikt seiner Kollegen nicht mitbekommen. »Deshalb sind wir vorhin auch zu spät gekommen, weil uns zur Identifizierung nur der Teilabdruck eines Fingers zur Verfügung stand. Herausgekommen ist der Name einer illegal nach Deutschland eingereisten Georgierin. Wir wollten auf Nummer sicher gehen, ob wir auch die richtige Frau aufgetan haben, und dazu gehörte eine Fahrt nach Hannover, wo unser Opfer vor vier Jahren polizeilich aufgefallen ist. So, wie es aussieht, haben wir einen Treffer erzielt, wenn auch nur unter Vorbehalt.«

»Und die Bombe lasst ihr erst jetzt platzen? Mal davon abgesehen, dass ihr in meinem Revier unterwegs gewesen seid, ohne mich zu informieren.« Die flache Hand, mit der Lars Brenner auf den Tisch schlug, machte einen Knall. »Echt, Simon. Ich dachte, wir würden uns zu gut kennen für so einen Taktikscheiß.«

»Spiel dich nicht auf«, war alles, was Simon zu dieser Kritik sagte.

Abel lachte heiser. »Eine Vorabinformation per SMS wäre nicht verkehrt gewesen.«

Der Vorwurf richtete sich zwar auch an Simon, doch in erster Linie galt er Franka. Schließlich war sie es gewesen, die Abel durch einen Tipp auf eine mögliche Verbindung der beiden Fälle aufmerksam gemacht hatte. Trotzdem hatte Franka kein Problem damit, seinem Blick standzuhalten. Wenn du letzten Herbst nicht mein Handy gehackt hättest, wäre eine SMS drin gewesen. Vermutlich sogar mehr. Nur leider hast du deinen Kredit bei mir restlos verspielt. »Wie gesagt, wir wollten sicher sein, bevor wir die Info weitergeben«, sagte sie und überging Abels gereiztes Schnauben.

Luca Vidal zuckte mit der Schulter, als ginge sie die ganze Aufregung nichts an. »Okay, aber wie lautet nun der Name der Wohnwagenleiche?«

»Unser Opfer heißt mit großer Wahrscheinlichkeit Rosalia Orlow«, sagte Simon. »Sie ist in unserem System gelandet, weil sie vor vier Jahren in einem Drogeriemarkt zusammengebrochen ist. Im Krankenhaus kam dann heraus, dass sie ohne Visum eingereist war. Angeblich auf Bekanntenbesuch in Deutschland, allerdings hat sie sich geweigert, die Adresse ihrer Freunde anzugeben. Ist dann bei Nacht und Nebel aus dem Krankenhaus getürmt, obwohl sie alles andere als fit gewesen sein dürfte und medikamentös noch nicht eingestellt war. Seitdem hatte sich ihre Spur verloren.«

Luca Vidal pfiff leise durch die Zähne. »Da schau an, eine junge Illegale aus Georgien – Jäckers Spezialität. Passt, würde ich sagen.«

»So einfach ist das nicht. Den Kollegen von der Sitte hier in Rerrick hat ihr Bild nichts gesagt, selbst nicht mit dem Hinweis, dass sie ihr Haar damals lang und stark blondiert trug«, ergänzte Simon. »Die Kleidung, die unter ihrem Trenchcoat zum Vorschein kam, sah jedoch stark nach horizontalem Gewerbe aus, deshalb sind jetzt einige von unseren Leuten mit ihrem Foto in den einschlägigen Ecken unterwegs. Viel Hoffnung machen wir uns aber nicht.«

Lars Brenner knurrte zustimmend. »Vier Jahre sind eine verdammt lange Zeit, da draußen ist seitdem bestimmt schon die dritte Generation Bordsteinschwalben unterwegs. Das Karussell dreht sich ja immer schneller, die Kunden wollen dauernd frische Ware, und Leute wie Jäcker und Konsorten verdienen ihr Geld damit zu liefern. Eine aussortierte Hure zu finden dürfte alles andere als ein Spaziergang sein.«

»Falls Rosalia damals tatsächlich auf der Straße anschaffen gegangen ist.« In Franka stieg Trotz auf. »Es gäbe auch andere Erklärungen für ihre Aufmachung. Nur weil eine Frau nichts als sexy Wäsche unter ihrem Trench trägt, ist sie nicht automatisch eine Prostituierte. Vielleicht hatte sie eine Wette verloren oder wollte einfach mal etwas Verrücktes tun.«

Die Kollegen sahen Franka unisono an. »Kennst du dich mit solchen Aktionen etwa persönlich aus, ausgerechnet du?«, fragten die Blicke. Sie hielt es aus.

Lars Brunner fand als Erster seine Sprache wieder. »Halten wir fest: Wir können noch keine Aussage über Rosalia Orlows Vorleben treffen, obwohl ihre absichtlich herbeigeführten Fingerbrüche denen eines der Brandopfer auf verblüffende Weise ähneln. Nehmen wir nun einfach mal an, dass Rosalia zu Jäckers exklusivem Damenkreis gehörte, auch wenn sie auf euch den Eindruck einer waschechten Kleinstadt-Lady gemacht hat, okay?«

»Da reicht meine Fantasie nicht aus«, blockte Franka ab.

»Vielleicht hatte Rosalia ein Köfferchen mit Spezial-Fummeln dabei, das ihr bislang nur noch nicht gefunden habt«, versuchte Luca Vidal ihr auf die Sprünge zu helfen. »Du weißt schon: Sie spaziert in ihrem braven Look durch die Gegend und verwandelt sich dann erst im Hotelzimmer oder wo auch immer in die Über-Bitch.«

»Du liegst falsch«, sagte Franka. Wie auf Knopfdruck stand ihr das Bild der Toten vor Augen. Was auch immer in den letzten Jahren im Leben der jungen Frau geschehen war, sie hatte in Würde gelebt und ein Kind bekommen. Diese spezielle Aura hatte sie selbst noch nach dem Tod umgeben wie ein pudrig-angenehmer Duft anstelle des scharfen Geruchs nach Verzweiflung und Selbstekel. »Zum

Zeitpunkt ihres Todes war sie weder eine Anziehpuppe noch eine unterwürfige Performerin, sondern eine selbstbewusste, zufriedene Frau.«

Luca Vidal war nicht sonderlich beeindruckt. »Sagt wer?«

»Sage ich.«

»Wow, dann bist du also nicht nur Kommissarin, sondern auch Profiler. Warum hat uns das niemand erzählt?«

»Es ist immer schwierig, die Fähigkeiten eines Ermittlers anhand seiner offiziellen Zertifikate zu beurteilen. Vor allem, wenn man von außen kommt«, hielt Simon der jungen LKA-Frau vor Augen. »Franka hat mit ihren Einschätzungen schon beeindruckend oft richtiggelegen.«

Kurz blitzte die Widerspruchslust in Luca Vidals Augen auf, dann zuckte sie mit den Schultern.

Auch Franka atmete aus. Die LKA-lerin war keine Front, an der sie auch noch kämpfen wollte. Sie war erschreckend dünnhäutig in der letzten Zeit, und das verleitete sie zu Fehlern. Fehler, die sie sich nicht leisten konnte, wenn sie ihren Job und ihren mühsam erworbenen Respekt im Kollegium behalten wollte.

»Mal angenommen, die braven Klamotten gehörten eurer Toten wirklich«, dachte Abel laut nach. »Das schließt Prostitution nicht automatisch aus. Schließlich gibt es Freier, die durch reserviertes Auftreten angeturnt werden. Denen geht es ums Erobern.«

»Unsinn«, entfuhr es Franka prompt, obwohl sie sich gerade erst dazu ermahnt hatte, einen Gang runterzuschalten. »Das gilt vielleicht für den Sekretärinnen-Look, aber der letzte Mann, der ernsthaft auf kühle Schönheiten stand, war Alfred Hitchcock.«

»Wenn du das denkst, dann weißt du nicht viel über Männer«, sagte Abel. »Für manche ist es ein Riesenspaß, eine echte Lady auf allen vieren vor sich zu haben. Das ist viel erregender als leichte Beute.«

»So ist das also.« Franka brach der Schweiß aus, als ihr klar wurde, dass sie mit ihrer durchgestylten Kleidung und ihrer unnahbaren Art in Abels Augen selbst eine solche Lady war. Und wenn sie sich nicht täuschte, war Abel sich sicher, sie eines Tages höchstpersönlich zu erobern.

Lars Brenner schien die Diskussion zu gefallen. »Manche Frauen sind sehr wandlungsfähig: gestern Schlampe, heute die Lady. Immer genau das, was der Kunde wünscht. So läuft das Geschäft, das prägen die Zuhälter ihren Mädchen doch gleich von Anfang an in die DNA. Und diese Rosalia muss ein besonders braves Mädchen gewesen sein, wenn Jäcker sie in der Top-Klasse willkommen geheißen hatte.«

»Wie auch immer.« Simon hob seine Stimme nur unmerklich an. »Unser Team wird die Frage, wo und wie Rosalia Orlow in den letzten vier Jahren gelebt hat, gleich morgen früh angehen. Außerdem sind unsere Leute schon dabei, die Fingerbrüche von Orlow und dem weiblichen Brandopfer abzugleichen. Solange alte Fingerbrüche die einzige Parallele zwischen unseren Fällen sind, gibt es eigentlich nicht viel zu besprechen.«

»Nach allem, was ihr über Rosalia Orlow erzählt habt, gehe ich stark davon aus, dass unsere beiden Fälle zusammenhängen«, erwiderte Lars Brenner und sprach damit aus, was Simon auf ihrer Fahrt zum Restaurant bereits befürchtet hatte. »Mal ehrlich: eine Illegale in Nuttenaufmachung, deutlicher geht es doch nicht. Da können wir unsere Zusammenarbeit gar nicht früh genug aufeinander abstimmen.«

Simon verzog keine Miene. »Ich bleibe dabei: Fingerbrüche und eine sexy Aufmachung reichen für eine Zusammenlegung der Fälle nicht aus. Für beides könnte es zig Erklärungen geben, in denen der Menschenhändler Jäcker gar nicht vorkommt.«

So leicht ließ Lars Brenner sich nicht abwimmeln. »Ich habe gehört, euer Wohnwagen-Team ist ziemlich klein, weil sämtliche Ressourcen für die Brandstiftung draufgehen. Keine gute Voraussetzung für eine komplexe Suche, sollte man meinen.«

Ein Seitenblick reichte Franka als Bestätigung, dass Björn Dietze sich als Informant betätigt hatte, so eifrig nickend, wie er dasaß und Lars Brenner bewundernd anstarrte. »Unser Team ist klein, aber effektiv«, sagte sie, während sie im Hinterkopf notierte, niemals Kollegen zu unterschätzen, die eine Möglichkeit wittern, etwas für ihr angeknackstes Ego zu tun.

»Ihr seid innerhalb von zwei Tagen sehr weit gekommen, keine Frage. Nur werdet ihr jetzt an Grenzen stoßen, falls euer Opfer nicht doch noch als vermisst gemeldet wird.« Dass die fehlende Vermisstenmeldung den Prostitutionsverdacht noch verstärkte, brauchte Lars Brenner nicht extra zu betonen. »Seien wir ehrlich: Ihr steht doch schon vor einer Herausforderung, wenn euer Opfer nur zu Besuch in Rerrick gewesen ist und ansonsten außerhalb eures Distrikts lebte. Wir vom LKA haben da ganz andere Möglichkeiten, und um die zu nutzen, müsst ihr nur bei unserem Team andocken.«

Und unseren brutalen Mordfall der Zerschlagung eines Menschenhändlerrings unterordnen, dachte Franka. Falls Rosalia tatsächlich etwas damit zu tun hatte, wäre das ja akzeptabel, aber wenn nicht, würde ihr Fall vermutlich sehr schnell zum Cold Case abgestempelt werden, weil alle fähigen Ermittler nach der Pfeife des LKA tanzen mussten.

Es reichte ein Blickwechsel mit Simon, damit klar war, wo sie beide standen. »Das sind wirklich verlockende Aussichten«, sagte Simon freundlich. »Aber es ändert nichts daran, dass wir im Augenblick noch keinen gemeinsamen Fall haben. Und solange das so ist, werden wir mit unseren beschränkten Mitteln eben das Beste geben – so wie immer.«

»Ist das dein letztes Wort?«

»Das ist nicht mein letztes Wort, sondern der Stand der Dinge.«

Lars Brenner schüttelte den Kopf, dann grinste er Simon an. »Du und deine Partnerin, ihr beiden passt wirklich gut zusammen. Immer schön die einmal eingeschlagene Richtung beibehalten, nur nicht nach rechts und links schauen, das würde schließlich nicht der Rerricker Größenordnung entsprechen. Jetzt weiß ich wenigstens, warum du in dieser Stadt gelandet bist.«

»So viel zu deiner Behauptung, mich gut zu kennen. Von Franka ganz zu schweigen«, entgegnete Simon, dann winkte er der Kellnerin.

15

Während sich Björn Dietze mit den LKA-Leuten zum Rauchen in eine windstille Ecke neben dem Diner verzog, stellte Abel sich zu Simon und Franka neben das Eingangsportal.

Wieso lande ich immer in der Abel-Messner-Gruppe?, fragte Franka sich, während sie rasch ihr Handy checkte. Lauter Unsinnsnachrichten von Noah, dem Jungen war offenbar langweilig.

Simon war ebenfalls nicht begeistert, wie sein grimmiger Gesichtsausdruck verriet. »Keine Lust auf eine Zigarette?«, fragte er Abel.

»Kommt auf die Gesellschaft an.«

Trotz dieses Entgegenkommens entspannte sich Simon nicht. Seit er Lars Brenners Angebot ausgeschlagen hatte, sich ermittlungstechnisch dem Brandstiftungsfall anzuschließen, strahlte er diesen kalten Zorn aus. »Dein Partner Björn scheint die LKA-ler ja ausgesprochen anziehend zu finden«, hielt er Abel vor.

»Björn weiß nur, wie man geschmeidig durchkommt: Er hängt sich einfach an den Stärksten – und aus seiner Nagetierperspektive sind das im Augenblick die Kollegen vom LKA. Wenn er sich nicht allzu dumm anstellt, fallen von dem Ruhm, einen Menschenhändlerring zur Strecke gebracht zu haben, vielleicht ein paar Brocken für ihn ab. An meiner Seite ist es ihm in letzter Zeit zu ungemütlich geworden.«

»Dann steht für deinen Partner also schon fest, dass wir vom LKA geschluckt werden?«, hakte Simon nach.

Abel lächelte bitter. »Siehst du das etwa anders?«

Anstelle einer Antwort knackten Simons Kieferknochen, als hätte er auf Stein gebissen.

Entschlossen steckte Franka ihr Handy weg, über Noahs Dadaismus-Anfall würde sie sich später Gedanken machen. »Ich verstehe nicht, warum ihr wie zwei geprügelte Hunde ausseht. Wir haben uns doch wacker geschlagen.«

Simon zog eine Braue hoch. »Meinst du? Wenn Lars sich nicht so sicher wäre, uns im Vorbeigehen einstecken zu können, hätte er eben mit ganz anderen Bandagen gekämpft. Die Zeit spielt für ihn, warum soll er sich also anstrengen? Das ist der einzige Grund, warum wir vorerst ungeschoren davongekommen sind.«

»Zum Schluss wirkte er nicht gerade wie jemand, der uns gönnerhaft vom Haken lässt, sondern ernsthaft angesäuert«, gab Franka zu bedenken.

»Lars Brenner war genauso wenig angesäuert, wie er zuvor gut drauf gewesen ist. Alles nur Schauspiel, wenn auch ein verdammt gutes, wie ich ihm lassen muss. Seit unserer Ausbildung hat er sich ein paar hübsche Tricks zugelegt, aber das ändert nichts daran, dass es ihm immer noch um das Eine geht: Er will sich durchsetzen.«

»Aus dem Mund eines Karrieristen wie dir klingt das ziemlich bedrohlich«, sagte Abel.

»Genau wie die plötzliche Anhänglichkeit von einem Egomanen deines Kalibers«, hielt Simon dagegen.

Abel lachte.

Unweigerlich fragte sich Franka, ob sie Abel schon einmal lachen gehört hatte – nicht diesen rauen, kehligen Laut, mit dem er klarmachte, wie egal ihm alles war, sondern ein echtes Lachen. Vermutlich hob er es für einen jener seltenen Momente auf, in denen er hinter seinem Schutzwall hervortrat. Nicht deine Baustelle, ermahnte sie sich. Jetzt ging es darum, dass sich hier die Möglichkeit auf ein Bündnis bot, auch wenn Simon davon offenbar nichts wissen wollte.

»Wenn wir schon beisammenstehen, anstatt unsere müden Knochen aufs Sofa zu schleppen, können wir uns auch überlegen, wie wir die Federführung behalten und uns das Wissen des LKA trotzdem zunutze machen können.«

»Frau Janhsen will der Bestie nicht nur aus dem Rachen springen, sondern dabei auch noch etwas Hübsches mitnehmen.« Abel grinste. »Ich traue dir ja einiges zu, Franka, aber in diesem Fall verschätzt du dich. Hier heißt es nicht ›wir gegen Brenner‹, sondern ›Rerricker Provinzpolizei gegen das Niedersächsische LKA‹. Da geht es um Dinge wie Weisungshoheit und übergeordnete Interessen, kalte Bürokratie und Macht.«

Simon nickte. »Genau darauf läuft es hinaus.«

Es kam nicht oft vor, dass diese beiden so unterschiedlichen Kommissare einer Meinung waren. Normalerweise herrschte bestenfalls eine Art unausgesprochener Burgfrieden. Franka ahnte zwar, dass es früher einen heftigen Zusammenstoß zwischen Simon und Abel gegeben haben musste, aber danach hatten sie wohl beschlossen, das Unentschieden stehen zu lassen. Trotzdem waren sie eher bereit, sich vor Lars Brenner geschlagen zu geben, als sich zusammenzuschließen und ihm gemeinsam die Stirn zu bieten.

»Wir geben also kampflos auf. Einfach so.« Franka suchte Abels Blick, doch entgegen seiner sonstigen Angewohnheit, sie immerzu anzustarren, wich er ihr aus. Genau wie Simon, der bereits mit seinen Autoschlüsseln spielte. »Dann hätten wir Lars Brenner unseren Fall auch gleich überlassen können, bevor er ihn uns mit einem dreisten Grinsen wegnimmt. Das hätten wir leichter haben können, Simon.«

Ihr Partner verschränkte die Arme vor der Brust. »Ach, komm schon, ich bitte dich.«

»Nein, ich bitte dich. Und zwar darum, dir das Ganze noch einmal durch den Kopf gehen zu lassen, anstatt jeden Gedanken an Widerstand sofort abzublocken.«

»Ich blocke nicht, sondern finde mich nur mit der Realität ab, auch wenn sie mir nicht gefällt«, sagte Simon. »Ich hol jetzt den Wagen und bring dich nach Hause.« Ohne eine Antwort abzuwarten, marschierte er los.

»Abel?«, sagte Franka leise.

Keine Reaktion.

»Ich weiß, dass es dich umbringt, den Laufburschen fürs LKA zu geben. Trotzdem stellst du dich tot, obwohl sich dir hier eine Gelegenheit bietet, was dagegen zu tun.«

Abel stöhnte. »Es ist, wie Simon gesagt hat: Die Sache ist durch, wir haben vorhin nur die Muskeln spielen lassen. Ein bisschen Wichtigtuerei, damit Brenner nicht seinen Respekt vergisst, falls er überhaupt welchen für uns übrig hat. Also tu uns den Gefallen und vergiss ausnahmsweise mal deine Sturheit. Wenn dein Ritter gleich mit seinem rostigen Opel auftaucht, will er davon bestimmt nichts mehr wissen.«

Franka schluckte den Seitenhieb runter und achtete nicht darauf, dass er wie ein Stein in ihrem Magen landete. »Simon wird sich an die Regeln halten, weil sie ihm wichtig sind, so ist er nun einmal. Gott sei Dank, denn genau das macht ihn ja so verlässlich – aber für einen wie Brenner eben auch berechenbar. Für uns beide gilt das aber nicht, du hast dich noch nie darum gekümmert, was die anderen von dir halten, und ich … nun, ich bin nach wie vor der Grünschnabel, der noch eine gewisse Narrenfreiheit besitzt.«

»Interessant, wie du uns beide siehst.«

»Lenk nicht ab«, knurrte Franka. »Wir sollten uns zusammentun, dadurch behalten wir den Fuß eher in der Tür.«

Abel massierte sich den Nacken. »Du und ich – das ergibt kein ›Wir‹, das hast du mir letzten Herbst unmissverständlich klargemacht. Von deinem Besuch in meiner alten Heimat mal ganz zu schweigen.«

Hörte Franka da tatsächlich eine Spur von Verletztheit heraus? Unmöglich. »Hierbei geht es einzig und allein darum, dass wir uns nicht die Beute vor der Nase wegschnappen lassen. Die LKA-Leute wollen den Menschenhändlerring aufdecken, das ist ihre Spur. Aber wir wollen wissen, warum Menschen verbrannt sind und eine junge Frau brutal ermordet wurde. Das muss für uns im Mittelpunkt stehen, darauf zielt unsere Jagd ab.«

Endlich sah Abel sie an. Sie hatte seinen Punkt getroffen: die Jagd. Das bewies das unheilvolle Leuchten in seinen Augen, vor dem sie sich normalerweise fürchtete. Darauf konnte sie jetzt jedoch keine Rücksicht nehmen.

»Wir jagen jemanden, der keine Probleme damit hat, jungen Frauen einen Finger nach dem anderen zu brechen und sie anschließend abzuschlachten«, stellte sie klar.

Das Leuchten wurde stärker.

»Willst du denjenigen nicht finden und ihn fragen, warum er das getan hat?«

Franka wusste, dass sie Abel hatte, noch bevor er zustimmend nickte.

»Das will ich«, sagte er schlicht.

»Dann haben wir einen Deal.«

»Ja.«

Jetzt hast du deinen Pakt mit dem Teufel, dachte Franka und unterdrückte ein Frösteln.

Eine Hupe ertönte, und Simons Wagen hielt am Straßenrand.

»Dann bis morgen«, sagte Franka und ging auf den Wagen zu, dessen Beifahrertür Simon gerade öffnete.

»Gute Nacht«, rief Abel ihr nach. »Ach, und Simon? Sei heute Abend nett zu Ariadne, deine Liebste hat einen harten Tag hinter sich. Ich weiß es, ich war nämlich zu Besuch bei ihr.«

Simon zuckte zusammen, genau wie Franka. Den Namen Ariadne hatte sie sorgfältig verdrängt, genau wie das Wissen, dass sie nicht nur mit ihrem Vorgesetzten und Partner flirtete, sondern mit einem bereits vergebenen Mann.

Während der Wagen durch die nächtlichen Straßen von Rerrick fuhr, sah Franka gedankenverloren aus dem Fenster. Kaum hielt Simon vor ihrem Mietshaus, stieß sie die Autotür auf, drehte sich dann jedoch noch einmal zu ihm um.

»Abel zieht übrigens an einem Strang mit uns.«

Sofort wurde Simons Mund zu einer harten Linie. »Hältst du das für eine gute Idee?«

»Wir brauchen ihn.«

»Man bekommt bei Abel Messner nichts umsonst.«

»Weißt du das von Ariadne?«

Eine Sekunde verstrich, dann noch eine. Dann strich Simon sich über den Mund. »Ariadne spricht nicht über Abel, schließlich ist er einer ihrer Patienten. Er muss regelmäßig zu ihr, nachdem er im letzten Herbst deinetwegen jemanden erschossen hat.«

Unwillkürlich presste Franka ihre Hände vor die Brust, als schmerzten die Verätzungen der Handteller vom letzten Herbst plötzlich wieder. Noch immer waren die schwarzen Schlieren hineingebrannt, Verletzungen, die sie bei den Ermittlungen erlitten hatten. Manchmal glaubte sie, dass es vor allem die Erinnerung daran war, wie sie gezwungen worden war, ätzendes Silbernitrat mit der bloßen Hand anzufassen. »Wenn Abel nicht geschossen hätte, wäre ich jetzt tot«, sagte sie atemlos.

»Ich mache ihm ja auch nicht den geringsten Vorwurf, ich hätte schließlich genau dasselbe getan. Das ändert allerdings nichts daran, dass er psychologische Hilfe in Anspruch nehmen muss – noch Monate später. Vermutlich gibt es bei Abel mehr aufzuarbeiten als lediglich seine Kaltblütigkeit, wenn es ums Töten geht.« Langsam langte Simon nach Frankas Händen und drückte sie sacht hinunter. Einen Augenblick lang blieben seine Finger auf ihren liegen, eine warme, prickelnde Berührung, dann zog er sie zurück. »Alles, was ich sagen will, ist, dass du vorsichtig sein musst, wenn es um Abel Messner geht.«

»Das bin ich«, behauptete Franka, obwohl es sich wie eine Lüge anfühlte.

»Gut«, sagte Simon.

Franka fragte ihn nicht, ob er noch auf einen Drink mit raufkommen wollte. Sie streckte auch nicht den Arm aus, um ihn flüchtig zum Abschied an der Schulter zu berühren, wie sie es in der letzten Zeit immer häufiger getan hatte. »Gute Nacht«, war alles, was sie sagte, ehe sie ausstieg. Erst als sie die Haustür hinter sich schloss, erlaubte sie es sich aufzuatmen.

16

Ada prägte sich jedes Detail genau ein, schließlich war es das letzte Mal, dass sie dem Riesen ins Gesicht blicken musste. Die von Furchen durchzogene Stirn, die in den letzten Monaten merklich tiefer geworden waren … den schief stehenden Zacken von einer Nase … das grau melierte Haar, das sich so spröde zwischen den Fingern anfühlte … und den leicht offen stehenden Mund. Seinen Mund hasste sie ganz besonders, samt dieser elenden Schnarcherei. Was war sie froh, wenn es damit vorbei war. Aber jetzt, jetzt hörte sie zu, sie lehnte sich sogar weiter vor, bis sie den Bourbon in seinem Atem roch.

»Du bist widerlich«, flüsterte sie. »Ein widerlicher alter Mann.«

Der Riese reagierte nicht.

Nachdem sie sein Spielchen im Panikraum sabotiert hatte, war er unausstehlich gewesen, hatte sich in Rage geredet, was zur Hölle ihr bloß durch den Kopf gehe, um im nächsten Moment zu winseln wie ein getretener Hund, man müsse ihn verstehen, gefolgt von Schweigen und zu guter Letzt dem Vorwurf: »Ich tue das doch nur für dich!«

»Schwachsinn. Du hast es für dich getan«, antwortete sie ihm nun, da er seinen Rausch in seinem heiß geliebten Lesesessel ausschlief. »Alles dreht sich nur um dich, um deine Bedürfnisse. Ich bin dir doch völlig egal, ich bin nicht mehr als eine Puppe, mit der du machen kannst, was du willst. Aber damit ist jetzt Schluss. Endgültig. Du hast mich lange genug eingesperrt.«

Als könnte der Riese ihre Worte in den Tiefen seines Schlafes hören, begannen seine Augäpfel unter den geäderten Lidern zu rasen. Mehr geschah nicht. Eine halbe Flasche Bourbon haut eben auch einen echten Riesen um, stellte Ada befriedigt fest, rutschte aber zur Sicherheit ein wenig auf seinem Schoß herum, auf dem sie mit gespreizten Beinen saß. Nicht einmal das zeigte Wirkung – und das war der endgültige Beweis: Der Riese war hinüber, weggetreten wie ein Bär nach einer Doppelladung Betäubungsmittel.

»Vielen Dank für alles«, sagte Ada, dann spuckte sie ihm ins Gesicht. Ein sauberer Treffer, direkt auf seine Wange, doch sie war schon nicht mehr richtig bei der Sache. Der Riese war Vergangenheit, genau wie »ihre Mutter« bereits nicht mehr als ein Schatten in ihrer Erinnerung war. Nur beim Gedanken an Maxi musste sie schlucken, aber auch das würde schon bald vergehen. Man musste die Vergangenheit hinter sich lassen, um ein neues Leben anzufangen – und genau das hatte sie vor.

Seitdem sie den Riesen um seinen Spaß mit der brennenden Plastiktüte gebracht hatte, waren fünf Stunden vergangen. Fünf Stunden, in denen sie Schwerstarbeit geleistet hatte, ihn davon abzuhalten, in den Panikraum zurückzukehren und seinen Plan doch noch in die Tat umzusetzen. Dazu hatte sie sämtliche Tricks aufbieten müssen, aber es war ihr gelungen.

Als Ada nun von seinem Schoß stieg, überrollte sie eine Welle der Erschöpfung. Als wäre ihr Körper nicht aus Fleisch und Blut, sondern aus Lehm, der langsam aushärtete und jede Bewegung zur Qual machte. Normalerweise genoss sie diese Art von Taubheit, aber nicht im Augenblick, so schwer und zäh, wie sie an ihr zog und sie dazu zwingen wollte, einer Statue gleich vor dem Riesen stehen zu bleiben. Genau wie diese Frau auf der Flucht aus dem brennenden Pompeji, die beim Blick zurück auf das Schicksal, dem sie zu entkommen versuchte, zu Stein erstarrt war. Und so würde auch sie enden, wenn sie sich nicht endlich in Bewegung setzte.

Reiß dich zusammen, du blödes Miststück, fuhr sie sich an und ließ noch einige Selbstbeschimpfungen folgen, bis ihr Körper endlich gehorchte. Sie strich ihr Kleid glatt und holte den Beutel hervor, den sie hinter der Vitrine versteckt hatte. Über der Sessellehne hing noch ihr Slip. Sollte der Riese ihn behalten.

Draußen herrschte stockfinstere Dunkelheit und erinnerte Ada daran, dass dies schon die dritte Nacht war, in der sie keinen Schlaf bekommen würde. Nun, sie schlief ohnehin kaum, denn sonst kamen die Träume, und Träume waren noch schlimmer als Erinnerungen.

Glücklicherweise hatte der Riese in seiner Wut vergessen, die Tür zum Panikraum mit der Stange zu blockieren. Kaum schwang die Tür auf, erklang ein Keuchen. Offenbar fand noch jemand anderes keinen Schlaf in dieser Nacht. Sie gönnte sich einen Moment, in dem sie einfach dastand und abwartete, während sie in der Dunkelheit vor sich Mads' immer schneller gehenden Herzschlag zu hören glaubte. So fühlt es sich an, wenn man lebendig ist, dachte sie. Kein Lehm, keine bleierne Schwere.

»Bist du das, Ada?« Mads' Stimme war nicht mehr als ein Raunen, trotzdem hörte sie diese spezielle Mischung aus Hoffnung und Verzweiflung.

Das gefiel ihr. Sie war seine Hoffnung. Was ihr nicht gefiel, war die Tatsache, dass sein Rufen dumm war. Was, wenn nicht sie die Tür geöffnet hätte? Dann hätte Mads verraten, dass sie einander kannten, ja, sogar vertraut waren – und dann hätten nicht einmal ihre Tricks ausgereicht, um den Riesen zu besänftigen. Um dem jungen Mann diesen Fehler heimzuzahlen, drückte Ada den Lichtschalter und sah zu, wie Mads das Gesicht verzog, als die Helligkeit ihn blendete.

»Da bist du ja. Mann, ich habe schon nicht mehr dran geglaubt«, sagte er, nachdem er die Tränen aus seinen Augen geblinzelt hatte. »War dein Vater sehr wütend auf dich?«

Seine Besorgnis stimmte Ada versöhnlich. »Wenn man weiß, wofür man etwas tut, lässt sich alles aushalten«, sagte sie. Vor ihrem geistigen Auge tauchte das Bild auf, wie sie rittlings auf dem Schoß des Riesen gesessen hatte. Sie würde Mads nicht verraten, wie hoch seine Schulden bei ihr in Wahrheit ausfielen. Später vielleicht, wenn sie seiner sicher war, aber auch nur vielleicht.

Zwischen Mads' Brauen bildete sich eine steile Sorgenfalte. »Hat er dich geschlagen, dir irgendwie wehgetan?«

»Nicht mehr als sonst.« Ada trat einen Schritt auf Mads zu und zeigte ihm ihre linke Hand mit den schief stehenden Fingern, die von schlecht verheilten Brüchen kündeten.

»Dieser verdammte Schweinekerl.«

»Nicht doch«, sagte Ada und machte noch einen Schritt. Jetzt war sie fast bei ihm.

»Sobald du mich losgemacht hast, werde ich den Typen …« Weiter kam Mads nicht, denn Ada legte ihren Zeigefinger auf seine Lippen.

»Nichts wirst du. Ich binde dich los, und dann gehen wir fort, so, wie wir es einander versprochen haben. Das weißt du doch noch?«

»Natürlich, jedes einzelne Wort. Das war schließlich das Einzige, was mich in diesem Loch aufrecht gehalten hat.«

Mads' Atem hinterließ einen warmen Hauch auf Adas Zeigefinger. Die Schwere in ihren Gliedern, die sie unablässig frösteln ließ, wich für einen Augenblick. Am liebsten hätte sie ihren Finger auf seinen Lippen gelassen, aber dadurch wäre die Wirkung ihrer Geste verpufft. Deshalb ließ sie die Hand sinken, und die Kälte kehrte sogleich zurück.

»Ich sollte mir diesen alten Mistbock trotzdem vorknüpfen«, sagte Mads. »Ihm klarmachen, dass er sich uns beide besser aus dem Kopf schlägt.«

Ada dachte über sein Angebot nach, zumindest tat sie so, dann schüttelte sie den Kopf. »Nein, wir gehen. Sofort.«

»Er hat noch ein paar Sachen von mir, wichtige Sachen.«

»Trotzdem. Es sind nur Sachen.«

»Sachen, mit denen er mir das Leben schwermachen kann.«

Ada seufzte. »Dazu wird er keine Gelegenheit haben, weil wir beide fort sein werden. Oder hast du etwa gedacht, du kannst nach der Sache hier einfach in dein altes Leben zurückkehren? Er ist gerissen, es würde nicht lange dauern, bis er dich gefunden hätte und du wieder in diesem Raum sitzen würdest. Nur, dass ich dir dann nicht helfen könnte. Wenn er uns erwischt, werde ich mir nämlich nicht mal selbst helfen können.«

Etwas wie Wut blitzte in Mads' Augen auf, der Unwille, sich ihrer Vernunft zu beugen. Doch letztendlich nickte er. »Meinetwegen, scheiß auf den Kram. Es war ohnehin Zeit, die Segel zu streichen und Rerrick hinter mir zu lassen. Wir zwei beide also?«

»Ja«, sagte Ada. Da war sie wieder, diese wunderbare Wärme, die er ihr schenkte, und dieses Mal sogar ganz ohne Berührung. Als würde allein Mads' Gegenwart ausreichen, um sie zu heilen. Ab jetzt würde alles gut werden, da war sie sich sicher.

Ada kramte in der Beuteltasche, die über ihrer Schulter hing, dann kniete sie sich nieder und durchschnitt mit der Rosenschere, die sie im Gartenhaus gefunden hatte, die Plastikschnüre, mit denen Mads' nackte Beine an die Stuhlbeine gefesselt waren. Dann zwängte sie die Schere unter die Fesseln, die seine Handgelenke hinter dem Rücken zusammenhielten, was schon schwierig genug war, so angeschwollen, wie das Gewebe um die Schnüre herum war. Als sie die Schneiden aufrecht stellen wollte, um das dicke Plastikband zu durchtrennen, stieß Mads ein unterdrücktes Stöhnen aus.

»Kannst du nicht einfach die Verschlussstelle aufschneiden? Das tut echt höllisch weh.«

Ada betrachtete den Verschluss der Fessel. Mit ein bisschen Geschick ließe er sich vermutlich mit der Spitze der Rosenschere aufknipsen. »Das geht leider nicht«, behauptete sie.

»Verdammt.« Mads rang nach Atem. »Es könnte sein, dass ich schreien muss.«

»Besser nicht, sonst hört er dich.«

»Dann gib mir was zum Draufbeißen.«

Heulsuse, hätte Ada ihn am liebsten angefaucht. Ein bisschen Schmerz hatte schließlich noch niemandem geschadet. Aber dann griff sie in die Tasche, die neben ihr auf dem Boden stand, und holte ihre Haarbürste heraus, deren Stiel sie Mads zwischen die Zähne schob. »Mach sie aber nicht kaputt, ja?«, ermahnte sie ihn.

Seine gemurmelte Antwort klang nicht sehr dankbar.

Als Ada die Schneide mit Gewalt aufrichtete, gab Mads ein Geräusch von sich, als würde etwas in seinem Inneren reißen. Entschlossen drückte sie die Schneiden zusammen, das Plastikband sprang auf, und Mads ließ sich vom Stuhl auf die Knie sinken, wobei er die Arme schwerfällig unter sich zog. Sie gab ihm einen Moment, schließlich musste sie ihre Haarbürste aufheben. Seine Zahnabdrücke hatten sich tief ins Holz gegraben. Mit einem Lächeln steckte sie die Bürste ein und holte eine Jeans hervor, die sie vorsorglich eingepackt hatte. Ein halb nackter Mann erregte einfach zu viel Aufsehen. Als sie Mads die Hose hinhielt, reagierte er nicht, sondern versuchte mit zusammengebissenen Zähnen die krumm abstehenden Finger an seiner linken Hand geradezubiegen. Gereizt packte sie ihn bei der Schulter und versuchte ihn hochzuziehen. Zwecklos.

»Wir müssen los«, erinnerte sie ihn.

»Meine Beine … die sind wie tot. Mein ganzer Body ist im Arsch.«

»Beweg deine Beine, dann werden sie sich schon daran erinnern, wozu sie da sind.« Erneut zog und zerrte Ada an dem jungen Mann, der sich zumindest so weit aufrichtete, dass sie ihm die Jeans in die Hand drücken konnte.

»Von wem ist die?«

»Spielt das eine Rolle?«

»Ich ziehe ganz bestimmt nichts an, was dieser Hurensohn am Leib gehabt hat.«

Mit einer solchen Reaktion hatte Ada gerechnet und Vorsorge getroffen. »Dann ist es ja gut, dass die Jeans von seiner Frau ist. Sie ist ein echtes Riesenweib, schlimm.«

Mit viel Gekeuche streifte Mads die etwas zu eng geschnittene Hose über. Als er mit den Knöpfen kämpfte, sprang die Wunde um sein rechtes Handgelenk auf und begann zu bluten. »Fuck, ich brauch was zum Verbinden.«

»Wir kümmern uns später um deine Wehwehchen. Jetzt sei keine Pussy und setz dich in Bewegung.«

Schlagartig vergaß Mads seine halb abgestorbenen Gliedmaßen. »Wie hast du mich eben genannt?«

Ada musste lächeln. Nicht etwa, weil sie stolz auf ihren unverfrorenen Kommentar war, sondern weil die Schärfe in seiner Stimme ihr einen elektrisierenden Schauer über den Rücken jagte. Wenn er so mit ihr sprach, in den richtigen Momenten, dann würden sie wunderbar miteinander zurechtkommen. Jetzt war jedoch nicht der richtige Zeitpunkt, um ihn herauszufordern, also riss sie die Augen weit auf und sagte: »Bitte, sei lieb und steh auf. Ich stütze dich auch, so gut ich kann.«

»Ich schaff das schon«, wehrte Mads ihre Bemühungen ab und stemmte sich nach einigen missglückten Anläufen tatsächlich auf die Beine. Schwankend schaffte er es durch den Türrahmen und lehnte sich erschöpft an das Wandregal. »Können wir Licht machen? Hier draußen auf dem Land ist es ja schweinedunkel.«

Ada reichte ihm die Taschenlampe aus ihrem Beutel. Während er den Lichtkegel aufleuchten ließ, zog sie die Tür zum Panikraum zu. Damit lag ein erstes Stück Vergangenheit hinter ihnen.

»Wo steckt der Kerl?«, fragte Mads.

Ada zögerte, dann sagte sie: »Schläft seinen Rausch im Arbeitszimmer aus.«

»Und der Rest der Familie?«

»Bei den Großeltern.«

»Das ist gut.« Nachdem Mads einige Mal tief durchgeatmet hatte, setzte er sich in Bewegung.

Ada hielt ihn am Arm fest. »Das ist die falsche Richtung, wir müssen zum Flur, von dem geht eine Tür zur Garage ab.«

»Okay«, sagte Mads, hielt aber trotzdem auf das Arbeitszimmer zu.

Zögernd folgte Ada ihm. Der Riese schlief zwar dank der

halben Flasche Bourbon, aber verlassen durfte man sich darauf nicht. Und wenn er aufwachte …

»Du darfst ihn nicht wecken«, sagte Ada.

Noch immer lag Mads' Hand auf der Türklinke. »Ich würde ihn erst wecken, nachdem ich ihn gefesselt habe. Dieser Folterknecht soll seine Spielchen zur Abwechslung mal am eigenen Leib kennenlernen, besonders den Trick mit der brennenden Plastiktüte, auf den er so scharf ist.«

Im Schnelldurchlauf sah Ada Bilder an sich vorbeiziehen, was sie beide alles mit dem Riesen anstellen könnten. Und ja, die Vorstellung verursachte ihr dieses gewisse Kribbeln, nach dem sie so süchtig war. Aber dann erinnerte sie sich an das Souvenir, das sie für den Riesen zurückgelassen hatte. Ihr Slip lag unübersehbar auf der Sessellehne. Mads würde Fragen stellen, Fragen, für die sie nicht bereit war. Leider nahm er ihr Schweigen als Zustimmung und drückte die Klinke runter.

»Nicht«, forderte Ada, während die Tür aufschwang.

Mads' Blick richtete sich starr in die vor ihm liegende Dunkelheit, während die Taschenlampe in seiner Hand den Boden anstrahlte. »Er bekommt nur, was er verdient. Nicht mehr, das verspreche ich dir.«

»Das ist gegen die Abmachung, Mads. Gegen die Abmachung!« Im Rhythmus ihrer Worte schlug Ada ihm auf den Rücken, nicht sonderlich fest, das lag ihr nämlich nicht. Als er sich ihr zuwendete, hörte sie damit sofort auf. Man durfte es nicht übertreiben. »Du hast es mir versprochen«, erinnerte sie ihn.

Mads fluchte, dann trat er von der Tür zurück. »Also gut, vermutlich hätte das Ganze den Horrortrip nur unnötig verlängert. Lass uns mein Motorrad schnappen und abhauen.«

»In der Garage steht kein Motorrad.«

»Aber er hat gesagt, dass er es gefunden hat.«

Ada zuckte mit den Schultern. »Wir nehmen den Mercedes, den Schlüssel habe ich schon. Wenn wir in der Stadt sind, lassen wir den Wagen irgendwo stehen, beim Bahnhof oder so.«

»Unsinn, wir suchen mein Bike. Allzu weit weg kann das nicht sein.«

»Und wenn doch?«

»Dann …« Mads verstummte. »Hörst du das auch?«

Ada lauschte angestrengt, aber ihr fiel nichts auf. »Was denn?«

»Es ist ganz still.«

Jetzt begriff auch Ada, was fehlte. Aus dem Arbeitszimmer drangen keine Schnarchgeräusche mehr.

Mit einem viel zu lauten Geräusch schaltete Mads die Taschenlampe aus, dann packte er Ada am Oberarm und schob sie vor sich her.

Er hört uns, schoss es Ada durch den Kopf. Er hört uns, selbst wenn wir leise schleichen wie die Kätzchen. Er ist uns bereits auf der Spur, lauert in der Dunkelheit. Während ihr Herz im Stakkato gegen ihre Brust hämmerte, erreichten sie den Durchgang zur Garage, wobei das einzige Geräusch ihr rasch gehender Atem war.

»Die Scheißtür ist abgeschlossen«, flüsterte Mads, rüttelte aber trotzdem an der Klinke.

»Es ist ein digitales Schloss, man muss den Code eingeben.«

»Fuck, wo denn?«

»Wir brauchen Licht.«

Der schmale Lichtkegel leuchtete auf, wanderte über die Wand, bis er das eingelassene Zahlenfeld fand.

»Die Nummer?«

Ada antwortete nicht.

Sie stand einfach nur da.

Mads hob fragend die Brauen, dann zeichnete sich Erkenntnis in seinem Gesicht ab. Er wirbelte herum und wich in letzter Sekunde der Pranke des Riesen aus. Die Taschenlampe fiel zu Boden, und ihr Licht streifte das Gesicht des Riesen. Verwirrung stand darin zu lesen, als wäre er unsicher, ob er in Wirklichkeit nicht träumte. Wäre diese Restbenommenheit nicht gewesen, wäre Mads seinem Zugriff kaum entkommen, schon gar nicht in seinem angeschlagenen Zustand. Bevor Mads sich gefangen hatte, verpasste der Riese ihm einen kräftigen Schubs und drängte ihn gegen die Wand. Ada sah nicht mehr als die Silhouetten der Männer, aber sie konnte hören, wie die Luft aus Mads' Lunge wich.

»Du raffiniertes Stück Scheiße«, nuschelte der Riese. »Wie hast du sie dazu gebracht, dich freizulassen? Womit hast du ihr gedroht?«

Mads' Lachen war mehr ein Krächzen. »Ich musste ihr nicht drohen, sie hat es freiwillig getan.« Weiter kam er nicht, denn der Riese verpasste ihm einen Fausthieb in die Rippen. Als Mads vornüberzukippen drohte, packte der Riese ihn an der Kehle.

»Lügen, alles, was du von dir gibst, sind Lügen.«

Mehr als ein Japsen brachte Mads nicht zustande. Und wenn Ada sich nicht irrte, würde er auch das schon bald nicht mehr schaffen.

Der Riese drehte den mächtigen Kopf, und Ada spürte seinen Blick. Sie musste etwas sagen, ihn beschwichtigen und in Sicherheit wiegen. Doch sie stand nur da.

»Du brauchst keine Angst zu haben.« Es klang, als spräche der Riese mit einem verängstigten Kind. »Ich passe auf dich auf.« Dann wandte er sich wieder Mads zu und verstärkte den Druck auf seinen Unterarm, bis Mads den Widerstand aufgab. »Ich werde dir keine Chance geben, sie noch einmal in deine Gewalt zu bringen«, flüsterte der Riese.

Das war der Moment, in dem Ada begriff, dass Mads sterben würde.

Ihr blieb nichts anderes übrig, als die Taschenlampe aufzuheben und ihr Licht zu löschen. Dann holte sie aus und schlug die Lampe gegen den Hinterkopf des Riesen. So fest sie konnte. Was nicht fest genug war, um ihn zu Fall zu bringen. Aber zumindest ließ er Mads los, der sofort nach Luft schnappte.

Ada holte erneut aus und hieb blindlings zu, traf auch auf einen Widerstand, der sich zu ihrer Enttäuschung jedoch nicht nach Schädelknochen, sondern nach Muskelgewebe anfühlte. Dann griff eine Pranke nach ihr, der sie sich jedoch entwand, flink und geübt.

Als sie die Flurkommode im Rücken spürte, blieb sie stehen. Sie brauchte viel zu lange, um in ihrer Tasche zwischen den vielen Dingen zu finden, wonach sie mit rasch ansteigender Panik suchte. Die Zeit lief ihr davon, sie roch den sich nähernden Riesen, spürte die Hitze, die von seinem Körper ausging. Dann endlich bekam sie kühles Metall zu fassen, während ihre freie Hand bereits nach dem Lichtschalter tastete. Sie fand ihn keine Sekunde zu spät, denn als der Flur in vornehm gedämpftes Licht getaucht wurde, stand der Riese nur eine Armlänge von ihr entfernt. Zwischen ihnen ragte sein Revolver aus dem Schließfach im Schreibtisch auf.

»Ada …« Der Riese sah grauenhaft aus. Grauenhaft riesig, grauenhaft mitgenommen und grauenhaft enttäuscht.

Ohne dass sich ein Muskel in ihrem Gesicht regte, entsicherte Ada die Waffe.

»Warum tust du das?«

»Ich muss«, sagte Ada. »Es geht nicht anders, ich muss mit ihm gehen.«

»Das musst du nicht. Wenn du mir die Waffe gibst, dann werde ich …«

»Nein.« Ada schüttelte entschlossen den Kopf. »Ich gehe mit ihm. Und du … du gehst jetzt beiseite und machst es nicht schlimmer, als es ohnehin schon ist.«

Zu ihrer Enttäuschung schüttelte der Riese den Kopf. »Das kann ich nicht zulassen.« Dann streckte er die Hand aus, um ihr den Revolver abzunehmen.

Adas Finger begannen wie auf einen geheimen Befehl hin zu zittern, und egal, ob es ihr nun gefiel oder nicht, sie würde nicht in der Lage sein, ihre Drohung wahr werden zu lassen. Sie musste dem Riesen gehorchen, dazu war sie erzogen worden. Bevor der Riese jedoch den Revolver packte, legte Mads seine Finger über ihre. Sofort verschwand das Zittern am Abzug.

»Ein sauberer Warnschuss«, sagte Mads. »Mit etwas Glück verfehlen wir die wichtigen Organe. Und falls nicht, auch nicht wirklich schlimm.«

In den geröteten Augen des Riesen flackerte nackter Hass auf. Ada fürchtete, dass er jede Vernunft ausschalten und sich auf Mads stürzen würde, selbst mit einer entsicherten Waffe zwischen ihnen.

»Lass uns gehen«, flüsterte Ada. Es klang mehr wie eine Bitte denn wie ein Befehl.

Der Riese stand wie ein stummes Mahnmal vor ihnen, doch seine Wut wich allmählich nackter Verzweiflung. Er hatte verloren – und das wusste er.

Ada überließ Mads den Revolver, damit kein Zweifel aufkam, wie die Geschichte enden würde, falls der Riese bloß mit der Wimper zuckte. Hastig tippte sie den Code ins Zahlenfeld, dann drängte sie Mads in die Garage, darauf bedacht, alles so schnell über die Bühne zu bringen, dass er gar nicht auf die Idee kam, doch noch seine Rache einzufordern. Als sie tatsächlich vor dem Mercedes standen, wollte Ada ihm die Waffe wieder abnehmen, doch Mads hielt sie fest.

»Mit der Waffe in der Hand kann man nicht fahren, Automatik hin oder her«, sagte sie.

»Dann fahr du.«

Ada schüttelte den Kopf. »Das geht nicht, ich habe noch keine Fahrstunden gehabt.«

Erstaunt sah Mads sie an. »Wie alt bist du eigentlich? Nicht, dass ich hier ein halbes Kind entführe.«

»Ich habe es einfach noch nicht geschafft, okay?« Damit öffnete sie ihm die Fahrertür, ehe sie selbst auf den Beifahrersitz schlüpfte. Ungeduldig sah sie zu, wie Mads sich schwerfällig ins Auto hievte. Wenigstens stöhnte er dabei nicht rum.

Als das automatische Garagentor hochzurrte, lockerte sich etwas in Adas Brust. Nur noch wenige Augenblicke, und sie würde ein weiteres Stück Vergangenheit hinter sich lassen. Dieses kaputt renovierte Bauernhaus, das mehr Gefängnis als Zuhause gewesen war. Es ist nur eine Etappe von vielen, hielt sie sich vor Augen. Schon bald bist du frei.

Mads fuhr den Wagen so gekonnt rückwärts aus der Garage, als wäre er bestens mit dem massigen SUV vertraut, obwohl ihm nur eine Hand zum Lenken zur Verfügung stand. Seine Hand mit den gebrochenen Fingern hatte er in den Schoß gelegt, gleich neben den Revolver. Schweiß stand ihm auf der Stirn. Kaum hatte er den Wagen auf dem Vorhof gewendet, trat er das Gaspedal durch, bis der Kies unter den Reifen aufspritzte. Dann jagten sie auf die Landstraße zu.

Jedoch nicht schnell genug.

Ada sah im Aufleuchten der Rücklichter den Riesen, wie er hinter einem Fenster stand. Und er winkte ihr zu. Es wirkte nicht wie ein Lebewohl, sondern eher, wie man jemanden verabschiedet, der nur einmal kurz vor die Tür ist. Er wird mich nicht gehen lassen, wurde Ada mit beißender Klarheit bewusst. Wo auch immer ich mich verstecke, er wird mich finden und zurückbringen. Und nichts wird ihn aufhalten.

»Ich hätte dich erschießen sollen, das wäre für uns beide das Beste gewesen«, flüsterte Ada.

»Was sagst du?« Mads warf ihr einen Seitenblick zu, während er den Wagen über die regennasse nächtliche Straße jagte.

Ada betrachtete ihn, dann die Waffe in seinem Schoß. »Alles wird gut«, sagte sie mit einem Lächeln.

17

»Moin, Fräulein Franka. Wie ich sehe, bist du selbst an einem regnerischen Samstagmorgen nicht im Bett zu halten. Schade, eigentlich wollte ich dich wach küssen.«

Franka blickte von ihrem Handy auf. Ihr Mitbewohner Noah stand mit einer tropfnassen Brötchentüte in der Küchentür. »Wach küssen?« Ihre Augenbrauen wanderten ganz von selbst in die Höhe.

»Kleiner Scherz, das würde ich natürlich niemals wagen«, sagte Noah grinsend, ehe er auf ihr Handy deutete. »Ziehst du dir seit Neuestem YouTube-Schwachsinn bei Sonnenaufgang rein? Weil Arbeit wird das doch hoffentlich nicht sein.«

Ertappt schaltete Franka ihr Smartphone aus und schloss damit auch die eingescannten Akten über den Menschenhandel in Rerrick. »Da ist heute Morgen aber jemand eine echte Plaudertasche. War offenbar eine lustige Nacht.«

Noah zuckte nicht mal mit der Wimper. »Du lenkst vom Thema ab. Was dann wohl bedeutet, dass ich dich eben im Arbeitsmodus ertappt habe. Du weißt schon, dass das krass ist, oder?«

Franka schwang die Beine vom Küchentisch, damit Noah die Tüte und zwei Cappuccino-to-go abstellen konnte. »Du hast deinen Pulli auf links an, was bedeutet, irgendwo in Rerrick wartet ein Mädchen in ihrem zerwühlten Bett darauf, dass ihr heißer Flirt von der letzten Nacht endlich mit den versprochenen Brötchen auftaucht. Ansonsten hätte sie dich ja kaum von ihrem Lager gelassen.«

Noah wischte sich mit einem charmanten Grinsen die dunklen Locken aus der Stirn. Im letzten Herbst hatte er sich das Haar mit der Nagelschere raspelkurz geschnitten, aber ein paar blondierte Spitzen waren immer noch zu sehen.

»Mir ist gestern Abend irgendwie die Decke auf den Kopf gefallen«, sagte er. »Erst wollte ich auf dich warten, um zu hören, wie dein Ausflug an die Küste so war, aber dann bist du nicht aufgetaucht, und ich …« Er zuckte mit den Schultern. »Ich brauchte dringend Frischluft, außerdem wollte ich mal eine andere Stimme als meine eigene hören, wie ich auf die Zimmerpflanzen einrede: ›Gebt nicht auf, Jungs und Mädels. Der Frühling kommt bestimmt!‹« Er lachte, aber es klang nicht sonderlich überzeugend.

Sofort überkam Franka ein schlechtes Gewissen. Sie hatte Noah zu lange allein gelassen – auch wenn er das niemals freiwillig zugegeben hätte. Davon einmal abgesehen ging ihm ihre Mutti-Tour, wie er es nannte, ohnehin mächtig gegen den Strich. »Wenn die WG klappen soll, dann, weil wir uns gegenseitig unterstützen. Auf Augenhöhe«, hatte er gleich am Anfang gefordert, als sie erst einmal nichts von einer Mietbeteiligung hatte wissen wollen. Obwohl er noch ziemlich neben sich gestanden hatte wegen der dramatischen Erlebnisse im letzten Herbst, war er losgezogen und hatte sich einen Job gesucht. Schwarz und in einer Kneipe, die von Zigarettenrauch und Bierausdünstungen zusammengehalten wurde. Aber immerhin ein Job, zu dem er zwei-, manchmal dreimal pro Woche aufbrach. Ansonsten verkroch er sich in seinem Zimmer und starrte die Decke an – von gelegentlichen One-Night-Stands abgesehen, bei denen er ja nicht einmal bis zum Frühstück blieb. Genau dieser verkapselte Noah machte Franka die Sache mit der Augenhöhe so verdammt schwer. Trotzdem gab sie ihr Bestes, auch indem sie ihm einige ihrer eigenen Schwächen offenbarte. Etwas, das sie gegenüber anderen Menschen für gewöhnlich strikt vermied.

»Und, wie war es nun an der Küste?« Noah jonglierte mit Marmeladengläsern, Besteck und Butterdose durch die Küche.

Franka strich ihren Bademantel glatt. »Der Ausflug ist irgendwie schon wieder so weit weg nach allem, was inzwischen passiert ist.« Als Noah sie ansah, stieß sie die Luft aus wie eine erschöpfte Langläuferin. »Ich war noch nicht mal richtig auf dem Rückweg, da kam ein Fall rein, und bevor ich mich versah, ist das Ganze zu einer intern-politischen Kiste mutiert, und ich muss mit Abel Messner schmusen, damit Simon und ich nicht frühzeitig aus den Ermittlungen rausgedrängt werden.«

Wie auf Kommando pfiff Noah durch die Zähne. »Lebensretter-Abel? Wolltest du dem Kerl nicht aus dem Weg gehen, weil er dir zu heftig ist?«

»Schon«, gab Franka zu. »Manchmal geht es aber eben nicht anders.« Der Cappuccino war nur noch lauwarm, trotzdem genoss sie jeden Schluck.

Noah, der ihr gegenübersaß und sein Brötchen direkt ins Nugatcremeglas tunkte, musterte sie nachdenklich. »Dieser Typ beschäftigt dich ganz schön, und zwar nicht nur, weil er uns beiden den Arsch gerettet hat«, stellte er nach einer Weile fest.

»Ich zerbreche mir doch nicht den Kopf über Abel«,

sagte Franka. »Es ist nur … Abel ist komplett unberechenbar, und es macht mich nervös, nicht zu wissen, was hinter seiner Stirn passiert. Ich habe die Fäden lieber in der Hand, wenn du verstehst, was ich meine.«

Noah winkte ab. »Du hast bestimmt eine Vermutung, wie der Typ tickt. Du knackst uns doch alle. Wenn ich daran denke, wie du mich damals verhört hast … Ich habe dir Sachen erzählt, die ich nicht einmal mir selbst eingestehen wollte.«

»Du warst ein harter Brocken«, versicherte Franka. »Aber Abel? Der ist ein Kaliber für sich.«

»Inwiefern denn?« Trotz übernächtigter Augen und einer Alkoholfahne, die auf das eine oder andere Glas Hochprozentiges schließen ließ, schien Noah nicht lockerlassen zu wollen.

Franka wollte ihn schon abwimmeln, als sie es sich anders überlegte. Du kennst Noahs Abgründe, hast sie ihm teils gegen seinen Willen abgerungen, also speis ihn nicht mit einer Ausrede ab. »Die Art, wie Abel mich ansieht … Das jagt mir echt einen Schauer über den Rücken.«

»Einen von der heißen oder von der kalten Sorte?«

»Warum fragst du das?«

Noah hob entschuldigend die Hände. »Ich will dir nichts unterstellen, es ist halt nur nicht zu übersehen, dass du ziemlich fasziniert bist von dem Kerl. Noch mehr als vom Kollegen Ackermann – und der steht ja schon ziemlich hoch im Kurs.«

Franka lag sogleich eine Entgegnung auf der Zunge, um Noah in seine Grenzen zu verweisen. Nur wollte sie das überhaupt? Dieser Junge war der einzige Mensch seit langer Zeit, den sie an sich ranließ. Weder ihre wachsende Paranoia noch ihre Unsicherheit, wer sie außerhalb der

Kommissarinnenrolle eigentlich war, hatte sie vor ihm verborgen, eben weil sie einen Pakt miteinander geschlossen hatten. Sie waren füreinander da. Eine Lüge hätte da nur alles zerstört.

»Abel ist zweifelsohne faszinierend, aber er macht mir eine Heidenangst«, gab sie zu. »Nicht nur, weil er gelegentlich wirklich verrückte Dinge tut, sondern auch, weil er so eine spezielle elektrisierende Energie ausstrahlt. Als würde er von innen heraus verbrennen und jeden, der ihm zu nahekommt, mit ins Verderben reißen.«

Noah grinste. »Das macht ihn ganz schön anziehend, was? Ich meine, trotz des ganzen Stresses, den er dir offenbar beschert. Liegt es an seiner einzigartigen Tour, mit dir zu flirten?«

»Ich würde das, was Abel tut, nicht unbedingt als Flirten bezeichnen«, sagte Franka. »Gestern Abend beim Essen ging es um die Frage, ob Freier sich von einer eleganten und unnahbar wirkenden Frau angeturnt fühlen. Ich war der Auffassung, dass jeder Kerl einen weiten Bogen um diese Sorte Frau machen würde.«

»Und Kollege Abel hat das anders gesehen?«

»Er hat behauptet, dass es durchaus Männer gibt, die bewusst nach dem kühlen Lady-Typ Ausschau halten, weil es ihnen das reinste Vergnügen bereiten würde, solche Frauen einzufangen …« Franka verstummte.

Noah zog ein Knie vor die Brust und legte das Kinn darauf ab, wodurch er sofort sehr viel jünger als neunzehn Jahre aussah. Die Eindringlichkeit in seinen Augen erinnerte Franka jedoch daran, dass er in seinem Leben schon sehr viel mehr gesehen hatte, als gut für ihn war. »Verstehe. Genau das ist es also, was Abel gern mit dir anstellen würde«, brachte er es auf den Punkt. »Er ist mächtig scharf auf dich, weil du ihn auf Abstand hältst. Vermutlich kassiert der dunkle Ritter nicht oft einen Korb.«

»Vielleicht bilde ich mir das auch nur ein.«

Sofort schüttelte Noah den Kopf. »Nicht bei deinem feinen Wahrnehmungsraster. Wenn Abel dir deiner Meinung nach gut verpackt unter die Nase gerieben hat, dass er dich gern ficken würde, dann ist das auch so.«

»Noah!«

»Ach, komm.« Noah grinste. »Genau darum geht es doch. Die entscheidende Frage ist vielmehr, ob du interessiert bist oder ihm klarmachen willst, dass er besser von was anderem träumen soll, wenn er Wert auf seine Eier legt.«

Obwohl es Franka nicht gefiel, musste sie Noah zustimmen. Seufzend nahm sie eins der Brötchen, schaffte es dann aber nicht, dass Messer hochzuheben, um es aufzuschneiden. »So, wie Abel das gesagt hat, klang es nicht nach einer heißen Fantasie, in der er mich auf die Knie zwingt, sondern nach einem Kräftemessen, so, als stände noch nicht fest, wer von uns der Jäger und wer die Beute ist.«

Einen Moment lang erklang nichts anderes als das Spotify-Gedudel, dann sagte Noah: »Das klingt jetzt wirklich krass. Ich dachte, das wäre so eine besondere Sache zwischen euch, weil er dich gerettet hat. Aber da scheint es ja doch um einiges mehr zu gehen. Habe ich irgendwas verpasst?«

Plötzlich verspürte Franka das dringende Verlangen, ihre nackten Unterarme zu kratzen, so sehr brannte ihre Haut. Als wäre ihr Abel bereits zu nah gekommen … Was sollte sie Noah erzählen? Dass Abel sie damals nur gefunden hatte, weil er ihr Handy gehackt hatte? Dass er, um sie zu schützen, einem Menschen ohne zu zögern in den Rücken geschossen hatte und deshalb immer noch beim Psychologen saß, was nichts anderes bedeutete, als dass er die Sache kein Stück bereute? Oder sollte sie Noah sogar verraten, dass sie in Abels Heimatdorf gefahren war, um seine Geheimnisse aufzudecken, so wie er es mit ihren getan hatte? Sie hatte es diesem Mann gleichtun wollen, um ihre Angst in den Griff zu bekommen. Nur … wovor genau hatte sie Angst?

18

Das Handy vibrierte genau an der richtigen Körperstelle, nämlich am unteren Rücken, wo Franka chronisch verspannt war – selbst jetzt nach gut fünfzig Minuten Laufen. Mit einem wohligen Seufzen wartete sie noch einen Klingelton ab und träumte von einem Massagetermin, dann erst griff sie in die Rückentasche ihrer Trainingsjacke. Fast rutschte ihr das Handy aus den feuchten Fingern. Seit sie losgelaufen war, nieselte es ununterbrochen. Sie sprintete unter eine Eiche, von denen es im Stadtpark noch einige alte Exemplare gab, und zerrte die Kapuze in den Nacken.

Ihr Handy spielte ein Free-Jazz-Stück von John Coltrane, was nichts anderes bedeutete, als dass Svenja Harder sie zu erreichen versuchte. Hoffentlich war das kein Frustanruf, nachdem die Fahnderin bei der gestrigen Besprechung von ihrer Kindergarten-Tour zu berichten hatte, dass im Augenblick die Hand-Fuß-Mund-Krankheit kursiere und sie sich unsicher sei, ob ihre Fußsohlen bloß von der vielen Rumrennerei wund seien.

Mit einem »Moin« nahm Franka das Telefonat an.

»Moin.« Svenjas rauchige Stimme verriet nicht, wie es ihrer Besitzerin ging. Vermutlich, weil sie es nicht verraten wollte. »Störe ich gerade? Ich meine, weil ja Wochenende ist und so.«

»Du störst überhaupt nicht. Im Gegenteil, ich bin sogar äußerst dankbar, dass du anrufst, dann kann ich nämlich eine Pause machen, bevor ich mir vor lauter Lauferei die Seele auskeuche. Was gibt's?«

»Das wollte ich dich eigentlich fragen, ich habe da so ein paar Gerüchte gehört, was unseren Fall angeht … Dass wir ihn nicht mehr lange haben werden, um es geradeheraus zu sagen.«

Scheiße, dachte Franka. Das hat ja schnell die Runde gemacht. »Noch ist nichts entschieden, das LKA hat uns nur das Angebot gemacht, die Rosalia-Orlow-Ermittlungen unter seinem Schirm weiterzuführen. Und das auch nur, falls es einen Zusammenhang geben sollte mit der Brandstiftung.«

Svenja schwieg, aber Franka glaubte regelrecht zu hören, wie ihre Gedanken rasten.

»Es hängt alles davon ab, wer Rosalia Orlow war«, setzte Franka nach, um ihrer Fahnderin einen Grund zu geben, ihre Suche nicht an den Nagel zu hängen. »Es ist unsere Aufgabe, das herauszufinden, bei uns steht ihr Schicksal im Zentrum der Ermittlung. Beim LKA wäre ihr Tod nur der Steigbügelhalter, um etwas angeblich Wichtigeres und Größeres zu klären.«

»Ich habe mir schon gedacht, dass dir das nicht gefallen wird.« Svenja schnaufte leise. Und nun hörte Franka doch etwas: Die Fahnderin war nicht frustriert, sondern unterdrückte ein Lachen.

»Du hast etwas.«

»Ja, habe ich.« Nun sah Franka das breite Grinsen ihrer Kollegin vor sich. »Aber sag mir erst noch mal, dass ich deine Lieblingsfahnderin bin.«

»Gerne doch, meine hochgeschätzte und heiß verehrte Lieblingsfahnderin, die ich unbedingt gleich zu Wochenbeginn in die nächstbeste Döner-Bude einladen werde.

Wenn du jetzt vor mir stehen würdest, würde ich dir Handküsse der Begeisterung zuwerfen.«

»Wow, die sonst so gestrenge Frau Kriminalkommissarin kann ja richtig blumig werden.« Svenja unterlegte ihre Kunstpause mit einem unterdrückten Kichern. »Echt, das gefällt mir. Vielleicht sollte ich dich ein wenig hinhalten und schauen, was du noch so an Schmeicheleien auf Lager hast.«

»Untersteh dich, das packt meine Geduld nicht.« Nun musste auch Franka lachen. Der trübe Regentag war genauso vergessen wie die aufwühlende Unterhaltung mit Noah, deren Nachwirkungen sie sich aus dem Leib zu laufen versucht hatte.

»Also, ich habe etwas, aber ich bin mir nicht sicher, was genau es ist«, setzte Svenja an. »Ich habe ja mit dem geschönten Foto von unserer Toten bislang nur Flops gelandet. Deshalb bin ich heute vor lauter Frust los ins Blumen-Viertel, weil die Kita da Frühlingsfest feiert, schön am Samstag, damit auch die berufstätigen Eltern dran teilnehmen können. Kennst du die Ecke?«

»Nur dem Namen nach«, gab Franka zu. »Das ist doch diese Neubausiedlung am Stadtrand, die einen Preis für den schönsten Vorgarten gewonnen hat?«

»Nun, es geht schon um ein bisschen mehr als geschmackvolle Blumenarrangements. Die Einwohner haben in Eigenregie öffentliche Gemüsegärten und Spielplätze angelegt, helfen aktiv im Kindergarten und in der Grundschule mit. Aussterbende Mittelschicht mit Gemeinsinn eben. Jedenfalls kam bei der Feier zwischen in Blümchenform geschnittenen Dinkelbroten und frisch gepresstem Apfelsaft unser Opfer gleich mehreren Eltern bekannt vor.«

Franka stieß ein »Wir haben sie!« zwischen den Zähnen

hervor. Ihre verschwitzte Haut, die nach dem Laufen auszukühlen drohte, wurde von einer Hitzewelle durchflutet. »Ich wusste doch, dass Rosalia keine von Reinhold Jäckers Huren ist, egal, ob er sich nun ein paar extra Schicke hält oder nicht.«

»Warte mal«, wiegelte Svenja ab. »Niemand, den ich befragt habe, wollte bestätigen, die Frau definitiv wiederzuerkennen, dafür reicht das Foto wohl nicht aus. Außerdem heißt die Frau, von der die Leute redeten, nicht Rosalia Orlow, sondern Sofia Lichtenberg und ist eine von den Kindergartenmuttis aus dem Vorstadtparadies.«

Franka reckte die Faust in die Luft, nachdem sie im Geist noch einmal ihr hausgemachtes Profil des Opfers durchgegangen war. »Treffer!«

»Und der so komplett nicht nach Rosalia Orlow klingende Name stört dich überhaupt nicht?«, fragte Svenja.

»Warum denn? Sie könnte sich einen neuen Namen zugelegt haben, um einen Schlussstrich unter ihr altes Leben zu ziehen. Und was den Nachnamen anbelangt, so hat sie vielleicht schlicht und ergreifend geheiratet und den ihres Ehemanns angenommen.« Franka fielen noch jede Menge andere Gründe ein, warum ihr Opfer unter einem anderen Namen gelebt haben könnte – wichtig war jetzt vor allem, dass sie ihren Lebensweg der letzten Monate nachzeichnen konnten. »Wenn wir Glück haben, können wir beweisen, dass sie vor ihrem Tod ein bürgerliches Leben geführt hat. Dann hätte unser Fall nichts mit dem Brandanschlag zu tun.«

»Ich kann mir ehrlich gesagt nur schwer vorstellen, dass Reinhold Jäcker seine Edelnutten aus dem Blumen-Viertel bezogen hat«, gab Svenja zu.

»Denkbar wäre auch, dass Rosalia Orlow der Toten nur

ähnlich sah, wir hatten bislang ja nichts zur verbindlichen Identifizierung. Dieser Teilabdruck ihres Fingers könnte reiner Zufall gewesen sein.« Franka begann auf der Stelle zu laufen, um den anwachsenden Druck abzubauen. »Weder Dr. Bieringers Aussage noch die der Hannoveraner Kollegen waren wasserdicht, was ja kein Wunder ist, schließlich liegt Rosalia Orlows Krankenhausaufenthalt schon länger zurück, und unser Foto vom Opfer ist auch nur bedingt verwendbar. Dr. Bieringer hat sogar darauf bestanden, dass Rosalia naturblond und ihr Gesicht deutlich schmaler gewesen sei.« Franka ignorierte den Zweifel, der sich in ihrer Magengegend meldete. Das hier war ihre Chance, das LKA loszuwerden und den Handel mit Abel vom Tisch zu bekommen. »Vielleicht haben wir es mit einer Beziehungstat zu tun, vollkommen unabhängig von der Brandstiftung.«

»Dass unser Opfer nichts mit Rosalia Orlow zu tun hat, ist übrigens sogar recht wahrscheinlich«, bestätigte Svenja. »Einen osteuropäischen Akzent will keiner der Eltern bemerkt haben, angeblich stammt Sofia irgendwo aus Skandinavien. Sie gilt als reservierte Vorzeigehausfrau und ist die Mutter eines dreijährigen Jungen namens Tom. Der dazugehörige Papa heißt Günter Lichtenberg und ist seines Zeichens Unternehmer, stellt so Spezial-Software für Unternehmen her. Sie waren alle drei heute nicht auf der Feier, und Tom war schon die ganze Woche nicht im Kindergarten. Die Familie werde wohl wie viele andere auch von der berüchtigten Hand-Fuß-Mund-Seuche niedergedrückt, meinten die Eltern. Habe ich dir übrigens schon vom miserablen Zustand meiner Fußsohlen und mittlerweile auch meiner Handflächen erzählt? Ich müsste Schmerzensgeld für diese Ermittlungen bekommen.«

»Du Arme«, sagte Franka, allerdings nur halb mitfühlend, dafür waren die Neuigkeiten zu bedeutend. Rosalia hatte eine Doppelgängerin, eine verheiratete, durch und durch seriöse Frau aus dem Mittelstand. »Hast du bereits bei diesen Lichtenbergs durchgerufen?«

»Ich dachte, wir beide gehen da lieber direkt vorbei. Damit hätte ich die perfekte Ausrede, um mich vorm Wocheneinkauf im Samstagssupermarktwahn zu drücken.«

»Gib mir eine halbe Stunde, dann kannst du mich abholen. Simon hat mich gestern Nacht nach Hause gebracht, und ich habe meinen Wagen noch nicht geholt.« Eine Sekunde später biss Franka sich auf die Zunge, aber es war zu spät.

Svenja pfiff in ihr Handy. »Herr Ackermann bietet also seit Neuestem Fahrdienste an.«

»Wir hatten noch einiges unter vier Augen zu besprechen.« Auch diese Aussage machte es nicht unbedingt besser.

»Verstehe«, sagte Svenja. »Ich bin dann gleich bei dir.«

»Dank dir.«

Franka stand noch einen Moment da und sah auf ihr Spiegelbild auf dem Display, bis sich erste Regentropfen sammelten. Was war bloß los mit ihr? Dann steckte sie das Handy weg, sammelte ihre letzten Kraftreserven, um die Strecke zu ihrer Wohnung im Sprint zurückzulegen. Vielleicht zeichnete sich tatsächlich Hoffnung am Horizont ab.

19

»Also wenn das mal nicht das Vorzeigehaus des Blumen-Viertels ist, dann weiß ich auch nicht«, brachte Svenja es auf den Punkt.

Franka nickte. »Wie nennt man den Stil? Neue Geborgenheit?«

Das Haus der Familie Lichtenberg lag an einer Spielstraße, die gesäumt war von Einfamilienhäusern, denen man ansah, dass sie nicht nur nagelneu waren, sondern fortlaufend optimiert wurden mit ihren blitzblanken Fenstern und den trotz des kaltnassen Frühlings mit Hochdruckreiniger abgespritzten Pflastersteinen. Auch das Haus der Lichtenbergs sah mit seiner schneeweißen Fassade wie blank gewienert aus. In der verglasten Eingangsfront begrüßte ein Tulpenstrauß die Besucher. Höchstens drei Tage alt, entschied Franka. Was nicht unbedingt für eine verschwundene Ehefrau sprach.

Svenja hatte noch nicht die Klingel gedrückt, als ein Golden Retriever aufgeregt auf die Tür zugesprungen kam. »Mit keiner anderen Hunderasse hätte ich gerechnet«, sagte sie.

Franka starrte auf den Hund, dessen Nase feuchte Schlieren auf der Scheibe hinterließ. »Hat die SpuSi Tierhaare an der Kleidung unserer Toten gefunden?«

Svenja kaute an ihrer Unterlippe. »Bin mir nicht sicher, aber ich glaube schon. Ist ja nichts Ungewöhnliches, Tierhaare hat fast jeder an sich. Man braucht ja nur neben einem Katzenhalter in der Bahn gesessen zu haben.«

»Wir sollten jedenfalls einen Abgleich machen. Ich kraule ihn freiwillig.«

Ehe sie die Diskussion fortsetzen konnten, erschien ein Mann in Bademantel und Pyjamahose hinter dem Golden Retriever. In der Hand hielt er einen Teebecher, aus dem es dampfte. Locker Mitte sechzig, schätzte Franka. Ob der Mann sich generell gut gehalten hatte, ließ sich schwer sagen, sein Gesicht wirkte aufgedunsen und übernächtigt, der kurz geschnittene Haarkranz stand wirr ab. Fragend blickte er auf die beiden Frauen, und Franka hätte zu gern gewusst, was ihm bei ihrem Anblick durch den Kopf ging. Svenja mit ihrem seit Neuestem knallrot gefärbten Wuschelhaar und Klamotten, als wollte sie gleich ein Rockfestival besuchen – und neben ihr die über einen Kopf größere Franka mit dem streng hochgesteckten Blondhaar und dem schwarzen Trenchcoat. Wie die Zeugen Jehovas sehen wir jedenfalls nicht aus, dachte sie und verkniff sich ein Grinsen, als der Mann, nachdem er die neugierige Hundeschnauze beiseitegeschoben hatte, die Tür öffnete.

»Ja, bitte?«

»Herr Günter Lichtenberg?«, fragte Franka.

Als der Mann mit sichtlichem Unbehagen nickte, zückte Franka ihren Ausweis. »Franka Janhsen, Kripo Rerrick. Und das ist meine Kollegin Svenja Harder. Dürfen wir kurz reinkommen?«

Günter Lichtenberg schlug die Hand vor den Mund. »Hat es ein Unglück gegeben?«

»Dürfen wir bitte reinkommen?«, beharrte Franka. Worauf auch immer ihr Gespräch hinauslief, sie wollte es nicht vor der Tür stehend führen. Außerdem sah der zerrupfte Mann so aus, als müsste er sich dringend setzen.

»Moment, ich muss erst mal den Max …« Nach einem kurzen Gerangel gelang es Günter Lichtenberg, den Golden Retriever so weit in Schach zu bringen, dass die beiden Frauen eintreten konnten. Seine ausgestreckte Hand zitterte, als er auf eine Tür deutete, die von der Diele abging. »Bitte hier entlang, wir setzen uns in die Küche. Im Wohnzimmer habe ich mein Krankenlager aufgeschlagen, ich bin nämlich zu kurzatmig, um die Treppe ins Obergeschoss hochzukommen.« Wie auf Befehl brach der Mann in ein Bellen aus, so laut und dröhnend, dass Max sich mit eingezogenem Schwanz verzog, ohne zuvor die Besucher beschnuppert zu haben.

»Das klingt nach einer schweren Bronchitis und nicht nach der grassierenden Hand-Fuß-Mund-Krankheit«, sagte Svenja, während sie sich an den Küchentisch setzte.

»Die habe ich ebenfalls im Angebot, allerdings schon abklingend. Deshalb gebe ich Ihnen auch nicht die Hand«, sagte Günter Lichtenberg mit einem erschöpften Grinsen. »Ich hatte ja keine Ahnung, dass man als Erwachsener noch einmal jede verdammte Kinderkrankheit mitmacht, sobald der Nachwuchs in der Krippe ist. Aber nun sagen Sie mir doch endlich, warum Sie hier sind.«

»Sie sind in Ihrem Zustand doch nicht etwa allein zu Hause?«, fragte Franka nur vordergründig besorgt.

Als Günter Lichtenberg seinen Becher abstellte, schwappte ihm der Inhalt über die Finger, was er jedoch kaum zu bemerken schien. »Leider ja. Meine Frau ist mit unserem Sohn ins Wochenendhaus nach Dänemark geflohen, damit die beiden sich bei mir nicht mit der Bronchitis anstecken. Wir reichen uns nämlich schon seit Wochen die Krankheiten gegenseitig weiter. Außerdem schleppt Tom, sobald er einen Fuß in die Kita setzt, bloß wieder eine neue Krankheit an. Der reinste Teufelskreis. Kennen Sie das auch?« Der Mann blickte Svenja fragend an, so, als stünde gar nicht erst zur Debatte, dass auch Franka sich mit dem Seuchenherd Kindergarten auskennen würde. Was ja auch der Wahrheit entsprach, ihr aber trotzdem einen Stich versetzte.

»Wann sind die beiden denn aufgebrochen?« Obwohl der Hausherr auf einen freien Stuhl deutete, blieb Franka stehen. Sie fühlte sich regelrecht unter Strom gesetzt, es gelang ihr gerade so, nicht nervös umherzulaufen. Im Gegensatz zu Günter Lichtenberg, der von seinem Hustenanfall sichtlich erschöpft auf einen Stuhl sank.

»Montagmorgen, ganz zeitig, weil am Elbtunnel immer die Hölle los ist.« Plötzlich richtete er sich auf, die Augen weit aufgerissen. »Sind Sie etwa hier, weil Sofia einen Unfall hatte?«

»Wie meinen Sie das?«

»Meine Frau, Sofia … Hatte sie einen Unfall, ist ihr etwas zugestoßen auf dem Rückweg vom Supermarkt?«

»Ihre Frau war gerade beim Supermarkt?« Mit einer solchen Aussage hatte Franka nicht gerechnet.

»Ja doch! Deshalb hat Sofia mich ja auch vor gut einer Stunde angerufen, als sie einkaufen war. Unser Haus liegt so weit abseits, da ist es schlecht mit der Handyverbindung.« Günter Lichtenbergs Stimme war eine Mischung aus Bellen und Krächzen, während seine Augen vor Anspannung nicht mehr als Schlitze waren.

»Haben Sie bei Ihrem Ferienhaus denn keine Festnetzverbindung?«

Günter Lichtenberg winkte ab. »Wollte ich bislang nicht. Wissen Sie, ich bin selbstständig, entwickle mit meinem

Team speziell zugeschnittene Software fürs Controlling und die Abrechnung in Unternehmen. Wenn man ein Team aus siebenundzwanzig Mitarbeitern unter sich hat, dann will dauernd einer was, und immer ist es unaufschiebbar. Unternehmer zu sein ist kein Geschenk, das kann ich Ihnen versichern, da muss man immer ran, ist immer verantwortlich. Aber wenn ich in meinem Häuschen bin, muss mal Ruhe herrschen. Sofia möchte jetzt zwar doch ein Telefon anschaffen, falls es mal einen Notfall gibt, bislang sind wir aber noch nicht dazu gekommen. Also, warum sind Sie hier?« Er beugte den Oberkörper vor, um seiner Frage Nachdruck zu verleihen, und wurde prompt von einer Hustenattacke geschüttelt.

Franka nutzte die Gesprächspause, um einen Blick mit Svenja zu wechseln. Lichtenbergs Geschichte von seiner Frau, die samt Kleinkind im kalten März nach Dänemark aufbrach und ihn krank zurückließ, obwohl sie kaum erreichbar sein würde, klang in ihren Ohren nicht allzu überzeugend. Andererseits behauptete er, vor Kurzem mit ihr gesprochen zu haben, was sich leicht nachweisen ließe. Waren sie einer falschen Spur gefolgt, obwohl alles – vom Haus über den Golden Retriever namens Max bis hin zu einem deutlich älteren Ehemann – zu dem Bild passte, das sie sich von ihrer Toten gemacht hatte?

Auch Svenja schien unsicher, wie die Situation einzuschätzen war – sie knabberte nämlich hingebungsvoll an ihrem Daumennagel.

Nachdem Günter Lichtenbergs Husten nachgelassen hatte, zeigte Franka ihm das Foto ihrer Toten. »Kennen Sie diese Frau?«

»Es geht also gar nicht um Sofia? Das hätten Sie mir

doch gleich sagen können, Herrgott.« Mit sichtlichem Widerwillen warf Günter Lichtenberg einen Blick auf Frankas Handy, starrte es einen Moment an, nur um sich über die vom Husten noch tränenden Augen zu wischen. »Tut mir leid, dafür brauche ich meine Brille.« Keuchend verschwand er aus der Küche.

Sofort war Svenja auf den Beinen und checkte den frei stehenden Kühlschrank, an dem jede Menge Fotos und Kinderzeichnungen mit Magneten befestigt waren. »Nur lauter Tom-Fotos«, flüsterte sie. »Glaubst du, der Kerl spielt uns bloß was vor, um zu vertuschen, dass seine Frau verschwunden ist?«

Nachdem Franka eben noch vor lauter Anspannung kaum hatte stillstehen können, hielt sie nun die Stuhllehne umklammert. Über gewöhnliche Anspannung war sie längst hinaus. »Schwierig einzuschätzen«, gab sie zu. »Dieses verquollene, erschöpfte Gesicht, die fahrigen Gesten, die Nervosität … Aber wer ist nicht nervös, wenn die Kripo plötzlich vor der Tür steht? Und Lichtenbergs Husterei ist zweifelsohne echt.«

»Auf jeden Fall, sonst wäre der Mann nicht Informatiker, sondern Schauspieler geworden. Mit einem Oscar in der Vitrine.«

»Es ist nur … So richtig überrascht schien er auch wieder nicht zu sein über unseren Besuch.« Konzentriert versuchte Franka auf den Punkt zu bringen, was ihre Antennen ihr zugespielt hatten. »Wir bekommen von ihm genau das, was er uns an Infos geben will. Falls seine Frau doch unser Opfer ist, hatte er ja genug Zeit, um sich vorzubereiten.«

Die beiden Frauen verstummten, als Günter Lichtenberg in die Küche zurückkehrte und die Tür hinter sich zuzog, bevor Max seine neugierige Schnauze durch den Spalt stecken konnte.

»Hatte der Hund keine Lust auf Dänemark?« Svenja lächelte breit.

Anstatt ihr Lächeln zu erwidern, musterte Günter Lichtenberg die Fahnderin misstrauisch. »Lust hatte Max bestimmt, er liebt das Meer und noch mehr den großen Garten hinterm Haus. Aber wenn es ums Autofahren geht, verwandelt er sich in einen undichten Methangasballon. Sofia hat damit so ihre Probleme.« Nachdem er sich umständlich eine holzgerahmte Brille auf die Nase geschoben hatte, betrachtete er das Foto auf Frankas Handy erneut, um es rasch zurückzugeben. »Jetzt verstehe ich, warum Sie hier sind. Diese Dame sieht Sofia ausgesprochen ähnlich. Aber eben nur ähnlich. Allein die Nase ... Sofia hat eine zierliche gerade Nase und nicht ... nun, so einen Knubbel.«

»Die Nase wurde für das Foto rekonstruiert«, erklärte Franka.

»Was ist der Frau denn zugestoßen?«

»Sie ist das Opfer eines Gewaltakts geworden, und leider konnten wir ihre Identität bislang nicht eindeutig feststellen.«

»Ein brutaler Überfall, was? Von so etwas hat man in der letzten Zeit ja häufiger gehört. Die Gewalt nimmt immer mehr zu, jeder kann ihr zum Opfer fallen.«

Franka hielt dem Mann ihr Handy erneut hin. »Schauen Sie sich das Foto doch bitte noch einmal an, Herr Lichtenberg. Und achten Sie nicht auf die Nase.«

»Dann ist ihr die Nase eingeschlagen worden, wegen ein bisschen Geld oder ihrem Handy? Schrecklich, gerade bei so einer schönen Frau. Es war doch ein Überfall, oder?«

Franka überhörte die Frage. »Sie schließen also aus, dass es sich bei unserem Opfer um Ihre Frau handelt?«

Günter Lichtenberg schnaufte empört. »Natürlich tue ich das, ich würde ja wohl meine eigene Frau wiedererkennen, egal wie miserabel die Aufnahme ist. Auch wenn ich zugeben muss, dass da eine gewisse Ähnlichkeit herrscht. Doch da gibt es ja noch einen weiteren entscheidenden Unterschied: Die Dame, die Sie mir gezeigt haben, ist tot, oder? Sofia hingegen ist quicklebendig, wie ich Ihnen versichern kann. So lebendig, dass sie sich in unserem Wochenendhaus ein paar schöne Tage macht.« Wie gegen seinen Willen sah er noch einmal auf das Handy, das Franka vor ihm auf den Tisch gelegt hatte. Er stöhnte leise auf und wandte dann rasch den Kopf zur Seite. »Dass Sie mir so etwas zumuten … mir eine Tote zu zeigen, die meiner Frau ähnlich sieht.« Er schwankte leicht.

»Möchten Sie eine Pause machen?«

»Nein, ich möchte, dass Sie gehen.«

Das glaube ich aufs Wort, dachte Franka. Aber ich brauche noch ein paar Antworten. »Kommt unser Opfer Ihnen vielleicht bekannt vor? Es könnte sich ja auch um eine Schwester oder sonstige Verwandte Ihrer Frau handeln.«

Sofort schüttelte Günter Lichtenberg den Kopf. »Meine Frau ist ein Einzelkind, nach dem Tod ihrer Mutter stand sie vollkommen allein da, deshalb ist sie als junge Frau ja auch weg. Dass es niemanden gibt, hat Sofia immer traurig gemacht, aber nun hat sie ja Tom – und mich natürlich.«

»Wie lautet denn der Mädchenname Ihrer Frau? Möglicherweise gab es ja doch eine junge Verwandte, die sie besuchen wollte.«

Die Frage stand eine Weile im Raum, ehe Günter Lichtenberg sich zu einer Antwort herabließ. »Muss ich Ihnen das sagen?«

Franka zuckte mit den Schultern. »Warum sollten Sie es nicht tun?«

»Weil Sofia dieses Thema möglichst meidet, ihre Herkunft ist ihr ein wenig unangenehm, einfach weil so viele Leute gewisse Vorurteile pflegen. Im Blumen-Viertel ist man zwar offen eingestellt, aber nur in Grenzen. Und wir fallen eh schon auf: ein wohlhabender älterer Mann mit einer jüngeren, sehr schönen Frau.« Günter Lichtenberg lachte krächzend. »Man hört es Sofia ohnehin nicht mehr an, woher sie stammt.«

»Ist Ihre Frau Osteuropäerin?« Franka war es leid, um den heißen Brei herumzureden.

»Ja, sie kommt aus Lettland, ihr Mädchenname lautet Baryshnikov. Soll ich Ihnen das buchstabieren?«

Obwohl das Angebot offensichtlich herablassend gemeint war, nickte Franka und schrieb den Namen feinsäuberlich in ihr Notizbuch.

»Aus welchem Kaff Sofia stammt, konnte ich mir leider nicht merken.«

»Keine Umstände, wir werden es schon herausfinden.«

»Wozu die Mühe, wenn ich Ihnen doch gesagt habe, dass es keine Verwandtschaft gibt. Und schon gar keine junge Cousine, davon wüsste ich.« Von dem Schwächeanfall, der Günter Lichtenberg gerade erst heimgesucht hatte, war nichts mehr zu spüren. Seine zunehmende Erregung schien ihm neue Kraft zu verleihen. »Diese ganze Schnüffelei ist doch die reinste Schikane.«

»Was ist denn bitte schön so peinlich daran, aus Lettland zu stammen, dass man es unbedingt vertuschen muss?«

Svenja hatte bislang schweigend dabeigestanden und Franka als ermittelnde Kommissarin die Bühne überlassen, obwohl ihre Mimik verraten hatte, dass ihr das ein oder andere zu der Unterhaltung eingefallen wäre. Nun war ihre Geduld jedoch überstrapaziert.

Das Lächeln, das Günter Lichtenberg ihr schenkte, wirkte verkrampft. »Ich persönlich habe kein Problem damit, aber meine Frau ist in diesem Punkt eben empfindlich. Sie hat sich die größte Mühe gegeben, sich ihren Akzent abzutrainieren, und sich nicht einmal um eine Freundin aus ihrem Geburtsland bemüht, obwohl sie gelegentlich unter Heimweh leidet. Sie meint, für uns als Familie sei es besser so, besonders für Tom, der nicht zwischen zwei Welten stehen soll. Damit wäre ja wohl alles geklärt – und ich würde mich jetzt gerne ausruhen.« Er ging demonstrativ auf die Küchentür zu.

Franka rührte sich keinen Millimeter. »Es tut mir leid, dass wir Ihre Hilfe in Anspruch nehmen müssen, Herr Lichtenberg. Aber wie Sie wissen, ist unsere Unbekannte das Opfer einer Gewalttat geworden. Wir müssen sie identifizieren und haben mehrere Zeugen, die ausgesagt haben, es handele sich dabei um Ihre Frau Sofia. Sie verstehen also, dass wir der Sache nachgehen müssen, auch wenn das für Sie unangenehm ist.«

»Natürlich verstehe ich das. Trotzdem ist das nicht meine Frau!«

»Wo sind Sie denn am vergangenen Montagnachmittag und am Abend gewesen?«

»Ich verbitte mir solche Fragen, das impliziert ja, dass ich etwas mit dieser Toten zu tun hätte, die ich noch nie, wirklich noch nie in meinem Leben gesehen habe.«

»Wir unterstellen Ihnen nichts, sondern haben Fragen

im Zuge einer Mordermittlung. Und es wäre schön, wenn Sie uns unterstützen würden, anstatt sich angegriffen zu fühlen. In diesem Sinne: Wo waren Sie also am Montagnachmittag?« Als Günter Lichtenberg bloß stur ins Leere stierte, begann Frankas Beherrschung zu bröckeln, allerdings nur innerlich. Äußerlich ließ sie sich nicht einmal zu einem genervten Fußtappen hinreißen. »Möchten Sie das Gespräch lieber auf dem Dezernat fortsetzen, Herr Lichtenberg? Sie können auch gern Ihren Bademantel und die Hausschlappen anbehalten. In unseren Verhörräumen haben wir schon ganz andere Outfits zu sehen bekommen.«

Ruckartig fuhr Günter Lichtenbergs Kopf herum. »Hören Sie auf, mir zu drohen. Ich war im Büro, verdammt! Wo vermutlich jeder Selbstständige in diesem Land bis in die späten Abendstunden sitzt. Fragen Sie meine Assistentin, die musste nämlich notgedrungen auch länger bleiben, wir saßen an einem wichtigen Angebot.« Günter Lichtenberg wurde lauter als nötig, was ihm offenbar selbst auffiel, denn im nächsten Moment seufzte er. »Entschuldigen Sie bitte, aber die Situation ist wirklich sehr anstrengend für mich. Unnötig anstrengend obendrein.«

»Dann machen Sie es uns doch leichter.« Franka zwang sich zu einem Lächeln. »Wie heißt Ihre Assistentin, und wie können wir sie erreichen?«

Günter Lichtenberg holte ein Handy aus seiner Bademanteltasche hervor und zeigte Franka den Kontakt einer Daniela Wolf.

»Um alle Zweifel auszuräumen, wäre es gut, wenn Sie uns auch die Handynummer Ihrer Frau geben würden.«

»Aber Sofia ist im Augenblick nicht erreichbar.«

»Trotzdem hätte ich gern ihre Nummer«, beharrte Franka, wobei sie die Zähne kaum auseinanderbekam vor lauter Anspannung, nicht gleichfalls laut zu werden.

Ein Husten unterdrückend, wechselte Günter Lichtenberg zur Anruferliste. »Sehen Sie die oberste Nummer und die Anrufzeit? Sehen Sie die Vorwahl? Das ist Dänemark. Der letzte Anruf von meiner Frau, heute Vormittag. Es ist also vollkommen egal, was ich am Montag gemacht habe.«

Ehe Franka sich die lange Ziffernreihe merken konnte, wählte Günter Lichtenberg sie bereits an und stellte auf Lautsprecher. Eine Frauenstimme verkündete, dass der Anrufer gerade nicht zu erreichen sei.

»Die Nummer würde ich mir ebenfalls gern notieren.«

Doch Günter Lichtenberg ließ das Handy wieder in der Tasche seines Bademantels verschwinden. »Hören Sie mir überhaupt zu? Ich habe Ihnen gesagt, dass es kein Netz bei unserem Haus gibt. Sofia wird sich erst wieder melden, wenn sie Toilettenpapier oder weiß der Teufel was beim Supermarkt besorgen muss oder einen Ausflug macht und dort Netz hat. Tote tun so etwas nicht, sie fahren nirgends hin, und sie rufen auch niemanden an. Oder machen Sie bei der Kripo etwa andere Erfahrungen? Nein? Dann wäre es jetzt doch an der Zeit, sich zu verabschieden, anstatt mich weiterhin zu belästigen, Frau Janhsen. So war doch der Name, oder?«

Franka ließ die Provokation an sich abprallen. »Janhsen stimmt, ich lasse Ihnen selbstverständlich meine Karte da.« Sie legte ihre Karte auf den Küchentisch, als Günter Lichtenberg keine Anstalten machte, sie entgegenzunehmen. »Geben Sie mir bitte die Adresse von Ihrem Wochenendhaus, damit wir gegebenenfalls einen Kollegen vor Ort bitten können, bei Ihrer Frau vorbeizufahren.«

Günter Lichtenbergs Gesicht war nicht länger bloß rot wegen Erkältung, sondern auch vor Wut. Ein Kessel unter zu hohem Druck, der jeden Moment explodieren konnte. »Das werden Sie gefälligst unterlassen! Sofia würde sich zu Tode erschrecken, wenn plötzlich die Polizei vor der Tür stünde. Ich werde es ihr schonend beibringen, dass sie sich bei Ihnen melden muss, aber damit hat es sich auch. Gestehen Sie sich endlich ein, dass das hier eine Sackgasse ist. Ziehen Sie lieber los und finden Sie heraus, wer diese arme Frau, wegen der Sie hier sind, in Wirklichkeit gewesen ist, anstatt mich und meine Familie zu belästigen.«

»Und es wäre schön, wenn Sie ein aktuelles Foto von Ihrer Frau für uns hätten«, überging Franka den Einwurf.

»Ich habe Ihnen doch bereits gesagt, dass Ihre Tote nicht meine Frau ist. Hören Sie mir überhaupt zu?«

Franka lag es auf der Zunge zu sagen, dass er bei seiner Lautstärke kaum zu überhören sei, da wurde der Mann jedoch von einer weiteren Hustenattacke durchgeschüttelt.

»Wir ermitteln in einem Mordfall, Herr Lichtenberg. Solange ich nicht hundertprozentig ausschließen kann, dass es sich bei dem Opfer um Ihre Frau handelt, werde ich der Sache nachgehen. Mit oder ohne Ihre Hilfe.«

Günter Lichtenberg nahm die Brille ab und wischte sich über die tränenden Augen, dann sah er Franka unverhohlen an. Er spielt nicht mit, erkannte sie, er lässt es drauf ankommen, entweder weil er die Wahrheit sagt oder weil er uns von Anfang an in die Irre führen wollte.

»Ich werde meine Frau bitten, sich bei Ihnen zu melden,

sobald ich sie erreicht habe. Und das ist alles, was ich tun werde. Wenn Sie jetzt bitte gehen würden? Ich fühle mich, wie Sie ja mitbekommen haben dürften, nicht besonders gut. Und Sie haben meine Geduld schon mehr ausgereizt, als in meinem Zustand vertretbar ist.«

»Wie Sie meinen.« Franka bedeutete Svenja, ihr zu folgen. »Dann wünsche ich Ihnen gute Besserung und hoffe, von Ihrer Frau zu hören, bevor wir Ihnen einen erneuten Besuch abstatten.« Als Günter Lichtenberg etwas erwidern wollte, stattdessen jedoch zu husten begann, nickte Franka ihm zu. »Machen Sie sich keine Mühe, wir finden allein hinaus.«

20

»So ein Arsch!«

Svenja blieb mitten auf der Spielstraße stehen und stemmte die Hände in die Hüften.

Ein Bollerwagen mit bunt eingepackten Kindern wurde von deren Eltern über das Pflaster gezogen, während zwei Jogger sichtlich abgekämpft, aber glücklich an ihnen vorbeiliefen. Wo die Welt noch in Ordnung ist, dachte Franka und war unsicher, ob sie das nun ironisch meinte oder nicht. Heute Vormittag lief offenbar alles auf ein Entweder-oder hinaus. »Von Herrn Lichtenberg werden wir auf jeden Fall wieder hören – und wenn es nur darum geht, dass er Dienstbeschwerde gegen mich einlegt.«

»Das soll er mal versuchen, dann kannst du ihn wegen Behinderung der Ermittlungen in einem Mordfall drankriegen«, schnaubte Svenja. »Der Kerl ist der Prototyp eines arroganten Sacks. Kauft sich eine junge schöne Osteuropäerin und macht einen auf fürsorglichen Übervater. Dabei hat er bloß Muffe, dass seine Nachbarn auf ihn runterschauen, wenn sie die Wahrheit erfahren. Bestimmt hat er Sofia dazu gezwungen, ihren Akzent aufzugeben und ihre Heimat zu verschweigen. Das klang ja fast so, als dürfte die nicht einmal eine Freundin haben.«

»Wenn das alles ist, was Lichtenberg uns verheimlichen will, soll mir das recht sein«, erwiderte Franka. Sie lehnte sich gegen eine der Linden, von denen die Spielstraße gesäumt war.

Svenja holte ihren Tabakbeutel hervor, um sich eine Zigarette zu drehen, und wurde prompt missbilligend von einer älteren Frau gemustert, die ihren Irish Setter spazieren führte. Mit einem Grinsen steckte Svenja die Zigarette an. »Sollen wir noch bei den Nachbarn vorstellig werden, wenn wir schon einmal hier sind?«

»Auf jeden Fall. Wir müssen herausfinden, ob jemand Sofia in den letzten Tagen gesehen hat.« Franka schloss die Augen und zwang sich, die Unmengen an Eindrücken, die während des Gesprächs auf sie eingeprasselt waren, zu sortieren. Sie musste entscheiden, wie sie zu der Situation stand, bevor sie den nächsten Schritt machte.

Svenja hingegen hielt es kaum aus stillzustehen. »Jetzt mal echt, da ist doch was faul an der Sache, Anruf aus Dänemark hin oder her. Hast du sein Gesicht gesehen, als Lichtenberg das erste Mal aufs Foto geschaut hat? Der hatte Tränen in den Augen. Von wegen Lesebrille, der hat sich aus dem Staub gemacht, um sich erst mal einzukriegen. So lange braucht niemand, bloß um seine Lesebrille zu holen.«

»Schon klar«, sagte Franka. »Falls unsere Tote tatsächlich Sofia Lichtenberg ist, ist die Wahrscheinlichkeit hoch, dass ihr Mann sie getötet hat. Beziehungstaten sind immer noch die ungeschlagene Nummer eins in unserem Geschäft. Nur kann ich mir nicht vorstellen, dass Lichtenberg seine Frau in einem verrotteten Wohnwagen abgelegt hätte. Dann doch eher das Rosenbeet beim Wochenendhäuschen.«

»Oder er ist ausgeflippt, nachdem er herausgefunden hat, dass seine Sofia in Wirklichkeit Rosalia heißt und eine Vergangenheit hatte, die wenig zu ihrem perfekten Zuhause passte. Jetzt verdrängt er seine Tat – ein Fall wie aus dem Lehrbuch.«

»Nur wer ist dann mit dem Kind in Dänemark und hat heute Vormittag durchgerufen?«, gab Franka zu bedenken.

»Irgendwer anders halt«, sagte Svenja. »Oder was hältst du hiervon: Lichtenberg hat seine Frau als jung und schön beschrieben, das ›arm wie eine Kirchenmaus‹ gab es gratis zwischen den Zeilen dazu. Und er? Über sechzig, mit einem stressigen Rund-um-die-Uhr-Job, der gut Kohle bringt. Nur leider verjubelt er die nicht in Nachtclubs, sondern verbarrikadiert sich in der Einöde mit seinem schönen Frauchen. Gut möglich, dass Sofia doch noch mehr vom Leben erwartet hat, als Sofakissen aufzuschütteln und Legosteine einzusammeln.«

Franka brummte, zu sehr in Gedanken versunken, um sich zu den Überlegungen ihrer Fahnderin zu äußern.

Doch Svenja gab nicht auf. »Ooooder: Sofia hat einen Liebhaber, und der ergraute, aber ganz schön massige Günter Lichtenberg bekommt es raus und wird zur Bestie. Der Wohnwagen, wo er die Leiche seiner Frau ablädt, ist das geheime Liebesnest der Turteltäubchen gewesen.«

Franka verzog das Gesicht. »Du hast den Wohnwagen nicht gesehen, den benutzt man höchstens als Jugendlicher, und dann auch nur, wenn man bereits high und echt bedürftig ist.« Als Svenja ihre Theorie verteidigen wollte, hob Franka die Hand. »Lass es vorerst gut sein mit der Spekuliererei. Besser, wir finden raus, was wir hier vor Ort noch klären können. Es kommt nicht gerade selten vor, dass sich die schönsten Auslegungen durch eine einzige Zeugenaussage in Luft auflösen.«

»Schon klar, ich mach das hier ja auch nicht zum ersten Mal. Es ist nur …« Svenja wedelte mit den Händen, als wollte sie nach der Erklärung greifen. Wie immer voll dabei, genau das, was Franka so an ihr schätzte. »Wenn Lichtenberg der Täter ist, und wir beide haben ihn an einem Samstagvormittag mal eben so ganz locker aufgetrieben, das wäre so verflucht genial. Wir zwei Ladys hätten den Fall gelöst und wären das LKA los.«

»Das wäre nicht schlecht.« Franka grinste, obwohl sie sich bewusst war, dass es kaum so einfach sein würde.

Befeuert von ihrer Reaktion, legte Svenja nach: »Als Sahnehäubchen könnten wir dann dabei zusehen, wie Abel Messner aus lauter Eifersucht die nächstbeste Wand eintritt. Er ist immer so sexy, wenn er vor Wut schäumt.«

Augenblicklich erfror das Lächeln auf Frankas Lippen. Sie wollte heute ganz bestimmt kein weiteres Gespräch über diesen speziellen Kollegen führen. »Fang du doch schon mal mit den Nachbarn an, ich versuche es noch schnell bei der Assistentin vom Lichtenberg.«

Erst als Svenja auf dem Nachbargrundstück der Lichtenbergs verschwunden war, holte Franka ihr Handy heraus. Zuerst rief sie erneut bei Simon an, doch auch dieses Mal ging nur seine Mailbox dran. Sie hinterließ eine knappe Nachricht, was sie gerade tat, dann suchte sie die Telefonnummer der Assistentin in ihrem Notizbuch. Dieses Mal klingelte es nur ein einziges Mal, dann wurde der Anruf auch schon entgegengenommen.

»Ja?«, fragte eine verunsichert klingende Frauenstimme.

»Hier ist Franka Janhsen von der Rerricker Kripo. Spreche ich mit Daniela Wolf?«

Es folgte eine kurze Pause, bei der Franka hörte, wie am anderen Ende tief Luft eingezogen wurde. »Woher haben Sie meine Nummer? Das ist mein Firmenhandy! Sagen Sie bitte nicht, dass er die jetzt auch noch rausbekommen und irgendwo als Referenz hinterlassen hat? Was soll ich dieses Mal Schreckliches getan haben? Kinderpornos anbieten oder Hass-Mails verschicken? Ich habe Ihren Kollegen schon gesagt, dass er meine Daten missbraucht, aber das kümmert ja niemanden.« Ein Schluchzen, ein ernstzunehmendes, verzweifeltes Schluchzen.

»Hören Sie«, sagte Franka. »Ich habe diese Nummer von Ihrem Chef. Hat er Ihnen denn noch nicht Bescheid gegeben, dass ich anrufen würde?« Normalerweise hätte sie diese Frage gestellt, um herauszufinden, ob Günter Lichtenberg seine Assistentin bereits vorgewarnt hatte. Doch in diesem Fall hoffte sie damit Ruhe ins Gespräch zu bringen.

Leider erreichte sie damit genau das Gegenteil. »Von Herrn Lichtenberg? O nein, hat er bei ihm direkt angerufen und verrückte Geschichten über mich erzählt? Das hat er auch bei meiner Oma gemacht, die denkt jetzt, ich wäre ein Callgirl für besonders widerliche Sachen. Ich werde noch verrückt, wirklich, ich tue mir was an, wenn Sie nicht langsam was gegen diesen Unmenschen tun. Ich bin am Ende, ich …«

»Frau Wolf«, rief Franka ins Handy, und dann noch einmal: »Frau Wolf!«, dieses Mal mit einem scharfen Befehlston. »Es geht nicht um Ihren Stalker oder wer auch immer Sie belästigt. Ich brauche lediglich eine Auskunft darüber, wo Sie sich am Montagnachmittag und am Abend aufgehalten haben.«

»Montag? Ich … äh …« Franka glaubte gerade hören zu können, wie Daniela Wolf einige mentale Hebel umlegte. »Am Montag war ich bis kurz vor 22 Uhr im Büro, da ich noch eine wichtige Präsentation vorbereiten musste. Aus diesem Grund war ich auch nicht wie üblich bei meinem Aikido-Kurs, falls das für Sie von Bedeutung ist.«

Innerhalb weniger Sekunden hatte sich das aufgelöste Stalkingopfer in einen professionell-konzentrierten Gesprächspartner verwandelt. Die hat offenbar Übung darin, dachte Franka.

»Waren Sie für diese Vorbereitung mit Herrn Lichtenberg allein?«

Daniela Wolf schwieg, dann fragte sie: »Ist Herr Lichtenberg damit einverstanden, dass ich Ihnen solche Auskünfte erteile?«

»Er hat mir Ihre Nummer gegeben.«

»Stimmt. Also, wir waren natürlich nicht allein. Hella Lobsang war bis in den Abend hinein mit von der Partie, sie ist schließlich die Hauptansprechpartnerin für dieses Projekt. Aber gegen 20 Uhr musste sie los, weil ihr Kindermädchen nicht länger die Stellung halten konnte. Das war nicht wirklich von Vorteil, weil es Herrn Lichtenberg gesundheitlich zunehmend schlechter ging.«

»Was hatte er denn?«

»Er fieberte und begann schrecklich zu husten. Warum interessiert Sie das überhaupt, wenn ich fragen darf?«

»Wir brauchen einen Zeitabgleich in einem Mordfall. Eine Frage noch: Als Günter Lichtenbergs Assistentin kennen Sie doch sicherlich seine Frau Sofia, oder?«

»Nur vom Telefon her«, sagte Daniela Wolf zögerlich. »Persönlich bin ich ihr noch nicht begegnet, Herr Lichtenberg trennt Berufliches und Privates strikt, sein Familienleben ist ihm heilig.«

Enttäuscht trat Franka nach einem Kiesel. »Wann haben Sie denn das letzte Mal mit Sofia Lichtenberg gesprochen?«

»Vor knapp drei Wochen, da ist sie an Herrn Lichtenbergs Handy gegangen, weil er gerade unpässlich war. Die Familie litt unter Magen-Darm, die Kinderkrankheiten setzen ihnen augenblicklich sehr zu, da gibt es jede Woche eine neue Überraschung. Ich wusste gar nicht, dass Kinder zu haben so etwas mit sich bringt.«

Franka bedankte sich für die Auskunft und notierte sich noch die Telefonnummer der Kollegin, um sich eine weitere Bestätigung einholen zu können. Die Verabschiedung lag ihr bereits auf der Zunge, als sie noch fragte: »Habe ich das vorhin richtig rausgehört, dass Sie zurzeit belästigt werden?«

»Als ob Sie das kümmert«, wimmerte Daniela Wolf.

Die professionelle Fassade war sofort dahin, und obwohl Franka keine Ahnung hatte, wie Daniela Wolf in Wirklichkeit aussah, hatte sie das verweinte Gesicht einer jungen Frau vor Augen. Ein Gesicht, in das sich die Spuren von zu viel Stress, Verzweiflung und schlaflosen Nächten tief eingegraben hatten. Und alles nur, weil jemand Lust an dieser Sorte Machtspielchen entdeckt hatte.

»Sie können sich nicht vorstellen, wie das ist … Internetstalking, wo immer ich in den sozialen Medien auftauche, Sexshop-Order auf meinen Namen, oder plötzlich steht mein Foto mit persönlichen Angaben auf einschlägigen Seiten«, zählte Daniela Wolf atemlos auf. »Ganz zu schweigen von den unzähligen Beschimpfungs- und Droh-SMS, die ich trotz ständig wechselnder Nummern bekomme. Von irgendwelchen Wegwerfhandys, alles nicht nachweisbar.«

»Aber Sie wissen, von wem der Terror kommt?«

»Natürlich weiß ich das! Das macht es für ihn ja doppelt so schön, denn beweisen kann ich es nicht. Der Mistkerl hat mir sogar mit einer Anzeige wegen Verleumdung gedroht – und käme damit wahrscheinlich sogar durch, wie mir Ihre Kollegen klargemacht haben.«

»Wenn er – wer immer er auch ist – Ihren Rechner hackt und Ihre Handynummer rausbekommt, dann hinterlässt er doch Spuren«, dachte Franka laut nach. »Spuren, die jemand, der sich mit so etwas auskennt, verfolgen könnte, wenn auch nicht offiziell.«

Ein verbittertes Lachen. »Soll ich vielleicht seinen Rechner hacken?«

»Sie nicht, nein, aber vielleicht jemand anderes.«

Den letzten Satz murmelte Franka lediglich, als spräche sie mit sich selbst, dann verabschiedete sie sich, nachdem sie der Frau noch einmal gut zugesprochen hatte. Ob die Kollegen, die Daniela Wolfs Beschwerden aufgenommen hatten, auch ihre Vermutung notiert hatten, wer hinter dem Terror steckte? Bestimmt stand irgendwo in den Akten ein Name, und wenn man den hatte … Franka zupfte nachdenklich an ihrem Ohrläppchen.

Ein Stück von ihr entfernt machte Svenja sich gerade Notizen, während sie zum nächsten Haus ging.

Höchste Zeit, ebenfalls mit der Nachbarschaftsbefragung zu starten, auch wenn es danach aussah, dass Günter Lichtenberg als Mörder ausschied. Blieb noch ein Auftragsmord aus Eifersucht oder verletztem Stolz, weil die Frau, mit der man zusammen dieses Familienidyll geschaffen hat, einen über ihre Vergangenheit belogen hat. Was, wenn plötzlich aus dem zartbesaiteten Waisenkind aus den grünen Weiten Lettlands eine ehemalige Hure aus Georgien geworden war? Eine, deren Kontakt zu ihrem ehemaligen Zuhälter möglicherweise nie abgerissen war …

Franka wusste, dass es müßig war, über die Wenn und Aber nachzudenken, bevor nicht alle einholbaren Fakten auf dem Tisch lagen, trotzdem war die Versuchung groß. Sie wollte etwas tun, etwas in Bewegung setzen und nicht stumpf Informationen einsammeln und sich ansonsten in Geduld üben. Es musste etwas passieren. Und wenn schon nicht in ihrem Fall, dann woanders!

Entschlossen wählte Franka eine Nummer an, die sie besser kannte als ihre eigene. Im letzten Herbst war sie regelmäßig auf ihrem Handy aufgeleuchtet und hatte ihr jedes Mal einen Stromschlag verpasst. Daran erinnerte sie sich in dem Augenblick, als das erste Freizeichen ertönte und sie unwillkürlich zusammenzuckte.

Was für eine Scheiße machst du hier eigentlich?, fragte sie sich. Hastig drückte sie das Gespräch weg, dann richtete sie sich auf und fuhr sich mit der Hand prüfend über ihr zusammengebundenes Haar. Die äußere Fassade stand. Wenn es nur möglich wäre, ihr Inneres genauso leicht zu ordnen.

Ein schlichter Klingelton ließ Franka zusammenfahren.

Kein Jazz für Abel Messner.

Ihre Finger fühlten sich taub an, als sie das Handy ans Ohr hielt.

»Du könntest mir ruhig einen Tick mehr Zeit zugestehen, um dranzugehen, ehe du auflegst«, schnauzte ihr Kollege sie an.

»Ich habe mich bloß verwählt«, log Franka. »Tut mir leid, wenn ich dich gestört habe.«

»Unsinn.«

»Unsinn, dass ich dich gestört habe?«

»Nein, das mit dem Verwählen. Also, warum willst du mich sprechen?«

»Vergiss es.«

Franka steckte das Handy in die Manteltasche – wo es sofort zu läuten begann. Mit dem Daumen drückte sie den Ton weg, sodass es nur noch vibrierte. Was es tat. Ausgiebig. Fluchend holte sie es wieder hervor.

»Ruf mich lieber nicht noch einmal an, Abel«, knurrte sie.

»Du hast mich angerufen.«

»Das war eine einmalige Sache und kein Freischein, nonstop bei mir durchzubimmeln.«

»Sag mir doch einfach, worum es geht.«

Bevor Franka antworten konnte, jagte ein scharfer Schmerz durch ihren Mittelfinger. Sie hatte ihren Daumennagel in das empfindsame Nagelbett gebohrt. Eine alte Angewohnheit, die sie sich längst abgewöhnt haben wollte.

»Bist du noch dran? Sind dir die Beschimpfungen ausgegangen, oder hast du mich beiseitegelegt?«

Franka seufzte. »Diese Sache, die du im letzten Herbst mit mir durchgezogen hast …«

»Das war schräg, ich weiß.« Zweifelsohne zuckte Abel mit der Schulter, als ginge es nur um eine Kleinigkeit und nicht darum, dass er sie nächtelang um den Schlaf gebracht hatte. »Nicht die beste Art, um sich beliebt zu machen – das habe ich kapiert und damit aufgehört.« Glücklich klang er deswegen nicht.

Obwohl das Herz ihr bis in die Ohren dröhnte, erinnerte sie sich daran, warum sie ausgerechnet Abel Messner angerufen hatte. Feuer bekämpfte man am besten mit Feuer. »Wenn ich eine Möglichkeit wüsste, wie du es wiedergutmachen könntest …«

»Bewertest du die Nummer nicht vielleicht ein bisschen über?« Abels Stimme war reine Herablassung. »Ich habe dich genervt – einverstanden. Gut, möglicherweise noch ein wenig mehr als bloß genervt. Aber deswegen kannst du nicht davon ausgehen, dass ich noch Monate später ein schlechtes Gewissen habe, geschweige denn, irgendetwas bei dir gutmachen will …«

Abel war wirklich ein verdammt guter Pokerspieler, das musste Franka ihm zugestehen. Nur war sie im Vorteil, weil sie die Einsätze kannte. Zumindest glaubte sie das.

Mit fest zusammengebissenen Zähnen schwieg Franka, wobei sie die verstreichenden Sekunden zählte.

Abel hielt genau siebzehn Sekunden durch, dann sagte er: »Okay, was soll ich machen?«

21

Seit das Wasser der Dusche von kalt auf warm gewechselt war, hatte Mads jegliches Zeitgefühl verloren. Das monotone Prasseln, mit dem die Tropfen auf den schwarzen Granitboden schlugen, war das Einzige, was ihn erreichte. Ansonsten war da nur Taubheit: Sein Körper war genau wie der Steinboden bloß ein Widerstand, auf den das Wasser traf, und sein Geist eine einzige wohltuende Leere anstelle des wütenden Gebrülls, gemischt mit Panik, das in den letzten Tagen geherrscht hatte.

Jedenfalls war es so, bis sich ein beharrliches Klopfen in das Wasserprasseln mischte. Türklopfen, um genau zu sein.

Zuerst versuchte Mads das Geräusch auszublenden, aber nachdem er es erst einmal wahrgenommen hatte, meldeten sich auch seine schmerzenden Glieder, die getapten Bruchstellen an seinen Fingern begannen zu pochen, und das Zittern kehrte in seine überanstrengten Muskeln zurück. Mit Geisterfingern strich die Angst über seinen Nacken, und der schwache, beharrliche »Gefahr, Gefahr!«-Schrei in seinem Kopf war wieder da.

Würde es von nun an immer so sein?

Die Tage im Panikraum hatten etwas mit ihm angestellt, ihn verändert, eine hektisch flackernde Flamme in ihn gesetzt, die jeden Augenblick zu einem Flächenbrand auszubrechen drohte. Wenn es ihm nicht bald gelang, die Flamme auszutreten, würde seine Persönlichkeit in Rauch aufgehen.

Er wäre dann kein junger Mann mehr, der sich von der Welt nahm, was ihm zustand, sondern nur noch ein feiges Würstchen, das vor allem und jedem zurückzuckte. Das würde er auf jeden Fall verhindern, gleichgültig wie hoch der Preis dafür war. Ab heute hatte er genau zehn Tage, um sich einzukriegen – nicht mehr. Danach würden sie die Bude, die er für einen Bekannten hütete, räumen müssen. Spätestens zu diesem Zeitpunkt musste er nicht nur einen Plan haben, wie es weiterging, sondern auch die Eier, um ihn in die Tat umzusetzen. Im Augenblick sah es allerdings nicht danach aus, dass zehn Tage zur Schadensbegrenzung ausreichen würden.

»Scheiße«, knurrte Mads. »Ich hätte den Typ abknallen sollen, ihm heimzahlen, was er mit mir angestellt hat.« Dann stellte er das Wasser aus. Er hatte sich lang genug versteckt, eingelullt von der Wärme.

Sofort ertönte wieder das dämliche Geklopfe an der Tür, gefolgt von Adas vor Anspannung hoher Stimme. »Mads, ist alles okay mit dir?«

Mads starrte auf seine rot angelaufenen Füße, um deren Gelenke sich dunkle Linien zogen, dort, wo der Kabelbinder eingeschnitten hatte. Er war gezeichnet, sein ganzer verdammter Körper war ein einziger Beweis dafür, dass er es nicht draufhatte. »Alles bestens«, rief er, während er in den wasserdampfgeschwängerten Raum trat. Wenigstens klang er noch wie ein echter Kerl.

Trotzdem verpisste sich Ada nicht, sondern jammerte weiter. »Lass mich doch rein, ich will nicht allein sein.«

»Gib mir noch ein paar Minuten, damit ich mich in Ruhe anziehen kann.«

»Dabei kann ich dir doch helfen. Lass mich bitte zu dir.«

Ihr Angebot schaffte es tatsächlich, das verängstigte Geheul in seinem Kopf zum Schweigen zu bringen. Meinte Ada es auch so, wie er es verstanden hatte?

Mads schnappte sich ein Handtuch und rieb den Spiegel frei, ehe er sich widerwillig musterte. Sein Gesicht sah aschgrau aus, irgendwie ausgezehrt. Das machte nichts, das bekam er wieder hin, genau wie die zahlreichen Blutergüsse verschwinden würden und die anderen Verletzungen, die der Schweinehund ihm zugefügt hatte. Was allerdings aus diesem Schatten werden würde, der sich in seine Augen geschlichen hatte, stand auf einem anderen Blatt. Was ihn da anschaute, war ein Opfer, da brauchte er sich nichts vorzumachen. Einer, mit dem man es machen konnte, ohne groß mit Widerstand zu rechnen. Fuck, er verachtete diesen Verliererblick, er widersprach zutiefst dem, was er sein wollte, sogar sein musste, wenn er den Respekt vor sich selbst nicht endgültig verlieren wollte.

»Mads …«, flüsterte Ada vor der Tür. »Ich brauche dich. Bitte, bitte.«

Ich brauche dich auch, dachte er. Allerdings auf eine Weise, die dir wahrscheinlich nicht gefallen wird.

»Mads, hörst du mich?«

Ein weiterer Blick in den Spiegel bewies ihm, dass er keine Wahl hatte, wenn er diese Angst loswerden wollte. Außerdem schuldete sie ihm etwas. Mehr als das.

Obwohl seine Schultern immer noch nass glänzten, wickelte er sich das Handtuch um die Hüften und öffnete die Tür. Ada stand direkt davor, eine winzige Gestalt, die Augen in Tränen schwimmend. Sofort fühlte Mads sich besser. Fast streckte er schon die Hand aus, um ihre Wange zu streicheln, doch er entschied sich anders. Die Angst und Unsicherheit sollten noch einen Moment länger mit in den

Tränen schwimmen. Weil sie ihm etwas schuldete. Er hatte sie aus der Hölle geholt, jetzt musste sie dasselbe für ihn tun. Als sie die Hand wie ein unsicheres Kind nach ihm ausstreckte, drückte er sie weg.

»Herrgott, lass das!«

Ada zuckte zusammen. »Ich dachte …«

»Was? Dass ich dich papamäßig in den Arm nehme oder dass ich selbst etwa ein paar Streicheleinheiten brauche? Brauche ich nämlich ganz klar nicht.«

Ada ließ den Kopf sinken. »Nein, das brauchst du natürlich nicht.«

»Warum nervst du hier dann rum, anstatt mich mal eine Weile in Ruhe zu lassen?«

»Weil ich …« Adas hübscher kleiner Mund brachte den Satz nicht zu Ende.

Unbehagen meldete sich, aber Mads ignorierte es. Es tat einfach zu gut, diesem Mädchen dabei zuzusehen, wie es sich seinetwegen wand. Es sorgte dafür, dass sein Körper weder schmerzte noch sich taub anfühlte. Stattdessen packte er sein Handtuch, bevor es ihm dank seines steif werdenden Schwanzes von den Hüften rutschte.

»Was willst du, Ada? Und hör auf rumzustammeln, dafür habe ich jetzt keinen Nerv.«

Ada sah von tief unten zu ihm auf. Da war ein Aufblitzen, das Mads innerlich zurückweichen ließ. In der nächsten Sekunde sagte sie jedoch so unterwürfig, dass jeder Gedanke an Widerstand lächerlich wirkte: »Ich will nur, dass du glücklich bist, du hast doch so viel für mich getan.« Vorsichtig nahm sie ihm das Handtuch ab. »Lass mich dir den Rücken abtrocknen, ja? Du bist noch ganz nass und kannst dich doch sicher kaum bewegen mit den ganzen Prellungen.«

»Die spüre ich kaum.« Womit Mads die Wahrheit sagte. Da war kein Schmerz mehr, dafür war jetzt schlicht kein Platz. Und nicht einmal einem Unschuldslämmchen, wie Ada eins spielte, konnte das entgehen.

Als Ada Anstalten machte, an ihm vorbeizuschlüpfen, zog Mads sie an sich. Ihrem Aufkeuchen folgte kein Protest, mehr Ermutigung brauchte er nicht. Er fasste sie im Nacken, damit sie nicht ausweichen konnte, dann küsste er sie, ohne auch nur darauf zu warten, ob sie ihre Lippen öffnete. Was sie jedoch tat – zuerst nur aus Folgsamkeit, doch kurz darauf mit einer Hingabe, die Mads nicht erwartet hatte. Auch als er seine Hand unter ihr Shirt direkt zu ihren Brüsten wandern ließ, wehrte sie sich nicht, sondern schmiegte sich nur enger an ihn.

Soll mir recht sein, dachte Mads. Ich bin echt nicht in der Stimmung, Rücksicht zu nehmen.

Entschlossen zerrte er Ada hinter sich her auf den Flur, an dessen Ende das Schlafzimmer lag, wenn er sich richtig erinnerte. Sie waren noch nicht ganz durch die Tür, als Ada auch schon ihre restliche Kleidung abstreifte. Als sie nackt vor ihm stand, die Arme unter den nicht mehr als apfelgroßen Brüsten verschränkt, brach Mads' Gier plötzlich weg. Wenn er sie auf das Bett stieß und sich auf die gleiche Art über ihren Körper hermachte wie über ihren Mund, dann würde sie zerbrechen. Sie würde das nicht aushalten.

»Gefalle ich dir nicht?« Ada ließ die Arme sinken. Auf der Innenseite ihres Handgelenks leuchtete ein grellroter Schnitt auf, quer über den Puls, frisch verheilt.

Mads fuhr sich durch sein feuchtes Haar und ließ die Hand am Hinterkopf liegen. Dort war sie eindeutig besser aufgehoben als in der Nähe dieses filigranen Körpers. »Tut mir leid, ich hätte das nicht tun sollen.«

Erneut blitzte etwas in Adas Augen auf. Neue Tränen? »Aber ich will es doch auch«, beharrte sie.

»Weil du mir einen Gefallen tun willst, aber du brauchst mich wirklich nicht aus Dankbarkeit zu ficken.«

»Ich möchte es aber. Unbedingt. Und du willst es auch.« Ehe Mads sichs versah, hatte sie seinen Schwanz gepackt.

»Wow, mal ganz langsam.« Mads hob beschwichtigend die Hände. »Gehen wir es doch lässig an, okay?«

»Warum das denn?«, fragte Ada, während sie ihn zu massieren anfing. Verdammt gut, wie er zugeben musste. Sie grinste ihn wissend an, kein Stück mehr die Unschuld vom Lande. »Wenn du dir unsicher bist, was du willst, kannst du ja mal deinen Ständer fragen. Der weiß es nämlich genau.«

Mads blickte an sich runter. »Oh Mann.« Mehr brachte er nicht hervor.

»Richtig«, sagte Ada, dann schob sie ihn rücklings zum Bett, ohne die Hände von ihm zu lösen. »Leg dich einfach hin, den Rest erledige ich. Danach wird es dir bestimmt besser gehen.«

22

Franka wählte zum gefühlt hundertsten Mal an diesem Samstag Simons Nummer und hatte, wie schon zuvor, sofort die Mailbox dran.

»Hi, ich mal wieder. Wir sind nun mit den Befragungen durch, und da ich dich immer noch nicht erreichen konnte, um zu besprechen, ob wir Günter Lichtenberg zu einer Befragung aufs Revier holen sollen, lassen wir es für heute gut sein. Soweit ich das eben vom Nachbargrundstück aus beobachten konnte, sitzt er in eine Decke gehüllt auf dem Sofa und hustet, was das Zeug hält. Fluchtgefahr scheint mir nicht gegeben, vermutlich wird sich die Spur eh im Lauf der nächsten Stunden in Luft auflösen.«

Svenja, die neben Franka am Auto lehnte, gab ein Schnauben von sich, das stark nach »Kackdreck« klang. Verübeln konnte Franka es ihr nicht, schließlich hatte es zu Anfang verdammt vielversprechend ausgesehen. Nur hatte Franka auf die harte Tour gelernt, dass gerade die Lösungen, die einem als Ermittler am liebsten waren, sich meistens als Niete erwiesen. Ansonsten wären die Täter so gut wie immer die gewalttätigen Familienväter, die krankhaft ehrgeizige Kollegin oder der spielsüchtige Enkel.

»Wir machen dann Schluss für heute. Dir noch eine schöne Zeit, bei was auch immer du tust, Hauptkommissar Ackermann. Hoffe, dein Samstag war erholsamer als unserer.« Die Spitze konnte Franka sich nicht verkneifen, dafür schmerzten ihre Füße zu sehr.

Gemeinsam mit Svenja hatte sie stundenlang die Nachbarschaft der Lichtenbergs befragt und das Foto der Toten herumgereicht. Wie erwartet hatte jeder, der Sofia Lichtenberg kannte, eine gewisse Ähnlichkeit bestätigt. Mehr jedoch nicht. Niemand schien die junge Frau besser zu kennen. Man habe sie meistens eher vom Weiten gesehen, ein freundliches Nicken oder ein paar rasch ausgetauschte Höflichkeiten – Sofia sei niemand, mit dem man engeren Kontakt suche. Freundlich, aber vor allem distanziert, ganz auf Haus und Kind konzentriert. Und ihr Mann, dieser schon ziemlich in die Jahre gekommene Informatiker? Typischer Unternehmer halt: früh mit dem Porsche Cayenne los und spät abends zurück. Besuchte allerdings sämtliche Elternabende im Kindergarten und ließ auch keine Feier und keinen Laternenumzug aus. Vermutlich ein netter, allerdings abgehetzt wirkender Mann, der sich mit seiner jungen Familie übernommen hatte. Nein, das sei nur so eine Vermutung, Streitereien habe es nie gegeben, soweit man wüsste. Alles ganz gesittet und zurückgezogen bei den Lichtenbergs.

»Klingt mehr nach Sanatorium als nach Familie«, hatte Svenja es dann irgendwann entnervt auf den Punkt gebracht. »Diese ganze Neubausiedlung wirkt, als würden die sich kollektiv Weichspüler einflößen. Gruselig.«

Zuletzt gesehen worden war Sofia von einem älteren Herrn, der am vergangenen Montag mit seinem Enkelkind auf der Spielstraße unterwegs gewesen war und dem Franka sich hatte in den Weg stellen müssen, damit er überhaupt mit ihr redete.

»Ich muss doch bitten, wir wollen zu unserer Spielplatzverabredung«, hatte er ihr entrüstet vorgehalten.

Franka hatte eisern gelächelt. Das Blumen-Viertel mit seinen unentwegt fleißigen, nur leider völlig auf ihr eigenes Leben getunnelten Bewohnern war ihr zu diesem Zeitpunkt schon mächtig über gewesen. »Und ich möchte gern einen Mordfall klären, wenn Sie erlauben.«

Das Zauberwort »Mordfall« hatte dann, wie schon so oft, seine Magie gewirkt, und der ältere Herr hatte seiner Enkelin die Kekspackung in die Hand gedrückt, damit sie vor lauter Unruhe nicht aus der Karre hüpfte.

»War so um kurz nach elf, wir waren schon auf dem Rückweg wegen dem Mittagessen. Die Johanna muss nämlich Punkt 11:45 abgefüttert hingelegt werden, da versteht meine Schwiegertochter keinen Spaß. Jedenfalls ist die Frau Lichtenberg da an uns vorbeigeflitzt, wollte wohl den Bus in die Stadt noch erreichen. Hat freundlich gegrüßt, freundlicher als sonst. Und was sie anhatte, weiß ich wirklich nicht, die Johanna büxt bei jeder Gelegenheit aus, da muss man höllisch aufpassen.«

Die Busfahrerin der Tour in die Stadt konnte sich nur schwach an Sofia Lichtenberg erinnern, und das nur deshalb, weil sie ihren Fahrschein mit einem 100-Euro-Schein bezahlt hatte, was der Fahrerin nicht geschmeckt hatte. Die Überwachungskameras an der U-Bahnstation am ZOB hatten Sofia um 12:37 eingefangen, eine schmale Person in einem geschlossenen Mantel und einer Handtasche über der Schulter – beides war nicht am Tatort gefunden worden. Ihre Schuhe waren möglicherweise dieselben, die ihr Opfer getragen hatte, mit Sicherheit sagen ließ sich das jedoch aufgrund der schlechten Qualität der Aufnahme nicht. Sofia hatte sich schnell und zielstrebig bewegt, sich nicht ein einziges Mal umgesehen. Ausgestiegen war sie zehn Minuten später in der City, die Kamera zeigte, wie sie allein die Treppenstufen erklomm, um dann beim Ausgang zu verschwinden.

Wer ihren Sohn Tom, der an diesem Tag angeblich aus Gesundheitsgründen nicht in der Kita gewesen war, betreut hatte, ließ sich nur vermuten: Gelegentlich sprang laut den Nachbarn wohl eine Bekannte – eine freundliche junge Frau mit blonden Haaren – als Babysitterin ein. Diese Frau, die möglicherweise auch eine Freundin Sofias war, aufzutun war bislang weder Svenja noch Franka gelungen, und um Günter Lichtenberg um den Kontakt zu bitten, hatte keine der Frauen am Ende des Tages noch den Nerv gehabt.

Svenja wollte nach Hause zu ihrer Familie. »Und was ist mit dir, noch große Pläne für den Abend? Nicht, dass man sich als Single in Rerrick vor tollen Möglichkeiten kaum entscheiden könnte, aber in meiner Mutti-Fantasie ist wenigstens eine In-Bar oder ein heißes Date beim neu eröffneten Peruaner drin.«

»Bist du sehr enttäuscht, wenn ich heute Abend lediglich eine Verabredung mit meinem Sofa habe?«

»Nur ein bisschen.« Der Flunsch, den Svenja zog, sagte allerdings etwas anderes.

»Morgen Abend bin ich allerdings verabredet«, sagte Franka. »Ganz schick sogar.«

»Wusste ich's doch! Nun mal raus mit den Details, lass dich nicht so lange bitten.«

»Wir gehen nicht aus, sondern kochen.«

»Wuuhh, ganz intim.« Svenja wedelte sich mit der Hand Luft zu. »Hätte nicht gedacht, dass der was fürs Kochen übrighat.«

Sofort stand Franka ein Stück gerader. »Er?«

Svenja grinste breit. »Genau. Er.«

»Jetzt verstehe ich!« Franka drohte ihrer Kollegin mit dem Zeigefinger. »Du willst mich reinlegen, damit ich herausposaune, um wen es sich handelt. Das ist ein ganz mieser Trick.«

»Der bei Frau Kommissarin leider nicht funktioniert. Also, welcher von beiden ist es? Der Ritter oder der Jäger?«

Ich hätte das Spiel sofort abbrechen sollen, erkannte Franka. »Es ist Dr. Helene Weisband. Sie sieht sich wohl als eine Art Mentorin für mich, während ich noch unsicher bin, ob ich mich deswegen freuen oder mir vor Angst in die Hosen machen soll.«

»Das ist ja noch viel besser, als ich dachte.« Svenja pfiff durch die Zähne. »Ein Essen bei Dr. Weisband höchstpersönlich, eine Art Adelsschlag. In diesem Fall würde ich dir für morgen Abend Atemübungen und einen Schnaps vor Amtsantritt empfehlen. Lady MacDeath ist niemand, dem man unvorbereitet gegenübertritt.«

»Lady MacDeath – so nennt ihr unsere Pathologin?«

»Nur im Flüsterton«, gab Svenja zu. »Und das auch nur, nachdem wir uns mehrmals versichert haben, dass sie nicht in der Nähe ist. Aber hey, Spitznamen sind eine Auszeichnung. Möchtest du deinen wissen?«

»Auf keinen Fall«, sagte Franka.

»Sicher?«

»Sicher.«

23

Franka nippte gerade an ihrem Kaffee, um ihrer mit der Dämmerung aufkommenden Müdigkeit einen Riegel vorzuschieben, als es an ihrer Wohnungstür klingelte.

»Nicht jetzt, ich brauche dringend eine Pause«, murrte sie in den Kaffeedampf hinein. Sie hatte sich ihren Platz auf dem Sofa redlich verdient nach dem langen Tag im Blumen-Viertel. Die Wohnung gehörte ihr allein, nachdem Noah sich gerade in Richtung Kneipe verabschiedet hatte, von wo er nicht vor vier Uhr morgens zurückkehren würde. Es sei denn, er hatte mal wieder seinen Schlüssel vergessen.

Die Klingel läutete ein weiteres Mal, nun schon deutlich drängender.

Widerwillig gab Franka das Sofa auf.

Auf ihrem Weg zur Tür legte sie sich zurecht, was sie Noah alles an den Kopf werfen würde für seine Schusseligkeit. Es war jedoch nicht ihr Mitbewohner, der mit einem schiefen Lächeln vor ihrer Wohnungstür stand, sondern Simon. In einem überaus schicken Anzug, als hätte er für den Abend noch Großes vor … oder es bereits hinter sich, was sein ausgeschaltetes Handy erklären würde. Obwohl es das Letzte war, worüber Franka im Moment nachdenken wollte, musste sie zugeben, dass er ausgesprochen gut aussah. »Der Ritter«, wie Svenja ihn mit einem Augenblinzeln genannt hatte.

Nur leider sah Franka so gar nicht nach Prinzessin aus, vermutlich brachte sie es nicht einmal auf eine gestandene Kriegerin. Sie raffte den Ausschnitt ihres Kimonos zusammen und ärgerte sich, nach der Dusche weder Make-up aufgelegt noch das Haar zusammengebunden zu haben.

»Hast du dich auf dem Weg zu einem heißen Date verfahren?«

»Deine Haare sind ganz schön lang geworden, seit ich sie das letzte Mal offen gesehen habe«, sagte Simon fast zeitgleich.

Ein irritierter Blickwechsel, dann lachten sie beide.

»Noch einmal von vorn«, schlug Franka vor. »Guten Abend, Simon. Schön, dich zu sehen.«

»Das kann ich nur zurückgeben.« Simons Grinsen sorgte dafür, dass eine Spur Flirt blieb. Als Franka den Ball nicht annahm, kratzte er sich am Nacken. »Ich hoffe, es ist okay, dass ich einfach so auftauche. Aber nach den vielen Nachrichten, die du mir hinterlassen hast, dachte ich, es wäre besser, endlich einmal vis-à-vis zu reden. Oder störe ich etwa?«

»Nein, komm ruhig rein, ich habe sturmfreie Bude. Auf die Gefahr hin, wie eine abgekämpfte Teenager-Mutti zu klingen: Ich bin wirklich froh, wenn der Junge mal aus dem Haus ist und ich mich einfach gehen lassen kann.«

»Dann störe ich also doch.«

»Nur, wenn du was gegen meinen Freizeitlook einzuwenden hast.«

Lachend trat Simon ein. Von der angespannten Stimmung, in der sie sich gestern Nacht nach dem Essen verabschiedet hatten, war nichts mehr zu spüren. Stattdessen breitete sich eine elektrisierende Wärme zwischen ihnen aus. Als Simon in den Flur trat, wandte Franka das Gesicht ab. Eine Schutzmaßnahme, dennoch stieg ihr sein Aftershave in die Nase. Als wäre das noch nicht schlimm genug, blieb er direkt vor ihr stehen, während hinter ihm die Tür ins Schloss fiel.

»Tut mir leid, dass du die Ermittlung heute ohne mich durchziehen musstest, aber ich hatte das Handy im Auto liegen lassen. Mit einer solchen Entwicklung hatte ich einfach nicht gerechnet.« Simons ohnehin tiefe Stimme war noch eine Nuance dunkler, wenn er sich entschuldigte.

Franka verkniff sich die Nachfrage, auf welche Weise er den Samstag verbracht hatte, so ganz ohne Handy. Er würde es ihr ohnehin nicht verraten – und sie hatte sich schon viel zu oft den Kopf über dieses Thema zerbrochen, besonders, wenn sie abends allein im Bett lag und ahnte, dass Simon währenddessen vermutlich alles andere als einsam war.

»Macht nichts, deine Mailbox hat ja mit mir gesprochen. Wenn du sie abgehört hast, dürftest du eigentlich auf dem Laufenden sein.« Obwohl Frankas Körper nichts anderes tun wollte, als mit diesem Mann in dem beengten Flur stehen zu bleiben, setzte sie sich in Bewegung. Auf ihren Körper zu hören war in Simons Gegenwart nämlich keine sonderlich kluge Entscheidung.

Simon folgte ihr dichtauf. »Ich bin mir noch nicht ganz sicher, ob ich durchsteige, aber auf jeden Fall hat deine Lieblingsfahnderin da wirklich etwas Spannendes ausgegraben.«

»Wenn Svenja so weitermacht, dauert es nicht mehr lange, und sie ist auch deine Lieblingsfahnderin. Die Frau hat einfach Biss.«

»Und weiß offenbar, bei wem sie sich beliebt machen muss, um Unterstützung zu bekommen.«

»Als ob ich im Dezernat großen Einfluss hätte.«

Das Klacken von Simons Lederschuhen brach ab, und Franka warf einen Blick über die Schulter.

»Du solltest dich lieber nicht unterschätzen, wenn es darum geht, welchen Einfluss du ausübst.«

Kompliment oder Vorwurf? Franka nahm ihre Brille ab, um sich die Augen zu reiben. Mist, sie hatte ganz vergessen, dass das hässliche Ding auf ihrer Nase saß. »Sprichst du etwa aus eigener Erfahrung?«

»Wer weiß.«

Diese Unterhaltung entwickelte sich in eine Richtung, in die Franka nicht einmal schauen durfte, wenn sie auch nur einen Tick Wert auf ihren Seelenfrieden legte. Nachdem sie Simon einen Platz auf dem Sofa angeboten hatte, setzte sie sich auf einen Hocker. War dieser Kimono schon immer so verdammt kurz gewesen?

»Wenn du rasch Bescheid gesagt hättest, dass du kommst, müsste ich mir jetzt keine Sorgen machen, dass ich aussehe, als würde ich auf den Kabelverleger warten.«

Entschuldigend hob Simon die Hände. »Das hätte ich wohl tun sollen. Nur war ich irgendwie zu sehr mit dem Abhören deiner Nachrichten beschäftigt.«

»Als Wiedergutmachung dafür könntest du mir ruhig verraten, was du getrieben hast. Hast du den Begleiter beim heutigen Psychologen-Brunch gegeben?« Franka biss sich auf die Zunge. Zu spät.

Simons Gesicht verwandelte sich in eine ausdruckslose Maske, während er sich aufsetzte. Das Flirrende zwischen ihnen war dahin, sie hatte ihren Trumpf verspielt.

»Das war ein langer Tag für dich«, sagte Simon. »Am besten verschieben wir das Gespräch auf morgen.«

Zweifelsohne war es das Sinnvollste, aber sie wollte, dass

Simon Ackermann blieb. »Geh noch nicht«, bat sie. »Möchtest du einen Kaffee? Oder etwas Stärkeres? Ich könnte jedenfalls einen Drink vertragen.«

Simon blinzelte, ein Beweis, dass er einen inneren Kampf ausfocht, dann sagte er: »Bleib sitzen, ich mach schon. Steht der Whiskey immer noch bei den Putzmitteln in der Küche?«

»Der beste Ort, um ihn vor Noah in Sicherheit zu bringen.«

Als Simon mit zwei bernsteinfarben gefüllten Wassergläsern zurückkehrte, deutete er auf das Sofa. »Du machst es dir jetzt gemütlich, und ich nehme den Hocker.« Als Franka den Kopf schüttelte, sagte er: »Ansonsten gibt es keinen Drink.«

»Dann bleibt mir wohl nichts anderes übrig.« Kaum hatte Franka sich umgesetzt, reichte Simon ihr ein Glas, wobei er sich neben sie aufs Sofa setzte. Vom Hocker war keine Rede mehr.

Nachdem sie beide an ihren Whiskeys genippt hatten, räusperte sich Simon. »Das Wohnzimmer hat sich wirklich gemacht, kein Vergleich mehr zu dem Kartonlager während deiner ersten Monate in Rerrick. Das wird hier langsam ein richtiges Zuhause.«

Das ist das erste Mal, dass wir zusammensitzen, ohne über die Arbeit zu reden, dachte Franka. Normalerweise waren ihre Fälle der Kitt, der sie zusammenhielt, Kollegen aus ihnen machte und somit die Frage übertünchte, wie sie miteinander umgehen würden, wenn sie bloß eine Frau und ein Mann wären, die einen Abend miteinander verbrachten. Es fühlt sich trotzdem vertraut an, stellte Franka fest. Aber vielleicht wünschte sie sich das auch nur.

»Hast du allmählich das Gefühl, angekommen zu sein?«

Simons Stimme riss Franka aus ihren Gedanken. Ohne es zu merken, war sie abgedriftet. Sie nahm einen Schluck, einen viel zu großen, und musste husten. Das war es jedoch wert, der Whiskey legte sich seidig warm über ihre angespannten Nerven. »Wirklich angekommen bin ich noch nicht«, gab sie zu. »Aber es wird mit jedem Tag besser.«

»Man sollte nicht meinen, dass der Weg von Hamburg hierher so lang ist.«

Das war mit Abstand die persönlichste Frage, die Simon ihr bislang gestellt hatte. Sollte sie darauf eingehen, die Chance nutzen, den Abstand zwischen ihnen zu verringern? Erneut musterte sie den schicken Anzug, den er trug. In dem er seinen freien Tag zugebracht hatte und nicht sagen wollte, womit. Darauf zu warten, dass er sich ihr öffnete, hatte bislang nichts gebracht. Was möglicherweise auch daran lag, dass sie selbst bei jeder Gelegenheit die innere Zugbrücke hochzog. Auch wenn sie es sich ungern eingestand: Zwischen ihnen wurde von beiden Seiten gemauert.

»Ehrlich gesagt hatte ich die Haftung schon in Hamburg verloren«, sagte Franka. »Als ich nach Rerrick gekommen bin, wusste ich nur eins: dass ich die Frau, die ich bis dahin gewesen bin, niemals wiedersehen wollte. Wer ich stattdessen bin … das weiß ich bislang nur ab und zu, der Rest ist Provisorium.«

»Dann war nichts gut an der alten Franka?«

»Ich vermisse sie nicht.«

»Das klingt hart.«

»Ja, aber es war der einzige Weg, der mir nach Hamburg blieb. Ansonsten hätte ich gar nicht erst aufbrechen müssen.«

Franka wartete darauf, dass Simon wieder das Wohnzimmer einer Musterung zu unterziehen begann, mehr Whiskey holte oder sich in eine Phrase rettete, wie es so viele Menschen taten, wenn sie mit den Abgründen ihres Gegenübers in Berührung kamen.

»Möchtest du mir erzählen, was in Hamburg passiert ist?«, fragte er stattdessen. »Es gab einige Gerüchte, bevor du zu uns gewechselt bist. Dabei ging es um einen schweren Unfall, den jemand in deinem engeren Umfeld gehabt hat.«

»So was erzählt man sich also. Nicht mehr?«

Simon wich ihrem Blick nicht aus. »Wer war *er* denn überhaupt?«

Behutsam stellte Franka das Glas auf den Boden. »Das ist eine gute Frage. Für die meisten Leute war *er* ein begnadeter Fotograf. So sensibel, so leidenschaftlich in dem, was er tat. Für diejenigen, die ihn näher kannten, war Helge Bormann ein Genie, das öfter mal über die Stränge schlug. Und das tat er – immer und immer wieder. Einige bewunderten ihn für die Kraft, mit der er sich in alles stürzte. Anderen war es schlicht zu viel, er war ihnen zu intensiv. Zu extrem, zu ungestüm, zu fordernd. Egal, ob es um einen Job, sein Leben oder bloß um ein Abendessen im Freundeskreis ging, bei Helge musste immer alles *bigger than life* sein, ansonsten kippte seine Stimmung. Und wenn man ihn sowieso schon anstrengend fand, konnte man sich bei einem schlecht gelaunten Helge wirklich auf was gefasst machen. In solchen Fällen war man besser woanders. Helges schlechte Tage …« Franka stockte. Näher an dieses Thema ranzugehen war sie nicht bereit. Vielleicht würde sie es nie sein. »Wie dem auch sei … Man könnte sagen, das Lager teilte sich in Fans und Hater.«

»Und wo standest du in diesem komplizierten Helge-Bormann-Universum?«

»Da, wo liebende Frauen eben stehen: mittendrin. Und immer wie benommen, weil das Leben mit Helge ein einziges Drama war.« Franka wollte lachen, aber der Laut blieb ihr in der Kehle stecken und schmerzte. »Ich habe damals wirklich gedacht, so wäre sie eben, die Liebe. Im Nachhinein hat sich das Zusammensein mit Helge angefühlt, als kämpfte ich gegen das Ertrinken, ohne überhaupt zu bemerken, dass mir die Luft ausgeht. Ich habe wirklich bis zuletzt geglaubt, dass Helge mit meiner Hilfe sein Gleichgewicht finden würde, wenn ich nur lang genug durchhalte. Aber gegen eine bipolare Störung kommt man nicht an, wenn der Kranke glaubt, erst seine Krankheit mache ihn zu einem lebendigen Individuum und das Ruhige, Vertraute und manchmal auch Langweilige sei das eigentlich Kranke.«

Als Franka die Worte ausgingen, sprang Simon ihr nicht bei, wofür sie ihm dankbar war. Es war schwer zu ertragen, wenn jemand anders das Erklären übernehmen wollte, obwohl doch klar war, dass alles nur auf einen Punkt hinauslief: Sie hatte sich geirrt – in Helge, aber noch mehr in sich selbst. Der Preis, den sie für ihre Naivität zahlen musste, stand immer noch nicht fest. Genau das war es, warum Abel Messner ihr eine solche Angst machte. Er hatte allem Anschein nach nicht nur herausgefunden, was Helge zugestoßen war, sondern auch, was es mit ihr angerichtet hatte. Er wusste es so genau, weil er sich in ihr wiederentdeckte.

Franka stellte das Glas auf dem Tisch ab. Zumindest wollte sie das. Es fiel jedoch zu Boden, und der Whiskey spritzte auf ihre nackten Füße. Kopfüber stürmte sie ins

Bad, der festen Überzeugung, sich tief in den Handballen geschnitten zu haben, weil sie einen brennenden Schmerz verspürte. Doch da war nichts, kein Schnitt, nicht einmal ein Kratzer. Nur der Schmerz. Trotzdem ließ sie das Wasser über ihre Hände laufen, bis Simon es abstellte und ihr ein Handtuch reichte.

»Zieh dich an«, sagte er. »Wir machen einen Spaziergang.«

»Wohin?« Frankas Stimme klang hohl in ihren Ohren.

»Ohne Ziel. Wir gehen einfach nur spazieren.«

24

Zum ersten Mal in diesem Frühjahr war Franka dankbar für das trübe Wetter. Der kühle, leicht klamme Wind auf ihrem Gesicht fühlte sich wunderbar an, genau wie die Dunkelheit ihr guttat. Die Straßenlaternen beleuchteten mehr schlecht als recht die Umgebung, und es waren kaum Menschen unterwegs, mit denen ihr stets einsatzbereiter Geist sich beschäftigen musste. Simon ging leicht versetzt hinter ihr, damit sie Tempo und Richtung vorgeben konnte. Seit einer halben Stunde liefen sie deshalb schon schnellen Schrittes immer geradeaus. Allmählich wurde Frankas Atmung ruhiger, sie sah an der Straßenkreuzung nach dem Verkehr und konnte den Gedanken daran zulassen, dass sie Simon eine Seite von sich gezeigt hatte, die sie ansonsten in der Giftkammer verschlossen hielt. Nach einer Weile fühlte sie sich sogar so weit gefestigt, dass sie sich bei ihm einhaken konnte.

»Sollen wir uns eine Bar suchen?«, fragte er.

Franka dachte einen Moment nach. »Nein, das Laufen tut mir gut.«

Sie überquerten noch vier weitere Kreuzungen, als Frankas Interesse an einer Unterhaltung zurückkehrte. Allerdings beschloss sie, sich dieses Mal auf sicheres Gebiet zu begeben: ihren Job.

»Wir müssen uns überlegen, wie wir weiter vorgehen wollen. Durch Günter Lichtenbergs mangelnde Kooperation ist es schwierig, die Dringlichkeit einzuschätzen.«

»Der gute Mann hat zugemacht wie eine Auster, was?« Simons Ton verriet, dass ihn der Themenwechsel nicht überraschte. »Wenn wir Lichtenberg vor den Augen seiner gediegenen Nachbarschaft im Streifenwagen abholen, wird er anschließend wahrscheinlich gesprächiger sein.«

»Darüber habe ich auch schon nachgedacht, nur schätze ich den Mann eher so ein, dass er in solch einer Situation ohne seinen Anwalt kein Sterbenswörtchen sagen würde – und sobald der da ist, würde er uns die Hölle heißmachen, weil wir einen schwer erkälteten Mann samstagnachts aufs Revier verschleppt haben.«

»Du siehst also keinen begründeten Tatverdacht?«

»Niemand aus der Nachbarschaft wollte bestätigen, dass es sich auf dem Foto um Sofia Lichtenberg handelt. Es sind nicht nur die retuschierte Nase oder die verquollenen Gesichtszüge, sondern die Tatsache, dass es sich um ein Gewaltopfer handelt. Damit wollen diese Leute nichts zu tun haben – und schon gar nicht, wenn es irgendwie im Zusammenhang mit ihrer sonst so kuschelig-warmen Nachbarschaft steht.«

Simons Gang wurde langsamer. »Wir drehen uns im Kreis – und das in einem brutalen Mordfall, bloß, weil Herr Lichtenberg sich auszuschweigen beliebt.«

Es fiel Franka leicht, Simons Frustration nachzuempfinden. Trotz all der Erfahrung wurde es eben nicht einfacher. Jungen Kriminalern wurde beigebracht, nach der simpelsten Lösung Ausschau zu halten – und meistens lag man damit auch richtig. Trotzdem gab es Fälle, die Haken schlugen und so verworren waren, dass die Ermittler immer noch verwirrt blinzelten, wenn die Lösung bereits auf dem Tisch lag, einfach weil die Realität manchmal eben doch die unglaublichsten Geschichten schrieb. Ihre Tote aus dem Wohnwagen war eindeutig so ein Fall.

»Günter Lichtenberg hat ein Alibi für die Tatzeit. Nichts weist auf Ehe- oder Geldprobleme hin, ganz im Gegenteil, alles sieht nach einem ruhigen, zurückgezogenen Familienleben mit voller Geldbörse aus. Außerdem besteht Lichtenberg darauf, unsere Tote sehe seiner Frau lediglich ähnlich. Und wenn Sofia Lichtenberg sich munter und lebendig bei uns aus Dänemark meldet, worauf im Augenblick alles hinweist, stehen wir schlecht da. Sogar unser Chef würde uns ein paar unangenehme Fragen stellen, warum wir zum Beispiel so überzogen reagiert haben. Die Antwort wäre offensichtlich: weil wir uns wegen des LKA in unserem Nacken nichts sehnlicher wünschen, als dass unsere Tote Sofia Lichtenberg und keine illegale Prostituierte namens Rosalia ist.«

»Dann ist diese Spur deiner Meinung nach schon so gut wie kalt? Du hast doch immer einen guten Riecher für solche abstrusen Sachen.«

Ja, da hatte er recht, so war sie: Franka Janhsen, Königin des Absonderlichen. Davon schien mittlerweile das gesamte Dezernat auszugehen, vermutlich war ihr Spitzname, den Svenja vordem angedeutet hatte, »Miss Crazor« oder »die Psycholeserin«. Nun, es gab Schlimmeres, »Hauptkommissar-Bezirzerin« etwa.

»Ich glaube, es gibt einen Zusammenhang zwischen diesen beiden grundverschiedenen Frauen, den wir noch nicht sehen.«

Simon rieb sich nachdenklich das Kinn. »Hast du schon mal über eine Verwechslung nachgedacht?«, fragte er schließlich. »Jemand hat Sofia für Rosalia gehalten und sie gekidnappt. Als sie das Gewünschte nicht liefern konnte, ist die Angelegenheit aus dem Ruder gelaufen.«

»Wenn es so gelaufen wäre, hätte Günter Lichtenberg doch schon längst eine Vermisstenanzeige aufgegeben.«

»Es sei denn, er hat etwas zu verbergen und spielt uns den Strohwitwer vor, bis er seine Angelegenheiten geregelt hat. Wäre nicht zum ersten Mal, dass so etwas passiert.«

Franka sprang das Herz bis in die Kehle. »Tom ... Sofias Sohn. Wir haben ihn nicht zu sehen bekommen, weil er angeblich mit seiner Mutter nach Dänemark gefahren ist. Aber was, falls das nicht stimmt, falls der Junge ebenso wenig im Ferienhaus angekommen ist wie seine Mutter?«

»Vielleicht haben wir es mit Erpressung zu tun«, brachte Simon es auf den Punkt. »Lichtenberg ist nicht nur wohlhabend, sondern hat auch eine Software-Firma, die maßgeschneiderte Buchhaltungssysteme entwickelt. Für bestimmte Kreise ist das sicher interessant, um etwa an ein professionelles Programm für ihre doppelte Buchhaltung zu kommen. Freiwillig würde einer wie Lichtenberg so einen Auftrag bestimmt nicht annehmen. Damit hätten wir zwei gute Gründe für eine Entführung.«

»Und als Lichtenberg nicht liefern konnte oder wollte, haben die Entführer Sofia umgebracht, um zu beweisen, dass sie es ernst meinen. Außerdem haben sie ja noch etwas in der Hinterhand: den Jungen.«

»Das würde erklären, warum Lichtenberg sich so hartnäckig ausschweigt: Er will die Polizei auf jeden Fall raushalten, damit er nicht auch noch seinen Sohn verliert. Wir müssen schleunigst seine Kontobewegungen checken und die Firma unter die Lupe nehmen.«

»Falls wir es tatsächlich mit einer Entführung zu tun haben, wird die größte Herausforderung darin bestehen, Lichtenberg dazu zu kriegen, dass er uns alles erzählt. Wenn wir es zu direkt angehen, werden wir kein Wort aus dem Mann herausbekommen, weil er einen Gegner in uns sehen wird. Du weißt, wie häufig Familienangehörige bei Entführungen dichtmachen.«

Simon nickte. »Du hast schon mit ihm gesprochen, das ist dein Baby. Also führst du die Befragung durch, und ich begnüge mich damit, Hilfestellung zu leisten.«

»Für wie wahrscheinlich hältst du den Entführungsansatz?«

»In diesem Fall ist alles möglich.«

»Dann mal los.« Franka holte ihr Handy aus der Manteltasche. »Wir müssen Lichtenberg ab sofort überwachen lassen – allerdings ohne Aufmerksamkeit zu erregen, für den Fall, dass sein Haus observiert wird. Nicht, dass wir mögliche Entführer aufscheuchen.« Bevor sie jedoch etwas unternehmen konnte, begann ihr Telefon zu klingeln.

Eine fremde Ziffernreihe.

Dann bemerkte Franka die Vorwahl. Dänemark.

»Franka Janhsen am Apparat.«

»Hallo?«, fragte eine junge Frauenstimme. Kein Akzent. »Sind Sie die Kommissarin, bei der ich mich melden sollte? Ich hoffe, ich störe nicht.«

»Mit wem spreche ich denn?«

»Oh, Entschuldigung. Ich bin Sofia Lichtenberg. Mein Mann war Ihretwegen ganz aufgeregt, Sie müssten mich unbedingt sprechen, hat er gesagt. Das passt mir ehrlich gesagt gar nicht, ich bin schließlich in unser Wochenendhaus gefahren, um mich zu erholen.«

»Die Unruhe tut mir leid, Frau Lichtenberg. Wir überprüfen lediglich ein paar Aussagen. Können Sie mir bitte Ihre Anschrift in Dänemark geben?«

Eine Pause. »Mein Mann meinte, Sie würden danach fragen. Und ich soll Ihnen sagen, dass Sie das nichts angeht.«

»Wie Sie meinen. Geht es Ihnen und Tim denn gut?«

»Tom, unser Sohn heißt Tom. Und ehrlich gesagt geht es ihm nicht sonderlich gut, er hat sich bei seinem Vater mit der Husterei angesteckt.«

»Tut mir leid, das zu hören. Wie lange werden Sie denn noch in Dänemark bleiben? Ich würde Sie nämlich gern zwecks einer Identifizierung treffen. Es geht um eine junge Frau, die Ihnen sehr ähnlich sieht.«

»Warum sollte ich die denn identifizieren können?« Ein gereizter Ton schlich sich in die Unterhaltung, die wohl nicht mehr lange andauern würde. »Ich kenne niemanden, der mir irgendwie ähnlich sieht. Das ist doch absurd.«

Simon zupfte an Frankas Ärmel, damit sie auf sein Handy blickte. Sie musste die Augen zusammenkneifen, da sie ihre Brille zu Hause gelassen hatte. Dann las sie laut vom Display ab: »Kā jums klājas, Sofia?«

»Wie bitte? Soll das Dänisch sein oder was?«

»Kas tu esi?«, fragte Franka zurück.

»Ich verstehe kein Wort.«

»Wirklich nicht? Das war eben Lettisch. Ich habe Sie gefragt, wie es Ihnen geht und wer Sie sind. Offenbar niemand, der in Lettland aufgewachsen ist. Einen Akzent legt man ab, aber gewiss niemals seine Muttersprache.«

In der einen Sekunde hörte Franka noch einen leisen Aufschrei, dann wurde das Telefonat beendet. Als sie den Rückruf wählte, verkündete eine Stimme, dass der Inhaber dieser Nummer vorübergehend nicht erreichbar sei.

25

»Da sind Sie ja endlich! Ich habe Sie bereits erwartet.«

Trotz der späten Stunde war Günter Lichtenberg in einen Anzug gekleidet, sogar seinen Mantel hatte er sich über den Arm gelegt. Neben ihm stand ein gepackter Weekender. Schweißtropfen standen auf seiner Stirn, ob nun vom Fieber oder wegen der Anspannung, war schwer zu sagen.

»Guten Abend«, grüßte Franka. »Das ist mein Kollege, Hauptkommissar Simon Ackermann. Wenn es Ihnen nichts ausmacht, würden wir gern reinkommen.«

»Nehmen Sie mich denn nicht gleich mit aufs Revier? Ich habe gepackt und bereits eine entsprechende Nachricht bei meinem Anwalt hinterlassen, damit er schnellstmöglich dazustößt.«

»Sie möchten unsere Unterhaltung lieber auf dem Revier führen?«

»Natürlich nicht. Ich dachte nur … wegen des Anrufs, also dem aus Dänemark. Da ist es doch nur logisch, wenn Sie mich mitnehmen.«

»Darüber sollten wir im Haus sprechen. Meinen Sie nicht auch?« Simon deutete mit dem Kinn zum Nachbarhaus, hinter dessen Fenster sich deutlich zwei Silhouetten abzeichneten. Egal wie umsichtig man eine Nachbarschaftsbefragung durchführte, es blieb immer etwas hängen.

Ergeben wich Günter Lichtenberg einen Schritt zurück und ließ die beiden Kommissare eintreten. Anders als bei ihrem ersten Besuch führte er sie jedoch nicht in die Küche, sondern ins Wohnzimmer. Von dem Bettenlager war nichts mehr zu entdecken, genauso wenig wie von den Medikamentenstapeln und Teeutensilien.

»Hat Sie eine Spontangesundung ereilt?« Franka nahm am Kopfende des Esstisches Platz, während Simon den Inhalt des Einbauregals begutachtete.

»Die Antibiotika wirken bereits, danke der Nachfrage. Aber in erster Linie wollte ich unser Haus nicht chaotisch zurücklassen, deshalb habe ich mir die Mühe gemacht, alles wegzuräumen.«

»Gilt das auch für Ihren Hund?«

Lichtenberg nickte. »Den hat meine Assistentin Daniela Wolf abgeholt, die ist eh ganz verrückt nach Hunden. Nach Max besonders, weil er so schön groß und teddybärmäßig ist.«

Daniela Wolf – das Stalkingopfer, erinnerte sich Franka. Nun, die arme Frau konnte einen Aufpasser gut gebrauchen. Ob Abel sein Versprechen wohl schon in die Tat umgesetzt hatte und ihrem Stalker nachstellte? Genau die richtige Samstagabendbeschäftigung für Herrn Messner. »Dann gehen Sie davon aus, dass wir Sie länger auf dem Revier behalten werden?«, fragte sie Lichtenberg.

Der nickte.

»Sie wollen uns also nicht erklären, was es mit dem gefakten Sofia-Anruf auf sich hat?«

Günter Lichtenberg bemühte sich, das Kinn zu recken, aber für eine solche Geste war er eindeutig zu erschöpft. »Nehmen Sie mich einfach mit. Mehr ist nicht dazu zu sagen.«

»Demnach leugnen Sie nicht länger, dass es sich bei der Frau auf dem Foto um Ihre Frau Sofia handelt.«

»Das macht jetzt ja wohl keinen Sinn mehr.«

»Und Sie haben verstanden, dass Ihre Frau erschlagen wurde?«

Lichtenberg gab lediglich ein Brummen von sich.

Gut, dachte Franka, dann eben auf die harte Tour. »Zuvor wurde Sofia allerdings gefoltert, ihr Körper ist überzogen mit den unterschiedlichsten Verletzungen. Es war ein langer, quälender Weg bis zu ihrem Tod.«

»Hören Sie auf!« Lichtenbergs ohnehin schon raue Stimme brach weg. Mit zittrigen Fingern überprüfte er die Knöpfe seines Jacketts. Noch einmal und noch einmal, fast manisch. Franka kannte diese Reaktion von Betroffenen, wenn es ihrem Verstand unmöglich war, sich den Tatsachen zu stellen. Sie gestand ihm die Zeit zu, die er brauchte, um sich zu fangen. Vorher würde sie ohnehin nichts aus ihm herausbekommen.

»Sofia wurde wirklich gefoltert und hat nicht bloß einen Schlag ins Gesicht abbekommen, bei dem sie unglücklich gefallen ist?«, flüsterte Lichtenberg schließlich. »Was hat er ihr alles …« Er brach ab.

»Wer ist *er*?«

»Der Mörder natürlich. Hat er noch mehr getan, als sie … Sie wissen schon?«

»Was meinen Sie?«

Es arbeitete so heftig in Lichtenbergs Kehle, als müsste er sich übergeben. Schließlich würgte er die Worte hervor: »Hat er Sofia vergewaltigt?«

Keine ungewöhnliche Frage, trotzdem irritierte sie Franka. Es wirkte so, als glaubte Lichtenberg, seine Frau sei Opfer einer Vergewaltigung mit tödlichem Ausgang geworden. Das passte weder zu ihrer Entführungstheorie noch zum Racheakt eines betrogenen Mannes. Unwillkürlich musste sie an Jäcker, den Menschenhändler, denken. Wie machten sich solche Leute Frauen gefügig? Mit gezielten Misshandlungen und Vergewaltigung.

»Soweit wir das feststellen konnten, gab es keine sexuellen Übergriffe.«

Lichtenberg ließ sich nach Luft japsend auf einen Stuhl sinken. In sich zusammengesackt saß er da, sodass Franka schon befürchtete, er könnte jeden Augenblick vom Stuhl gleiten und in einer Schockstarre auf dem Boden liegen bleiben. Nach einer Weile hob er den Blick, zumindest ein Stück. Es reichte nicht aus, um Franka in die Augen zu sehen. »So ein schreckliches Ende hat Sofia nicht verdient.«

»Das hat niemand verdient«, sagte Simon, der die Inspektion des Regals aufgegeben hatte. Es gab eh nur Objekte und Bildbände.

Franka kannte ihren Partner gut genug, um zu wissen, dass mehr hinter dieser gängigen Phrase steckte: Sofia Lichtenbergs Ende hatte Simon zugesetzt. Nach so vielen Jahren bei der Mordkommission war er keineswegs abgestumpft, ganz im Gegenteil. Und genau das war der Grund, warum sie die Zusammenarbeit mit ihm so schätzte.

»Haben Sie eine Vermutung, wer für den Tod Ihrer Frau verantwortlich ist?«, fragte Franka in das sich ausbreitende Schweigen hinein.

»Dazu kann ich mich nicht äußern.«

»Sie meinen, Sie wollen nicht – trotz allem, was Sie gerade erfahren haben.« Franka sah demonstrativ zu Simon hinüber. »Was hältst du von solch einer Reaktion?«

»Klingt so, als würde Herr Lichtenberg nicht viel auf seine Frau geben«, sagte Simon. Er hatte die Hände tief in den Manteltaschen und wippte leicht auf den Fersen, als wäre er vollkommen unbeteiligt. Ganz so, als hätte er keineswegs vor, Lichtenberg zu provozieren.

Es funktionierte. »Es geht Sie einen feuchten Kehricht an, wie ich zu meiner Frau stand! Also lassen Sie mich gefälligst in Ruhe mit Ihren Fantastereien.«

»Nicht so schnell«, sagte Simon. Als er sich in Lichtenbergs unmittelbarer Nähe gegen den Esstisch lehnte, wollte der Mann aufstehen, bekam aber einen Hustenanfall. Nachdem er sich wieder beruhigt hatte, musterte Simon ihn nachdenklich. »Wenn Ehemänner sich ausschweigen, denke ich immer als Erstes, dass ich den Mörder bereits vor mir habe. Und wenn ich dann noch mit einem alternden Ehemann mit einer Jahrzehnte jüngeren, gut aussehenden Frau zu tun habe, denke ich an einen Mord aus Eifersucht. Gern auch als Auftragsarbeit, weil er es selbst nicht draufhat. Danach riecht es förmlich, wenn der Ehemann obendrein leugnet, seine ermordete Frau zu vermissen, und sich später nicht einmal die Mühe macht, seine eigene Unschuld zu beteuern.«

»Ich habe ein Alibi für den Montag, an dem Sofia verschwand. Bis spät in den Abend hinein. Fragen Sie Ihre Kollegin, sie hat es sich bereits von meiner Assistentin bestätigen lassen. Und wenn Ihnen das nicht reicht: Unser Büro ist videoüberwacht wegen der ganzen hochwertigen Technik.«

»Ihr Alibi ist völlig egal, wenn es um einen Auftragsmord geht«, gab Simon zu bedenken. »Sie wissen schon, dass wir gerade Ihren Geldverkehr checken, oder? Wir werden jede noch so kleine Bewegung überprüfen – aktuelle und Jahre zurückliegende.«

Lichtenberg zuckte nur mit den Achseln. Was auch immer Simon ihm vorwarf, es schien ihn nicht zu berühren, es gab kein Anzeichen eines Schuldgefühls. Oder, was noch typischer gewesen wäre, den Versuch einer Ablenkung, indem er sich gekränkt oder irritiert gegeben hätte.

»Glauben Sie, was Sie wollen«, sagte Lichtenberg. »Noch mehr Fragen zu meiner Frau werde ich ohne den Beistand meines Anwalts nicht beantworten.«

»Das ist Ihr gutes Recht«, gab Franka zu. In diesem Punkt würde sie nicht weiterkommen, es war an der Zeit umzuschwenken. »Ich möchte allerdings noch eine andere Sache klären: Ist Ihr Sohn wirklich in Dänemark?«

Lichtenberg blinzelte. »Das habe ich Ihnen doch schon gesagt.«

»Sie haben auch behauptet, Ihre Frau sei dort. Und wie wir inzwischen wissen, war das eine Lüge, die Sie dreist zu vertuschen versucht haben mit einem gestellten Anruf.«

»Tom ist in Dänemark, und es geht ihm gut, er ist nur ein bisschen erkältet«, beharrte Lichtenberg.

»Dann stellt sich die Frage, wer mit Ihrem Sohn dort ist. Oder wissen Sie das gar nicht?«

»Tom ist genau da, wo ich gesagt habe. Und wer ihn begleitet, ist Privatsache, das hat nichts mit Sofias Tod zu tun.«

»Herr Lichtenberg, Sie sind nicht länger in der Position, uns etwas zu verschweigen. Geben Sie Ihr unkooperatives Gehabe endlich auf, auch im Interesse Ihres Kindes.«

»Alles, was ich tue, tue ich für Tom«, beharrte Lichtenberg.

»Damit der Junge in Sicherheit ist?« Es war an der Zeit, die Schlinge zuzuziehen. »Mir kommt es langsam so vor, als ob wir es mit einem Entführungsfall zu tun hätten, der bereits ein Opfer gekostet hat. Werden Sie erpresst, Herr Lichtenberg?«

»Sie glauben, Tom wurde entführt?« Lichtenbergs Unterkiefer klappte runter. »Was für eine verrückte Idee. Nein, Tom hat mit der Sache nichts zu tun. Es geht ihm gut. Eine Entführung … Auf was für Ideen Sie nur kommen.«

Erleichterung machte sich in Franka breit. Von ihren vielfältigen Theorien war diese die verstörendste gewesen: dass irgendwo ein Kind gefangen war, während sie in einem Treibsand aus Lügen und fehlenden Puzzlestücken festhing. Trotzdem brauchte sie Gewissheit. »Ich will jetzt sofort die Adresse von Toms Aufenthaltsort, damit wir überprüfen können, dass Sie auch die Wahrheit sagen.«

»Die werde ich Ihnen nicht geben, weil Tom dort nicht allein ist. Wir wissen doch beide, dass die Frau, die Sie mir zuliebe angerufen hat, bei ihm ist. Ich werde Ihnen diese Person ganz bestimmt nicht ausliefern.«

»Spätestens morgen wissen wir die Adresse sowieso, Sie werden gewiss Rechnungen für die Unterhaltskosten des Wochenendhauses zu begleichen haben.«

Lichtenberg stöhnte auf. »Erst quälen Sie mich wegen meiner Frau und jetzt wegen meines Sohnes. Nichts von alldem wird Ihnen helfen, Sofias Mörder zu finden.« Die Wut schien Lichtenberg neue Kraft zu spenden. »Die Polizei ist blind, Sie sehen nicht einmal, was direkt vor Ihrer Nase passiert. Rerrick ist ein einziges verdorbenes Verbrechernest, und Sie stehen hier rum und tun so, als wäre ich ein Schuft, nur weil ich meine Familie schütze.«

»Ihre Frau wurde brutal ermordet.«

Mit einem Satz sprang Lichtenberg auf. »Und das ist allein Sofias Schuld! Ich habe diese Welt hier aufgebaut, ein Zuhause für unsere Familie, ruhig, sauber, ein Neuanfang. Wir wollten eine glückliche Familie sein, allen Widerständen zum Trotz. Und was tut sie? Sie ruiniert alles! Ich hätte es wissen müssen, manche Menschen ändern sich eben nie. Wenn sie erst einmal in den Abgrund geblickt haben, tun sie es immer wieder und reißen alle in ihrer Nähe mit ins Verderben.«

Und jetzt sind wir zu guter Letzt doch noch bei Rosalia Orlow angelangt, dachte Franka. »Wenn Sie von einem Neuanfang sprechen, dann meinen Sie die Zeit, als Ihre Frau zu Sofia Lichtenberg geworden ist und ihre Vergangenheit samt ihrem alten Namen abgelegt hat.« Sie musste sich beherrschen, ruhig zu bleiben, obwohl ihre Nerven zum Zerreißen gespannt waren. Sie mussten endlich erfahren, wer die Frau im Wohnwagen gewesen war: eine bürgerliche Mutter oder eine Illegale, die sich mithilfe von Lügen eine neue Identität aufgebaut hatte, bis ihre Vergangenheit sie eingeholt hatte – und damit vielleicht ihre Familie.

Günter Lichtenbergs gesamte Aufmerksamkeit war auf seine zu Fäusten geballten Hände gerichtet. Ein Beben ging durch seinen Körper und verebbte. Sein Mund blieb jedoch geschlossen.

»Herr Lichtenberg, was immer Sie mit Ihrem Schweigen bewirken wollen, es wird nicht funktionieren. Es hat nur ein paar Stunden gedauert, bis die Verleugnung Ihrer Frau aufgeflogen ist. Wenn Sie sich weiterhin weigern, mit uns zusammenzuarbeiten, ist es lediglich eine Frage der Zeit, bis wir auch ohne Sie alles ans Tageslicht bringen. Wir werden Sie aufs Revier bringen, Sie müssen mit einer Anzeige wegen Falschaussage und Behinderung unserer Ermittlung rechnen, falls wir Sie nicht sogar unter Mordverdacht stellen. So oder so wird die Spurensicherung Ihr Haus, das ja Ihr Fels in der Brandung ist, Ihr Wochenendhaus und sogar Ihre Firma auf den Kopf stellen. Ihre Computer, Konten, Handys werden durchleuchtet, wir werden unsere Nase in jede Ecke Ihres Heims stecken, sämtlichen Fingerabdrücken und Proben nachgehen und Ihre Nachbarschaft ausgiebig befragen. Wir werden mehr über Sie und Ihre Familie herausfinden, als Ihnen lieb sein kann. Ist Ihr Schweigen all das wert?«

Wieder ging ein Beben durch Lichtenbergs Körper, dann begann er zu weinen.

Franka wechselte einen Blick mit Simon, der ihr mit einem Nicken andeutete weiterzumachen. Von Tränen durfte man sich nicht bremsen lassen, dafür wurden sie zu oft in Verhören eingesetzt, um sich dem Gespräch zu entziehen. Trotzdem versetzten sie Franka einen Stich. Günter Lichtenberg trauerte, auch wenn er es zu verbergen versuchte, vielleicht sogar vor sich selbst. Und er litt unter einer Angst, die größer war als seine Sorge, dass die Polizei sein Leben in Einzelteile zerlegte.

Simon räusperte sich, doch Franka brachte es noch nicht über sich, den gepeinigten Mann jetzt schon weiter in die Enge zu treiben. Es war hart, sich seinen eigenen Lebenslügen zu stellen, das wusste sie selbst nur allzu gut. Da brauchte man niemanden, der auch noch nachtrat. Eine Sekunde, deutete sie Simon an – und obwohl die Miene des Hauptkommissars verriet, wie wenig ihm das passte, griff er nicht ein.

Eine Weile war nur Lichtenbergs unterdrücktes Schluchzen zu hören.

»Ich habe Sofia geliebt«, sagte er schließlich. »Vom ersten Moment an. Sie war die Frau, mit der ich mir ein neues Leben aufbauen wollte. Dieses Mal sollte alles richtig sein, wir haben uns solche Mühe gegeben. Und trotzdem sind wir gescheitert.«

»Manchmal ist die Vergangenheit stärker«, sagte Franka. »Sie müssen sich damit abfinden und nach vorne blicken.«

»Ich kann das vielleicht, aber was ist mit meinem Sohn? Diese Geschichte wird an ihm hängen bleiben wie ein Kainsmal, sein ganzes Leben wird davon geprägt sein. Wenn ich nicht schweige, werde ich zum Judas an meinem eigenen Sohn.«

»Wenn Sie zu Sofia stehen können, dann wird Tom es auch.«

Günter Lichtenberg schlug die zitternden Hände vors Gesicht. »Ich bin so froh, dass mein Junge nicht hier ist und miterleben muss, wie ich versage.«

»Aber das ist Toms Platz: an Ihrer Seite.«

»Nein, es geht ihm besser, wo er jetzt ist.«

»Wirklich?«

Günter Lichtenberg wischte sich mit dem Ärmel seines Jacketts über die nassen Augen. »Dana war schon ganz vernarrt in ihn, als er noch ein Baby war. Sie hat sich mehr wie seine Ersatzmutter denn wie seine Halbschwester aufgeführt.«

Schlagartig begriff Franka, was hinter der Dänemark-Geschichte steckte: »Sie haben eine erwachsene Tochter, die mit Tom verreist ist. Es war Dana, die mich auf Ihren Wunsch hin angerufen hat.«

»Dana und Tom sind Montagmorgen losgefahren, ganz früh, weil Tom eh mit den Hühnern aufsteht und sie dem täglichen Chaos auf der A7 entgehen wollten. Eine befreundete Familie von Dana hat sich in unserem Nachbarhaus einquartiert, sie wollen gemeinsam Urlaub machen, Strandspaziergänge, Kaminabende mit Kartenspielen, solche Sachen. Sofia wollte ihnen ein paar Tage später folgen, vorher hatte sie noch verschiedene Dinge zu erledigen, die sie wegen der vielen Krankheiten in den letzten Wochen aufgeschoben hatte.«

»Sie haben Dana gebeten, dass sie bei mir anrufen und sich als Sofia ausgeben soll. Wie haben Sie Ihre Tochter dazu bekommen?«

»Ich habe Dana erzählt, dass Sofia und ich einen Streit gehabt hätten und Sofia fort sei, ich wisse nicht, wohin. Außerdem habe ich ihr erzählt, dass die Nachbarn wegen des Lärms die Polizei gerufen hätten. Dana war vollkommen geschockt, weil Sofia und ich uns nie streiten, niemals. Als ich ihr dann erzählt habe, dass ich dumm dastehe, weil ich der Polizei eine Lüge auf die Nase gebunden habe, um sie loszuwerden, hat sie sofort eingewilligt, bei Ihnen anzurufen und sich als Sofia auszugeben. Dana wollte bloß helfen, den Druck aus der Situation nehmen. Die Scheidung von meiner ersten Frau war leider ein Rosenkrieg – und Dana ist seitdem sehr darum bemüht, den Familienfrieden zu wahren. Dafür kann man sie doch nicht belangen, oder?«

»Ob man einen ermittelnden Kriminalbeamten anlügen darf? Genauso wenig, wie es erlaubt ist, jemanden zu einer solchen Lüge zu animieren«, sagte Franka. »Allerdings hätten mein Kollege und ich Wichtigeres zu tun, als die Sache zu verfolgen, wenn wir mit unserem Fall endlich einen Schritt weiterkämen. Wenn Sie uns also endlich erzählen, was Ihrer Frau zugestoßen ist, würde das einiges wieder wettmachen.«

»Das klingt nach einem fairen Deal«, sagte Günter Lichtenberg. »Aber vorher muss ich Sofia sehen.«

26

Die Dunkelheit war schon vor langer Zeit eingebrochen, doch durch das Schlafzimmerfenster fiel das Licht vom gegenüberliegenden Wohnhaus.

Lauter erleuchtete kleine Wohnhöhlen.

Wenn Mads den Arm unter den Kopf schob, konnte er in einige von ihnen reinschauen. Nicht, dass es viel zu sehen gab, es wurde ausgiebig auf irgendwelche blau flackernden Bildschirme gestarrt – Flatscreens, Tablets, Smartphones. Das ganz normale Leben eben. In dem Sechs-Stockwerke-Kasten, in dem der Quadratmeter bestimmt deutlich über dem Rerricker Durchschnittspreis lag, gab es am Samstagabend keine Partys, auf denen die sauer verdiente Kohle durch die Nase verheizt wurde, und auch keine heißen Nummern auf dem Designwohnzimmertisch, sondern nur apathisches Glotzen. Okay, mal abgesehen von der Enddreißiger-Tussi, die im hautengen Nike-Outfit ihre Bauchmuskeln trainierte, oder dem grauen Pärchen, das ein anderes graues Pärchen zum Essen dahatte. Das war es dann aber auch schon mit Saturday Nightlife, mehr würde es auch sonst nicht geben.

Das habe ich also bislang verpasst, dachte Mads. Na, da lohnt es sich ja echt, auf der geraden Bahn des Lebens unterwegs zu sein.

Es musste doch auch ein Ding dazwischen geben, so wie Denis es machte. Ihm gehörte diese schicke Wohnung – und er legte heute Nacht auf Ibiza auf. Aber DJ? Irgendwie schwul. Genauso wie der Rest an Jobs, wo man den Leuten etwas vortanzen musste. Mads wollte sein eigenes Ding machen – und egal, was gerade abging, er wollte es immer noch. Wenn es ihm nicht gelang, mit dieser Geschichte klarzukommen, war er geschmissen, es gab keinen Plan B für ihn.

Unwillkürlich lief der Film in seinem Kopf erneut ab, von dem Moment an, ab dem alles schiefgegangen war, also genau der Sekunde, als eine harte Männerstimme sagte: »Nimm deine gottverdammten Pfoten von ihr!«

Da war sie wieder, diese Scheißangst, die ihm im Nacken saß.

Mads machte das Licht an und starrte auf Ada, deren Kopf in den Kissen vergraben war, während unter dem weißen Leinen ihre Schulter hervorschaute. Ein weicher Bogen, noch weißer als das Leinen, auf den jemand rote Spitzen gezeichnet hatte.

Wie Blutspritzer auf frisch gefallenem Schnee.

So sah es zumindest aus, doch als Mads die Decke vorsichtig beiseiteschob, wurden die Spitzen auf Adas Schulter länger, bis sie Linien waren. Zuerst dachte er an ein ausgefallenes Tattoo, aber seine Fingerspitzen verrieten ihm die Wahrheit: Es waren Narben, noch frisch genug, um rot unterlaufen zu sein. Das mussten einst tiefe Rillen in der zarten Haut gewesen sein. Wie nach einer Auspeitschung … An wem ließ der Riese seine kranke Fantasie aus, wenn ihm nicht gerade ein Opfer im Panikraum zur Verfügung stand? Allmählich bekam Mads eine Vorstellung davon, warum Ada so gut darin war, ihr Gegenüber auf andere Gedanken zu bringen. Ihr Leben hatte davon abgehangen.

»Da ist eine Sache, die ich nicht verstehe«, sagte Mads. »Wen meinte dein Vater eigentlich mit ›sie‹? Wer wollte dich ihm unter den Händen wegschnappen, dass er so in Fahrt geraten ist?«

Einen Moment lang stellte Ada sich noch schlafend, dann sagte sie: »Du solltest inzwischen aus eigener Erfahrung wissen, dass es nicht viel braucht, um den Riesen wütend zu machen.«

»Aber von wem genau hat er gesprochen?«

»Von einem lieben Freund von mir.« Ada wirkte, als spräche sie im Traum. »Der Freund wollte, dass ich frei bin. Der Riese hatte andere Pläne für mich.«

Mads wartete, dass sie endlich mit der Geschichte loslegte, aber stattdessen wurde ihr Atem langsamer und tiefer. Sie hatte ordentlich Übung darin, sich schlafend zu stellen. Also packte Mads sie an der Schulter und schüttelte sie, bis sie ihn wütend anfunkelte.

»Komm, lass dich nicht bitten. Erzähl mir, was passiert ist.«

»Ich möchte aber nicht darüber reden.«

»Ich aber. Die Horrorshow-Einlage im Panikraum hat der alte Mistkerl doch nicht zum ersten Mal abgezogen, der hatte doch schon mal wen anders in der Mangel.«

Ada blickte auf. »Wie kommst du darauf?«

»Ich habe die Blutflecken an der Wand gesehen. Jemand hat versucht, sie abzuwischen, aber Blut auf dieser weißen Kunststoffverschalung hinterlässt Spuren.«

Ada vergrub das Gesicht in den Kissen.

»Hey«, sagte Mads und streichelte die Einbuchtung zwischen Adas Schulterblättern, die sich deutlich unter der Haut abzeichneten. »Mir kannst du es doch erzählen, ich war schließlich auch in dieser Folterkammer eingesperrt. Niemand weiß so gut wie ich, wozu das Schwein fähig ist. Wen hatte er noch da drin gefangen gehalten und hat seine kranke Fantasie an ihm ausgelebt?«

»Du hast die Flecken gesehen?«, fragte Ada nach, als hätte sie nichts von dem, was Mads eben gesagt hatte, gehört. Was vielleicht auch stimmte, so tief, wie sie in dem Kissen vergraben war.

»Genau das. Und auch, wenn es irre klingt: Ich hatte das Gefühl, die Angst eines anderen Menschen zu riechen. So brutale Gewalt hinterlässt Spuren.«

»Spuren kann man auslöschen.« Ada drehte den Kopf zur Seite, doch ihre Augen blieben geschlossen. Als wären ihre Lider Leinwände, auf denen sich Grauenhaftes abspielte. »Ich habe versucht, die Flecken abzuwaschen, aber das Rot war schon zu tief eingezogen. Wie Erdbeersaft auf einem Schneidebrett.«

Mads lief ein Schauer über die nackte Haut. »Du hast nach seinem Schlachtfest die Putzfrau gespielt?«

»Mir blieb nichts anderes übrig.«

»Warum denn?«

»Weil die Flecken mich verrückt gemacht haben. Ich bin nachts heimlich aufgestanden, habe mir die Putzsachen geschnappt und die ganze Wand abgeschrubbt. Das Putzwasser war danach ganz ekelig milchig, mit einem Hauch Braun. Als wäre es bloß Dreck, der gegen die Wand gespritzt ist.«

Zuerst war Mads irritiert, aber dann begriff er: Adas Vater hatte sich nicht die Mühe gegeben zu verstecken, was für ein sadistisches Arschloch er war. Dass er in diesem verfluchten Panikraum einen Menschen halb tot gequält hatte. Adas Mutter war mit dem jüngeren Kind geflohen, als der Platz im Panikraum aufs Neue besetzt war, ihre Tochter hatte sie jedoch zurückgelassen. Um zu helfen oder, falls das nicht gelang, um später aufzuräumen.

»Hat dein Vater den Freund von dir erwischt, der dir helfen wollte?«

Ada öffnete träge die Augen und starrte ins Leere. Sie sah erschöpft aus, allerdings nicht von dem, was sie miteinander angestellt hatten, da war Mads sich sicher. Es waren die wenigen Worte über den Panikraum, die sie an die Grenzen ihrer Belastbarkeit drängten. »Nein«, flüsterte sie. »Es war nicht sein Blut, ich habe ihn vorher weggeschickt. Ich wollte nicht, dass ihm etwas passiert. Das Blut ist von jemand anderem.«

Mads traf die Erkenntnis wie ein Schlag. »Dann dachte dein Vater, ich würde deinem Kumpel zur Hand gehen und dich entführen wollen. Deshalb redete er die ganze Zeit so, als wäre ich mit einem Auftrag bei euch eingebrochen und sollte den Drahtzieher verraten.« So verrückt es klang, das machte die Hölle, in der er gefangen gewesen war, ein bisschen erträglicher.

Sie lagen ruhig da, ihr Atem war das einzige Geräusch im Schlafzimmer.

Ich habe sie gerettet, sagte Mads sich. Er war zwar aus lauter Blödheit einem Irren in die Hände gefallen, aber die Qualen waren nicht sinnlos gewesen: Er hatte einen Engel aus der Hölle befreit. Einen gefallenen Engel zwar, aber immerhin. Jetzt war alles gut, sie würden beide drüber hinwegkommen. Daran wollte er glauben, ganz aufrichtig. Nur dieses irre Gefühl in seinem Inneren ... eine Art Schaben, das an ihm kratzte ... »Von wem stammt das Blut im Panikraum, wenn nicht von deinem Freund?«, fragte er.

Ada murrte etwas Unverständliches, dann streckte sie die Hand suchend nach Mads' Hüfte aus.

Er drehte sich weg. Nicht, dass sein Interesse an ihr erloschen wäre. Dafür hatte sie gesorgt – wobei er immer noch nicht richtig wusste, was er von ihrem Talent, ihn um den Verstand zu vögeln, halten sollte. Natürlich wollte er

Spaß haben im Bett, je mehr, desto besser. Und der Lady an seiner Seite sollte es genauso ergehen. Nur … Ada war entweder unfassbare hundert Prozent auf seiner Wellenlänge, wenn sie nicht sogar besser als er Bescheid wusste, worauf er abfuhr. Oder sie war verdammt gut darin, einem Mann zu geben, was er brauchte. Wofür Ada eindeutig zu jung war.

»Es war nicht von einem Mann.«

»Was?« Mads schreckte aus seinen Gedanken auf. Er hatte gar nicht bemerkt, dass Ada sich neben ihm aufgesetzt hatte. Sie war das reinste Häufchen Elend.

»Das Blut … Es ist nicht von einem Mann.«

Mads richtete sich abrupt auf. »Von wem dann?«

Ada schlug die Hände vors Gesicht. »Ich hätte weggehen können, aber ich habe es nicht getan. Es ist mein Fehler, all die schlimmen Dinge, die passiert sind … Ich hätte sie verhindern können. Magst du mich jetzt nicht mehr?«

Mads verspürte den Drang, aus dem Bett zu springen. Aber er blieb. Das hier, das hatte er sich selbst eingebrockt – und Ada gleich mit. Nicht eine friedliche Nacht gönnte er ihr, sondern bohrte und drängte. »Komm her«, sagte er und nahm sie in die Arme. »Du kannst nichts dafür, es ist seine Schuld.«

»Seine Schuld«, wiederholte Ada mechanisch. »Alles ist nur seine Schuld.« Nach Überzeugung klang das nicht, deshalb bemühte Mads sich, wenigstens das gutzumachen, was er angerichtet hatte. Er würde sie halten, solange sie wollte. Und noch viel mehr als das.

27

Krankenhäuser waren das Letzte, allein bei dem Gedanken an die langen Flure und die vielen Türen, die von ihnen abgingen und hinter denen sich lauter erschreckende Geschichten verbargen, bekam Franka Schweißausbrüche. Krankenhäuser waren eine der Herausforderungen, die sie zu meistern hatte, nachdem sie ihren Lebensgefährten Helge in die Notaufnahme begleitet hatte. Das war das letzte Mal gewesen, dass sie ihn überhaupt gesehen hatte – auf einer fahrbaren Trage hatten die Sanitäter ihn in Richtung OP geschoben, wo bereits der Unfallchirurg auf ihn gewartet hatte. Der Moment stand ihr noch klar vor Augen. Sie sah wieder Dr. Sonja Weichert, die diensthabende Ärztin der Station, vor sich, wie diese sie beiseitenahm, obwohl bereits zwei Polizisten sie wegen des Unfalls befragen wollten. So war das immer, wenn Stichverletzungen mit im Spiel waren.

»So weit ist Helge ja noch nie gegangen«, sagte Dr. Weichert, während sie Franka einige Lagen grüner Papiertücher für ihre blutbeschmierten Hände reichte.

Die beiden Frauen kannten sich zu diesem Zeitpunkt bereits recht gut, schließlich war Franka mit ihrem Lebensgefährten Stammgast in der Notfallaufnahme. Entweder trank Helge bis zur Alkoholvergiftung oder lief achtlos über eine Straße, vermutlich in der felsenfesten Überzeugung, einem Halbgott wie ihm könne nichts passieren, und wurde prompt angefahren. Einmal war es auch ein schlichter Nervenzusammenbruch gewesen, den Franka für einen Herzinfarkt gehalten hatte, weil der großgewachsene Helge wie ein Embryo zusammengekrümmt mit schmerzverzerrtem Gesicht auf dem Boden gelegen hatte.

»Ein plötzlicher Depressionsschub? Helges Bauchverletzung sieht mir ganz nach einem missglückten Selbstmordversuch aus.«

Franka sah dabei zu, wie sich dunkle Schlieren in die Papiertücher fraßen. Sie ließ sie ins Waschbecken fallen. »Ich habe Helge gesagt, dass ich mich von ihm trennen will. Und plötzlich war da dieses Messer …« Sie konnte es nicht vor Augen sehen, denn da waren plötzlich nur schwarze Punkte.

Einer der Streifenpolizisten packte sie hart am Arm. Sie wollte ihn schon anfahren, gefälligst die Finger wegzunehmen, als ihr klar wurde, dass sie fast gestürzt wäre. »Schon gut«, versuchte sie zu sagen, aber es kam nicht mehr als ein unverständliches Gemurmel hervor. Dann verschwand der Boden unter ihren Füßen.

»Legen Sie Franka dort drüben hin. Vorsichtig, Mann! Sie ist doch keine leblose Puppe.«

Dr. Weichert kommandierte die Beamten herum, als wären sie irgendwelche unfähigen Pflegekräfte. Diesen Ton müsste ich draufhaben, dachte Franka benommen, dann verlor sie auch schon den Faden. Es war schwarz und weich und ruhig, bis sie Dr. Weichert sagen hörte: »Nein, Sie können sie heute nicht mehr befragen. Wozu auch? Helge Bormann wohnt quasi in der Notaufnahme, ihm bedeutet sein Leben weder in guten noch in schlechten Zeiten viel. Ein harter Mensch würde sagen: Schade, dass er die Klinge nicht zwei Zentimeter höher angesetzt hat.«

Als Franka sich einigermaßen sicher gewesen war, dass ihre Beine ihr nicht länger den Dienst versagen würden, hatte sie die Notfallaufnahme verlassen – ohne sich bei Dr. Weichert für ihre Unterstützung zu bedanken oder gar nach Helges Zustand zu fragen.

Die Pathologie war der einzige Teil eines Krankenhauses, den Franka seither gut aushielt. Es war, als stünde dieser Trakt für sich allein. Kein herumwuselndes Pflegepersonal, keine Besucher mit Blumensträußen oder wartende Angehörige mit hoffnungsvollen Augen, kein Jammern und Stöhnen. Hier herrschten Ruhe und Konzentration, es ging um tote Materie und nicht um Schicksale. Franka machte nicht einmal der Geruch etwas aus.

Dr. Helene Weisband ließ nicht lange auf sich warten: Die Pathologin erschien in einem schwarzen Abendkleid, das ihre schmale Figur betonte, und strassbesetzten High Heels. »Guten Abend«, grüßte sie, während sie an ihnen vorbeirauschte und Franka bedeutete, ihr in die Umkleide zu folgen. Simon zuckte bloß mit den Schultern, was wohl bedeuten sollte, dass er nichts anderes erwartet hatte, als von Helene stehen gelassen zu werden.

»Ihr habt Glück, dass man nach einem Schönberg-Konzertabend nicht sofort ins Bett gehen kann, sondern mindestens einen Martini braucht, um sich einigermaßen zu entspannen. Allerdings habt ihr Pech, falls eure Spesenabteilung meine Taxifahrt nicht bewilligt, dann verweise ich nämlich auf dich und Simon.« Mit geübten Griffen zog Helene ihren Kittel über das Kleid. »Der arme Kerl, den ihr dabeihabt, ist der Vater der Toten?«

»Ihr Ehemann«, sagte Franka.

Helenes Nase zuckte. »Darauf hätte ich angesichts seines Alters plus des teuren Mantels als Nächstes getippt. Es war bestimmt die große Liebe.« Sie nahm ihre weißen Crocs in die Hand, nur um sie wieder in den Spind zurückzustellen. »Wenn ich erst einmal aus diesen Pumps raus bin, komme ich da nie wieder rein.«

Franka schenkte ihr ein müdes Lächeln. »Du bist hier die Chefin.«

»Dann mal los, bevor du mir noch im Stehen einschläfst. Geht ihr übrigens davon aus, dass der Herr mit dem verspäteten Frühlingserwachen-Syndrom an der Ermordung seiner Frau beteiligt war?«

»Ausschließen können wir es zwar noch nicht, aber es ist eher unwahrscheinlich. Wenn du willst, erzähle ich dir morgen Abend mehr darüber. Unsere Verabredung steht doch noch, oder?«

»Selbstverständlich. Auch wenn ich mir noch unsicher bin, was wir aus dem Zeug in meiner Gemüsekiste machen sollen. Aber tu mir einen Gefallen und lass die Arbeit zu Hause, wenn du morgen kommst. Wir machen uns einfach einen gemütlichen Abend. Wenn ich mir dein erschöpftes Gesicht so ansehe, hast du das auch bitter nötig. Okay, dann lass es uns mal hinter uns bringen.« Helene stöckelte zur Tür. »Ein Tipp noch: Simon soll sich hinter euren Mann stellen, nicht dass er mir noch auf meine Klientin fällt. Vermutlich können wir den Herrn im Anschluss gleich auf die Krankenstation bringen, der steht das bestimmt nicht durch, der pfeift ja jetzt schon aus dem letzten Loch.«

Prompt überkam Franka ein schlechtes Gewissen. »Wir haben wirklich versucht, ihn auf morgen früh zu vertrösten. Aber du weißt ja, wie das manchmal ist: Wenn die Angehörigen sich erst einmal eingestanden haben, dass jemand Geliebtes tot ist, gibt es kein Halten mehr. Sie müssen den Leichnam sehen, um den letzten Rest Hoffnung abzutöten. Herr Lichtenberg hätte die Nacht noch viel schlechter überstanden, wenn er hätte warten müssen.«

»Vermutlich hast du recht«, sagte Helene. »Nur gut, dass wir die junge Frau bereits für das Foto hergerichtet haben, das Make-up dürfte das Schlimmste abdecken. Wie heißt sie denn nun?«

Franka zögerte. »Sofia. Aber es könnte sein, dass sie diesen Namen erst seit einigen Jahren trägt.«

»Klingt ja, als wäre der Fall eine echte Herausforderung.«

»Definitiv.«

Helene musterte sie aufmerksam. »Und ganz nach deinem Geschmack ist er auch, obwohl du dich ziemlich anstrengst, es zu verbergen. Du bist Kommissarin mit Leib und Seele, Franka. Du kannst ruhig dazu stehen, dass du es kompliziert magst.«

Anstatt verlegen abzuwinken, lächelte Franka – bei Helene war sie damit auf der sicheren Seite, die Pathologin liebte ihren Job schließlich auch, obwohl die meisten Menschen das Grausen bekamen, wenn sie damit konfrontiert wurden.

»Wie auch immer, ein Gewaltopfer von einem Familienmitglied identifizieren zu lassen ist trotzdem die Hölle«, sagte Franka. »Das hängt mir mehr nach als jede Obduktion.«

Der Tag war tatsächlich zu lang, gestand Franka sich ein, als ein scharfer Schmerz hinter ihrer Stirn aufflammte. Ein wenig benommen folgte sie Simon und Günter Lichtenberg in den abseits liegenden Raum, der für solche

Anlässe vorgesehen war. Hier gab es kein Pathologiebesteck, und auch keine Wasserschläuche erinnerten daran, welchem Prozedere die Toten unterworfen wurden. Es war ein schlichter Raum, an dessen Wand ein Tisch mit zwei Stühlen stand, für den Fall, dass sich jemand setzen musste. Ein Assistent aus der Nachtschicht hatte die Bahre bereits hereingebracht, auf der die Tote unter einem Tuch gebettet lag, sodass Dr. Weisband direkt ans Kopfteil treten konnte.

Günter Lichtenberg war einen Meter von der Bahre entfernt stehen geblieben, seine Arme hingen kraftlos an den Seiten herunter. Franka hatte sich ihm gegenüber positioniert, während Simon sich, wie abgesprochen, hinter den leicht wankenden Mann stellte.

»Wenn Sie so weit wären, Herr Lichtenberg.«

»Das werde ich wohl nie sein, aber bitte.«

Unter dem Laken, das Helene Weisband zurückschlug, kam ein überraschend lebendig aussehendes Frauengesicht zum Vorschein, abgesehen von der verformten, trotz aller Bemühungen des Präparators zu Klump verformten Nase. Der Teint war sonnengeküsst, die Wangen und Lippen rot. Einen Moment später begriff das Auge allerdings, dass es getäuscht wurde: Die Bräune war künstlich und stumpf, an mehreren Stellen schimmerten gräuliche Verfärbungen durch, die Augen lagen zu tief in den Höhlen, und die Lippen wirkten trotz der roten Farbe eingefallen.

An der Art, wie Lichtenbergs Kinn zu beben begann, während seine Augenpartie seltsam starr blieb, konnte Franka den eskalierenden Schock ablesen. Zuerst war da das Begreifen, dass die Tote auf der Bahre tatsächlich seine Frau war. Mit dem Begreifen zerstoben die letzten Reste

Hoffnung, und an ihre Stelle trat die Leere, die jeder Tote im Leben seiner Vertrauten hinterließ. Man verlor nicht nur einen geliebten Menschen, sondern auch einen Teil seiner Selbst. Franka hatte es schon oft genug beobachtet. Für viele fühlte sich dieser Moment tatsächlich so an, als würde ihnen ein Körperteil abgetrennt, falls der Schmerz nicht sogar schlimmer war. Als würde das nicht reichen, kam in Lichtenbergs Fall auch noch der Schock über den gewaltsamen Tod seiner Frau hinzu. Helene hatte recht, früher oder später würde Günter Lichtenberg zusammenbrechen.

»Herr Lichtenberg«, sagte Franka ruhig. »Ist die Tote Ihre Frau Sofia?«

Ein Zucken von Lichtenbergs Lidern verriet, dass er sie durchaus gehört hatte, ihre Worte jedoch noch eine Weile brauchen würden, um seinen Verstand zu erreichen. Lange musste sie allerdings nicht warten, da er von selbst zu sprechen begann: »Fast genau so sah Sofia aus, als ich sie zum ersten Mal getroffen habe.«

»Sie hat geschlafen?«

»Nein, ich meine das dicke Make-up. Viel zu dunkle Schminke, um die blauen Flecken zu übertünchen.« Lichtenbergs Stimme klang tönern. »Ihre Haare waren damals allerdings hellblond, irgendwie billig. Ich mag es mehr klassisch, mit Stil. Trotzdem hat sie mir sofort gefallen. Mehr als das. Ich war bereit, alles für sie zu geben.«

Da war es, das Geständnis, auf das Franka gewartet hatte. »Sofia war etwas Besonderes«, stimmte sie zu.

»Ja, das war sie. Sie konnte vor einem auf dem Boden knien, ausgeliefert und erniedrigt, und strahlte trotzdem dieses unfassbare Leuchten aus. Sie war die Frau, auf die ich mein Leben lang gewartet hatte. Ich erkannte ihren wahren

Kern instinktiv, deshalb war mir ihre Vergangenheit auch egal. Ich wusste, an meiner Seite würde sie zu der Frau werden, die in ihr steckte. Der Frau, die mir endlich einen Sohn schenken würde. Die Arbeit, die sie zu mir gebracht hatte, war unwichtig, weil Sofia erst an meiner Seite das Leben beginnen würde, das ihr von Anfang an zugestanden hatte. Und bis vor ein paar Tagen hätte ich darauf geschworen, dass ich recht behalten hatte: Sofia war die Frau meiner Träume.«

»Dann hat Sofia als Prostituierte gearbeitet, als Sie sie kennengelernt haben?«

Lichtenbergs Mund verzog sich zu einem bitteren Lächeln. »Der Begriff Sex-Sklavin trifft es wohl eher. Sie hat es nicht freiwillig getan, daher die blauen Flecken. Wir haben nicht drüber geredet, aber mir war klar, dass sie gewaltsam darauf abgerichtet worden war, Männern zu Willen zu sein. Die Herren, die sie mir zugeführt haben, sagten noch, sie würde jeden meiner Wünsche erfüllen, ich solle nur keine falschen Hemmungen haben. Normalerweise hätte ich das arme Geschöpf sofort weggeschickt, an Huren mache ich mir nicht die Finger schmutzig. Aber ein Blick in Sofias Augen, und … Es klingt albern, wenn ich es laut ausspreche.«

»Ganz und gar nicht. Es klingt nach Liebe.«

Lichtenberg löste den Blick von seiner toten Frau und sah Franka an. »Das war es: Liebe. Sie war meine perfekte Sofia, alles an ihr war genau so, wie es sein sollte.«

Das klingt weniger nach der großen Liebe, sondern eher so, als hätte Sofia beschlossen, dass es besser sei, die Wünsche eines Mannes zu erfüllen als die unzähliger, dachte Franka. Dann zückte sie ihren Notizblock. »Ich brauche die Namen der Männer, die Sie mit Sofia bekannt gemacht haben.«

»Das waren doch nur namenlose Lieferanten, die sie auf mein Hotelzimmer gebracht haben. ›Eine kleine Aufmerksamkeit vom Boss‹, haben sie gesagt. Den Bonus hatte ein Kunde von mir spendiert, ein gewisser Elmer Keller, für den meine Firma ein speziell zugeschnittenes Programm entwickelt hat. Sagt Ihnen der Name was?«

Franka nickte. Elmer Keller war ein Alchimist. So nannte man Leute, die für die Mafia dreckiges Geld in reines Gold verwandelten – und das im großen Stil. Für die Kollegen von der Wirtschaftskriminalität war er der Heilige Gral, den sie nicht zu fassen bekamen, und auch ein paar andere Abteilungen hatten den Mann im Auge, ohne ihm etwas Konkretes vorwerfen zu können. »Elmer Keller mag seine Finger in einigen illegalen Sachen stecken haben, aber Menschenhandel gehört nicht dazu. Bei wem hat er Sofia also bestellt?«

Lichtenberg wich Frankas Blick aus und verschränkte die Arme vor der Brust, als fiele ihm das Aufrechtstehen schwer – was vermutlich auch der Wahrheit entsprach. »Das ist mir alles ein wenig zu viel«, gestand er.

»Das verstehe ich. Es gibt hier einen Ruheraum …«

»Nein«, schnitt Lichtenberg Franka das Wort ab. »Ich will noch nicht weg, ich … Hören Sie auf, mir so viele Fragen zu stellen! Haben Sie überhaupt eine Ahnung, wie schwer das alles für mich ist?«

»Vermutlich nicht«, gab Franka zu. »Aber ich sehe diese junge Frau vor mir liegen, die jemand zu Tode gequält hat – und die offenbar schon in ihrer Vergangenheit auf vielfältige Weise misshandelt worden ist. Ich will ihren Mörder finden, und zwar so schnell wie möglich. Deshalb erwarte ich jetzt Antworten von Ihnen, Ihretwegen habe ich schon genug Zeit verschwendet.«

»Ich musste doch Tom schützen!«

»Indem Sie den Mörder seiner Mutter decken?«

Für einen Moment sah es so aus, als wollte Lichtenberg zur Tür hinausstürzen. Simon war schon in Stellung gegangen, als der Mann nach ein paar taumelnden Schritten stehen blieb. »Ich habe keine Ahnung, wem Sofia gehört hat, aber es muss jemand mit gewissen Mitteln gewesen sein, denn er hatte sie perfekt hergerichtet für diese Art Treffen. Damit meine ich nicht nur ihr Aussehen, sondern auch ihr Auftreten. Von ihrem Dialekt etwa war so gut wie nichts zu hören. Welcher gewöhnliche Zuhälter gibt sich schon solche Mühe? Das macht man doch nur mit besonderen Mädchen. Und Sofia war etwas Besonderes. Ich habe direkt nach unserer Nacht mein Kaufinteresse bei den Männern angemeldet, die sie abholten. Die waren nicht einmal verblüfft, in dieser Liga kommt es wohl öfter vor, dass die Kunden sich nicht mehr trennen können von ihren Geliebten. Der Verkauf lief über einen Mittelsmann, einen gewissen Herrn Bauer. Alles hochprofessionell, als würde ich ein Auto und nicht einen Menschen kaufen. Ich habe sogar neue Papiere für sie bekommen, damit sie offiziell aus einem EU-Land kommt.«

»Dann ist die Geschichte von Sofia aus Lettland also eine Lüge. Wie hieß Ihre Frau wirklich, und woher kommt sie?«

Lichtenberg lachte, wobei es mehr wie Husten klang. »Das wissen Sie doch längst.«

»Und Sie haben mir versprochen, mir alles zu erzählen«, hielt Franka dagegen.

»Das stimmt. Keine Geheimnisse mehr. Sie hieß Rosalia und kam irgendwo aus dem Osten. Ich wollte es ehrlich gesagt gar nicht so genau wissen.« Lichtenberg streckte seine zitternde Hand aus. »Kann ich sehen … Kann ich sehen, was unter dem Laken ist? Was er getan hat? Der Mörder, der sie …«

»Vertrauen Sie mir, das möchten Sie nicht«, sagte Franka.

»So schlimm also.« Nun hatte das Zittern auch seine Schultern erreicht. »Werden Sie ihn dafür zur Rechenschaft ziehen? Es muss der Mann gewesen sein, dem ich Sofia damals abgekauft habe. Jetzt hat er sie sich zurückgeholt. Meine Sofia …« Erneut streckte Lichtenberg die Hand nach seiner toten Frau aus. »Ich muss sehen, was er …«

»Herr Lichtenberg, bitte nicht«, mischte Helene Weisband sich ein. Als der Mann nicht reagierte, machte sie Simon ein Zeichen, der eine Hand auf Lichtenbergs Schulter legte.

»Kommen Sie, ruhen Sie sich einen Moment aus.«

»Lassen Sie mich!«

Lichtenberg drehte sich wie ein besoffener Tänzer zur Seite, um Simons Hand abzuschütteln. Dabei verlor er das Gleichgewicht, suchte nach Halt an der Bahre und riss das Laken mit sich zu Boden.

Franka starrte auf den entblößten Leichnam, zu dessen vielfältigen Verletzungen nun auch noch die vernähten Schnitte der Gerichtsmedizinerin hinzugekommen waren. Der Gedanke, der sie fast übermannte, war jedoch die Tatsache, dass der Kopf nicht zum Körper passte. Das scheinbar sonnengebräunte Frauengesicht, unter dessen Kinn sich ein zusammengeflickter Frankenstein-Leib in Grau und Schwarz zeigte. Zwei Frauen in einem Körper. Sofia … Rosalia … Franka wurde ganz schwummerig hinter der Stirn.

»Ich rufe den Notarzt«, sagte Helene Weisband, ganz die Ruhe in Person, zu Simon, der sich gerade um den zusammengebrochenen Lichtenberg kümmerte. »Und du«, sagte sie zu Franka, »setzt dich auf einen der Stühle.«

»Nicht nötig.«

»Keine Widerrede. Oder willst du umkippen und anstelle dieses Mannes quer über der Bahre enden? Du bist kreidebleich im Gesicht – mit so etwas kenne ich mich aus.«

Mit wackligen Schritten ging Franka zu einem Stuhl, setzte sich und schloss die Augen. Der Tag war eindeutig zu lang gewesen.

28

Der Sonntagabend brach an, und mit ihm stand Helenes Einladung zum Essen ins Haus.

Seit Franka die Pathologin in der vergangenen Nacht gesehen hatte, lagen lange Stunden auf dem Dezernat hinter ihr. Stunden, die aus lauter unerfreulichen Telefonaten mit Kollegen anderer Abteilungen bestanden hatten, die sie dafür hassten, dass sie ihnen mit ihren Fragen das Wochenende versaute. Außerdem hatte sie höllenmäßig achtgeben müssen, keine Spur zu legen, über die Lars Brenner und seine Kollegin vom LKA stolpern könnten. Solange der Name Reinhold Jäcker offiziell nicht auftauchte, würden Simon und sie ihre Ermittlungen allein weiter vorantreiben. Ohnehin war Brenner vollauf damit beschäftigt, Abel in Sachen Brandstiftung auf den Füßen zu stehen, wie der genervte Kollege Simon auf der Herrentoilette erzählt hatte. So war es Franka wenigstens erspart geblieben, Abel auf den neuesten Stand zu bringen – der einzige Lichtblick an dem schnell verronnenen Sonntag.

»Wir machen uns einen gemütlichen Abend«, hatte Helene Weisband gesagt. Genau dieser Satz rieb nun, da es so weit war, Frankas Nerven auf. Gemütlich, freundschaftlich, privat … das waren Worte, bei denen ihr der Schweiß ausbrach. Darin war sie nicht gut. Nicht mehr. Andererseits war dieses Bedürfnis, an Helenes Esstisch zu sitzen und entspannt mit dieser interessanten Frau zu plaudern, mit jeder

Stunde mehr gewachsen. Dennoch brauchte sie eine Strategie, etwa ein paar unverfängliche Gesprächsthemen, die sie sich vorab zurechtlegte. Urlaubsziele waren immer ein guter Aufhänger … Ich könnte Helene ja von meinem Ausflug an die Küste erzählen, auf dem ich den Spuren meines ganz persönlichen Lieblings-Stalkers in dessen geheimnisvolle Vergangenheit gefolgt bin, überlegte Franka noch, während sie vor Helenes Tür auf Einlass wartete.

Als ihre Gastgeberin öffnete, zog sie als Erstes eine Braue hoch. »Sag bloß, du musst heute Abend noch mal los wegen eures Falls?«

Franka zupfte an ihrem üblichen Businesskostüm. »Nein, aber ich war bis zum letzten Drücker im Dezernat und hatte keine Zeit, mich vor unserem Treffen noch umzuziehen. Dafür habe ich das hier mitgebracht.« Lächelnd überreichte sie Helene einen üppigen Tulpenstrauß. »Und das hier.« Sie hielt eine Rotweinflasche in die Höhe. »Die habe ich von meinem ehemaligen Mentor zum Abschluss bekommen, laut ihm ist das ›ein besonders edler Tropfen, der besser wird, je länger er liegt‹. Und gelegen hat er, ich hatte die Flasche nämlich in einem Umzugskarton vergessen.«

»Dann werden wir den Wein doppelt genießen, weil er gut abgelagert ist und dir eine Minute zum Durchatmen garantiert.« Mit einer einladenden Geste ließ Helene sie eintreten. »Heute Abend reden wir über alles, nur nicht über die Arbeit, damit du mal auf andere Gedanken kommst.«

»So, wie du das sagst, muss ich das in deinen Augen ja dringend nötig haben.«

Helene lächelte nur vielsagend und nahm Franka den Mantel ab. Dann bedeutete sie ihr, sich umzusehen, während sie die Blumen ins Wasser stellte.

Die weißen Tulpen waren genau die richtige Entscheidung gewesen, in Helenes ultramodern eingerichteter Wohnung war alles hell und hatte seinen eigenen Platz. Die Einrichtung war bis ins kleinste Detail abgestimmt, allerdings wirkten weder Wohnzimmer noch Küche kühl. Helenes Wohnung war genau das, was Franka als das Zuhause einer unabhängigen, mitten im Leben stehenden Frau ansah. Ganz anders als ihre provisorisch zusammengewürfelten vier Wände, in denen es dank Noah nach Cannabis stank.

Anerkennend ließ Franka ihre Hand über die Kücheninsel aus Edelstahl gleiten. »Kann ich dir beim Kochen helfen? Nicht, dass ich allzu viel Ahnung hätte, der Ruf als Junkfood-Queen haftet mir nicht von ungefähr an.«

Helene blinzelte hinter beschlagenen Brillengläsern, als sie den Backofen wieder schloss. »Hilfe kann ich gebrauchen, ich habe nämlich ewig lang über der Gemüsekiste gestanden und mich gefragt, was man bloß mit frischen Schwarzwurzeln und Maniok anfängt. Wenn wir in naher Zukunft essen wollen, könntest du die Pastinaken schälen.«

»Gern.« Ratlos blickte Franka auf das auf Zeitungspapier ausgebreitete Wurzelgemüse, das sich in ihren Augen nur durch die verschiedenen Farben unterschied. »Ist das alles Pastinake?«

»Beruhigt mich zu wissen, dass ich nicht die einzige Ahnungslose bin«, sagte Helene gut gelaunt. »Letzte Woche war etwas namens Moringa dabei, so ein bohnenartiges Grünzeug. Da habe ich ungefähr genauso verwirrt dreingeschaut wie du jetzt. Man lernt eben nie aus.«

Die nächste Stunde verging mit Reden, Schneiden und Probieren so schnell, dass Franka erstaunt war, als Helene verkündete, es sei an der Zeit, den Tisch zu decken. Sie bugsierte Franka samt Weinglas kurzerhand aufs Sofa, von dem aus man einen großartigen Blick auf das abendliche Rerrick hatte. »Wenn es um die Tischdekoration geht, bin ich pingelig«, erklärte Helene, während sie auf eine Trittleiter stieg, um Geschirr aus einem hoch aufragenden Wandschrank zu holen. Als es plötzlich läutete, verlor Helene fast das Gleichgewicht, sodass Franka schnell aufsprang.

»Ich gehe schon!«

Franka wollte gerade den Summer drücken, als ihr auffiel, dass auf dem Bildschirm niemand unten an der Haustür zu sehen war. Während sie sich noch wunderte, klopfte es an der Wohnungstür. Automatisch fuhr Frankas Hand zu ihrem Schulterhalfter, ehe sie begriff, was sie tat. Nur hatte sie weder ihre Dienstwaffe dabei, noch war dies ein Ort, wo sie gebraucht wurde. Nachbarn klopften, um nach Feierabend Pakete einzusammeln oder um nach Mehl zu fragen.

Du brauchst echt eine Auszeit, du siehst schon überall Gespenster, schimpfte sich Franka, dann öffnete sie die Tür.

Auf dem Flur stand eine Frau, die einen weißen Tulpenstrauß vor der Brust hielt. Exakt der gleiche Strauß, für den auch Franka sich entschieden hatte. Darin erschöpften sich die Parallelen allerdings auch schon. Die Frau vor Franka gehörte zu jener Art von Schönheit, wie man ihr eigentlich nur in Ingrid-Bergman-Filmen begegnete. Die Realität des Treppenhauses war viel zu schal für sie, sie gehörte in andere Sphären, vorzugsweise vor kristallklare Seen, auf die sie unergründliche Blicke werfen konnte.

»Guten Abend«, sagte die Frau, die Stimme sanft und angenehm. »Ich hoffe, ich bin nicht zu spät. Im Flur duftet es jedenfalls schon wunderbar nach Essen.«

Franka brauchte einen Moment, um zu begreifen, wer dort vor ihr stand. Dabei kannte sie das ebenmäßige Gesicht, das von weich fallenden rotblonden Haaren umrahmt war, obwohl sie der Frau noch nie persönlich begegnet war. Einige Wochen, nachdem Franka die Partnerin von Simon Ackermann geworden war, hatte sie wider besseren Wissens den Namen Ariadne Reisch gegoogelt und das Bild einer Mittvierzigerin mit grünen Mandelaugen serviert bekommen. Franka hatte das Fenster schnell wieder geschlossen, aber es war zu spät gewesen: Das Gesicht von Simons Partnerin hatte sich ihr eingebrannt. Jetzt sorgte es dafür, dass Franka stocksteif in der Tür stehen blieb.

»Guten Abend.« Durch Frankas Bemühen, gelassen zu klingen, rutschte ihre eh schon tiefe Stimme endgültig in den Keller. »Ich bin Franka, Franka Janhsen.«

Ariadne Reischs Händedruck war trotz der Feingliedrigkeit ihrer Finger fest. »Und ich bin Ariadne. Freut mich sehr. Wollen wir nicht gleich zum Du übergehen?«

Ariadnes Lächeln war echt, daran herrschte kein Zweifel. Franka war geübt darin, Mimik zu lesen – und ein aufgesetztes Lächeln erkannte sie sofort. Notgedrungen erwiderte sie die freundliche Geste, wobei sie sicher war, dass ihr Lächeln misslang. »Gerne. Aber jetzt komm erst einmal rein.«

Als Ariadne an ihr vorbeiging, nahm Franka ihr den Blumenstrauß ab, damit sie sich aus ihrem Poncho schälen konnte. In Franka brach für einen Sekundenbruchteil ein innerer Kampf aus, dann schnupperte sie nach Ariadnes Parfüm, nur um es sogleich zu bereuen. Entweder benutzte diese Frau den gleichen holzigen Herrenduft wie Simon, oder ihr haftete sein Duft an. Der Duft ihres Partners, von dem sie sich erst vor drei Stunden im Dezernat verabschiedet hatte. »Viel Spaß bei Helene – falls so etwas überhaupt möglich ist«, hatte Simon sie noch geneckt. »Du könntest ihr natürlich auch sagen, dass wir beiden die Nacht durcharbeiten und du deshalb leider nicht kommen kannst.«

Franka hatte dankend abgelehnt. Nun, allzu lange war Simon offensichtlich nicht allein im Dezernat zurückgeblieben.

»Wirklich schön, dass wir uns endlich mal kennenlernen. Das war ja wohl längst überfällig.« Ariadnes Stirn kräuselte sich, als sie auf Frankas Schluppenbluse deutete. »Du musst aber nicht gleich wieder los, oder? Das wäre wirklich schade.«

»Muss ich nicht, ich sehe immer so aus, als käme ich gerade vom Job«, gab Franka mit einem Seufzen zu. »Ehrlich gesagt bin ich etwas aus der Übung, was solche Abende angeht. Seit ich in Rerrick angekommen bin, habe ich nur gearbeitet oder geschlafen.«

Ariadne sah sie wissend an. »Was vermutlich genau der Grund dafür ist, warum Simon dich zur Partnerin wollte: Er kennt im Zweifelsfall auch nur die Arbeit.« Als Franka nicht reagierte, schüttelte sie den Kopf. »Ah, ich verstehe. Du bist genauso gesprächig wie Simon, sobald es um den Job geht. Das Dezernat der schweigenden Kommissare.«

»So ticke ich eigentlich gar nicht«, beeilte sich Franka zu korrigieren. »Ich hatte nur ein echt hartes Wochenende, das ich gern hinter mir lassen würde.«

»Das muss schwer für dich gewesen sein, einen Mann zu befragen, der vor lauter Trauer kaum bei Sinnen war.«

»Simon hat dir davon erzählt?«

Ariadne schüttelte den Kopf. »Natürlich nicht! Simon hat kein einziges Wort darüber verloren – weder über euren Fall noch über dich. Seit er mir erzählt hat, dass ihr Partner seid, schweigt er sich ohnehin aus wie ein Grab. Alles, was ich über dich weiß, habe ich von Helene. Auch das mit der nächtlichen Identifizierung gestern. Sie hat sich Sorgen um dich gemacht, der Fall würde dir sehr nahgehen. Unter uns gesagt, ist sie auch angetan davon, wie du deinen Job machst.«

So viel zum Thema Simon. Ariadne ging es offensichtlich nicht besser als ihr, der Mann ließ sie beide am langen Arm verhungern. Vermutlich sollte Franka froh sein, dass sie auf etwas anderes zu sprechen kamen, ansonsten lief sie noch Gefahr, Ariadne Reisch ins Verhör zu nehmen. Was schon deshalb keine gute Idee wäre, da diese Frau eine bekannte Psychologin war und Aushorchmanöver vermutlich erkannte, bevor sie überhaupt richtig starteten.

»Das mit der Lobhudelei beruht auf Gegenseitigkeit, ich halte Helene nämlich für eine herausragende Gerichtsmedizinerin – und nebenbei für eine tolle Frau.«

»Das freut mich zu hören«, sagte Helene, die gerade ihren Kopf durch die Tür steckte. »Aber vielleicht können wir alle weiteren Nettigkeiten ja bei Tisch austauschen, denn ob ihr es glaubt oder nicht: Das Essen ist fertig. Wenn ich dann also bitten dürfte?«

29

»Hand aufs Herz, das ist keine Räuberpistole.« Helene hob ihr Weinglas so abrupt empor, dass einige rote Tropfen über den Rand spritzten. »Nachdem ich als Studentin meine erste Leiche gesehen hatte, bin ich aus dem Saal gewankt, fest entschlossen, das Medizinstudium an den Nagel zu hängen. Die Rechtswissenschaften, die dem Wunsch meines Vaters entsprochen hätten, klangen auf einmal nicht nach trockenem Blätterwald, sondern nach einer Arbeit, bei der man hübsch sauber blieb und es schlimmstenfalls nach Bohnerwachs und abgestandener Luft roch.«

»Du hättest bestimmt auch eine hervorragende Paragrafenreiterin abgegeben, mit Sporen und Gerte«, sagte Ariadne, die gerade damit beschäftigt war, die letzten Reste Mousse au Chocolat aus der Schale zu kratzen. Für eine so schlanke Person legte sie erstaunlich wenig Beherrschung an den Tag, wenn es um den Nachtisch ging.

»Helene wäre in allem gut gewesen, was sie angefangen hätte. Sie ist eine verdammte Streberin, sogar wenn es ums Kochen geht.« Franka hatte Probleme, mit ihrem vollen Bauch eine bequeme Position auf dem Stuhl zu finden. »Was mich wundert, ist, warum du nach diesem Erlebnis nicht nur der Medizin treu geblieben bist, sondern dich auch noch auf Pathologie spezialisiert hast, nachdem der Leichen-Erstkontakt eine Katastrophe war.«

Helene hob ihr Glas an die Lippen, um ihr Lächeln zu

überspielen. Diese Reaktion entsprach so gar nicht dem Stil dieser Frau, die sonst kein Blatt vor den Mund nahm.

»Raus mit der Sprache«, mahnte Franka. »Ich hasse es, angefixt und dann stehen gelassen zu werden.« Der kräftige Rotwein, das Geschenk von Marten Küppers, hatte ihrer Verkrampftheit ein Ende gesetzt. Und auch ihr Unmut, dass Helenes Abendeinladung nicht ganz uneigennützig war, verflog spätestens jetzt. Vielleicht hatte ihre Gastgeberin im Hinterkopf gehabt, dass Franka für Simons Charme nicht mehr ganz so empfänglich wäre, sobald sie Ariadne kennengelernt hatte. Viel wichtiger wog in diesem Moment jedoch, wie gut sich die drei Frauen tatsächlich verstanden. Zumindest Franka hatte sich schon lange nicht mehr so gut amüsiert.

»Also schön«, lenkte Helene ein. »Wie gesagt, ist es mir irgendwie gelungen, mich beim Anblick der Leiche – übrigens ein Walross von einem Mann, der mehrere Tage in seiner Wohnung lag, bevor man ihn fand – weder zu übergeben noch umzukippen. Beides galt damals noch als Schande, und für Studentinnen galt das gleich doppelt. Dafür verbrachte ich im Anschluss eine Weile auf der Damentoilette, und als ich mich hinauswagte, kam gerade der junge Assistenzarzt über den leeren Gang. ›So grün, wie Sie aussehen, sind Sie mit dem Kotzen noch nicht fertig‹, hat er zu mir gesagt. Ich habe den Rücken durchgedrückt und geantwortet: ›Da haben Sie recht.‹ Dann habe ich ihm auf seine Budapester gespuckt.«

Ariadne lachte laut auf. Ihre Wangen waren gerötet, und gemeinsam mit ihrem goldroten Haar sah sie aus, als würde sie neben einem Lagerfeuer stehen. Eine Frau in Flammen, dachte Franka leicht angeschickert. Kein Wunder, dass Simon mit ihr zusammen ist. Seltsamerweise trübte der Gedanke nicht im Geringsten ihre gute Stimmung. Ariadne war nicht nur eine angenehme Gesprächspartnerin, sondern hatte auch das gewisse Etwas. Es wäre Franka kleinlich vorgekommen, eine Konkurrentin in ihr zu sehen. Und falls Ariadne überhaupt auf die Idee gekommen war, Simons junge Kollegin könnte mehr in ihm sehen als ihren Partner, ließ sie sich nichts anmerken. Sie war den ganzen Abend über durchweg liebenswürdig und an allem, was Franka von sich gegeben hatte, interessiert gewesen.

»Warum hast du ungeachtet der Kotzattacke am Medizinstudium festgehalten? Aus reinem Trotz etwa?«, fragte Ariadne.

Ehe Helene antwortete, gönnte sie sich einen Schluck Wein. »Nein, obwohl Trotz auch ein passabler Grund gewesen wäre. Es war mehr die Affäre mit dem Herrn Assistenzarzt in den Budapestern, die mich davon überzeugt hat, dem Leichensaal noch einmal eine Chance zu geben.«

»Und was ist aus dem Mann geworden?«

Helene zuckte mit den Schultern. »Dasselbe wie aus den meisten Männern: nichts Interessantes.«

»Darauf läuft es ja oft hinaus, wenn man jemanden erst richtig kennenlernt. Die meisten Menschen halten nicht, was sie auf den ersten Blick versprechen.« Unvermittelt verspürte Franka einen Anflug von Melancholie. »Man ist von einem Mann fasziniert und erträumt sich das Großartigste von ihm – und dann stellt sich heraus, dass alles Wunderbare bloß eine Glitzerfolie gewesen ist, die man ihm übergezogen hat. Ist die Folie erst mal weg, war es das mit dem Glanz. Das Schlimmste daran ist nicht die Enttäuschung, sondern die bittere Erkenntnis, dass man sich selbst etwas vorgemacht hat. Das ist der Haken am Verliebtsein: Man lügt sich in die eigene Tasche.«

»Das wird mit dem Alter besser«, versprach Helene.

Nachdenklich strich Franka das Leinentuch glatt. »Ich weiß nicht.« Warum würde ich wohl sonst mit einem Mann flirten, der nicht nur mein Partner und Vorgesetzter ist, sondern auch noch in einer festen Beziehung mit einer Frau, die ich durchweg sympathisch finde? »Mir kommt es so vor, als würde die Versuchung nicht wirklich nachlassen. Wir Menschen sind einfach anfällig dafür, unser Wunschdenken mit der Realität zu verwechseln, besonders wenn es um Liebesdinge geht.«

»Das klingt so, als hättest du damit mehr als genug Erfahrung gemacht.« Ariadnes wacher Blick lag etwas zu eindringlich auf Franka, als fragte sie sich, ob sie vielleicht beide ihre Hoffnungen auf denselben Mann projizierten.

»Die Identifizierung des Gewaltopfers gestern ist ein gutes Beispiel dafür«, lenkte Franka das Thema auf einen ungefährlichen Pfad. »Ihr Mann ist der festen Überzeugung, dass seine Frau die perfekte Partnerin für ihn gewesen ist. Jedes Detail habe gepasst: Sie wollte dasselbe zurückgezogene Familienleben führen wie er, obwohl sie gerade erst Mitte zwanzig war. Nicht einmal eine Freundin oder Bekannte im Kindergarten ihres Sohnes hatte sie. Angeblich verbrachte sie liebend gern Zeit im abgelegenen Wochenendhaus und war von Herzen Vollzeitmama. Sogar ihr Kleidungsstil war der einer gediegenen Frau in den besten Jahren.«

»Es gibt eben junge Frauen, die ältere Männer und die angebliche Sicherheit, die sie ihnen bieten, zu schätzen wissen«, gab Helene zu bedenken.

Franka spielte mit ihrem Weinglas. »Schon klar.«

»Wollte diese Frau vielleicht mehr als eine starke Schulter zum Anlehnen?« Ariadne stellte die Frage mit scheinbar höflichem Interesse, aber ein Aufblitzen in ihren Augen verriet, dass der psychologisch geschulte Profi in ihr angeschlagen hatte.

Zögernd ging Franka in sich. Alles, was sie in Bezug auf Sofia Lichtenbergs Partnerwahl zu bieten hatte, war ein unbestimmtes Grummeln in ihrer Magengegend zu diesem Thema. Andererseits, sagte sie sich, ist das hier doch bloß ein bisschen weinseliges Gerede. Und ich rede besser über die Probleme anderer Leute als über meine eigenen. »Es ist nur so ein Bauchgefühl, aber mir kam es so vor, als ginge es bei ihr über das Bedürfnis nach festen Verhältnissen hinaus. Als hätte sie sich die Identität übergestreift, die sie für ihren Mann am attraktivsten wirken ließ. Sie ist quasi auf Knopfdruck zu seiner Traumfrau geworden. Hätte ein anderer Mann sich als ihr Retter erwiesen, wäre sie eine ganz andere Art von Traumfrau geworden.« Als Franka sich dabei ertappte, dass sie unruhig auf ihrem Stuhl umherrutschte, seufzte sie. »Hat das irgendwie Hand und Fuß, was ich hier von mir gebe?«

»Ich finde schon«, sagte Ariadne. »Dann würde es sich bei der Frau, von der du erzählst, um eine dependente Persönlichkeit handeln. Diese Menschen haben enorm feine Antennen für die Wünsche ihrer Mitmenschen und gehen oftmals ohne Rücksicht auf ihre eigenen Bedürfnisse darauf ein.«

Franka kramte in ihren bunt zusammengewürfelten Psychologiekenntnissen. »Mit einer dependenten Persönlichkeit meinst du Menschen, die sich ihrem Partner völlig unterwerfen, damit er die Kontrolle über sie übernimmt?«

Ariadne nickte. »Wer unter dieser Persönlichkeitsstörung leidet, ist außerstande, eigene Entscheidungen zu treffen. Also überlässt er alles seiner Bezugsperson, passt sich ihr vollständig an, um als Gegenleistung einen Platz in ihrer Welt zu bekommen.«

»Damit ich das richtig verstehe: Diese Menschen verwandeln sich sozusagen in ein weißes Blatt Papier und lassen zu, dass andere etwas draufschreiben? Ihnen ihre Stempel aufdrücken?« Franka rieb sich die Oberarme. Damit war tatsächlich einiges an Sofia zu erklären und viel mehr noch Günter Lichtenbergs Beteuerung, seine Frau habe zu hundert Prozent jeden seiner Wünsche erfüllt, sogar den Sohn, den er sich sehnlichst gewünscht hatte, hatte sie ihm geboren. Nur eben nicht, weil sie beide auf einer Wellenlänge lagen, sondern weil Sofia in ihrer Not nach allem gegriffen hatte, was er ihr hinhielt. Sie war zu Lichtenbergs Idealfrau geworden, um zu überleben – nicht aus Liebe. »Ich kann mir nicht vorstellen, dass man dadurch glücklich ist, Sicherheit hin oder her.«

»Das sind diese Menschen in der Regel auch nicht, wenngleich sie den Grund dafür nicht erkennen. Da bei ihnen nur ein schwacher Selbstbezug vorhanden ist, leiden sie zwar oftmals unter Unbehagen oder gar Depressionen, können sich aber nicht erklären, woran es liegt. Häufig ist ein traumatisches Erlebnis in der Kindheit dafür verantwortlich, sexueller Missbrauch etwa.«

»Und wie steht es mit einer jungen Erwachsenen, kann diese Störung dann auch noch hervorgerufen werden?«

»Unter zu starkem Druck brechen die meisten Menschen früher oder später. Obwohl es seltener vorkommt, kann auch jemand, dessen Persönlichkeit bereits gereift war, diese gezwungenermaßen aufgeben. Der Mensch ist aufs Überleben getrimmt – und wenn er nur überleben kann, indem er sein Ich aufgibt, dann tut er es.«

Dann wusste Sofia, nachdem Jäcker oder ein anderer Zureiter aus dem Menschenhandel mit ihr fertig gewesen war, vermutlich gar nicht mehr, wer sie eigentlich war. Die Erkenntnis war bitter.

»Unsere Klientin trug Spuren alter Misshandlungen«, sagte Helene über ihr Rotweinglas hinweg. »Die Vorstellung, dass einem jemand mit Absicht die Finger bricht, ist furchtbar. Aber ich glaube, ich würde versuchen, jeden Schmerz auszuhalten, solange ich mich nicht selbst verliere. Das scheint mir grausamer zu sein als körperlicher Schmerz.«

»Es kann auch eine Erlösung sein«, gab Ariadne zu bedenken. »Das Tragische ist nur, dass man unter Folter und Missbrauch nicht unbedingt die Wahl hat. Dermaßen ausgeliefert zu sein ist eine Grenzerfahrung. Danach ist man so oder so nicht mehr dieselbe Person. Damit warst du doch auch schon konfrontiert, oder?« Die Psychologin sah Franka fragend an.

»Ich … also ich …« Du bist durchschaut, schoss es Franka durch den Kopf. »Ich glaube, ich muss mich für einen Augenblick entschuldigen.«

»Nicht doch!« Nun blickte auch Ariadne erschrocken drein. »In deinem Job, meine ich natürlich. Du hast als Kriminalermittlerin immer wieder mit Menschen zu tun, die sich nach einem traumatischen Erlebnis abhandengekommen sind. Das wollte ich damit sagen. Vielleicht sogar Kollegen, denen bei der Arbeit etwas zustößt, über das sie nicht hinwegkommen.«

»Reden wir jetzt über Abel Messner?«, fragte Helene mit gerümpfter Nase. »Der war schon seltsam, bevor er für Franka einen Menschen erschossen hat.«

Das passiert, wenn man eine Kriminalerin einlädt, dachte Franka. Die bringt nicht nur in Sekundenschnelle die Stimmung zum Kippen, sondern inspiriert durch ihre pure Anwesenheit auch noch zu immer unangenehmeren Themen.

»Nun zu uns«, sagte Helene, nachdem sie die Tür hinter Ariadne geschlossen hatte. Eigentlich hatte die Psychologin sich ein Taxi mit Franka teilen wollen, aber Helene hatte behauptet, sie beide hätten beruflich noch etwas miteinander zu besprechen – woran Franka so ihre Zweifel hegte, besonders als Helene sie nun herausfordernd ansah.

»Du willst mir die Leviten lesen, weil ich gegen dein Gesetz des gemütlichen Abends verstoßen habe«, sagte Franka.

»Nicht doch. Warum sollte ich? Wegen des Exkurses ›dependente Persönlichkeiten‹? Drei Frauen mit unserem beruflichen Hintergrund sind nun einmal kein Streichelzoo. Ich rede darüber, dass ich dir nichts von Ariadnes Kommen erzählt habe.«

»Eigentlich hatte ich mir fest vorgenommen, dir deswegen noch den Kopf zurechtzurücken, aber inzwischen bin ich froh, sie kennengelernt zu haben«, gab Franka zu.

»Die Chemie zwischen euch beiden stimmt.«

»Tu nicht so überrascht. Dir war doch klar, dass wir beide viele Gemeinsamkeiten haben.«

Helene lachte, nur um plötzlich zu verstummen. »Simons Beuteraster ist ziemlich eindeutig. Intelligente Frauen mit Stil, die in ihrem Beruf aufgehen.«

»Hast du mich eingeladen, um mir das vor Augen zu führen?« Franka brachte nicht die Kraft auf, beleidigt zu sein. Bei dem Gedanken an Simon fühlte sie sich seltsam müde, seitdem sie Ariadne Reisch kennengelernt hatte.

»Du weißt, dass das nicht mein eigentlicher Beweggrund war. Ich habe dich eingeladen, weil ich mich in deiner Gesellschaft wohlfühle. Wir sind dabei, Freundinnen zu werden, nicht wahr?«

Franka nickte. Es stimmte, Helene war inzwischen mehr als eine Arbeitskollegin, womit sie in gewisser Hinsicht auch das Recht hatte, einem den Spiegel vorzuhalten, selbst wenn es unangenehm war.

»Gut.« Helene sah erleichtert aus. »Dann nimmst du es mir hoffentlich auch nicht übel, wenn ich es laut sage: In Simons Augen bist du eine jüngere Ausgabe von Ariadne. Wahrscheinlich stehst du ihm sogar näher, weil ihr den gleichen Job macht. Falls du ihn willst und er es tatsächlich über sich bringen sollte, sich für eine von euch zu entscheiden – wobei ich eher glaube, dass er lieber euch beide nebeneinander laufen haben will –, werde ich mich nicht einmischen. Ich will nur, dass du dir deiner Gefühle sicher bist.«

»Ich finde es schmeichelhaft, dass du dir so viele Gedanken über mich machst«, sagte Franka. »Aber ... ich weiß wirklich nicht, was ich jetzt dazu sagen soll.«

»Du brauchst nichts dazu zu sagen, sondern mir nur zu versprechen, dass du darüber nachdenkst. Du kämpfst so hart um deinen Platz im Dezernat, hängst dich mit voller Leidenschaft in deinen Beruf. Das ist anstrengend, manchmal sicherlich auch aufreibend. Aber du schaffst das aus eigener Kraft, du brauchst keinen Ritter. Was du brauchst, ist ein Mann, bei dem du so sein kannst, wie du bist.«

Es lag Franka auf der Zunge zu sagen, dass Simon es zwar unkompliziert mochte, sich aber anstrengte, sie mit ihren dunklen Seiten anzunehmen. Und es stimmte ja auch ... Trotzdem verspürte sie einen Widerwillen, sich ihm zu öffnen. Vielleicht ist ja weder Ariadne noch Simons Anspruch an seine Partnerin das Problem, dachte Franka. Sondern ich, die Person in mir, die ich gelöscht zu haben glaube.

30

Die Welt stand still. Auf eine ziemlich nervtötende Art … und das nun schon seit Stunden.

Mads lag hellwach da und starrte aus dem Fenster, während Ada zusammengerollt neben ihm schlief. Er wollte auch schlafen, tief und fest. Nur Schwarz und Wärme sollten da sein. Aber es klappte nicht. Sein Herz raste, während sein Atem flacher, schneller und noch flacher wurde. Er atmete eindeutig zu schnell. Zumindest gemessen an Adas regelmäßigen Atemzügen. Das machte ihn noch wahnsinnig. Als er sich mit einem Kissen in den Händen ertappte, das ihrem Gesicht schon verflucht nahe war, stand er auf. Im Halbdunkel des Morgens griff er in den Kleiderschrank und holte die erstbeste Jeans heraus, die er zu greifen bekam. Denis würde schon nichts dagegen haben, wenn er sich ein paar Klamotten von ihm lieh, der Kleiderschrank quoll eh über.

Ohne Licht zu machen, schlenderte Mads durchs Penthouse. Die unzähligen Standby-Lichter, die überall leuchteten, sahen aus wie die fluoreszierenden Augen winziger Lebewesen. Im Wohnzimmer leuchtete indirektes LED die Loungeecke blau aus.

Mads stand eine Weile vor dem weißen Samtsofa, bis er begriff, was ihn an dem bläulichen Schimmer, in dem es zu schweben schien, so faszinierte. Am auslaufenden Neujahrstag war er in dieser Wohnung für ein paar Stunden zwischengelandet, weil Denis von irgendeinem Job zurückgekehrt war und immer noch nicht genug gehabt hatte – genau wie Mads und einige andere, an die er sich nur noch verschwommen erinnerte. Aber dieses besondere Licht, das war noch da, und es legte einen Schalter in seinem adrenalingefluteten Gehirn um. Die Erinnerung an weiche Polster und anschmiegsame Körper, die nichts wollten, außer sich anzulehnen und ein wenig zärtlich zu sein, stieg in ihm auf. Durchflutet von diesem sagenhaften Gefühl, zu schweben, aufzusteigen im dunstigen Blau und einfach da zu sein.

Himmel, was hatte er damals bloß eingeworfen? Das brauchte er unbedingt noch mal. Aber auch so lief es jetzt ganz gut, der Flashback entspannte ihn, und bevor er sichs versah, saß er mit einem randvollen Glas Wodka auf dem Sofa und bewunderte den niedrigen Couchtisch. Komplett aus Glas. Wahnsinn. Er lehnte sich relaxed zurück.

Genau so würde er es vorerst halten: chillen nonstop, schließlich hatte er noch acht Tage Urlaub von der Welt. Die Bar war gut bestückt, und Essen konnten sie auf Denis' Kundennummer beim Asia-Mann um die Ecke bestellen. Langweilig würde es ihnen auch nicht werden, dafür sorgte schon Ada mit ihrer unerschöpflichen Fantasie im Bett. Alles war perfekt, er musste sich nur lockermachen und genießen. Was dann kam, das kam eben. Wahrscheinlich war bis dahin alles komplett egal, und sie würden sich treiben lassen, in eine andere Stadt, vielleicht sogar in ein anderes Land, Hauptsache raus aus dem versifften Rerrick. Gemeinsam mit Ada würde er schon was auf die Beine stellen, das Schicksal war ihnen schließlich was schuldig, richtig?

Ja, dachte Mads, während er den letzten Schluck Wodka im Glas kreisen ließ. Nach vorne blicken anstatt zurück, darauf kommt es jetzt an. Immer nur nach vorne.

Seine Gedanken verflüchtigten sich im milchigen Morgenlicht, Wärme breitete sich in seiner Brust aus, das Glas glitt ihm aus der Hand, und eine kleine Wodkalache sickerte in den Samtbezug. Wird schon keinen Fleck geben, beschloss Mads und ließ das Glas, wo es war. So schön, so ruhig, so …

»Nun schau dir den Wichser an, pennt hier selig vor sich hin.«

Eine Männerstimme riss Mads aus seiner Benommenheit. Er wollte sich aufrichten, kam jedoch nicht dazu, weil sich ein Tonnengewicht auf seine Brust senkte. Hastig riss er die Augen auf und starrte in das Gesicht eines Mannes. Einen wahnwitzigen Moment lang glaubte er, der Riese säße auf seiner Brust. Doch das Gesicht war kreisrund, mit stoppeligen Wangen und längst vergerbten Aknenarben, darunter ein massiger Körper, die richtige Mischung aus Fett und Muskeln, um jeden Straßenkampf für sich zu entscheiden. In diesem Fall reichte es schon aus, dass er seine Pranke auf Mads' Brust abgelegt hatte, um ihn besser mustern zu können.

Barback war der Name von diesem Ungeheuer, seines Zeichens Handlanger von Nell, dem Mann, wegen dem es überhaupt erst zu diesem ganzen Mist gekommen war. Dem Mann, bei dem Mads Schulden hatte.

»Schei…«, brachte er gerade noch heraus, dann presste Barback bereits die andere Pranke auf seinen Mund.

»Klappe halten«, wies die Schlägertype ihn an. »Ich mein's ernst, sonst schraub ich dir deinen verdammten Schädel ab.«

Mads blinzelte, weniger aus Zustimmung, sondern weil sich seine Benommenheit noch nicht gänzlich verflüchtigt hatte. Irrsinnigerweise blieben sie in dieser Position. Mads atmete stoßweise durch die Nase in seine platt gedrückte

Brust, während Barback wirkte, als wäre er in Winterschlaf gefallen. Allerdings war Mads nicht so naiv zu glauben, dass der Schläger unaufmerksam war – er sparte sich nur seine Kräfte auf. Sobald Mads auch nur einen Muskel anspannte oder die Lippen unter der wuchtigen Hand bewegte, würde die Starre in Sekundenbruchteilen aufbrechen. Man überlebte nicht so lange in diesem Geschäft, wenn man nicht alle Sinne beisammenhatte.

Irgendwann schlenderte ein hagerer Typ so um die vierzig ins Wohnzimmer und schüttelte fast unmerklich den Kopf. »Küche, Balkon, Wirtschaftsraum – Fehlanzeige. Keine Spur von dem kleinen Biest.«

Nach einer Weile rief jemand aus einem der Nachbarräume: »Hier ist niemand, das Bett ist kalt, und im Kleiderschrank hat sich auch niemand versteckt.«

»Dann check die anderen Räume, Maik. Sie muss irgendwo sein.«

Sie … Woher wussten die Schläger, dass Mads nicht allein in Denis' Penthouse untergeschlüpft war? Einmal davon abgesehen, dass es ein Rätsel war, wie sie überhaupt von seinem Versteck erfahren hatten. Niemand wusste etwas davon außer Denis, der irgendwo in der Weltgeschichte Clubs zum Wackeln brachte.

Barback nahm die Hand von Mads' Mund. »Wo ist die Kleine?«, sagte er drohend. »Und versuch mir gar nicht erst einen Bären aufzubinden. Ich bin die ganze Nacht auf den Beinen gewesen und habe eine Scheißlaune, weil ich mich jetzt auch noch mit euch Punkkids rumschlagen muss.«

»Kids? Fuck, ich bin kein …«

Barback schnipste zwischen Mads' Augenbrauen und landete einen Treffer. »Lass den Scheiß und erzähl mir, wo das kleine Miststück steckt.«

»Welches Miststück? Mann, ich bin allein hier!«

»Die Lügerei kannst du gleich bleiben lassen, wir wissen Bescheid. Also, wo ist das Mädchen? Ein leicht verdienter Bonuspunkt, Mads. Stimm mich gütig, bevor mein zweiter Mann sie findet.«

Mads presste die Lippen fest aufeinander, während seine Gedanken sich überschlugen. Nells Schläger wussten Bescheid wegen Ada. Dafür gab es nur eine Erklärung: Der Riese musste wegen seiner Tochter einen Deal mit diesen Leuten gemacht haben – schließlich hatte er nicht nur Mads' Handy gehackt, sondern sich auch bei ihm zu Hause umgeschaut. Der Mann wusste Bescheid, so viel stand fest. Dafür, dass Nells Leute ihm Ada zurückbrachten, hatte er ihnen verraten, wo er sich mit dem Mädchen versteckt hielt. Ein guter Handel für Nell. Aber woher wusste der Riese, wo sie untergeschlüpft waren? Seine Kontakteliste! Der Riese brauchte nur sämtliche Leute, mit denen Mads in den letzten Wochen zu tun gehabt hatte, durchzutelefonieren, bis er bei Denis angelangte. »Hi, ich habe hier ein Handy gefunden, aber der Typ, dem es gehört, geht nicht ans Telefon. Wo wohnt der denn? Dann stecke ich es in seinen Briefkasten.« Mehr hätte der Riese gar nicht sagen müssen, Denis hätte sofort seine Adresse ausgespuckt. In Denis' zerfeiertem Jetset-Brain gab es keine perversen Familienväter auf dem Rachetrip. Aber warum war der Riese nicht persönlich aufgeschlagen, um Ada einzukassieren? Genug Mumm hatte der Typ auf jeden Fall.

»Sag mal, pennst du immer noch?« Barback verpasste Mads eine Kopfnuss.

»Vielleicht ist in seinem Oberstübchen ja was kaputtgegangen, sieht ganz schön fertig aus, unser Freund.« Der Harken grinste und offenbarte dabei seine fehlenden Schneidezähne.

»Nicht so fertig wie du.« Mads sah Barback an. »Ist bei Nell nicht mehr drin für seinen Schlägertrupp, dass du mit so einem abgehalfterten Loser unterwegs bist?«

Barback seufzte und ließ sich schwer neben Mads aufs Sofa sinken. »Okay«, sagte er zum Harken. »Einen Schlag für den Loser, aber unterhalb des Kopfes. Ich hasse es, wenn sie Blut und Zahnsplitter ausspucken, während sie meine Fragen beantworten.«

Das Gesicht zu einer Grimasse verzogen, die wohl Vorfreude ausdrücken sollte, stürzte sich der Harken auf Mads, der im letzten Augenblick ein Bein anwinkelte und dem Mann einen Tritt in den Unterleib verpasste. Wäre er nicht barfuß gewesen, hätte es den Kerl vermutlich von den Beinen geholt, aber auch so reichte es aus, dass der Harken zusammenklappte. Mads holte aus, um ihn mit einem Schlag gegen die Schläfe umzuhauen, aber Barback fing seine Faust ab.

»Nicht doch«, sagte Nells Chef-Handlanger. »Das verlängert die ganze Angelegenheit bloß unnötig. Lass dir eine reinhauen, dann sagst du mir, wo die Kleine ist, und ich kann endlich ins Bett.«

Von wegen, dachte Mads. Da verpasste der Harken ihm auch schon einen Schlag in den Solarplexus, der ihn kurzzeitig ausknockte, sodass er den zweiten Schlag gegen sein Kinn kaum mitbekam.

»Ich sagte: ein Schlag.«

»Der Kinnhaken war vorsorglich, der Hurensohn wird uns bestimmt noch übler auf die Eier gehen«, rechtfertigte sich der Harken.

»Mann«, brüllte der ominöse Maik. »Der Typ, dem die Bude gehört, hat 'ne Wahnsinns-Schallplattensammlung. Die muss ein Vermögen wert sein.«

»Vergiss die Platten, du Anfänger, und such das Mädchen.« Als Mads seinen Kiefer betastete, der nun doch zu schmerzen anfing, fragte Barback: »Geht's wieder?«

»Alles super.« Mads spuckte eine Ladung Blut auf das weiße Sofa.

Auf Barbacks Stirn zeichnete sich ein Gewirr aus Falten ab. »Ich überlege gerade, ob ich neugierig genug bin, um zu fragen, wer dich vor uns in die Mangel genommen hat. Sieht mir nicht nach der Arbeit eines Profis aus.«

»Der ist auch so ein sadistisches Arschloch wie du, nur in einem anderen Metier unterwegs.«

»Soso. Du lernst ja Leute kennen.«

Mads überlegte, Barback vom Panikraum zu erzählen. Das würde den Schläger vielleicht milder stimmen. Doch sein Stolz funkte dazwischen: Im Zweifelsfall würde er Nells miesen Handlangern nur eine gute Geschichte auf eigene Kosten liefern. Der Harken würde sich bestimmt nicht mehr einbekommen, wenn er an der Stelle mit der angezündeten Plastiktüte angelangt wäre.

Irgendwo in den hinteren Zimmern ertönte ein verwunderter Ausruf von Maik, der vermutlich noch mehr von Denis' Schätzen entdeckt hatte. Sollte der Mann sich ruhig beschäftigen, Ada war vermutlich eh los, weil sie Hunger hatte oder dringend Frischluft brauchte. Hoffentlich blieb sie lang genug weg, um Nells Leuten nicht auch noch in die Hände zu fallen.

»Was wollt ihr Kerle überhaupt von der Kleinen?«, fragte Mads.

Barback zuckte die Achseln. »Was wohl? Ihr Daddy vermisst sie schmerzlich, und wir haben die edle Aufgabe, sie ihm zurückzubringen. Dir sollen wir übrigens gleich beibringen, dass man keine Töchter aus besserem Hause klaut, ohne einen verdammt hohen Preis dafür zu zahlen. Ich hoffe, du hängst nicht an deinen Bällen.«

»Und was springt für euch dabei raus?«

»Also wirklich, ich bin hier derjenige, der die Fragen stellt.« Barback sah tatsächlich enttäuscht aus, so als würde Mads' Verhalten nicht seinen Erwartungen entsprechen. »Junge, du musst dringend dazulernen, angefangen bei der Dummheit mit den Schulden bis hin zu deiner Spezialgabe, dir überall Feinde zu machen. Feinde, die so stinkig auf dich sind, dass es ihnen einen Batzen Kohle wert ist, dich dermaßen aufmischen zu lassen, dass du unter Garantie nie wieder einem Mädchen nachsteigst. Einen Vorteil hat es wenigstens: Wenn wir mit dir fertig sind, hast du wenigstens keine Schulden mehr bei Nell.«

»Klasse.« Mads schloss die Augen, ansonsten hätte er ohnehin nur auf Barbacks Pranken gestarrt. Die würde er wohl schon bald besser kennenlernen, als ihm lieb war. Dann hatte der Riese also seine Schulden bei Nell beglichen und offenbar noch ein sauberes Sümmchen draufgelegt, um Ada zurückzubekommen. »Der Kerl, von dem ihr euch habt anheuern lassen, ist ein Psycho – und zwar so richtig. Der hat irre krankes Zeug mit mir veranstaltet.«

»Interessiert mich nicht.« Barbacks Mondgesicht strahlte pure Langeweile aus.

»Ich sag's nur, damit ihr kapiert, warum die Kleine nicht bei mir ist. Nachdem wir ihrem alten Herrn entkommen sind, wollte sie nur noch weg aus Rerrick, damit er sie bloß nicht wieder einfängt. Eigentlich hatte ich mir ja eine Dankesnummer für ihre Rettung erhofft, aber die Frau war völlig hysterisch. Ich habe sie dann am Busbahnhof rausgeschmissen.«

»Schwachsinn«, sagte Barback. »Kein Mann hängt sich dermaßen rein für eine Frau, um sie dann gleich wieder aufzugeben. Und du schon gar nicht, du bist schließlich versessener als ein tollwütiges Frettchen.«

»Soll ich ihm für die Lügerei ein paar auf die Fresse hauen?«, bot der Harken an, der Mads immer noch sauer wegen der Beinattacke anstierte.

Mads zeigte dem Harken den Mittelfinger, was Barback lediglich mit einem Seufzen quittierte. »Ist sie Brötchen holen?«, fragte er Mads. »Brötchen und frischer Kaffee würden meine Laune deutlich verbessern.«

»Dann schwing einfach deinen Hintern zum nächsten Bäcker, ich warte hier so lange.«

Was immer Mads für eine Reaktion erhofft hatte, sie kam nicht. Barback zu provozieren war deutlich schwieriger, als seinen Kompagnon auf die Palme zu bringen. Auch im Verhör verschwendete der Mann keine unnötige Energie. Er beobachtete Mads lediglich mit mäßigem Interesse, möglicherweise sogar mit einem Funken Sympathie.

»Mal angenommen, die Kleine hat tatsächlich den Bus genommen«, überlegte Barback. »Wo würde sie wohl hinwollen? Eine Idee?«

»Woher zur Hölle soll ich das wissen?« Mads tastete mit der Zunge seine Wange von innen ab, bis er die frische Platzwunde entdeckte. Dann musste er schlucken, weil sein Mund voller Blut war. »Wahrscheinlich ist sie nach Berlin, so macht man das doch, wenn man sonst kein Ziel hat. Berlin ist nie verkehrt, vor allem nicht, wenn man jung und abgebrannt ist.«

»Ist das alles, was du dazu zu sagen hast?«

»Wenn ihr zum Bäcker geht, bringt mir ein Mettbrötchen mit.«

Schwerfällig stand Barback auf. »Maik, lass gut sein mit der Sucherei«, rief er. »Komm her, wir kümmern uns erst mal um den Nervbolzen. Vielleicht wird er ja ein wenig gesprächiger, sobald seine Nase aus seinem Hinterkopf rausschaut. Oder seine Süße kommt angerannt, wenn sie ihn wie einen frisch kastrierten Kater kreischen hört.« An den Harken gerichtet, sagte er: »Schnapp dir den Jungen, aber dieses Mal, ohne dir eine verpassen zu lassen.«

»Darf ich ihm nicht erst mal die …«, maulte der Harken, um nach einem Blick von Barback sofort einzulenken. Hastig zerrte er Mads auf die Beine und zuckte zurück, als der den Fuß anhob. »Wehe«, drohte er. »Noch mal erwischst du mich nicht, Kumpel.«

Mads grinste dank seines schmerzenden Kiefers schief. »Das traue ich mich doch gar nicht. Wenn ich vor einem Kerl hier Respekt habe, dann vor dir.«

Der Harken blinzelte.

»Mach nicht lang rum und nimm den Jungen in den Schwitzkasten. Maik, was ist jetzt?«, rief Barback ungeduldig. »Wir brauchen dein Messer.«

Schritte erklangen auf dem Flur.

»Wurde ja auch Zeit.« Beim zweiten Anlauf gelang es Barback, seinen schweren Körper vom Sofa zu hieven.

Mads biss die Zähne zusammen, nachdem der Harken ihm gehorsam den Arm auf den Rücken gedreht hatte, worauf sich prompt Mads' überdehnte Schulter meldete. Da würden noch deutlich mehr Schmerzen kommen, so viel stand fest. Besser, er stellte sich schon mal drauf ein.

Als malte er sich gerade aus, was er alles mit Mads anstellen würde, gackerte der Harken in seinem Nacken. »Rieche ich da etwa Angst? Langsam kapierst du, dass du hier nicht in einem Stück rauskommst, was? Mindestens ein Körperteil von dir behalte ich als Trophäe.«

»Ja, meinen ausgestreckten Mittelfinger.«

»Schnauze halten, alle beide«, blaffte Barback. Dann weiteten sich plötzlich seine von Übernächtigung verquollenen Augen.

Der Harken in seinem Rücken keuchte überrascht auf.

Mads kapierte sofort, was das zu bedeuten hatte: In der Tür war nicht wie erwartet Maik aufgetaucht.

Ada hatte ihn doch nicht allein zurückgelassen.

Mit aller Wucht schmiss Mads den Kopf in den Nacken.

Der harte Aufprall und ein Knacken bewiesen, dass er die Nase des Harkens getroffen hatte. Der Griff an seinem Arm lockerte sich, und obwohl seine Schulter ihn fast umbrachte, befreite sich Mads mit einer Drehung. Als der Harken versuchte, ihn wieder zu fassen zu bekommen, holte Mads mit dem Ellbogen aus, streifte den Mann lediglich, bekam jedoch genug Spielraum, um sich umzudrehen. Ein Schwinger des Harkens traf seine Rippen, aber nicht hart genug, um ihm die Luft aus der Lunge zu pressen. Mads stolperte zurück, doch kaum dass sein Standbein Halt fand, täuschte er mit der Linken an, um seine Rechte geradewegs in das rot leuchtende Ziel zu treiben. Das Nasenbein des Harkens brach endgültig.

Als eine Pranke Mads im Nacken packte, wollte er den Trick mit dem Ellbogen wiederholen, doch Barback war schlauer – der Schlag ging ins Leere. Dann rammte Barback auch schon eine Stiefelspitze in Mads' Kniekehle, und er fiel auf die Knie. Barback zwang seinen Kopf in den Nacken, sodass er zur Tür blicken konnte.

Dort stand Ada in einem zu großen weißen T-Shirt, den Blick starr auf Barback gerichtet, ein Reh im Scheinwerferlicht, die Arme wie ein unsicheres Kind im Rücken verschränkt.

»Verschwinde, du blödes Stück!«, schrie Mads.

»Ich bleibe«, sagte Ada.

»Gutes Mädchen.« Barbacks Griff in Mads' Nacken verwandelte sich in eine Kneifzange. »Warum kommst du nicht rein und setzt dich aufs Sofa?«

Ada schüttelte kaum merklich den Kopf. »Da ist Blut.«

»Schade, nicht wahr?«, sagte Barback. »Nur wird da bald noch mehr sein, wenn du nicht brav bist und tust, was ich dir sage.«

»Lassen Sie Mads los, wenn ich mich setze?«

»Sicher«, sagte Barback.

»Versprechen Sie es mir?«

»Versprochen.«

»Mann, der zieht mir doch eins über, ehe er mich los...« Mads biss die Zähne zusammen, als sich Barbacks Finger wie Stahlrohre in seine Nackenmuskeln bohrten.

Ada kam zögerlich einen Schritt näher, ihr T-Shirt wirkte im bläulichen Licht durchscheinend.

Der Griff in Mads' Nacken wurde weicher.

»Komm näher«, sagte Barback mit lockender Stimme.

Zwei weitere Schritte.

»Liebes Kind. Geh schön zum Sofa.«

Ada blieb stehen. »Ist das Mads' Blut?«

Barback seufzte, dann setzte er seinen Stiefel auf Mads' Wade und verlagerte sein Gewicht darauf. Mads biss die Zähne noch fester aufeinander, aber sein Gesicht verriet ihn. Ada kam so nah, dass er die Gänsehaut auf ihren nackten Oberschenkeln sehen konnte.

»Tun Sie ihm nicht weh«, sagte sie leise. »Dann verrate ich Ihnen auch was.«

»Was denn, Mädchen?«

Ada lächelte zuckersüß. »Ihr Freund Maik blutet auch, seine Lache ist allerdings größer, der ganze weiße Teppich im Schlafzimmer ist voll damit.«

»Was hast du miese Schlampe gemacht«, grollte der Harken mit gedämpfter Stimme. Als er auf sie zuspringen wollte, fuhr Adas dünner Arm mit dem Revolver des Riesen hervor.

»Bleib ja, wo du bist, sonst schieße ich. Ich weiß, wie das geht.« Wie zum Beweis entsicherte Ada die Waffe.

Der Harken ging hinter Barbacks breitem Rücken in Deckung.

»Für den Fall, dass du wirklich eine Ahnung hast, wie man damit umgeht, solltest du nicht vergessen, dass ich deinen Freund vor mir habe«, gab Barback zu bedenken.

»Es sind genug Kugeln im Revolver, um auch Ihnen eine zu verpassen, wenn Sie Mads noch einmal wehtun.«

»Falls du wirklich schießen und auch treffen solltest, sind wir beide zwar außer Gefecht, aber dein Freund ist dann ebenfalls tot. Ich mache meinen Job lang genug, um zu wissen, wie man jemandem das Genick bricht. Hast du dir die Sache gut genug überlegt?«

Ein Zittern schlich sich in Adas Arme. Ob es daran lag, dass die Waffe zu schwer wurde, oder ob es die Aufregung war, ließ sich nicht sagen. »Ich will nur Mads, geben Sie ihn frei. Dann können Sie sich auch um Ihren Freund Maik kümmern. Der Revolvergriff hat ihm eine kräftige Delle in den Hinterkopf geschlagen, er braucht bestimmt dringend Hilfe.«

»Um Maik kümmern wir uns, sobald wir die Sache hier geklärt haben. Du legst jetzt erst mal die Waffe weg, das ist doch nichts für ein Lämmchen wie dich.«

Adas Arme zitterten noch stärker, dann verlor sie für einen Augenblick die Kontrolle, und ein lauter Knall ertönte im Wohnzimmer, der Mads' Ohren zum Schallen brachte. Aus den Augenwinkeln sah er, dass der Glastisch zerborsten war. Dicke Scherben lagen auf dem Boden.

»Verdammt«, jaulte der Harken. »Ich habe Splitter abbekommen.«

Auch Mads spürte ein Brennen am Oberarm, und kurz darauf floss etwas Warmes über seine Haut.

Ada war vom Rückprall der Waffe ein Stück zurückgetaumelt, hielt sie aber immer noch in beiden Händen und richtete sie jetzt auf Barback aus. »Machen Sie mir keine Angst, sonst läuft noch mehr schief.«

Barback murmelte etwas Unverständliches, dann sagte er zum Harken: »Übernimm den Jungen mal für mich.« Kaum hatten sie die Position gewechselt, breitete der schwere Mann die Arme weit aus. »Siehst du, ich bin ein hervorragendes Ziel, richte die Waffe ruhig auf mich.«

Ada quiekte verängstigt und wich zurück.

Genau darauf hatte Barback gesetzt. »Hey, keine Angst, ich will dir doch nur helfen. Siehst du das hier? Da schlägt mein Herz, ruhig und gleichmäßig. Genau darauf solltest du zielen. Na, komm schon, Kleines, nicht so schüchtern. Darum geht es doch: Du willst schießen. Nur zu.« Er ging langsam auf Ada zu.

Scheiße, dachte Mads, der kriegt sie klein.

Hinter ihm atmete der Harken schwer durch den Mund, während er die Vorführung merklich genoss in der Überzeugung, dass sein Chef die Sache schon schaukeln würde. Adas gewimmertes »Bleiben Sie bitte stehen« war auch ziemlich eindeutig.

Mads' Finger tasteten über den Boden, bis er die Scherbe fand, die seinen Arm gestreift hatte. Er packte sie, sie war ein schmales Ding, das ihm in die Finger schnitt. Als Barback die Hand nach Adas Waffe ausstreckte, rammte Mads die Scherbe in den Oberschenkel des Harkens. Mit einem Schrei gab er Mads frei. Mads wollte aufspringen, sich auf Barback stürzen, als ein weiterer Schuss erklang.

Barback sackte getroffen zu Boden, die Hände in den Bauch gepresst, während sich in rasantem Tempo eine Blutlache unter ihm ausbreitete. Mads sprang über ihn hinweg und musste ausweichen, als Ada die Waffe auf ihn richtete, ehe sie begriff, wer er war.

»Alles gut«, sagte Mads und nahm ihr die Waffe ab.

Ada versuchte, wieder an die Waffe zu gelangen. »Nichts ist gut, er bewegt sich noch!«

Das stimmte so nicht ganz. Barback war auf die Seite gekippt, während sein Oberkörper bereits auf einem dunklen Spiegel aus Blut lag.

»Der bewegt sich nicht, der stirbt. So blutet es nur, wenn eine Aorta getroffen ist.«

Mads' Gedanken waren glasklar. Barback würde nicht wieder auf die Beine kommen, wahrscheinlich wäre er in ein paar Minuten verblutet. Etwas wie Trauer meldete sich, wurde aber von der Vernunft beiseitegeschoben. Von Maik mit dem eingeschlagenen Schädel war nichts zu sehen. Blieb nur noch der Harken, aber auch von dem war nicht groß mit Gegenwehr zu rechnen. Als er den Revolver in Mads' Händen sah, ließ er sich auf den Boden fallen und versteckte den Kopf unter den Armen. Dass sein Kollege ein paar Meter von ihm verreckte, schien ihn nicht weiter zu kümmern.

Mads schnappte sich Adas Arm. »Okay, wir müssen los, bestimmt hat schon irgendwer die Bullen gerufen. Zwei Pistolenschüsse kann man nicht ignorieren. Schnappen wir uns ein paar Sachen, und dann hauen wir ab.«

»Aber er lebt noch.« Ada stemmte die Fersen in den Boden, als Mads sie hinter sich herzog.

»Vergiss ihn, Ada.«

»Wir sollten es zu Ende bringen.« Ada riss sich von ihm los. Nicht nur das, sie schlug sogar nach ihm. Dann deutete sie auf den Revolver. »Tu es! Sonst verfolgt er uns. Sie verfolgen einen immer!«

Ungläubig sah Mads ihr ins Gesicht. Sie meinte es ernst, sie wollte, dass er Barback erschoss. Einen Mann, der bereits reglos am Boden lag. Die Angst sitzt ihr genauso im Nacken wie mir, erkannte er. Sie macht uns beide langsam, aber sicher komplett verrückt. So, wie es aussah, würde er um einen sauberen Schuss nicht herumkommen. Aber es war nicht Barback, um den es hier ging.

»Ich werde dafür sorgen, dass uns niemand mehr was tun kann, wir bringen es zu Ende«, versprach er. »Aber erst brauchen wir einen Plan. Hier wird das allerdings nichts, verstehst du?«

Ada lächelte. »Ja, das verstehe ich.« Dann nahm sie seine Hand.

31

Wie üblich machte Abel sich nicht die Mühe anzuklopfen, bevor er Frankas Büro betrat. Mit Höflichkeitsritualen sollten sich ruhig die anderen herumplagen.

Smilla Hinrichs, mit der Franka aus Platzmangel das Büro teilte, obwohl sie in erster Linie Simons Assistentin war, setzte sofort ein strahlendes Lächeln auf, kaum dass sich Abels hochgewachsene Gestalt im Türspalt abzeichnete. Was nichts anderes als die übliche Reaktion der Damenwelt auf den Kommissar war – mit Franka als einziger Ausnahme, was nach wie vor für Gesprächsstoff sorgte. Schließlich war Abel der Held, der sie vor einem schrecklichen Ende bewahrt hatte. Und er hatte ein Paar Schultern, an denen man sich der allgemeinen Meinung nach hervorragend von einem traumatischen Erlebnis erholen konnte. Dass der Mann alles andere als kuschelig wirkte, machte es nur umso aufregender.

»Einen extra-wunderschönen guten Morgen, Herr Messner«, flötete Smilla los, bevor Franka den Kollegen anfauchen konnte, weil er einfach so reinplatzte. »Sie haben sich doch wohl nicht in der Tür geirrt?«

Abel machte sich nicht einmal die Mühe, ein Lächeln vorzutäuschen. »Nein, habe ich nicht«, sagte er schlicht.

Davon ließ Smilla sich nicht abschrecken. Zum einen war sie eine robuste Frohnatur, die sogar Frankas beharrliche Weigerung, über Privates zu plaudern, ohne eine Delle in der Stimmung wegsteckte. Zum anderen zählte es zum Allgemeinwissen des Dezernats, dass Abel Messner flirtresistent war – was er bei zahlreichen Gelegenheiten unter Beweis gestellt hatte. Anfangs hatte er sogar patzig reagiert, wenn eine Fahnderin anstelle ihres Kurzberichts erst einmal im Zwitscherton gefragt hatte, wer denn bitte schön für sein verwuscheltes Haar verantwortlich sei. Ob es Grund zur Eifersucht gebe? Seine scharfe Reaktion war mit einem süßem Lächeln à la »Du brauchst gar nicht so böse zu tun« quittiert worden. Seitdem war Abel dazu übergegangen, sich dummzustellen, mit der Folge, dass die Flirtversuche nur noch offensiver wurden.

»Wenn das bloß ein Zufall war, dann sollten Sie sich künftig öfter mal zu uns verirren«, strahlte Smilla den Kommissar an. Nicht einmal der deutlich smartere Simon bekam so viel Augenleuchten ab.

Franka, die eben noch bis aufs Messer gereizt war, lehnte sich nun amüsiert in ihrem Drehsessel zurück.

»Ich wollte dich sprechen«, sagte Abel.

Mühsam unterdrückte Franka ein Grinsen. »Bist du dir sicher, dass du mich und nicht Smilla sprechen wolltest?«

»Ja, genau, Herr Kommissar. Sind Sie sich da sicher?« Smilla zog eine Lipgloss-Schnute.

Abel starrte Franka funkelnd an. »Es dauert nicht lange, nur ein paar Schritte über den Flur.«

»Wenn es unbedingt sein muss«, sagte Franka.

Mit einem Seufzen wandte Smilla sich wieder ihrer Arbeit zu.

»Ich bin echt verblüfft«, sagte Franka, nachdem sie die Tür hinter sich geschlossen hatte.

»Warum?«

»Nun, die Sache mit Smilla eben … Legst du es darauf an, dass sie sich dir an den Hals wirft?«

»Unsinn. Ich habe doch nicht das geringste Interesse an ihr gezeigt.«

»Du meinst, jung und hübsch ist nicht deins?«

Abel zog lediglich eine Augenbraue hoch.

»Okay. Versuchen wir es andersherum: Du wirst von den Frauen im Dezernat massiv angemacht, aber du fragst dich nicht, warum. Tut mir leid, aber das nehme ich dir nicht ab, so abgefuckt bist nicht mal du.«

Damit entlockte sie Abel eine Reaktion: Er blieb stehen und grinste sie an. »Ist das jetzt einer von *deinen* Flirtversuchen?«

Franka lachte, so wie man eben lacht, wenn man ein Eigentor geschossen hat und möglichst schnell darüber hinwegkommen will. »Ich bin nur ein außenstehender Beobachter bei ›Fang den Abel‹. Ein Spiel, von dem du scheinbar keine Ahnung hast, obwohl du ansonsten der Spezialist im Jagen bist.«

»Du meinst, darum geht es bei diesem ständigen Gezwitscher um mich herum?« Die Art, wie Abel Messner sie fassungslos anstarrte, während die Erkenntnis in seinem Kopf Einzug hielt, war einer dieser Momente, die Franka allzu gern konserviert hätte.

»Natürlich geht es darum. Durch deine spröde Art hast du dich zur Herausforderung für die Damenwelt gemausert, und je mehr du dich zierst, desto interessanter wirkst du.« Franka legte die Hand übers Herz. »Oh, welch dunkles Geheimnis mag nur auf dem gut aussehenden Abel lasten, dass er sich so kalt gibt? Wenn ich ihn nur knacken könnte, den Messner-Code, dann würden die Kolleginnen aber staunen!«

Obwohl Abel sich ein Lächeln verkniff, funkelten seine Augen. Daran änderte sich auch nichts, als er plötzlich den Abstand zu Franka einschmelzen ließ und sich so dicht vor ihr aufbaute, dass sie einige feine Narben auf seiner rechten Wange entdeckte. Längst verheilter Funkenflug. So nah sollte man diesem Mann besser nicht kommen, dachte sie.

Als am Ende des Flurs Stimmen ertönten, lehnte Abel sich vor, um ihr ins Ohr zu flüstern. »Ich wüsste einen Weg, um diesem Spiel ganz schnell ein Ende zu setzen.«

»Tatsächlich.« Franka zwang sich, nicht zurückzuweichen. »Und wie genau willst du das anstellen?«

Anstelle einer Antwort legte Abel eine Hand auf ihre Hüfte. Franka ahnte, wonach das aussehen würde – nichts verbreitete sich im Dezernat so schnell wie Tratsch. Trotzdem blieb sie stehen.

»Das wäre doch eine saubere Lösung meines Problems«, sagte Abel. »Schließlich wäre niemand so naiv, sich mit Franka Janhsen, der Eiskönigin, anzulegen.«

Franka blickte an Abels Schulter vorbei. An den Wänden zeichneten sich bereits die Schatten der nahenden Kollegen ab. »Dann reicht es dir also, nur so zu tun, als ob. Da habe ich dich wohl falsch eingeschätzt.«

Mit einem leisen Lachen ließ Abel ihre Hüfte los und trat zurück, gerade als drei Kollegen in den Flur traten. Einer von ihnen war Arnd Volkers von der Spurensicherung, der Franka sichtlich irritiert zunickte.

»Lass uns ein paar Schritte vor die Tür gehen, da können wir in Ruhe sprechen«, schlug Abel vor. Nichts in seinem Auftreten verriet, was sich eben zwischen ihnen abgespielt hatte, da war bloß kühle Professionalität.

So schnell kann ich das Programm nicht umschalten, dachte Franka. Und du nennst mich eine Eiskönigin.

Sie setzten sich ein Stück vom Dezernatseingang ab, weg von der Traube Raucher, die hier immer anzutreffen waren.

»Um was geht's?«, fragte Franka. Intuitiv hielt sie ihr Gesicht in Richtung Sonne, auch wenn sie sich hinter einer Wolkendecke verbarg. Ihre Sehnsucht nach Wärme und Licht war in diesen Tagen fast unerträglich.

Abel lehnte sich mit dem Rücken gegen die Hauswand. »Ich musste dringend mal durchatmen. Lars Brenner hat sich in unserem Büro einquartiert, dabei sitze ich mit Björn schon zu zweit in dem kleinen Raum.«

Zu ihrer Verwunderung verspürte Franka tatsächlich Mitleid – für einen Eigenbrötler wie Abel musste die Situation kaum auszuhalten sein. »Als Leiter der Ermittlung hast du doch einige Freiheiten – nutze sie. Setz dich ab und sieh zu, was du über Jäcker in der freien Wildbahn rausfindest. Er ist schließlich eure heißeste Spur.«

»Mit der Nummer käme ich nicht weit, da arbeitet bereits das halbe Team dran. Genauer gesagt ist unser neuer Shootingstar Ersan mit seinem Fahnder-Team auf Jäcker angesetzt, gemeinsam mit dieser altklugen LKA-Maus.«

»Die heißt Luca Vidal, du Sexist«, sagte Franka – allerdings nur halbherzig.

Sie war der jungen Frau gestern an der Kaffeemaschine begegnet, und Luca Vidal hatte sie prompt mit einem »Ach, du arbeitest auch am Sonntag? Ist ja interessant. Irgendwelche neuen Entwicklungen im Rosalia-Fall, von denen wir wissen sollten?« begrüßt. Franka hatte sich mit einem »Es ist bloß jede Menge Papierkram aufzuarbeiten« aus der Affäre gezogen. Vorerst, da war sie sich sicher. Luca Vidal stand ihrem Kollegen in nichts nach, wenn es darum ging, die Beute einzukreisen. Spätestens heute Nachmittag, wenn sie und Simon ihrem Chef Remens den Stand ihrer Ermittlungen darlegten, würde das LKA seinem Ziel, sich ihren Fall ebenfalls einzuverleiben, ein großes Stück näher sein. Ab dann war es nur noch eine Frage der Zeit, bis Lars Brenner auch in einem ihrer Büros saß und ihnen in den Nacken atmete.

»Wenn du Brenner nicht entkommen kannst, dann fang halt an, ihm auf die Nerven zu gehen«, schlug Franka vor. »Darin, Leuten deine Gegenwart zu vermiesen, bist du doch ein Meister. Such nach Brenners Schwachstelle und bring ihn damit auf Abstand. Und falls das nicht klappt, sei einfach du selbst, erzähl von deinen Leidenschaften und abartigen Hobbys, dann sucht er sich bestimmt schleunigst ein eigenes Büro.«

Abel legte den Kopf schief. »Ist es ein gutes Zeichen, dass ich bei deinen Tipps eine Gänsehaut bekomme?«

»Nun tu nicht so unschuldig«, sagte Franka. »Wir wissen doch beide, wie du tickst.«

»Und genau deshalb halte ich es mit dir aus.« Abel ignorierte ihr Schnauben. »Es ist ein gutes Gefühl, nichts verbergen zu müssen, weil du schon all meine dreckigen Geheimnisse und Schwachstellen herausgefunden hast.« Er lächelte, allerdings nicht auf seine typisch zynische Art, sondern … Franka zögerte. Lächelte er sie gerade auf seine völlig verquere Art zärtlich an?

»Was deine Geheimnisse betrifft, habe ich mit meiner Nachforschung gerade erst angefangen. Ich wette, dass da noch jede Menge Altlasten zum Vorschein kommen werden, wenn ich es nur darauf anlege.«

Es sollte drohend klingen, doch Abel zuckte bloß mit den Schultern. »Im Prinzip weißt du über mich Bescheid – darauf kommt es an. Der Rest ist nur noch eine Verlängerung der Reihe.«

Franka schüttelte den Kopf. »Was ist nur aus dem guten alten Abel geworden, der niemanden an sich ranlässt? Der große Schweiger, der bloß seine Arbeit kennt?«

»Ein Mann, der Auftrags-Stalking betreibt«, sagte Abel. »Genau darüber wollte ich mit dir reden. Wir sollten klären, wie weit im Daniela-Wolf-Fall weit genug ist. Normalerweise würde ich die Auge-um-Auge-Taktik wählen, also ihren Verehrer bei ein paar Gelegenheiten Social-Media-mäßig vorführen, so wie er es mit seinem Opfer gemacht hat. Und ich würde ihn wissen lassen, dass das erst der Anfang war, falls er seine Aktivitäten nicht sofort einstellt. Es ist bloß so … nach dem, was ich inzwischen über den Typen herausgefunden habe, ist er ein echter Psycho. Der wird nicht so schnell klein beigeben, nur weil ich ihn ein bisschen auf Facebook ärgere.«

»Du willst, dass ich dich von der Leine lasse?«

»Du bist hier der Boss.«

Obwohl die Aussicht, Daniela Wolfs Stalker in die Schranken zu weisen, Franka ein Hochgefühl verlieh, konnte sie ein gewisses Unbehagen nicht ignorieren. Jeder Handel mit Abel kostete sie ein Stück Seelenfrieden. »Du willst es eskalieren lassen, um deine perverse Neigung zu befriedigen«, stellte sie fest.

»Es ist für einen guten Zweck.«

»Abel, das ist echt krank.«

»Und? Soll ich?«

Frankas Finger bohrten sich in den Stoff ihrer Bluse. Eigentlich war es zu kalt, um ohne Mantel draußen zu sein. Aber sie fror nicht, ganz im Gegenteil. »Ja, mach das.«

»Und willst du Bescheid wissen?« Schon wieder dieses zärtliche Lächeln.

Bevor Franka eine passende Antwort fand, läutete ihr

Handy. Es war ihr Chef, Helmut Remens. Jetzt schon?, dachte sie und biss sich auf die Unterlippe, als sie das Gespräch annahm.

»Endlich ist mal jemand aus Ihrem Team zu erreichen«, sagte Remens. »Simon hat seine Rufumleitung auf Ihre Assistentin eingerichtet, und die junge Dame hatte keine Ahnung, wo er sich rumtreibt.«

Zu gern hätte Franka Smilla in Schutz genommen, schließlich wusste die junge Kollegin nur deshalb nicht Bescheid, wo der Hauptkommissar war, damit sie niemanden anlügen musste. In Wirklichkeit trank Simon nämlich gerade einen Kaffee mit Ersan, um zu hören, was das Fahndungsteam bereits über Jäckers letzte Tage wusste, mit wem er sich wann und wo getroffen hatte, in der Hoffnung, eine Verbindung zu Sofias Tod zu finden.

»Simon ist unterwegs, um einer Zeugenaussage nachzugehen«, sagte Franka. »Vermutlich war er gerade im Gespräch, als Sie versucht haben, ihn zu erreichen.« Bei der Lüge verfärbten sich ihre Wangen, und Abel, der sie aufmerksam beobachtete, grinste wissend. Franka wandte sich ab. Im schlimmsten Fall hatte Ersan das Gespräch mit Simon vor lauter Ehrgeiz gegenüber Lars Brenner erwähnt, der deshalb den Chef angesprochen hatte. Falls dem so war, durften sie kaum auf Helmut Remens' Unterstützung hoffen. Heimlichtuerei konnte er nicht ausstehen – es sei denn, er hatte sie selbst in Auftrag gegeben. »Um was geht es denn?«

»Es gab heute Morgen eine Schießerei in dem neuen Wohnblock beim City-Ring«, sagte Helmut Remens. »Ein Mann ist an einer Bauchwunde direkt vor Ort verstorben, ein anderer liegt mit Schädelbruch im Krankenhaus. Die Ärzte wissen noch nicht, ob er es schafft. Ein Dritter sitzt in der Notaufnahme und behauptet, unter Gedächtnisschwund zu leiden. Bekommen Sie den Fall noch unter, Franka? Sie wissen ja, dass alle anderen wegen der Brandsache belastungsmäßig am Limit sind.«

Franka zupfte an ihrer Bluse. »Simon und ich sind gerade vollauf mit den Ermittlungen zu Wohnwagentoten beschäftigt – und diese Schießerei klingt nicht gerade nach einer Schreibtischnummer.«

»Machen Sie sich deshalb mal keine Sorgen«, wiegelte Helmut Remens ab. »Das wird keine schwierige Ermittlung, die schaffen Sie mit links. Die beiden Opfer sind Schuldeneintreiber von Nell, dem Haifisch. Der Name sagt Ihnen doch bestimmt was?«

»Natürlich. Nell ist ein stadtbekannter Buchmacher und Geldverleiher mit dem Ruf, alles andere als zimperlich zu sein, um sich seine Auslagen wieder reinzuholen. Der Mann ist ein guter Bekannter von den Kollegen Organisiertes Verbrechen, nicht nur wegen seiner brutalen Methoden, sondern auch, weil er sich gelegentlich als Hehler betätigen soll, wenn seine Klienten mit Naturalien zahlen. Außerdem ist der eine oder andere aus unserem Dezernat auch schon bei Herrn Nell vorstellig geworden, ohne allerdings ihm oder seinen Schlägern etwas nachweisen zu können.«

»Nell ist echter Rerricker Verbrecheradel«, stimmte Helmut Remens zu. »Bis auf ein paar Nichtigkeiten haben wir ihm bislang nichts nachweisen können. Dieses Mal wird das vermutlich auch nichts werden, es waren nämlich seine Jungs, die zu Schaden gekommen sind. Da wollte jemand wohl weder seine Schulden bezahlen noch sich verprügeln lassen. Quasi ein Arbeitsunfall. Sie müssen aus Nell lediglich rausbekommen, um wen es sich bei dem Schuldner handelt, und sich denjenigen schnappen. Das machen Sie doch im Vorübergehen.«

»Ich kümmere mich darum«, versprach Franka.

»Großartig. Bei so viel Druck, wie mittlerweile auf dem Brandfall lastet, hätte ich da nur ungern jemanden abgezogen. Über Ihren Wohnwagenfall sprechen wir dann heute Nachmittag, wenn ich das richtig in meinem Terminplan sehe. Vielleicht haben Sie mir bis dahin ja schon einen ersten Erfolg zu vermelden.«

»Wir geben unser Bestes.« Franka beendete das Gespräch und strich ein paar Haare zurück, die ihrer Hochsteckfrisur entkommen waren.

»Du willst mit Nell, dem Halsabschneider, plaudern?«, fragte Abel. »Der Typ ist ein ganz harter Hund.«

»Harte Hunde bin ich gewohnt, genau wie Stalker und Psychos.«

»Wow. Und das von einer Frau, die beim Lügen rot wird.«

»Halt den Mund.«

Abels belustigtes Grinsen hielt nur einen Augenblick an, dann bemerkte er Lars Brenner, der gerade auf die Straße trat und ihn bereits entdeckt hatte. Der LKA-Mann hob die Hand, winkte und kam auch schon auf sie zu.

»Ich könnte dich bei Nell unterstützen«, schlug Abel vor.

Franka genoss den flehenden Ton in seiner Stimme. »Vielen Dank, aber damit komme ich allein klar.«

»Franka«, sagte Abel eindringlich.

»Ich habe noch einen Gänsehaut-Tipp für dich: Stell dich deinen Abgründen, anstatt vor ihnen wegzulaufen. Fang am besten sofort damit an.« Dann setzte sie sich nach einem flüchtigen Nicken in Brenners Richtung ab, allerdings nicht schnell genug, als dass ihr Abels derbes Fluchen entgangen wäre.

32

»Vielleicht handelte es sich um Notwehr, weil der Schütze sich durch das Opfer bedroht fühlte«, sagte Franka in ihr Handy, während sie durch den Flur der Notaufnahme hetzte. Sie hatte die Gerichtsmedizinerin am Tatort knapp verpasst und ließ sich die Todesursache des Opfers nun am Telefon bestätigen: ein sauberer Bauchschuss auf kurzer Distanz, der 52 Jahre alte, übergewichtige Mann namens Jakob Barback war innerhalb weniger Minuten verblutet. Ansonsten waren keine anderen Verletzungen festzustellen.

»Auf dem Sofa war eine Blutlache, die vermutlich nicht vom Schläger mit dem Nasenbruch stammt«, schnaufte Franka. »Mir sah das eher danach aus, als hätte da jemand eine Ladung Blut ausgespuckt.«

»Würde ich auch drauf tippen. Das Blut muss also von einer weiteren Person stammen.« Helenes Stimme klang verzerrt durch den Mundschutz.

Franka hatte Helene in der Pathologie erreicht, was diese nicht daran hinderte, per Lautsprecher mit ihr zu reden. Das Geräusch, mit dem gerade ein Brustkorb geöffnet wurde, war bestens zu hören. Normalerweise hätte Franka den Anruf verschoben, aber auf diese Weise wurde sie wenigstens von ihrer Krankenhaus-Phobie abgelenkt.

»Ich vermute, dass der Täter sich im Schlafzimmer versteckt gehalten und diesen Maik Schmidt dort von hinten niedergeschlagen hat. Als er aus der Wohnung fliehen wollte, haben die beiden anderen Schuldeneintreiber ihn geschnappt und erst mal gründlich in die Mangel genommen. Der Kerl konnte sich befreien, indem er unserem Überlebenden, diesem Molinger, die Nase gebrochen und sich dann den Weg freigeschossen hat.«

»So designmäßig, wie die Wohnung eingerichtet war, wundert es mich nicht, dass der Hausherr Schulden hat. Allein dieser Traum von einem weißen Sofa muss ein Vermögen wert sein«, sagte Helene, die Einrichtungsspezialistin.

»So, wie es aussieht, ist der Besitzer der Wohnung nicht unser Mann. Es sei denn, er hat sich heute Morgen von Ibiza nach Rerrick gebeamt. Bleib bitte mal einen Moment dran.«

Im Warteraum der Notaufnahme saß ein uniformierter Kollege und blätterte in einem Magazin.

»Wo ist der Kerl mit dem Nasenbruch?«

Der Kollege blickte verlegen drein. »Der wird gerade noch untersucht, deshalb dachte ich, ich könnte ...«

»Welches Zimmer?«

»Eine Schwester hat ihn mitgenommen, den Flur entlang.«

Franka drehte sich auf der Stelle um und hastete in die Richtung, in die der Uniformierte gezeigt hatte. Es überraschte sie nicht, dass er sich nicht die Mühe machte, ihr zu folgen.

»So etwas nenne ich echten Enthusiasmus im Job«, murmelte Franka.

»Das kannst du laut sagen, meine Liebe«, erwiderte Helene gut gelaunt. Dann ertönte ein Knacken, das an berstendes Knorpelgewebe erinnerte. »Wie war das mit Ibiza?«

Es brauchte einen Moment, bis Franka wieder an die Unterhaltung mit der Pathologin anschließen konnte. »Der

Wohnungseigentümer ist DJ und hat seinem Instagram-Account nach letzte Nacht einen Wahnsinnsauftritt hingelegt, den er heute Morgen mit einer Horde Feierwütiger am Strand von San Antonio ausklingen ließ. Bei den Fotos habe ich übrigens ziemlich übles Fernweh bekommen. Lauter leicht bekleidete Menschen im Sonnenschein, während einem in Rerrick der Atem vorm Mund gefriert. Leider habe ich diesen DJ-Gott bislang noch nicht erreichen können, um ihn zu fragen, ob er vielleicht einen Housesitter hat.«

»Klingt so, als könntest du zumindest diesen Fall schon bald eintüten.«

»Schön wär's.« Vor Franka tauchte eine Krankenschwester auf. Schnell hielt sie der Frau ihre Marke vors Gesicht, bevor sie ihr entkommen konnte. »War übrigens ein toller Abend gestern«, sagte sie noch ins Handy, während sie der Schwester ein Zeichen machte, kurz zu warten.

Die junge Frau verdrehte die Augen.

»Ich fand es auch sehr nett, das müssen wir unbedingt bald wiederholen«, nuschelte Helene durch den Mundschutz. »Und wegen der Dinge, die ich wegen Simon gesagt habe … War das okay für dich?«

Franka kniff die Augen zusammen. »Alles gut. Aber ich muss jetzt aufhören, ja?« Dann beendete sie das Gespräch.

»Ich dachte schon, ich müsste den ganzen Tag hier rumstehen, während Sie mit Ihrem Süßen quatschen«, sagte die junge Krankenschwester. »Wir haben hier in der Notaufnahme ja auch überhaupt nichts zu tun.«

Franka schluckte die Entschuldigung, die ihr schon auf den Lippen gelegen hatte, hinunter. »Ich suche einen gewissen Detlef Molinger, der mit einem Nasenbruch eingeliefert worden ist und bereits behandelt wird. Ein langer, hagerer Typ, Anfang vierzig.«

»Ich kann's mir vorstellen. Jedenfalls suchen Sie hier aber am falschen Ort.«

»Ach ja?«

»Ja.« Die Krankenschwester grinste selbstgefällig.

Das Spiel begann Franka auf die Nerven zu gehen, aber nun von wegen »Behinderung von Ermittlungen« herumzutönen war auch keine Lösung. »Wo sollte ich denn dann bitte schön suchen?«

Für ein paar Sekunden genoss die Krankenschwester ihren Sieg, ehe sie sagte: »Ich würde den Parkplatz vorschlagen, Herr Molinger ist nämlich gerade von einem Freund abgeholt worden.«

»Verfluchter Mist«, sagte Franka anstelle von Danke und lief den Weg zurück auf den Parkplatz. Offenbar hatte sie ihre Umgebung dermaßen ausgeblendet, dass sie gar nicht bemerkt hatte, wie Detlef Molinger an ihr vorbeispaziert war. Genau wie der Kollege im Warteraum nichts mitbekommen hatte. Großartig.

Als Franka mit klappernden Absätzen den Besucherparkplatz erreichte, sah sie zwei Männer, die auf einen Jaguar zusteuerten. Der eine der beiden war ein magerer Schlacks, der den Kopf bis zu den Ohrläppchen zwischen die Schultern gezogen hatte. Der andere war ein deutlich kleinerer Mann, dessen Haltung jedoch keinen Zweifel an seinem übergroßen Selbstvertrauen aufkommen ließ.

Franka war noch zu weit weg, um die Männer am Einsteigen und Wegfahren hindern zu können, deshalb rief sie: »Herr Molinger, warten Sie bitte. Sie haben etwas Wichtiges im Behandlungsraum liegen lassen.«

Als sich die beiden Männer zu ihr umdrehten, beschleunigte Franka noch einmal ihr Tempo, soweit ihre Heels das zuließen. Während Molinger seine Jackentaschen abklopfte, beobachtete sie der kleinere Mann. Er trug einen grauen Vollbart und einen Wildlederblouson, wodurch er neben dem abgewetzten Molinger wie die Seriosität in Person aussah. Aber Franka bemerkte auch das Lächeln, das seine Lippen umspielte. Der Buchmacher Heiner-Franz Nell trug den Spitznamen Haifisch nicht umsonst.

»Komisch, hab doch alles bei mir«, nuschelte Molinger wegen seiner tamponierten Nase.

Keuchend kam Franka zum Stehen, ihre Frisur war in Auflösung begriffen, die Strähnen hingen ihr ins Gesicht. Sie nahm sich die Zeit, sie wegzustreichen. »Dann ist ja gut«, sagte sie und holte ihre Dienstmarke raus. »Franka Janhsen, Kripo Rerrick.«

»Guter Trick«, lobte Nell.

Franka beachtete ihn nicht. »Wo wollten Sie denn hin, bevor Sie mit mir gesprochen haben, Herr Molinger?«

»Das Gespräch wird leider noch warten müssen, mein Freund steht unter Schock, schließlich ist er Zeuge geworden, wie sein Kollege eiskalt erschossen wurde«, antwortete Nell. »Ich wollte ihn gerade zum Arzt meines Vertrauens bringen, um seinen Zustand bestätigen zu lassen.«

Frankas Blick blieb auf Molinger gerichtet, der sich prompt zu winden begann. »Wenn Sie unter Schock stehen, Herr Molinger, sollten Sie definitiv im Krankenhaus bleiben. Ansonsten entsteht noch der Eindruck, dass Sie sich einer Befragung entziehen wollen. Und das, obwohl bislang noch nicht eindeutig ausgeschlossen werden konnte, dass Sie der Todesschütze waren, negativer Schmauchtest hin oder her.«

»Barback war mein langjähriger Kumpel!«, heulte Molinger auf. »Das war diese irre Schlampe, die ihn abgeknallt hat!«

»Eine Frau war der Todesschütze?«, vergewisserte sich Franka. Dann war der Housesitter also weiblich gewesen.

»Frau? Von wegen! Das war so ein kleines mageres Ding, das plötzlich eine Knarre in der Hand hatte. Barback hat auf sie eingeredet, aber sie hat trotzdem geschossen. Dabei wollten wir ihr helfen, sie zurück zu ihrem Papa zu bringen!« Molinger schüttelte den Griff seines Chefs ab. »Die wollte sogar noch mal auf Barback schießen, als er schon halb tot auf'm Boden lag. Die reinste Höllenbraut. Sollte ein ganz einfacher Job sein, das machen wir jetzt noch nebenbei, hat Barback gesagt. Vielleicht bläst uns die Kleine für ihre Rettung auch noch einen.«

»Das reicht jetzt.« Nell legte dem geifernden Molinger den Arm um die Schultern, woraufhin dessen Mund sofort zuklappte. »Wie Sie sehen, wühlen Ihre Fragen meinen Freund viel zu sehr auf. Wir werden jetzt einen Arzt aufsuchen, der den Schock attestiert.«

»Das können Sie vergessen«, sagte Franka. »Nachdem ich Herrn Molinger so quicklebendig hier auf dem Parkplatz angetroffen habe, kann es mit dem Schock nicht allzu weit her sein.«

Nell sah sich demonstrativ um. Die nächsten Besucher waren nicht einmal annähernd in Hörweite. »Meiner Meinung nach hat Molinger noch kein Wort gesagt, es steht also Aussage gegen Aussage.«

Franka hielt ihr Handy, das sie die ganze Zeit über in der Hand gehalten hatte, hoch und spielte das aufgenommene Gespräch ab, bevor sie wieder auf Aufnahme drückte. »Ich gehe allein nie ohne das Gerät in ein Gespräch, schon gar nicht mit Leuten wie Ihnen. Sollten Sie weiterhin darauf bestehen, Herrn Molinger meiner Befragung zu entziehen, können Sie was erleben, Herr Nell.«

Frankas Etappensieg brachte den erfahrenen Buchmacher nicht aus der Ruhe. »Sie wissen also, wer ich bin. Fein. Ich weiß nämlich auch, wer Sie sind: Rerricks heißeste Kriminaler-Braut.« Als Franka die Braue hochzog, hob Nell beschwichtigend die Hände. »Nichts für ungut, aber so heißt es nun mal. Soll ich zum Ausgleich ein paar Ihrer weniger schmeichelhaften Kosenamen aufzählen?«

»Die Liste können Sie mir gern per E-Mail zuschicken, falls Ihnen so viel daran liegt. Aber nun möchte ich von Herrn Molinger hören, was genau heute Morgen passiert ist. Sie können ja so lange im Auto warten.«

So leicht war Nell jedoch nicht abzuschütteln. Entschlossen tätschelte er Molingers Schultern, woraufhin der Hagere so weit in sich zusammensank, dass er wie durch ein Zauberstück kleiner als sein Chef schien. »Wenn Sie darauf bestehen, den armen Mann einer ersten Befragung zu unterziehen, obwohl er mit den Nerven am Ende ist, werde ich ihm natürlich Beistand leisten. Nicht nur als Freund, sondern auch als Jurist. Nun schauen Sie nicht so skeptisch. Ich habe tatsächlich ein paar Semester Jura studiert, was in meinem Beruf äußerst dienlich ist.«

»Das glaube ich gern. Nur ist es egal, was Sie studiert haben. Solange Sie kein Staatsexamen abgelegt haben, sind Sie kein Rechtsbeistand und somit jemand, der im Auto wartet, während ich meine Befragung durchführe.«

Augenblicklich warf Molinger sich in die Brust. »Ohne den Chef sag ich nix, Sie können es sich also aussuchen.«

»Was soll's«, lenkte Franka ein, sie hatte ohnehin mit nichts anderem gerechnet. »Erzählen Sie mir, wie das heute Morgen abgelaufen ist.«

Molinger wechselte einen Blick mit Nell, der ihm aufmunternd auf den Rücken klopfte. »Am besten berichtest du der guten Frau Kommissarin, warum ihr drei zu dieser Wohnung gegangen seid. Du weißt schon, euer Auftrag.«

»Ich kann meine Fragen durchaus allein stellen, also seien Sie still, Nell«, unterbrach Franka den Buchmacher, der nur grinste. »Und jetzt los, Molinger. Auf diesem Parkplatz zieht es wie Hechtsuppe, und wenn ich erst mal anfange zu frieren, packe ich Sie ruckzuck in mein Auto und bringe Sie aufs Dezernat.«

Molinger stöhnte. »Na, gut. Barback, Maik und ich sind zu dieser Wohnung hin, weil wir nach einem Mädchen Ausschau halten sollten, das von zu Hause abgehauen ist.«

»Erzählen Sie mir keine Geschichten, sondern die Wahrheit«, herrschte Franka den Mann an.

»Das ist die Wahrheit«, mischte Nell sich ein. Als Franka ihre Hand nach Molinger ausstreckte, um ihn zum Wagen mitzunehmen, sagte Nell: »Es war ein Sonderauftrag! Und Sie haben recht, normalerweise machen wir so was nicht. Der Vater der Kleinen – ein guter Bekannter von mir – hatte von dem Typ, mit dem seine Tochter durchgebrannt ist, die Adresse und brachte es nicht über sich, dort selbst vorbeizugehen. Deshalb habe ich ihm unsere Unterstützung zugesagt, schließlich habe ich auch eine Tochter.«

»Ein Freundschaftsdienst also. Für wen denn?«

»Ich bin immer hilfsbereit.«

»Das ist keine Antwort. Sagen Sie mir bitte den Namen des Vaters und natürlich den des Mädchens.«

Nell verschränkte die Arme vor der Brust. »Alles zu seiner Zeit.«

Obwohl Franka diese Art Spielchen hasste, blieb ihr nichts anderes übrig, als mitzumachen. Nell war ein Geschäftsmann, er würde ihr nichts freiwillig geben, so viel stand fest. Und falls sie den Druck zu sehr erhöhte, blieb ihr am Ende nur Molinger, der ohne die tröstende Gegenwart seines Chefs keinen Mucks rausbringen würde – und ob der Handlanger überhaupt den Namen kannte, war fraglich.

»Dann heuern Sie mit Ihrer Truppe seit Neuestem also als Überbringer väterlicher Nachrichten an, Herr Nell«, sagte Franka. »Müssen wir von der Polizei uns Sorgen machen um Ihre Karriere als Buchmacher?«

»Wie gesagt: Es war eine einmalige Sache«, beteuerte Nell.

»Sie wollen mir also nicht erzählen, warum Sie diesen Job wirklich übernommen haben? Bei Ihnen geht es doch weniger um Entschädigungen als um Schulden. Hatte die Kleine Schulden bei Ihnen, die der Vater nur im Austausch gegen sein Kind begleichen wollte?«

»Ich mache keine Geschäfte mit Minderjährigen. Das wäre ja gegen das Gesetz, Frau Kommissarin. Wie man so hört, könnte es schon bald Frau Hauptkommissarin heißen. Auf der Straße munkelt man, Sie würden sich erfolgreich hochschlafen. Was ich gar nicht glauben kann, jetzt, wo ich Sie live erlebe. Sie machen einen tollen Job, da haben Sie so was nicht nötig.«

Franka sparte sich zu dieser offensichtlichen Provokation jeden Kommentar. Ohnehin kam ihr gerade ein interessanter Gedanke. »Was ist mit dem Jungen, mit dem die Kleine abgehauen ist? War der auch minderjährig?«

Nell erwiderte nur kalt ihren Blick.

»Sie kannten den Jungen. Wollte der mitsamt seinem Mädchen untertauchen, weil er bei Ihnen Schulden hatte und wusste, dass er keinen Aufschub mehr bekommt? Haben Sie gemeinsame Sache mit dem Vater gemacht, um an den Jungen heranzukommen?«

»Wie gesagt: Meine Leute sollten lediglich einem besorgten Vater sein Töchterchen wiederbringen, nur leider ist die

Situation dann eskaliert. Vermutlich stand die Kleine unter Drogen und hat sich bedroht gefühlt und … Nun ja, Sie kennen das Ergebnis.«

»Ich weiß bislang noch gar nichts, außer, dass Sie mir für meine Ermittlungen entscheidende Fakten mit Absicht verschweigen.«

»Seien Sie froh, dass ich überhaupt mit Ihnen rede«, blaffte Nell, nun keine Spur mehr Mr. Hilfsbereit. »Ich hätte Ihnen auch erzählen können, dass meine drei Jungs einen Kumpel besuchen wollten und plötzlich eine Fremde in der Wohnung stand, die kurzen Prozess mit ihnen gemacht hat. Dann könnten Sie sich Ihre Ermittlungen dahin stecken, wo die Sonne nicht scheint.«

Franka wich kein Stück zurück. »Das war also die Story, die Sie mir auftischen wollten, bevor Ihr Handlanger die Sache mit der Todesschützin ausgeplaudert hat, was?«

Nells Kiefermuskeln arbeiteten unter dem grauen Bart. »Mein bester Mann ist tot, abgeknallt wie ein räudiger Hund. Ein anderer liegt im OP, und kein Mensch weiß, ob er – falls er aufwachen sollte – überhaupt noch weiß, wie man allein scheißen geht. Warum zur Hölle sollten wir Ihnen etwas vormachen?«

»Weil Sie hier ganz offensichtlich einen wesentlichen Part unter den Tisch fallen lassen – und zwar genau den, der Ihnen juristische Probleme einbringen würde. Gewaltsames Schuldeneintreiben ist kein Kavaliersdelikt.«

»Ich bin bloß Buchmacher und nicht der Pate. Mein bester Mann ist tot, verstehen Sie?«

»Ich verstehe, dass Sie nicht bereit sind, mir mehr als nötig zu liefern.«

»Wollen Sie nun wissen, wer der Vater ist, oder nicht? Unter Druck streikt mein Gedächtnis nämlich, und bei

Ihren Anschuldigungen gerate ich mächtig unter Druck. Wenn Sie so weitermachen, kann es noch Tage dauern, bis ich mich an den Namen erinnere. Ich kenne nämlich sehr viele Leute, da kommt man schon mal durcheinander.«

Nun waren sie also bei ihrem Deal angekommen. Franka konnte Nell entweder aufs Dezernat mitnehmen und das Risiko eingehen, im Leerlauf festzuhängen, bis das Pärchen sich abgesetzt hatte – falls es überhaupt ein Pärchen gab. Oder sie konnte nehmen, was er ihr anbot, und müsste dafür aushalten, dass sie ihm – wie so viele andere Kollegen vor ihr – nichts ans Zeug flicken konnte.

»Geben Sie mir den Namen des Vaters und den des Mädchens«, sagte Franka.

»Ich will Ihre Zusicherung, dass Sie mich auf dem Laufenden halten. Barback hat über siebzehn Jahre für mich gearbeitet, der Mann ist unersetzbar.«

»Für so eine Zusicherung hätten Sie mir die volle Wahrheit erzählen müssen. So glaube ich Ihnen die Nummer mit der Wertschätzung ehrlich gesagt nicht.«

Nell starrte sie an, abwägend, ob er sich durchsetzen konnte. »Meinetwegen«, sagte er schließlich. »Wahrscheinlich ist es eh das Beste, wenn ich nichts mehr mit der Sache zu tun habe. Tote Schuldeneintreiber sind schlecht für den Ruf und somit fürs Geschäft.«

33

»Du hättest nicht allein mit Nell sprechen sollen.« Simons Finger trommelten auf seinem Oberschenkel. Ein unheilvolles Stakkato.

Franka war froh, dass sie als Fahrerin den Blick auf die Straße gerichtet halten musste. Allerdings ahnte sie auch so, dass ihr Partner sie scheel von der Seite ansah. »Ich wollte im Krankenhaus nur die Lage checken. Danach hätte ich dich von deinem Vier-Augen-Gespräch mit Ersan abgeholt, damit wir dem Buchmacher gemeinsam einen Besuch abstatten. Es war ja nicht damit zu rechnen, dass einer wie Nell persönlich in der Notaufnahme aufschlägt, um seinen verprügelten Handlanger abzuholen.«

»Bei solchen Leuten gehört Mauern gegenüber der Polizei zum Tagesgeschäft.«

»Wir reden nicht von gewöhnlicher Körperverletzung beim Schuldeneintreiben, sondern von Mord. Mehr als ich in diesem Gespräch herausbekommen habe, hätten wir auch zu zweit nicht geschafft.«

Das Stakkato wurde langsamer, um dann wieder zu beschleunigen. »Vielleicht war es so herum auch ganz gut, Nell war ja erstaunlich unvorsichtig.«

Unwillkürlich nahm Franka den Fuß vom Gaspedal und wandte sich Simon zu. Der Golf hinter ihr begann wild zu hupen und setzte dann zu einem Überholmanöver an.

»Willst du damit sagen, dass Nell sich verplappert hat, weil er mich nicht für voll genommen hat?«

»Überhaupt nicht, Herrgott! Aber er kannte dich noch nicht und konnte dich deshalb schlecht einschätzen.«

»Der Mann ist professioneller Buchmacher. Wenn der sich nicht mit Menschen auskennt, wer dann?«

»Nimm es als Kompliment, dass du halt in keine Kategorie reinpasst.«

Der Wagen rollte am Straßenrand aus.

Simon sah Franka irritiert an, dann lächelte er bitter. »Der Abend bei Helene zeigt wohl schon Wirkung. Was hat sie über mich gesagt, dass du so aufgebracht bist?«

»Wir haben nicht groß über dich gesprochen, Ariadne übrigens auch nicht.«

»Ariadne war ebenfalls da?« Simons Gesicht verfinsterte sich. »Darauf hätte ich auch von allein kommen können.«

»Sie ist eine sehr interessante Frau, ich bin froh, dass wir beide uns endlich kennengelernt haben.«

»Ganz wunderbar«, sagte Simon, während er aus dem Seitenfenster blickte.

Wieder überholte sie ein hupender Wagen auf der schmalen Landstraße.

»Du hättest uns beide einander schon längst vorstellen können.«

»Warum, zum Teufel, hätte ich das tun sollen?«

Zuerst dachte Franka, Simon habe sie angeschrien, dann erst begriff sie, dass er ganz leise gesprochen hatte. Was es nur beunruhigender machte. »Ich verstehe dich nicht«, sagte sie.

»Das bekomme ich durchaus mit.« Einen Augenblick lang sah es so aus, als wollte Simon noch etwas dazu sagen, dann deutete er auf die Straße. »Du solltest wieder Gas geben. Noch so ein erzwungenes Überholmanöver auf dieser engen Straße geht bestimmt nicht gut aus.«

»Wahrscheinlich hast du recht«, sagte Franka und fuhr wieder an.

Die Landstraße schlängelte sich wie ein nass glänzendes schwarzes Seidenband zwischen Feldern und Waldstücken hindurch. Kein zaghaftes Grün weit und breit, auch kaum eine Menschenseele. Das letzte Dorf, das aus einigen Häusern mit leeren Ladenzeilen entlang der Straße bestanden hatte, lag schon einige Kilometer hinter ihnen – und laut Navi würde es noch eine Weile dauern, bis das nächste auftauchte.

Wer lebte mit seiner Familie in einer solchen Einöde und wunderte sich dann, dass die Teenager-Tochter abhaute?

Diese Frage hätte Franka zu gern Simon gestellt, jedenfalls dem Simon, der ihr Partner war und mit dem sie ein besonderer Draht verband. Nur saß gerade nicht ihr Partner auf dem Beifahrersitz, sondern ein vor sich hin brütender Mann. Vielleicht sollte ich mir auch den Kopf darüber zerbrechen, was eben zwischen uns passiert ist, dachte Franka. Aber da war diese gewisse Erleichterung, die ihr sagte, dass es richtig gewesen war – ob Simon das nun gefiel oder nicht.

Also ließ sie ihn brüten und fasste für sich noch einmal zusammen, was sie auf die Schnelle über den Namen, den Nell ihr gegeben hatte, herausgefunden hatte: Laut Einwohnermeldeamt wohnte Ewald Dornkast hier draußen in der Einöde und ging einer Tätigkeit als Selbstständiger nach. Das Haus, in dem er lebte, gehörte jedenfalls einer Eva Weil, Erbin einer Kunststofffabrik, die sie direkt verkauft hatte. Da sie und ihr Sohn Max dort ebenfalls lebten, handelte es sich vermutlich um eine Patchwork-Familie.

Bei Ada wurde es noch komplizierter: Ihr Nachname lautete weder Weil noch Dornkast, sondern Schwania. »Nach ihrer Mutter, bei der sie bis vor gut einem Jahr gelebt hat«, hatte die Schulleiterin der Gesamtschule, die Ada besuchte, Franka am Telefon aufgeklärt. »Wie gut, dass ihr Vater sie endlich da rausgeholt hat, das müssen chaotische Zustände gewesen sein. In den ersten Monaten bei uns war das Mädchen vollkommen verschüchtert. Ada spricht zwar nicht darüber, aber wahrscheinlich war ihre Mutter mit einem neuen Liebhaber über alle Berge, und das Mädchen hat eine ganze Weile allein gehaust, ehe es sich zu seinem Vater abgesetzt hat. Wir warten immer noch auf Kopien ihrer alten Schulzeugnisse. Was allerdings nicht so wichtig ist, denn Ada hat die elfte Klasse zwar wiederholen müssen, bringt inzwischen aber gute Leistungen – auch dank der vielen Nachhilfestunden, die ihr Vater ihr gibt. Herr Dornkast verfügt wirklich über ein beeindruckendes Allgemeinwissen und ist wohl ein verkappter Pädagoge. Jedenfalls wird Ada das Abitur allen Widerständen zum Trotz wohl ablegen. Manchmal bricht Verwahrlosung ein Kind nicht, sondern macht es stärker. Ich drücke ihr jedenfalls fest die Daumen.«

Das war also Ada: ein verwahrlostes Kind, das erst im Teenageralter eine zweite Chance bekommen hat. Oder auch nicht. Denn Ada war getürmt, fort von ihrem Vater, hin zu einem Kerl, der Schulden beim stadtbekannten Buchmacher Nell hatte. Als die drei Schuldeneintreiber ihnen auf den Leib rücken, schlägt Ada oder der Kerl dem ersten rücklings den Schädel ein und erschießt den zweiten. Zumindest hatte Molinger das behauptet, der ihr als Zeuge nicht gerade seriös erschien. Aber mal angenommen, genau so war es gewesen. Was für ein Mädchen war dazu imstande, selbst wenn es darum ging, einen Freund zu retten, damit nicht noch mehr von seinem Blut das Sofa befleckte? Ein sehr verliebtes Mädchen? Egal, wie verschossen die Kleine auch sein mochte, es fiel Franka äußerst schwer zu glauben, dass ein Teenager so etwas durchziehen könnte. Falls Ada allerdings in einem gewalttätigen Haushalt aufgewachsen sein sollte, sah die Sache möglicherweise anders aus. Franka dachte an die vielen alkoholkranken Eltern, denen sie in ihrer Polizeilaufbahn schon begegnet war, oder die Choleriker, die ihre Familie tyrannisierten. Es gab genug Elend und Grausamkeit, und trotzdem schossen die Kinder dieser Leute nicht um sich.

Als Franka auf einen großzügig geschnittenen Vorhof fuhr, der hinter einer Eibenhecke vor der Straße verborgen dalag, wusste sie immer noch nicht, worauf sie sich einstellen sollte. Vor ihr lag ein wahr gewordener Landlust-Traum. Davor parkten ein altersschwacher Golf und ein Volvo-Kombi. Dessen Kofferraum stand offen, genau wie die Haustür – offenbar entlud oder bepackte jemand gerade den Wagen. Ein Fasan lief über den Hof, aufgescheucht vom Motorenlärm.

Franka pfiff durch die Zähne. »Das reinste Idyll.«

»Heimeliger geht es nicht«, stimmte Simon ihr zu. Dann fuhr er sich mit der Hand durchs Haar. »Ich möchte mich übrigens entschuldigen. Was ich gesagt habe, war nicht fair. Ich habe mich nur ziemlich in die Ecke gedrängt gefühlt, weil du ... Moment, hast du das auch gehört?«

Franka fuhr die Fensterscheibe herunter. »Klingt nach einem lautstarken Streit. Wahrscheinlich ist die ausgebüxte Tochter mit ihrem Freund nach Hause zurückgekehrt.«

»Denkst du, Nell hat Dornkast Bescheid gegeben, dass wir kommen? Dann weiß er jetzt nämlich auch, dass seine Tochter womöglich einen Menschen auf dem Gewissen hat.«

»Wir sollten so oder so vorsichtig sein, die Mordwaffe wurde nämlich nicht am Tatort gefunden. Ich rufe sicherheitshalber Verstärkung.«

»Das dauert zu lange, bis die kommt. Lass uns schon mal die Lage checken. Nachher sind das nur die Eltern, die sich vor lauter Sorge in die Haare bekommen haben.«

Simon kontrollierte seine Dienstwaffe, die er genau wie Franka im Schulterhalfter trug, dann stieg er aus. Franka führte schnell ihr Telefonat, dann folgte sie ihm mit einem unguten Gefühl, das durch das Gebrüll, das mittlerweile aus dem Hauseingang drang, noch verstärkt wurde. In diesem aufwendig restaurierten Bauernhaus verlor gerade jemand die Fassung. Ein junger Mann, der Stimme nach.

»Es ist deine Schuld, dass Ada fort ist und sich gerade weiß Gott was antut! Deine verdammte Schuld!«

Simon hatte sich bereits neben der offen stehenden Haustür platziert und bedeutete Franka, ihn zu decken.

»Beruhig dich endlich, Junge. Das bringt doch alles nichts.« Eine deutlich reifere Männerstimme, die ihren Worten zum Trotz nicht minder aggressiv klang.

Mit klammen Fingern holte Franka ihre neue Dienstwaffe, eine HK P30 von Heckler & Koch, hervor. Trotz des vielen Schießtrainings fühlte sich die Pistole noch immer fremd an. Dann postierte sie sich hinter Simon, der in die Diele spähte.

»Niemand zu sehen«, flüsterte er.

»Drück die Klingel und ruf ›Post‹. Das lenkt sie ab, und vielleicht kommt auch jemand an die Tür«, flüsterte Franka.

Bevor sie eine Entscheidung treffen konnten, ertönte ein lautes Scheppern, und ein Kind begann zu weinen.

»Jetzt reicht es!«, brüllte die tiefe Männerstimme. »Wie

kannst du es wagen, in mein Haus zu kommen und …« Der Satz endete in einem schmerzverzerrten Ächzen.

Simon stürmte voran, dicht gefolgt von Franka, die ihre immer noch gesicherte Heckler & Koch in den Händen hielt. Im Zweifelsfall würden die Sekunden, die sie zum Betätigen des Hahns brauchte, zu lange dauern. Das Risiko war jedoch zu hoch, in einer unübersichtlichen Situation falsch zu reagieren. Vor allem mit einem Kind im Zimmer. Franka war eine gute Schützin, aber sie hatte aus nächster Nähe erlebt, was Kugeln anrichteten, wenn sie in einen Körper einschlugen.

Als Franka die Küche betrat, aus der der Krach gekommen war, stand eine rothaarige Frau um die vierzig mit dem Rücken zur Wand und presste ein Kind an sich, das sich freizukämpfen versuchte. Ein Stück von ihnen entfernt war ein großer stämmiger Mann auf die Knie gesackt und hielt sich die Leibesmitte. Auf dem Boden breitete sich eine rote Lache aus. Dann erst fiel Frankas Blick auf den jungen Mann, der mit dem Rücken zu ihnen stand und beschwörend auf den Knienden einredete. In seiner herabhängenden Hand hielt er etwas, möglicherweise eine Waffe.

»Kripo Rerrick«, rief Simon. »Gehen Sie von dem Mann weg und nehmen Sie die Hände hoch.«

Der junge Mann wirbelte herum und starrte erst Simon an, dann Franka, die sich auf der anderen Seite positionierte. Sie stand genau zwischen dem Angreifer und der Frau mit dem Kind, das sich vor Überraschung nun nicht mehr rührte.

»Alles okay bei Ihnen?«, fragte Franka die rothaarige Frau über die Schulter.

Die Frau, die Eva Weil sein musste, starrte sie verwirrt an. »Was machen Sie in meinem Haus?«

»Kripo Rerrick. Bleiben Sie hinter mir, ja?«

Unter Frankas Schuhsohlen zermalmten Glassplitter zu feinen Kristallen, als sie einen sicheren Stand einnahm. Dem Geruch nach war eine Weinflasche zu Bruch gegangen.

»Ihr seid meinetwegen hier? Das ging ja echt schnell.« Die Stimme des jungen Mannes war heiser, fast gebrochen. Als hätte er die letzten Tage nicht nur zu viel geschrien, sondern auch gegen Tränen angekämpft. Obwohl Franka ihm nur kurz ins Gesicht blickte, erkannte sie seine Erschöpfung. Auf seiner Wange prangte ein grün verfärbter Bluterguss, sein dunkelblondes Haar stand wirr zu Berge, und seine linke Hand war bandagiert. In der rechten Hand hielt er den abgeschlagenen Hals der zu Bruch gegangenen Flasche, eine gefährlich gezackte Waffe.

Unweigerlich wanderte Frankas Blick zur Körpermitte des knienden Mannes, vermutlich Ewald Dornkast, in halber Erwartung, unter seinen Händen Blut hervorquellen zu sehen. Doch um Genaueres zu erkennen, stand sie zu ungünstig.

Simon ging es anscheinend nicht besser. »Sind Sie verletzt?«

»Nein«, keuchte Dornkast. »Das war nur ein unerwartet heftiger Boxhieb in den Magen. Bin gleich wieder auf den Beinen.«

»Bleiben Sie unten«, wies Simon ihn an, dann suchte er den umherirrenden Blick des jungen Mannes. »Und Sie gehen zum Küchentresen und legen den Flaschenhals weg.«

»Was soll ich weglegen?« Jetzt erst schien der junge Mann zu begreifen, was er in der Hand hielt.

»Legen Sie das Teil weg«, wiederholte Simon.

»Sonst erschießen Sie mich, oder was?«

»Tun Sie, was ich Ihnen sage.«

»Keine Chance«, sagte der junge Mann. »Aber wenn Sie mir nicht sofort aus dem Weg gehen, nehme ich Ihnen die Arbeit ab und schneide mir die Kehle eigenhändig auf. Wäre sowieso das Beste.« Mit der scharfen Kante des Flaschenhalses ritzte er sich demonstrativ den Hals.

Franka glaubte zu hören, wie das Glas Fleisch und Haut durchschnitt, aber das konnte auf diese Entfernung nicht sein. Es ist nur eine Erinnerung, begriff sie, was es jedoch nicht besser machte. Genau so hatte es geklungen, als das Messer Helges Fleisch durchschnitten hatte. Die Heckler & Koch in ihren Händen begann zu zittern.

»Nun hör auf mit dem Blödsinn!« Ewald Dornkast machte Anstalten, sich auf die Beine zu stemmen, was ihm sichtlich Probleme bereitete. »Wir kriegen das mit Ada schon wieder hin, du musst dich nur beruhigen.«

Der junge Mann lachte, wobei sich der Schnitt an seinem Hals vergrößerte. »Du kennst Ada nicht. Oder mich. Du weißt überhaupt nichts!«

»Ich kenne sie nicht so gut wie du, schon klar. Du stehst ihr viel näher, als ich es jemals werde«, gestand Ewald Dornkast. »Trotzdem … Ich bin für sie verantwortlich. Nicht du.«

Der junge Mann stieß ein Heulen aus, das wohl ein Lachen sein sollte. »Dann muss ich dir leider sagen, dass du auf voller Linie versagt hast.« Die Glasschneide fest gegen seinen Hals gedrückt, wendete er sich Simon zu. »Und Sie … Entweder gehen Sie mir jetzt aus dem Weg, oder ich bereite dem ganzen Schmierentheater ein Ende. Das ist keine leere Drohung, mein Leben ist ohnehin im Arsch.«

»Legen Sie …«, begann Simon, doch der junge Mann hob bereits den Arm, um genug Kraft für den Schnitt aufzubringen.

Es war kein Bluff, er wollte sich tatsächlich die Kehle aufschneiden.

So nicht, dachte Franka. Sie hatte gar nicht mitbekommen, dass sie bereits den Hahn gelöst hatte. Ihre Finger handelten eigenmächtig, während ihr Verstand gerade erst begriff, dass der junge Mann sich tatsächlich vor ihren Augen umbringen wollte. Sie registrierte das vorquellende Blut an seinem Hals, als sie den Abzug betätigte und den Rückprall der Waffe so gut es ging in ihr Standbein umleitete. Alles rein automatisch, in jahrelanger Arbeit antrainiert. Der Knall der austretenden Kugel erreichte sie mit Verzögerung, sie sah bereits, wie der junge Mann das Glasstück instinktiv fallen ließ, um sich an den Unterschenkel zu greifen, dorthin, wo ihre Kugel ihn gestreift hatte.

Er starrte sie ungläubig an, dann brach er zusammen.

Hinter Franka schrie das Kind hoch und schrill auf.

Vielleicht war es aber auch seine Mutter.

Franka zwang sich, ihre Arme runterzunehmen und die plötzlich kiloschwere Waffe dabei nicht fallen zu lassen. Simon kniete vor dem jungen Mann und presste seine Jacke gegen dessen Halswunde, während Ewald Dornkast auf allen vieren auf den Verletzten zukrabbelte.

Erst jetzt begriff Franka, dass sie schon viel zu lange reglos dastand. Wie eine Zivilperson. Hastig holte sie ihr Handy hervor und drückte die Nummer der Notfallzentrale. Erst als sie ihren Namen und ihren Dienstgrad nannte, lichtete sich der Nebel hinter ihrer Stirn, und sie wusste wieder, wer sie war.

34

Aus den Augenwinkeln beobachtete Franka, wie Simon mit einer Küchenschere die Hose am Unterschenkel des jungen Mannes aufschnitt, dort, wo das Blut durch den Jeansstoff drang. »Nur ein Streifschuss«, rief er ihr über die Schulter zu.

Der Angeschossene lag ausgestreckt auf dem Boden, wobei sein Brustkorb sich sichtbar hob und senkte. Sein Kopf ruhte auf Dornkasts Schoß, der Simons Jacke auf die Schnittwunde am Hals des Verletzten presste.

Franka drehte sich um zu der rothaarigen Frau. »Wo ist der Erste-Hilfe-Koffer?«

Doch die stand bloß stocksteif da und hielt ihren Sohn im eisernen Griff, damit der Junge sich nicht frei strampelte.

»Frau Weil, hören Sie mich? Sie sind doch Eva Weil, oder?«

Ein mechanisches Nicken, mehr nicht.

Ungeduldig trat Franka zu Eva Weil, hielt dann aber inne, als sie merkte, dass der Blick der Frau an ihrer Pistole festhing. Ihr war gar nicht bewusst gewesen, dass sie die Waffe immer noch in der Hand hielt. Schnell steckte sie die Pistole zurück ins Halfter.

»Wir brauchen Verbandszeug«, erinnerte sie die Frau. »Und zwar sofort.«

»Unter der Spüle«, flüsterte Eva Weil tonlos. Als Franka auf die Küchenzeile zulief, fand sie ihre Sprache wieder. »Sie haben auf Jens geschossen! Warum haben Sie das getan? Man dringt doch nicht einfach in ein Haus ein, zieht seine Waffe und schießt. Egal, ob Polizei oder nicht. Das ist vollkommen verrückt!«

Den letzten Satz kreischte Eva Weil, und Franka war sich sicher, dass die Frau kurz davorstand, hysterisch zu werden. Und das gerade jetzt, da die Situation einigermaßen unter Kontrolle war.

»Gehen Sie rüber ins Wohnzimmer und kümmern Sie sich um Ihr Kind.«

»Sie haben Jens erschossen, er wird sterben, hier auf unserem Küchenfußboden«, jammerte Eva Weil, taub für alles, was Franka sagte.

»Unsinn, hier stirbt niemand. Jetzt gehen Sie schon, Ihr Kind hat genug mit angesehen.« Franka stand kurz davor, das Erste-Hilfe-Kit beiseitezulegen und die Frau notfalls aus der Küche zu schieben, als Ewald Dornkast hinter ihr auftauchte, ein riesiger Berg von einem Mann.

»Ich kümmere mich darum«, sagte er leise, aber bestimmt. Dann schloss er auch schon seine Frau und das Kind in die Arme und zog sie mit sich, vorbei an dem jungen Mann namens Jens, der mittlerweile so weit bei Bewusstsein war, dass er die Jacke eigenhändig gegen seinen Hals pressen konnte.

Franka kniete sich neben Simon und reichte ihm eine Kompresse, mit der er die blutige Schramme am Oberschenkel verdeckte.

»Gute Reaktion«, sagte Simon. »Ich hätte es wohl nicht mehr rechtzeitig zu ihm geschafft.«

Franka nickte nur, während sie dem jungen Mann eine Druckkompresse auf die immer noch heftig blutende Schnittwunde legte. Der abgebrochene Flaschenhals hatte allem Anschein nach einen größeren Schaden angerichtet als ihre Kugel. »Wo ist Ada?«, fragte sie den Verletzten.

»Ich weiß es nicht, sie ist weg, verschwunden«, brachte Jens gequält zwischen seinen hart aufeinanderschlagenden Zähnen hervor. Nicht mehr lange, und der Schock würde ihn in Besitz nehmen.

»Wir brauchen eine Decke, um ihn warm zu halten«, sagte Franka zu Simon, der sich sofort in Bewegung setzte. Franka zog ihren Mantel aus und legte ihn über den jungen Mann, darauf bedacht, sein getroffenes Bein nicht zu berühren. Dann beugte sie sich zu ihm runter. »Hat Ada die Waffe noch?«

Sofort begannen Jens' Augenlider zu flattern. »Die Waffe? Nein, die habe ich ihr weggenommen und entsorgt, ich konnte ihren Anblick nicht ertragen. Außerdem habe ich es für Ada getan. Ich habe mich darum gekümmert, verstehen Sie? Ich würde alles für sie tun.« Er stieß ein waidwundes Stöhnen aus, ob nun vor Schmerzen, Schock oder Kummer, ließ sich nicht sagen.

»Wenn das so ist, verraten Sie mir bitte, wo Ada ist. Sie braucht dringend Hilfe, verstehen Sie?«

»Ich weiß es aber doch nicht! Wirklich nicht. Sonst wäre ich gar nicht erst hergekommen, hierher, wo alles angefangen hat.«

Jens fing an zu schluchzen, so erbärmlich, dass Franka instinktiv nach seiner Hand griff, um sie zu halten. Doch als sie seine Finger drückte, zuckte er zusammen. Sie hatte die Bandage um seine linke Hand vergessen.

»Haben Sie sich die Finger gebrochen?«

Außer einem Schluchzen war jedoch nichts mehr aus dem jungen Mann herauszubringen. Als Simons Schritte auf dem Küchenboden erschallten, blickte Franka erleichtert auf. Er war nicht allein, sondern hatte zwei Sanitäter dabei.

Der Ältere von ihnen nickte Franka zu. »Wir waren in der Gegend, um einen Rennradfahrer zu versorgen, der auf der regennassen Straße gestürzt ist. Der Kerl hat sich aber wieder berappelt, war so ein ganz harter Knochen. Und ich sag noch zu meinem Kollegen: Für so 'nen Scheiß eiern wir stundenlang raus in die Pampa. Tja, war wohl doch für was gut.«

Während die Sanitäter den jungen Mann stabilisierten und auf die Liege umlagerten, nahm Simon Franka beiseite.

»Fahr ruhig mit ins Krankenhaus. Dann erfährst du auch als Erste, wie es ihm geht.«

Franka schüttelte den Kopf. »Mach du das. Es ist besser, wenn ich vor Ort bin, um den Kollegen zu erklären, wie es zu dem Schuss gekommen ist. Die werden auch meine Waffe haben wollen. Dann habe ich das Prozedere wenigstens gleich hinter mir. Sorg bitte dafür, dass Jens keine Gelegenheit bekommt, sich doch noch etwas anzutun. Ich traue ihm durchaus zu, dass er die erstbeste Chance nutzt. Der Junge ist völlig fertig.«

»Kein Wunder, wenn er zugesehen hat, wie sein Mädchen einen Mann fast erschlagen und einen anderen erschossen hat. Hat er was darüber gesagt, wo Ada stecken könnte?«

»Er weiß es nicht, deshalb war er auch hier: Er hat Ada gesucht. Vermutlich ist sie nach der Tat kopfüber geflohen, oder es gab einen Streit. Sobald es geht, werde ich den Vater um ein Foto von ihr bitten, damit wir es zur Fahndung rausgeben können.«

Zögernd sah Simon sie an. »Willst du dir das wirklich antun, nach all dem, was eben passiert ist? Dieser Dornkast hat alle Hände voll damit zu tun, seine Frau und seinen Sohn zu beruhigen. Dieser Mann ist ein richtiger Schrank, wenn der die Nerven verliert … Ruf Svenja an, die soll die Befragung übernehmen.«

»Svenjas Großer hat heute Geburtstag.«

»Dann gib das an jemand anders aus dem Team ab. Komm schon, Franka, sei nicht so stur.«

Franka deutete auf die Liege, auf der Jens gerade aus der Küche geschoben wurde. »Du musst los.«

»Franka …«

Als Simon die Hand nach ihr ausstreckte, wich Franka zurück. »Mach dir keine Gedanken, ich komme schon klar.«

35

Franka ließ den Namen auf sich wirken, den die KFZ-Stelle ihr gerade als Halter des Golfs genannt hatte, der draußen auf dem Hof stand. Jens Reiber.

Im Netz fand sie gleich beim ersten Versuch eine Aufnahme von Jens Reiber, wie er mit seinem Abiturjahrgang fürs Gruppenfoto lächelte. Das war vor fünf Jahren in Bremen gewesen. Ein schlaksiger Junge mit dunkelblondem Igelschnitt und viel Lächeln im Gesicht. Da war noch keine Spur von dem Schatten zu entdecken, der sich auf den jungen Mann gelegt hatte, dessen Kummer stärker als zwei schmerzhafte Wunden gewesen war. Andererseits musste der Schatten schon vor Ada da gewesen sein, Nells drei Schläger waren ihm nicht umsonst auf den Fersen gewesen.

Irgendetwas verriet Franka, dass auch bei Ada nicht alles zum Besten gestanden hatte, bevor sie getürmt war. Ein Schatten, der über ihre Zeit im Bauernhaus hinwegdeutete. Denn so heimelig dieses restaurierte Gebäude auch anmutete, ein echtes Zuhause schien es für das Mädchen nicht gewesen zu sein. Auf den Familienfotos im Wohnzimmer tauchte sie nicht auf, und auch ihr Zimmer war zwar groß und schön eingerichtet, aber es erinnerte mehr an ein luxuriöses Gästezimmer als an den Unterschlupf eines Teenagers. Vielleicht lag es daran, dass Ada erst seit gut einem Jahr bei ihrem Vater lebte und laut der Schulleiterin kaum etwas aus ihrem alten Leben mitgebracht hatte. Franka kam es allerdings so vor, als ob Ada nie wirklich eingezogen, sondern stets Zaungast in dieser Familie geblieben war. Gekleidet, gefüttert, zur Schule geschickt und mit Nachhilfestunden beglückt – mehr jedoch nicht. Letztendlich war sie von ihrer Mutter verlassen worden und nun zwischengeparkt bei ihrem Vater, dessen neue Familie im Zentrum seines Lebens stand.

Ein schnell zu lösender Fall, hatte ihr Chef Helmut Remens behauptet. Was die schnelle Lösung anbelangte, hatte er vermutlich recht, aber das bedeutete nicht, dass er spurlos an Franka vorbeigehen würde. Auch wenn es vordergründig um Schulden gegangen sein mochte, verbarg sich dahinter ein ganzes Füllhorn von Geschichten, an deren Oberfläche sie gerade erst gekratzt hatte. Die nächste Offenbarung stand ihr jetzt bevor: Sie musste von einem angeschlagenen Vater herausbekommen, warum seine Tochter abgehauen war.

Plötzlich fühlte Franka sich unendlich erschöpft. Ich hätte Svenja doch den Geburtstag verderben sollen, dachte sie. Dafür war es nun jedoch zu spät, Ewald Dornkast kam die Treppe herunter – ein kräftiger Mann, ein echter Schrank, genau wie Simon gesagt hatte. Dass der schmächtige Jens Reiber es gewagt hatte, ihn anzugreifen, verriet einiges über die Verzweiflung des jungen Mannes.

»Was wollen diese ganzen Leute in unserem Haus?«, polterte Dornkast sofort los. »Hier wohnt eine Familie, verdammt. Ich werde unsere Küche ohnehin nie wieder betreten können, ohne ein Echo Ihres Schusses zu hören. Das ist jetzt kein Zuhause mehr, verstehen Sie? Es wurde entweiht. Und das ist Ihre Schuld.«

Betont dienstmäßig schlug Franka ihr Notizbuch auf. »Herr Dornkast, hätten Sie ein paar Minuten Zeit für mich?«

»Ehrlich gesagt nein, nicht mal, solange wie der Notarzt oben bei Eva noch braucht.«

Dornkast blieb so dicht vor Franka stehen, dass sie den scharfen Geruch wahrnahm, den er verströmte. Stress, Angst, Wut ergaben eine ganz eigene chemische Spur. Gefahr!, dröhnte ihr Stammhirn. Es kostete sie Kraft, nicht zurückzuweichen, worauf dieser Mann eindeutig abzielte.

»Meine Frau«, sagte Dornkast, »ist nach diesem entsetzlichen Erlebnis angeschlagen, von meinem Sohn ganz zu schweigen. Ich kann mich nicht erinnern, dass Max jemals tagsüber geschlafen hätte, seit er in den Kindergarten gegangen ist. Aber jetzt ist er eingeschlafen, als hätte ihm jemand die Lebensenergie abgedreht.« In den Augen des Mannes schimmerte es verdächtig. »Meine Familie braucht dringend Ruhe, also packen Sie Ihre Sachen zusammen und verschwinden Sie.«

»Ich verstehe, dass das eine schwierige Situation für Sie ist, und ich werde mich deshalb auch bemühen, unser Gespräch möglichst kurz zu halten. Trotzdem muss ich Sie fragen, wo Ihre Tochter ist.«

Das Schimmern in Dornkasts Augen, das Franka für aufsteigende Tränen gehalten hatte, verwandelte sich blitzartig in ein Flackern. »Das geht Sie überhaupt nichts an«, sagte er entrüstet. »Was zur Hölle wollen Sie überhaupt von uns? Niemand hat Sie um Hilfe gebeten, Sie sind einfach reingestürmt, haben um sich geschossen und dabei fast einen Menschen umgebracht.«

Das ging Franka nun doch zu weit. »Wäre es Ihnen etwa lieber, wenn ich zugelassen hätte, dass Jens Reiber sich selbst umbringt?«

»Nein, natürlich nicht!«

»Dann sollten Sie mir auch keine Vorwürfe machen, weil

ich das Nötige getan habe. Ehrlich gesagt bin ich verwundert, dass Ihr Freund Nell, der Haifisch, Sie nicht über unser Kommen informiert hat.«

Überrascht setzte Dornkast einen Schritt zurück. »Ich verstehe nicht … Herr Nell hat Sie zu uns geschickt? Warum?«

»Demnach kennen Sie Heiner-Franz Nell, richtig?«

Dornkast nahm sich die Zeit, eine zu Boden gefallene Papierfigur aufzuheben. Ein Osterhase in einem Eiernest. In seinen Händen sah die Figur winzig aus. »Ich kenne Herrn Nell, aber er hat heute weder bei mir angerufen, noch steht meine Beziehung zu ihm in irgendeinem Zusammenhang mit dem, was gerade in unserem Haus geschehen ist.«

Das war eine erstaunlich gut formulierte Antwort für einen Mann, der unter Hochspannung stand. Die meisten Menschen redeten zu viel, wenn sie einer Befragung ausweichen wollten, statt sich auszuschweigen. Dornkast hingegen antwortete wie ein Profi, der nicht vorhatte, sich in die Karten schauen zu lassen. In einem solchen Fall würde es nichts bringen, die Dinge direkt anzusprechen, das wusste Franka nur allzu gut. Vor allem da Dornkast offenbar keine Ahnung hatte, in welchen Schwierigkeiten seine Tochter tatsächlich steckte. Sie musste ihn langsam einkreisen, sonst würde er ihr ausbrechen, und bis sie ihn dann wieder eingefangen hätte, würde zu viel wertvolle Zeit verstreichen.

»Erklären Sie mir bitte, was sich in Ihrer Küche abgespielt hat, bevor wir eingetroffen sind.«

»Es war nur eine harmlose Auseinandersetzung zwischen Jens und mir«, behauptete Dornkast.

»Sie knieten mit schmerzverzerrtem Gesicht auf dem Boden, während Ihr Sohn vor Angst schrie. Das nennen Sie harmlos?«

»Dann war es eben eine Auseinandersetzung, die etwas

aus dem Ruder gelaufen ist«, beharrte Dornkast. »Jens stand ein wenig neben sich, und die Stimmung lud sich emotional auf. Es wäre aber nichts passiert, wenn Sie die Situation durch Ihr Eindringen nicht hätten eskalieren lassen. Falls das für Sie von Bedeutung ist: Ich werde keine Anzeige gegen ihn erstatten.«

»In welchem Verhältnis stehen Sie überhaupt zu Jens Reiber?«

Die Art, wie Dornkast das Kinn vorstreckte, verriet seinen Widerwillen, mit Franka zu reden – und offenbar gab es dafür mehr als einen Grund. Franka hatte vor, jeden einzelnen herauszufinden, egal wie angriffslustig der Mann sich aufführte.

»Wenn Sie wollen, dass diese Befragung rasch vorbei ist, sollten Sie schnell antworten.«

»Jens arbeitet ab und zu für mich.«

»Als Nachhilfelehrer für Ada?«

»Unsinn, mit Ada hat das nichts zu tun. Wenn sie Hilfe braucht, kommt sie zu mir«, sagte Dornkast. »Jens brauchte ich für etwas anderes. Ich bin Schriftsteller, und meine Romane spielen in gewissen sozialen Milieus. Als Soziologiestudent hat Jens da einen guten Zugang und sieht bei der Recherche oft mehr als ich.«

Ein Romanautor? Franka wog ab, ob Dornkast sich diese Geschichte womöglich gerade aus dem Ärmel schüttelte. Clever genug war er. »Um welche Art Roman handelt es sich denn?«

»Thriller. Aber eigentlich geht es mir darum, bestimmte Missstände aufzuzeigen, etwa die professionelle Bestechungsliga, die sich Lobbyisten nennt. Oder die gut verdeckten Geschäftsstrukturen der Mafia, die nur noch wenig mit der traditionellen Cosa Nostra zu tun hat.«

»Klingt interessant, nur leider habe ich Ihren Namen noch nie gehört. Dabei ist Rerricks Presse doch ganz wild darauf, jeden Prominenten der Stadt ans Licht zu zerren, wo es doch so wenige gibt.«

»Das liegt daran, dass ich nicht unter meinem Namen schreibe«, erklärt Dornkast. »Eine Vorsichtsmaßnahme. Meine Romane beruhen nämlich auf intensiven Recherchen, sodass sich einige Leute zwangsläufig auf den Schlips getreten fühlen.«

»Hat es denn schon einmal Drohungen gegeben?«

»Natürlich, aber die landen alle beim Verlag, der meinen echten Namen wie einen Schatz hütet. Darum werden Sie sicherlich verstehen, dass ich mein Pseudonym auch Ihnen nicht verraten werde.«

»Aber Sie können mir doch bestimmt verraten, woran Sie gerade arbeiten.«

Dornkast rang sich zu einem Lächeln durch. »Sie brauchen sich keine Sorgen zu machen, dass mir gerade ein Industrietycoon ans Leben will, weil ich die Umweltsünden seiner Auslandsfirmen anprangere. Mein aktueller Roman handelt nämlich lediglich von einer dysfunktionalen Familie.«

Dysfunktionale Familie … Franka fragte sich zwangsläufig, ob Ewald Dornkast möglicherweise seine eigene Familie als Vorbild für seinen nächsten Roman genommen hatte. Das Verhalten seiner Tochter legte das zumindest nahe. »Steht dieses Romanthema irgendwie in Zusammenhang mit der Auseinandersetzung zwischen Jens Reiber und Ihnen?«, dachte sie laut nach.

Doch Dornkast beachtete sie gar nicht, sondern lauschte ins Treppenhaus, als hörte er ein Geräusch. Deutlich angespannt wandte er sich ihr wieder zu. »Wie bitte?«

Franka wiederholte ihre Frage.

Dornkast zuckte die Achseln. »Da gab es keinen Zusammenhang. In diesem Fall habe ich Jens' Hilfe nicht in Anspruch genommen.«

»Wissen Sie zufällig, ob Jens Reiber finanzielle Schwierigkeiten hatte?«

»Mir gegenüber hat er nichts erwähnt. Wenn das dann alles wäre ...« Dornkast legte eine Pranke auf Frankas Schulter und machte Anstalten, sie in Richtung Ausgang zu schieben. Mit einer geschickten Bewegung entwand sie sich seinem Griff und streckte den Arm aus, um ihn auf Abstand zu bringen.

»Das machen Sie nicht noch einmal.«

»Was denn?«

»Sie wissen genau, was ich meine. Aber egal, wie Sie sich aufführen, ich werde nicht gehen, bevor wir nicht über Ihre Tochter geredet haben.«

»Ada hat hiermit nichts zu tun!«, schrie Dornkast, nur um sich sofort die Hand vor den Mund zu schlagen. Es war jedoch zu spät, im Obergeschoss wurde eine Tür geöffnet.

»Ewald?« Eva Weils Stimme war nicht mehr als ein raues Flüstern.

»Alles gut, ich komme gleich«, rief Dornkast.

»Frau Weil«, ertönte der Bass des Notfallarztes. »Bitte legen Sie sich wieder hin, das Beruhigungsmittel wirkt bereits.«

»Ich muss hoch«, sagte Dornkast.

Nun war es Franka, die dem bulligen Mann den Weg versperrte. »Erst reden wir über Ada. Sie ist doch Ihre Tochter, oder?«

»Was für eine Frage, natürlich ist sie das. Allerdings aus einer früheren Beziehung. Ada ist ein großes Mädchen, sie kann tun und lassen, was sie will.«

»Dann wissen Sie nicht, wo Ihre minderjährige Tochter

sich aufhält?«, hakte Franka nach, wobei auch ihr bewusst war, dass die Tür im Obergeschoss nicht wieder geschlossen worden war.

»Okay, ich weiß es nicht – aber sie wird schon wieder auftauchen.«

»Sie hätten wohl kaum Heiner-Franz Nells Spürhunde auf sie angesetzt, wenn Sie sich da so sicher wären.«

»Ach, daher weht der Wind. Nell hat Ihnen meinen Auftrag verraten. Gut, Ada ist ausgebüxt, Mädchen in ihrem Alter tun so etwas gelegentlich.«

»Nur setzen deren Väter keinen zwielichtigen Suchtrupp auf ihre Töchter an.«

»Warum interessiert Sie das überhaupt, hat sie etwas angestellt?«

Ja, das hat sie, dachte Franka. »Ihre Tochter ist in einen Mordfall verwickelt.«

»Das kann unmöglich sein.«

»Ein Mann wurde erschossen, angeblich von Ihrer Tochter.«

»Ich verstehe nicht, wovon Sie reden. Warum sollte Ada so was tun?« Dornkasts Blick verriet seine steigende Panik.

»Vermutlich hat sie sich von dem Mann bedroht gefühlt«, sagte Franka.

Dornkast schwankte. »Sie meinen diesen Dreckskerl, der bei uns …«, keuchte er. »Sie hat *ihn* erschossen. Er hat ihr etwas angetan, sie bedroht. Da hat Ada sich gewehrt. So muss es sein …«

»Von wem reden Sie? Wer ist ›er‹?«

Doch Dornkast hörte Franka nicht mehr zu. Er hatte sich auf die Schuhbank fallen lassen und sackte in sich zusammen, während er weiter vor sich hin murmelte, dass Ada sich nur verteidigt habe.

Zuerst dachte Franka, der Mann spiele ihr etwas vor, nur um ihren Fragen auszuweichen. Dann begriff sie, dass der große, Respekt einflößende Dornkast tatsächlich einen Zusammenbruch erlitt. Seine Augen waren geweitet, sein Blick irrte umher, und obwohl Franka sich direkt vor ihn hockte, schien er sie nicht wahrzunehmen.

»Gehen Sie weg von meinem Mann!«

Franka schoss in die Höhe.

Eva Weil war die Treppe runtergekommen und drängte sich nun zwischen sie und Dornkast. Sanft streichelte sie die Wange ihres Mannes. »Was ist hier nur passiert, während ich fort war?«, flüsterte sie.

»Ada«, sagte Dornkast benommen.

Schlagartig zog Eva Weil ihre Hand zurück. »Was haben Sie mit ihm gemacht?«, fragte sie Franka.

»Ich habe mit ihm über seine verschwundene Tochter Ada geredet.«

»Ada ist nicht seine Tochter, sondern ein verdammter Unglücksbringer.« Eva Weil ballte die Hände zu Fäusten. »Meinetwegen soll das Miststück bleiben, wo der Pfeffer wächst. Seit sie bei uns ist, hat es nur Unruhe gegeben. Egal, was ihr passiert ist, dieses Haus betritt sie nur über meine Leiche.« Den Mund zu einer harten Linie zusammengepresst, machte Eva Weil Platz für den Notarzt, der ihr die Treppe hinab gefolgt war.

»Bitte, Frau Weil, regen Sie sich nicht auf, sondern legen Sie sich wieder hin. Ihnen wird noch schwindelig werden«, sagte der Arzt, dann widmete er sich Dornkast.

»Ada ist die Halbschwester Ihres Sohns Max«, versuchte Franka endlich Klarheit in die Verhältnisse zu bringen.

»Sie ist ein mieses Luder, eine Diebin. Sie hat mir nicht nur meinen Schmuck gestohlen, sondern auch meinen

Mann. Ewald hat sich aufgeopfert, aber für sie war es nie genug. Ada ist wie ein schwarzes Loch, sie verschlingt alles.«

»Haben Sie eine Ahnung, wo sich das Mädchen aufhalten könnte?«

»Nein, nicht die geringste. Und es ist mir auch vollkommen egal.«

Der Notarzt erhob sich mit besorgter Miene. »Sein Puls rast, und die Atmung gefällt mir nicht.« Als Eva Weil aufkeuchte, fügte er schnell hinzu: »Das wird schon wieder. Vermutlich handelt es sich bloß um die verspäteten Symptome eines Schocks. Hat Ihr Mann Herz- oder Blutdruckprobleme?«

»Sein Blutdruck ist eine Katastrophe, seit Ada bei uns eingezogen ist. Unser aller Leben ist seitdem eine einzige Katastrophe.« Eva Weil brach in Tränen aus. »Gott, ich wünschte, Ada wäre da geblieben, wo sie hergekommen ist, auch wenn es die Hölle war. Das Böse ist wie eine Seuche, es ist ansteckend und macht alles zunichte, womit es in Berührung kommt. Selbst in unsere heile Welt ist es eingedrungen, das weiß ich schon lange. Aber Ewald wollte mir ja nicht glauben. Er kann sie retten, hat er gesagt. Und jetzt? Überall, wo man hinsieht, nur Schutt und Asche.«

36

Die Spurensicherung packte zusammen, die Gesichter zermürbt von den Überstunden der letzten Tage. Es war dem Team hoch anzurechnen, dass sie so spät am Abend überhaupt noch die Disziplin aufgebracht hatten, Jens Reibers Studentenbutze im Univiertel unter die Lupe zu nehmen.

Interessanteres als einen rosafarbenen Lippenstift, Adas Fingerabdrücke und einige dunkle mittellange Haare, die wahrscheinlich auch dem Mädchen gehörten, war dabei nicht herausgekommen. Ansonsten bestanden Reibers Habseligkeiten aus abgetragenen Klamotten, einer elektrischen Espressokanne und einer Sammlung Theater-Programmhefte. Warum der junge Mann sich derartig verschuldet hatte, dass Haifisch-Nell hinter ihm her war, blieb ein Rätsel. Nichts wies auf Luxus, ausgefallene Reisen oder Spielsucht hin. Der wertvollste Gegenstand war Reibers Laptop, auf dem neben seinen Rechercheberichten für Dornkast Massen von Textdateien und Datenmaterial gespeichert waren. Alles deutete darauf hin, dass Reiber ein eifriger Student war, dessen Alltag sich überwiegend zwischen Hörsaal, Bibliothek und Mensa abspielte. Es sei denn, er bekam Besuch von Ada. Nach den Fotos in seinem Archiv zu urteilen war das anscheinend nicht allzu oft, aber jedes einzelne Mal davon war liebevoll festgehalten. Es gab »Ada am See« und »Ada isst Eis«, lauter nette Dinge, die zwei junge Menschen miteinander unternehmen konnten. Falls sich zwischen den beiden mehr abgespielt hatte, war es noch ein zartes Pflänzchen gewesen … Bis sich das kreuzbrave Pärchen plötzlich in Bonny und Clyde verwandelt hatte.

Vielleicht, dachte Franka, hatte Jens sie auch nur in die Luxuswohnung eingeladen, die er hüten sollte. Und die kleine Ada war so beeindruckt gewesen, dass sie über Nacht geblieben war, wo es dann ein böses Erwachen gab mit ein paar hartgesottenen Schlägern in der Hauptrolle. Aber was, um Himmels willen, hatte ein harmlos wirkender Kerl wie Jens Reiber bloß mit Nell, dem Haifisch, zu tun? Nachdem die Geschichte zuerst stimmig erschienen war, passte inzwischen kaum noch etwas zusammen.

Und darum war Franka zu später Stunde immer noch unterwegs, anstatt zu Hause die Füße hochzulegen und den Tag zu verdauen. Außerdem kannte sie sich gut genug, um zu wissen, dass sie sich spätestens beim Betreten ihrer Wohnung der Frage stellen musste, was genau sich heute zwischen Simon und ihr abgespielt hatte. Also hatte sie den Wagen trotz durchgezogener Linie gewendet und gehofft, dass noch jemand von der Spurensicherung in Reibers Wohnung war, um sie reinzulassen.

Nun stand sie mit einem Ausdruck aus Reibers Ada-Archiv vor dem Bett, auf dem das Mädchen während der Aufnahme gesessen haben musste. Ganz brav die Hände im Schoß verschränkt, ein schmales Geschöpf mit Elfengesicht und dunklem Bob, die Rehkitzaugen hinterm Pony versteckt. Ada sah erstaunlich verletzlich aus, nicht im Geringsten wie jemand, der eine Waffe in die Hand nehmen würde, geschweige denn es über sich brächte, damit auf einen Menschen zu schießen.

Franka grübelte noch über dem Foto, als sich Arnd Volkers von der Spurensicherung verabschiedete. »Feierabend!

Ich mach mich jetzt aus dem Staub, es sei denn, du hast noch was für mich.«

»Nein, alles okay. Geh nur.«

Unschlüssig blieb Arnd neben ihr stehen. Wie immer bekam der Mann rote Wangen, wenn er in ihrer Nähe war. »Also … wenn du hier noch was erledigen willst, bleibe ich gern zur Unterstützung. Der Abend ist eh schon im Arsch, und ich hab auch nicht groß was vor.«

Franka zeigte ihm das Foto von Ada. »Was fällt dir hierzu ein – ist die Kleine ein Männermagnet?«

»Die ist doch noch ein halbes Kind«, protestierte Arnd.

»Nun plaudere mal aus dem Nähkästchen, Kollege: Hat sie eine gewisse Wirkung aufs starke Geschlecht?«

Arnd lächelte schräg. »Schon, aber nur für welche mit einem Heldenkomplex à la ›Bambi muss gerettet werden‹. Wer echte Frauen mag, schaut sich eher woanders um. Möchtest du was über mein persönliches Beuteschema hören?«

»Ein anderes Mal«, sagte Franka. »Ich will noch ein bisschen in Reibers Papierkram stöbern, mir genau ansehen, was das für Recherchen für Dornkast waren.«

»Echt jetzt?«

Franka zog eine Augenbraue hoch. »Was glaubst du denn, warum ich hier bin?«

Sofort begann Arnd sich zu winden. »Ich dachte nur … Nun ja, dass du nichts gegen einen kleinen Flirt unter Kollegen einzuwenden hast.«

»Das ist ja mal ein interessanter Gedanke. Wie kommst du denn auf so was?«

»So, wie du dich von Simon Ackermann umgarnen lässt – und jetzt auch noch von Abel Messner neulich auf dem Flur …«

Daher wehte also der Wind. Franka wusste nicht, ob sie wütend oder verlegen sein sollte. »Eine lebendige Fantasie ist eine Sache, Arnd. Wirklich, ich gönne dir deine Träumereien von der zugeknöpften Kollegin, die sich plötzlich als männertoll herausstellt. Aber belass es dabei. Erzähl mir diesen Mist nicht noch mal und auch niemand anderem. Mir etwas nachzusagen ist eine Sache. Vielleicht kommst du damit sogar bei Simon durch, weil der seinen Kollegen nicht gern ans Bein pinkelt. Aber mit Abel Messner willst du dich doch ganz bestimmt nicht anlegen, oder?«

»Schon gut, tut mir leid.« Arnd sah ernsthaft schockiert aus über die Wendung, die ihr Gespräch genommen hatte. »Ich geh dann mal.«

»Gute Idee«, sagte Franka.

Sie wandte sich ab, sodass Arnd nichts anderes übrig blieb, als Leine zu ziehen. Als er die Tür hinter sich ins Schloss zog, warf Franka einen Blick auf das Wandregal, dessen Inhalt sie einer genaueren Inspektion unterziehen wollte. Es quoll über vor Papierausdrucken, Aktenordnern und Schuhschachteln. Erschöpft vom schieren Anblick sackte sie auf den durchgesessenen Drehstuhl.

Sie war erledigt. Und nicht nur das.

Am frühen Abend hatte sie Simon im Dezernat getroffen. Jens Reiber hatte die OP gut überstanden. Neben seinen beiden Wunden hatten die Ärzte auch seine Handverletzung behandelt: eine Bisswunde, die sich bereits arg entzündet hatte. Leider würde er erst morgen für eine Befragung zur Verfügung stehen. Bis dahin hieß es abwarten, denn bislang hatten sie nur herausgefunden, dass Reiber nicht zu seinem Vormittagsseminar erschienen war – was seinen Kommilitonen ungewöhnlich vorkam, denn der junge Mann galt als ehrgeizig. Und keiner der Studenten auf seinem Flur erinnerte sich daran, ihn heute gesehen zu haben. Reibers Handy, das Simon an sich genommen hatte, wartete darauf, dass das Passwort geknackt wurde. Egal, wann er vernehmungsfähig war, seine Daten würden beweisen, wo er sich aufgehalten hatte, als Barback starb.

Franka hatte den Nachmittag über viel Zeit damit verschwendet, Molinger nachzujagen, um sich seine Zeugenaussage bezüglich Ada bestätigen zu lassen. Dabei war sie an Heiner-Franz Nell gescheitert, der sie am Telefon hatte auflaufen lassen. »Vergessen Sie's, Janhsen. Der Mann ist krankgeschrieben, Sie haben sein Attest doch zugefaxt bekommen. Sobald Molinger auf dem Damm ist, kommt er gemeinsam mit meinem Anwalt auf dem Dezernat vorbei, um Ihnen Rede und Antwort zu stehen. Bis dahin müssen Sie sich eben gedulden, auch wenn es Ihnen nicht in Ihren hübschen Beamtenkopf gehen will.«

»Kennen Sie einen Mann namens Jens Reiber?«, hatte Franka gefragt, obwohl ihr klar war, dass Nell nicht vorhatte, seine wie auch immer geartete Verbindung zu dem Studenten offenzulegen.

»Sollte ich?«

»Nun kommen Sie schon, es ist doch auch in Ihrem Interesse, dass der Fall geklärt wird.«

Nell hatte nur geschnauft.

»Gut, aber Sie können mir auf die Sprünge helfen, was Ihre Beziehung zu Ewald Dornkast anbelangt. Haben Sie ihn vielleicht mit Insider-Informationen über Ihre Branche versorgt? Kennen Sie sich daher?«

»Sie stellen wirklich seltsame Fragen, werte Frau Kommissarin Janhsen. Deshalb machen wir jetzt mal reinen Tisch: Wenn Sie etwas von mir wissen wollen, laden Sie mich vor.

Ansonsten lassen Sie mich gefälligst in Ruhe. Kapiert?« Und damit hatte Nell das Gespräch beendet.

So leicht hatte Franka sich nicht geschlagen geben wollen und war kurzerhand zu Nells Wettbüro gefahren, wo sie aber nur auf seine aalglatte Geschäftsführerin gestoßen war. »Herr Nell hat sich für heute bereits verabschiedet, aber ich soll Ihnen für den Fall, dass Sie vorbeikommen, ausrichten – und nun verstehen Sie mich bitte nicht falsch, ich zitiere das im Originalton –, dass Sie aufhören sollen, ihm wie eine läufige Hündin nachzurennen. Er wird Ihnen nicht geben, was Sie wollen, egal, wie sehr Sie betteln.«

»Vielen Dank.« Franka hatte eisern gelächelt. »Bitte richten Sie Ihrem Chef aus, dass die Hündin ihn in seinen runzligen Arsch beißen wird, wenn er nicht gleich morgen früh brav in meinem Büro Sitz macht und auf Kommando bellt.« Dann war sie hoch erhobenen Hauptes abgerauscht, nur um draußen auf der Straße dem erstbesten Mülleimer einen Tritt zu verpassen.

Ihr Job fühlte sich an, als würde sie bis zum Hals in Teer stecken. Nichts ging voran, weder im Todesfall Barback noch im Sofia-Fall, für den sie heute überhaupt keine Zeit gehabt hatte. Sie hatte ihn zwischenzeitlich sogar vergessen, etwas, das ihr sonst nie passierte. Als sie den Besprechungstermin bei Helmut Remens hatte verschieben müssen, weil sie in einem Bauernhaus im Nirgendwo festgesessen hatte, während Simon einen von ihr angeschossenen Verdächtigen ins Krankenhaus begleitete, hatte Remens nur gesagt, dass ihm das ohnehin besser passen würde, dann könne sich nämlich Lars Brenner vom LKA dazugesellen.

»Den Kollegen Brenner habe ich heute zufällig beim Essen getroffen, und wir haben ein bisschen geschwatzt«, hatte der

Chef nebenbei erwähnt. Dass ein hemdsärmeliger Typ wie Lars Brenner zufällig beim Nobelitaliener aufschlug, der als Remens' Privatkantine galt, stand für sich. »Laut Brenner deutet es sich ja sowieso an, dass die Wohnwagen-Tote mit dem Brandanschlag in Verbindung steht. Und wo Simon und Sie jetzt auch noch den Schuldeneintreiber-Fall übernommen haben, können Sie ein wenig Unterstützung durchs LKA bestimmt gebrauchen.«

Nur mit Not hatte Franka ein Stöhnen unterdrückt. »Das LKA kann sich ruhig auf seine eigene Arbeit konzentrieren, beim Wohnwagen-Fall stehen wir kurz vorm Durchbruch. Das Letzte, was wir brauchen, ist Lars Brenner, der uns über die Schulter schaut.«

»Beruhigen Sie sich, Franka. Sie wissen doch genau, dass ich Ihre Arbeit schätze. Sie sind ehrgeizig und tatkräftig, was wichtige Voraussetzungen für den Job sind. Aber Sie müssen auch lernen, dass unsere Arbeit nur im Team funktioniert. Lars Brenner hat mir versichert, dass er und seine Kollegin sich als Teil Ihrer Ermittlungstruppe verstehen würden – nicht mehr. Simon wird sicherlich glücklich über die Verstärkung sein, die beiden Männer sind ja wohl schon seit ihrer Ausbildung miteinander befreundet, wie ich gehört habe. Ich werde Simon die Neuigkeit gleich mal verkünden.«

Oh ja, hatte Franka gedacht, Simon wird ganz aus dem Häuschen sein vor Begeisterung. Genau das, was er heute noch braucht.

Offenbar war die Neuigkeit der berühmte Tropfen gewesen, der das Fass zum Überlaufen gebracht hatte, denn schon beim Betreten des Dezernats hatte Simon durchgehend leise vor sich hin geflucht und immer wieder mit der Hand auf den Tisch geschlagen, sodass Franka tatsächlich froh gewesen war, als er sich verabschiedet hatte. »Über alles andere reden wir dann morgen«, hatte er noch gesagt. »Wenn wir den Wohnwagen-Fall los sind, haben wir ja jede Menge Zeit.« Es hatte wie eine Drohung geklungen.

Franka ließ den Kopf auf Jens Reibers penibel aufgeräumten Schreibtisch sinken. »Was für ein Albtraum«, flüsterte sie.

Ein Hüsteln ließ sie den Kopf heben.

Abel Messner stand bereits halb im Zimmer und musterte sie abwägend.

»Das mit dem Anklopfen wird bei dir nichts mehr, was?«, sagte Franka.

»Nein, ich denke nicht.«

»Wenigstens hast du mit deiner Husterei auf dich aufmerksam gemacht, das ist ja schon mal ein Fortschritt.«

»Ich habe vor allem aus Verlegenheit gehustet. Wie du da so verzweifelt auf der Tischplatte hängst, sieht mir gar nicht nach der toughen Franka aus, die wir kennen und lieben.«

»Unsinn, ich bin nicht verzweifelt, sondern erschöpft.«

»Sicher«, sagte Abel und zog die Tür hinter sich zu.

Dadurch verbesserte sich Frankas Stimmung nicht gerade. Sie stand auf, vorgeblich, um sich zu strecken. In Wirklichkeit hielt sie es schlecht aus zu sitzen, solange Abel stand und damit in einer vorteilhafteren Position war. »Mir wäre es lieber, wenn die Tür einen Spalt offen bliebe.«

Abels Augenbrauen fuhren in die Höhe. »Damit die Meute neugieriger Studenten draußen auf dem Flur ständig reinschaut? Da solltest du eher das Risiko eingehen, dass ich über dich herfalle.«

»Okay, aber dann schalt wenigstens deinen schrägen Humor ab, nach Wortgefechten mit dir steht mir jetzt echt nicht der Sinn.« In Wirklichkeit musste Franka sich eingestehen, dass der Zwist durchaus ihre Lebensgeister weckte. »Bist du hergekommen, um persönlich zu gratulieren, dass unser Team ab morgen Lars Brenner ebenfalls Rede und Antwort stehen darf?«

»Davon habe ich tatsächlich schon gehört – und zwar in Form von knallenden Korken in meinem Büro. LKA im Siegesrausch. Deine Freundin Luca Vidal hatte die Schampusflasche bereits kalt gestellt, und mein Partner hat eine Stegreifrede auf die wunderbare Zusammenarbeit gehalten.«

»Freut mich, dass die lieben Kollegen vom LKA so viel Spaß in Rerrick haben«, presste Franka hervor.

»Heute Abend haben sie sogar doppelt Spaß, ich habe nämlich einen Zeugen aufgetan, laut dessen Aussage Jäckers Kompagnon sich nach einem professionellen Brandstifter umgesehen hat. Angeblich sollte es um einen Versicherungsbetrug gehen – nur, dass in dem abgebrannten Objekt mehrere Menschen waren.«

»Und das erwähnst du so nebenbei?« Franka schüttelte ungläubig den Kopf. »Wenn das stimmt, dann habt ihr den Brandfall so gut wie gelöst.«

»Leider ist der besagte Kompagnon auf einer Geschäftsreise irgendwo in östlichen Gefilden unterwegs. Solange wir den nicht in die Finger bekommen, kann man kaum von einer Lösung sprechen. Wobei Björn das anders sieht. Nachdem Brenner nur bedingt glücklich darüber war, dass ich derjenige war, der mit dem Zeugen angekommen ist, hat mein angeblicher Partner eindringlich betont, dass mir das ohne die Hilfe des LKA nie gelungen wäre.«

»Dann sonnt sich dein Partner also immer noch in Lars Brenners hellem Licht?«

»Wenn ich Glück habe, bleibt Björn dank seiner Schleimspur an dem Typen kleben. Ich würde ihm jedenfalls keine Träne nachweinen.«

»Dann musst du dich aber auf die Suche nach einem neuen Partner machen.« Sofort bereute Franka den Satz. »Hey, schau mich nicht so an, ich bin bereits vergeben.«

»Bist du dir da sicher?«

»Hör auf damit, Abel.«

»Ich wundere mich nur, dass du hier bist, aber kein Simon weit und breit. Bei Ariadne kann er nämlich auch nicht sein, die ist Montagabend immer bei der Telefonseelsorge. Das gibt einem schon zu denken.«

»Simons gesamtes Leben spielt sich doch nicht zwischen zwei Frauen ab«, sagte Franka, um dann schnell nachzubessern: »Auf der einen Seite seine Partnerin im Job, auf der anderen seine Lebensgefährtin.«

»Macht aber schon den Eindruck, wenn man deine griffige Formel mal beiseitelässt, oder?« Abel holte einen Apfel aus seiner Parkatasche und biss hinein. Einfach so, als würden sie sich nicht gerade einen gewaschenen Schlagabtausch liefern. »Unten im Foyer steht ein Korb mit Äpfeln, wahrscheinlich hat die das Studentenwerk spendiert in der Hoffnung, zumindest eine Portion Gesundes pro Tag in die gestressten Studenten reinzubekommen. Möchtest du auch einen?«

»Nein, danke. Sonst noch was?«

Abel kaute in aller Seelenruhe, dann sagte er: »Eigentlich bin ich wegen unseres Privatprojekts vorbeigekommen. Daniela Wolf hat versucht, dich zu erreichen. Sie glaubt, sie schulde dir ein Dankeschön, weil ein gewisses Arschloch nicht nur versprochen hat, ab sofort seine Belästigungen einzustellen, sondern sich sogar ausgiebig entschuldigt hat. Frau Wolf vermutet, du könntest etwas mit dieser unerwarteten Wendung zu tun haben. Leider konnte sie dich übers Handy nicht erreichen.«

»Kein Wunder. Für heute hatte ich die Schnauze voll von dem Ding und hab es im Dezernat liegen lassen.«

»Ich weiß, ich hab es auf deinem Schreibtisch gefunden.« Abel hielt ihr Handy in der durchsichtigen Plastikhülle hoch.

Franka machte sich nicht die Mühe, es ihm aus der Hand zu reißen. Wenn Abel ihr Handy in den Fingern gehabt hatte, war es ohnehin reif für den Müll. »Und trotzdem hast du mich gefunden. Brauchst du jetzt nicht einmal mehr GPS, um mich zu stalken?«

Abel lachte, als hätte sie einen Insiderwitz gemacht. »Ich kenne dich inzwischen gut genug, um zu wissen, wie du tickst.«

»Wie ticke ich denn?«

Offensichtlich musste Abel darüber nicht lange nachdenken. »Wie ein Pitbull, der ins tiefe Wasser springt, um sich einen Ast zu schnappen, und selbst dann nicht loslässt, wenn er mit dem Ding untergeht.«

Franka schoss um den Schreibtisch herum. »Ich bin keineswegs so selbstzerstörerisch gepolt wie du.«

»Mag sein, trotzdem sind wir beide hier, lang nach Feierabend in einer Studentenbude, die einem Verdächtigen gehört und so klein ist, dass man sich kaum um die eigene Achse drehen kann. Allein das Bett … auf dieser Pritsche hat doch bestimmt nicht mal eine Person ausreichend Platz.« Abel grinste, gerade so viel, dass Franka ihr Bedürfnis, ihm einen Stoß vor die Brust zu verpassen, noch im Zaum halten konnte. Dicht genug dafür stand sie jedenfalls. Er hatte recht, das Zimmer war zu klein.

»Du erinnerst dich, was ich über deinen Humor gesagt

habe?«, fragte Franka. »Ehrlich, ich bekomme Kopfschmerzen davon.«

Falls Abel sich angefasst fühlte, zeigte er es nicht. Ganz im Gegenteil, er kam sogar näher – so nah, dass sie den Apfelduft an ihm wahrnahm. Was wird das?, dachte sie, schaffte es jedoch nicht, auf Abstand zu gehen.

»Bist du dir sicher, dass ich für dein leidendes Gesicht verantwortlich bin und nicht etwas anderes?«, fragte Abel. »Die Sache mit dem angeschossenen Jungen muss dir nahegegangen sein. Jemanden zu verletzen – und sei es nur, um ihn vor sich selbst zu schützen – ist sicherlich hart.«

»Der Tratsch im Dezernat hat ja eine ganz neue Geschwindigkeitsmarke überschritten.«

»Du brauchst mir nicht die Eiskönigin vorzuspielen. Ich weiß, dass dich so etwas nicht kaltlässt.«

Herausfordernd reckte Franka das Kinn. »Wenn ich über Schuldgefühle reden will, gehe ich zu Ariadne.«

»Dann kannst du ihr ja auch gleich erzählen, dass du hinter ihrem Mann her bist.«

»Du solltest besser genau überlegen, welche Grenzen du überschreitest.«

Mehr als ein Achselzucken hatte Abel für diese Warnung nicht übrig. »Inzwischen solltest du mitbekommen haben, dass ich mich nicht sonderlich für Grenzen interessiere. Warum hätte ich mich sonst damals auf eine Affäre mit meiner verheirateten Lehrerin eingelassen, obwohl abzusehen war, dass diese Beziehung direkt in die Hölle führen würde?«

Franka errötete. Ihre Rumschnüffelei in Abels Vergangenheit hatte sie vollkommen verdrängt, die Parallelen zwischen ihren beiden gescheiterten Liebesgeschichten waren schlicht zu verwirrend gewesen. »Weil du dir immer die falschen Frauen aussuchst.«

»So, wie du den falschen Männern nachläufst«, sagte Abel gelassen, als wäre er mit all seinen Fehlern bereits selbst ins Gericht gegangen und hätte den Schuldspruch akzeptiert.

»Ich laufe Simon nicht nach«, stellte Franka klar. »Wir schätzen einander, etwas, was dir offenbar vollkommen fremd ist.«

Abel schüttelte den Kopf. »Diese Lügerei ist doch unter deiner Würde. Wir wissen beide, dass Simon auf die Frau, die du ihm vorspielst, abfährt. Mit der echten Franka wäre er komplett überfordert.«

»Du unterschätzt Simon.«

»Da nehmen wir uns doch beide nichts. Warum zeigst du ihm sonst wohl nur deine jugendfreie Seite? Weil du genau weißt, wie es läuft: Ein bisschen Abgrund turnt Simon noch an, aber was du im Angebot hast, wäre ihm definitiv zu heftig. Die Sache mit Helge …«

»Hör auf! Du weißt doch nur so gut Bescheid, weil du ohne Einladung mein Privatleben ausspioniert hast.«

Obwohl Franka auf Angriff ging, entspannten sich Abels Gesichtszüge, anstatt sich zu verhärten. Alles an ihm strahlte eine Ruhe aus, die Franka wahnsinnig machte. Als hätten sie diese Unterhaltung schon einmal geführt und er würde den Ausgang bereits kennen. »Wir beide sind uns erstaunlich ähnlich – nicht nur in den Dingen, zu denen wir imstande sind, sondern auch in den Entscheidungen, die uns geprägt haben.«

»Ich weiß nicht, wovon du redest«, behauptete Franka. Trotzdem keimte die vollkommen abstruse Hoffnung in ihr auf, dass es endlich einen Menschen in ihrem Leben geben könnte, der ihr Geheimnis kannte. Das Geheimnis, das sie zu gern Simon verraten hätte – was sie jedoch niemals tun würde, eben weil sie Angst hatte, dass er sie anschließend mit anderen Augen sehen würde. Falls er sie dann überhaupt noch ansehen würde …

Abel beugte sich zu ihr hinab, sein Apfelatem streifte ihr Ohr. »Die Stichwunde im Abdomen, mit der Helge eingeliefert worden ist, kann er sich unmöglich selbst beigebracht haben, egal was er auf dem Weg ins Krankenhaus behauptet hat und was dank deines Mentors später im Polizeibericht stand.«

»Sei still.«

»Ich kann nicht«, sagte Abel. »Dafür habe ich das, was ich Kirsten angetan habe, viel zu lange mit mir herumgeschleppt, in der festen Überzeugung, es würde mich zu einem Monster machen, einem Ausgestoßenen, der aus der Dunkelheit aufs Feuer starrt in dem Wissen, sich ihm niemals nähern zu dürfen. Jetzt weiß ich, dass ich dort draußen nicht allein kauere.«

»Das wünschst du dir vielleicht, aber du irrst dich. Ich kann auf das Feuer zugehen, wenn ich will.«

»Aber du willst es nicht, ansonsten wärst du nicht hier, sondern bei Simon. Angeblich, um den Fall zu bereden, oder welche Ausrede euch sonst einfällt. Ich habe gesehen, wie weit sich das zwischen euch bereits zugespitzt hat. Und jetzt ist es vorbei – was bestimmt nicht an Simon liegt.«

»Du hast keine Ahnung, was zwischen mir und Simon ist.«

»Trotzdem liege ich richtig, oder?«

Franka stemmte ihre Hand gegen Abels Brust, um ihn fortzuschieben, brachte jedoch nicht die Kraft auf. Stattdessen blieb ihre Hand, wo sie war, spürte das Heben und Senken seiner Brust. Seinen Herzschlag. Schlug ihres tatsächlich im gleichen Rhythmus wie seines? Gab es die Verbindung, von der er so überzeugt war?

»Hast du Helge durch ein Missgeschick verletzt, einen dummen Unfall?« Abels Brust hob sich deutlich schneller unter Frankas Hand. »Oder war es Selbstschutz, weil er es dieses eine Mal endgültig zu weit getrieben hatte?«

»Beides«, flüsterte Franka. »Ich wollte es nicht ... und ich wollte es doch. Es war, als müsste ich mich zwischen ihm und mir entscheiden. Kurz bevor wir das Krankenhaus erreicht haben, ist Helge noch mal zu Bewusstsein gekommen. Er sprach so klar, dass ich schon dachte, so schlimm kann es gar nicht sein mit der Wunde. Er sah mich an und sagte: ›Ich bin froh, dass du es getan hast.‹ Das waren seine letzten Worte.«

Langsam zog Abel den Kopf zurück und sah Franka auf seine unausweichliche Art an. »Du hast das einzig Richtige getan.«

»Ich weiß nicht. Und selbst wenn, was macht es aus mir?«

Abels Lippen öffneten sich, als wollte er etwas sagen. Dann beugte er sich jedoch vor und küsste sie.

Franka stand reglos da, wie aus der Zeit gefallen. Ein Teil von ihr registrierte, dass Abel seine Augen schloss. Während er sie küsste. Nicht etwa tröstend oder gar aufbrausend, wie es seinem Wesen entsprach, sondern lockend, wie der Apfelgeschmack auf seinen Lippen. Und Franka wollte mehr davon. Viel zu dringend, wie sie begriff. Und Abel wich nicht zurück. Das würde er nie tun.

37

Franka wachte auf.

Es lag nicht an dem schweren Arm, der über ihrer Taille hing, oder an dem warmen Körper, der sich an ihre Rückseite schmiegte, als wäre er ein Teil von ihr … immer noch.

Abel und sie.

Franka versuchte von ihm abzurücken. Ihr Knie hing eh schon über der Kante und fror, während die Haut an ihrem Rücken noch ganz verschwitzt war … genau wie Abels Brust, die sich gegen ihre Schultern drängte. Ihre Haut verriet auch andere Dinge über die letzte Nacht, die sie jedoch rasch verdrängte. Sie brauchte Abstand. Die Pritsche, auf der sie lagen, war jedoch zu schmal für ein solches Manöver. Entweder würde sie auf den Boden fallen oder – was deutlich beunruhigender war – Abel wecken. Viel war bestimmt nicht nötig, um ihn aus dem Schlaf zu holen.

Es gab nur zwei Möglichkeiten: aufspringen und fliehen, was angesichts der Tatsache, dass ihre Kleider irgendwo in der Dunkelheit verstreut lagen, nicht leicht werden würde. Oder ausharren, bis ihr wenigstens ansatzweise klar wurde, in welcher Situation sie steckte. Falls das überhaupt möglich war. Im Augenblick wusste sie ja nicht einmal, wie sie zu dem Mann, der sie fest umschlungen hielt, stand. Alles, was sie je über Abel Messner gedacht hatte, war in den letzten Stunden auf den Kopf gestellt worden. Widerwillig gestand sie sich ein, dass es diesen gewissen Gleichklang zwischen ihnen, auf dem er von Anfang an beharrt hatte, tatsächlich gab. Wobei ihr die sexuelle Ebene am wenigsten Kopfzerbrechen bereitete. Abels düstere Sinnlichkeit hatte sie von Anfang an gespürt, auch wenn sie sich geweigert hatte einzugestehen, dass sie sich davon angezogen fühlte. Seine Anziehungskraft nach der letzten Nacht zu leugnen wäre lächerlich, aber ihr setzte ohnehin etwas anderes zu. Es ging um einen Hunger in ihrem Inneren, der seit ihrer Ankunft in Rerrick unstillbar gewesen war. Das Gefühl, sich selbst etwas Lebenswichtiges zu versagen. Sie hatte versucht, das Bedürfnis zu ignorieren, aber es war immer da gewesen und hatte sie gequält. Nun lag es zusammengerollt wie eine zufriedene Katze am Grund ihrer Seele und schnurrte.

War sie deshalb etwa aufgewacht, weil ihr diese tiefe Zufriedenheit Unbehagen verursachte?

Was noch viel schlimmer war: Abel würde ihr die Befriedigung an den Augen ablesen, für so etwas hatte er einen siebten Sinn. Falls sie ihm überhaupt in die Augen sehen konnte nach dem, was sie mit ihm getan hatte … ausgehungert, rücksichtslos und kein bisschen wie eine Frau, die sich überreden lässt, sondern wie eine, die viel zu lang auf diese Gelegenheit gewartet hat. Abel hatte sie gewähren lassen mit einer Hingabe, die mehr über seine Gefühle für sie verriet, als ihr lieb war.

Sie musste weg, weg von ihm!

Vorsichtig versuchte Franka, sich unter Abels schwerem Arm herauszuwinden, um mitten in der Bewegung innezuhalten.

Da war es wieder, was sie geweckt hatte!

Ein kratzendes Geräusch.

Abel hörte es offenbar auch, denn sein Atem in ihrem Haar wurde immer leichter und schneller.

Nur ... was war es?

Es kam von der Tür. Jemand machte sich am Türschloss zu schaffen. Dann fiel auch schon ein Lichtstreifen in das ansonsten stockdunkle Zimmer. Jens Reibers Zimmer, wie Franka sich klarmachte.

Im Türspalt verharrte eine Gestalt, die scheinbar unschlüssig war, ob sie eintreten sollte.

Ada, begriff Franka. Sie sucht ihren Freund!

Kurzerhand streifte sie Abels Arm ab und setzte sich auf. »Wer ist da?«, rief sie, während sie fieberhaft nachdachte, wo genau Abel sein Halfter abgestreift hatte. Drüben beim Schreibtisch, wo alles begonnen hatte?

Als die Tür weiter aufgestoßen wurde und das Flurlicht ins Zimmer drang, bereute Franka sofort ihre Eilfertigkeit. Die Decke lag nämlich auf dem Fußboden, und sie musste sich strecken, um sie zu fassen zu bekommen.

Von der Tür her erklang ein Pfiff. »Wahnsinn, was für eine Show«, sagte eine Männerstimme.

Hinter Franka stöhnte der gerade aufgewachte Abel. »Sag mir, dass es nicht Feitner ist, der mitten in der Nacht noch was checken will.«

»Das ist nicht Feitner«, sagte Franka, während sie den jungen Mann maß. Im diesigen Flurlicht sah sie ein in Schatten liegendes, markantes Gesicht, lässig zerwuscheltes Haar, Lederjacke und Jeans. Ein Student – und zwar ein ausgesprochen gut aussehender, soweit das im Halbdunkel auszumachen war. Wie hatte sie diese hochgewachsene Gestalt mit den breiten Schultern auch nur eine Sekunde lang für Ada halten können?

»Tut mir leid, dass ich hier so reinplatze, Kumpel, aber

ich hab vorher angeklopft«, sagte der Student. »Schon klar, ich hätte auf ein ›Herein‹ warten sollen, nur hab ich irgendwie gedacht, dass du allein bist.«

»Mit wem von uns beiden redest du?« Abel stieg von der Pritsche, um den nächtlichen Besucher besser in Augenschein zu nehmen. Anscheinend machte er sich deutlich weniger Sorgen über seinen Aufzug als Franka.

Der junge Mann musterte ihn mit großen Augen. »Bist du Jens Reiber?«

Abel bückte sich nach seiner Jeans, ohne den Besucher aus den Augen zu lassen. »Mach die Tür zu, okay? Noch mehr Schaulustige können wir hier echt nicht gebrauchen.«

Einen Moment lang stand der junge Mann unschlüssig da, dann schlüpfte er ins Zimmer, lehnte die Tür jedoch nur an, sodass weiterhin ein schmaler Lichtstreifen hereinfiel. »Ich muss dringend was mit dir besprechen. Kann sich deine Freundin so lange vielleicht aufs Klo verziehen?«, fragte er mit einem entschuldigenden Achselzucken in Richtung Franka, die sich notdürftig in die Decke wickelte. »Ist nicht persönlich gemeint, Blondie.«

»Da bin ich aber erleichtert«, sagte Franka.

Abel nahm sich die Zeit, seine Jeans zuzuknöpfen. »Bevor du hier irgendwelche Forderungen stellst, sagst du mir erst mal, wer du bist, okay?«

»Wenn's sein muss. Ich bin Mads, ein guter Freund von …« Zweifel tauchten in seinem Gesicht auf, als er Abels muskulösen Oberkörper betrachtete. Als er sich das Kinn rieb, stach Franka seine bandagierte Hand ins Auge. »Du bist kein Sozi-sonst-was-Student«, stellte er fest. »Was zur Hölle machst du also in diesem Zimmer?« Dann fiel sein Blick auf den Schreibtisch, auf dem Abels Halfter mit der Dienstwaffe lag. »Scheiße, wer seid ihr?«

Abel langte nach seiner Waffe. »Kripo. Ich glaube, wir müssen uns mal unterhalten.«

Doch Mads dachte gar nicht daran, sondern stürzte, ohne ein weiteres Wort zu verlieren, auf den Flur hinaus und schlug die Tür krachend ins Schloss.

Kaum war Franka aus dem Bett gesprungen, lief Abel auch schon an ihr vorbei. Schritte hallten über das Laminat im Flur, so schnell, dass Franka, als sie um die Ecke blickte, nur noch Abels Schatten verschwinden sah.

»Abgehängt«, stellte sie fest. Bei der Verfolgungsjagd war sie ohnehin wenig zu gebrauchen, lediglich in eine Decke gehüllt und ohne Waffe. Trotzdem wuchs ihre Unzufriedenheit mit jedem Kleidungsstück, das sie im Zimmer auflas. Wie hatte sie sich bloß in diese kompromittierende Situation bringen können? Es mit einem Kollegen im Zimmer eines Verdächtigen zu treiben, verdammter Mist! Und nicht nur das, sie schlief auch noch in dessen Bett ein. Simon würde Augen machen, wenn sie ihm die Umstände von Jens Reibers nächtlichem Besucher schilderte.

38

Franka war angezogen und hielt bereits das Handy in der Hand, um Verstärkung zu rufen, als Abel aufs Zimmer zurückkehrte. Außer Atem und allein, wie sie feststellte.

»Unser Freund hatte sein Auto direkt vorm Eingang geparkt, ich konnte ihm nur noch hinterherwinken. Ein altersschwacher Corsa, ich habe sein Kennzeichen, das kannst du gleich mal überprüfen lassen.« Abel hob sein Hemd auf und betrachtete mit gerunzelter Stirn die abgerissenen Fäden dort, wo eigentlich Knöpfe sein sollten. »Ich hatte doch auch ein T-Shirt ...« Er blickte sich suchend um.

Während Franka darauf wartete, dass jemand von der Nachtschicht im Dezernat ihren Anruf entgegennahm, sagte sie: »Wer war der Typ?«

»Der Freund von irgendwem, der ihn zu Jens Reiber geschickt hat. Vermutlich ein studentischer Notfall, eine Abgabefrist, die gerade ausläuft, Klausurstress, etwas in der Art.«

»Und warum ist er dann weggelaufen?«

»Würdest du stehen bleiben, nur weil ein halb nackter Typ mit einer Waffe behauptet, von der Polizei zu sein?«

Franka sparte sich eine Antwort, ihr Anruf wurde gerade entgegengenommen. »Der Corsa ist auf eine Judith Genz zugelassen«, sagte sie anschließend.

»Hast du eine Nummer, damit wir durchrufen können?«

»Bin schon dabei.« Franka stellte auf Lautsprecher.

Es dauerte eine Weile, bis sich am anderen Ende eine verschlafene Frauenstimme meldete, noch zu benommen, um unfreundlich zum nächtlichen Störenfried zu sein. »Was wollen Sie denn von meinem Auto? Ist da einer reingekracht, oder was?«

»Frau Genz, wir möchten bloß wissen, wer den Wagen außer Ihnen noch fährt.«

»Niemand, das geht nicht wegen meiner Versicherung.«

»Ihr Corsa ist aber gerade einem Kollegen vor der Nase weggefahren, hinterm Steuer saß ein großer junger Mann. Das waren doch wohl kaum Sie, oder?«

»Quatsch. Dann war das nicht mein Auto.« Ein ungehaltenes Murmeln war zu hören. Vermutlich sprach Judith Genz mit jemandem, den das Telefonleuten ebenfalls geweckt hatte.

»Sie haben Ihr Auto also wirklich an niemanden verliehen?«, hakte Franka nach. »Ihre Versicherung würde nichts davon erfahren, darum geht es mir hier nicht.«

»Warten Sie mal, meine Freundin ist gerade raus auf den Balkon und guckt nach.«

Franka fuhr sich durch das zerzauste Haar. »Sie haben den Wagen wirklich nicht verliehen? An jemanden namens Mads zum Beispiel?«

»Moment, okay?« Eine Pause, wieder Gemurmel. »Scheiße. Hören Sie? Mein Corsa steht nicht unten im Hof, wo ich ihn geparkt hatte. Den hat einer geknackt. Aber wer klaut denn so 'ne alte Schrottkiste?«

Nachdem Franka der aufgebrachten Frau versichert hatte, dass bald eine Streife vorbeikommen würde, um den Diebstahl aufzunehmen, gab sie den Wagen zur Fahndung raus und scrollte anschließend durch ihre E-Mails, anstatt

Abel zu beachten, der sich unübersehbar vor ihr aufgebaut hatte.

»Also?«, fragte er.

»Das war kein Student.«

»Das ist mir schon klar, aber davon rede ich nicht.«

»Ich muss Simon anrufen.«

»Nicht jetzt.«

»Und wir müssen das Aussehen unseres Besuchers so schnell wie möglich festhalten, wir brauchen ein aussagekräftiges Phantombild. Das wird wegen des miesen Lichts gar nicht so einfach, ich hab sein Gesicht nicht wirklich gesehen.«

»Später.«

»Sofort«, beharrte Franka. »Außerdem muss jemand von der SpuSi kommen und die Abdrücke von der Türklinke nehmen. Ich hoffe nur, dass unser Besucher sie nicht mit seiner bandagierten Hand angefasst hat.«

In Abels Augen funkelte es verdächtig. »Das hat noch fünf Minuten Zeit.«

»Ganz im Gegenteil, wir haben schon zu viel Zeit verschwendet.«

»Du willst mir nur ausweichen.«

Franka schüttelte den Kopf und hielt Abel ihr Handydisplay hin. »Die Ergebnisse der Fingerabdrücke aus der DJ-Wohnung sind da. Ada Dornkast hat sich dort tatsächlich aufgehalten, ihre Fingerabdrücke sind schön gleichmäßig über die Wohnung verteilt.«

»Davon seid ihr doch eh ausgegangen.«

»Schon, aber ich meine was anderes. Die Spurensicherung hat unzählige Fingerabdrücke gefunden, in der Bude muss es normalerweise wie im Taubenschlag zugehen«, sagte Franka. »Allerdings waren keine Abdrücke von Jens Reiber dabei.«

Schlagartig verlor sich Abels Gereiztheit. »Dann war es gar nicht Jens Reiber, der dort mit Ada abgestiegen war. Aber möglicherweise unser Besucher mit dem geklauten Corsa.«

»Vielleicht hat Ada jemanden getroffen, der ihr mehr als nur Händchenhalten am See geboten hat. Der Kerl eben sah doch ganz nach wildem Abenteuer aus – nur dass das Abenteuer sich in einen Albtraum verwandelt hat, als Nells Schläger im Liebesnest aufgetaucht sind.«

»Dann ist Reiber in Adas Elternhaus nur deshalb aufgeschlagen, weil das Mädchen ihn fallengelassen hat und er deshalb ausgeflippt ist?«

Franka nickte. »Jens Reiber arbeitet für Adas Vater, vermutlich hat er sich bei seinen Besuchen in das Mädchen verliebt. Aus irgendeinem Grund gab er Ewald Dornkast die Schuld dafür, dass Ada sich von ihm abgewandt hat, er war vollkommen fertig vor Liebeskummer. Nur hat Dornkast angeblich nicht die geringste Ahnung, wo seine Tochter steckt – und mit wem sie zusammen ist.«

»Hat die Durchsuchung von Adas Zimmer denn keinen Hinweis auf ihren neuen Lover ergeben?«

»Leider nicht, es ist das unpersönlichste Teenagerzimmer aller Zeiten. Fast, als hätte Ada sich bemüht, keine Spuren zu hinterlassen … oder als hätte sie unter dem Dach ihres Vaters niemals wirklich gewohnt.«

»Sind genug Leute zur Überwachung von Adas Familie abgestellt?«

»Nicht nur das, wir überwachen auch das Telefon für den Fall, dass Ada durchruft.«

»Gut«, sagte Abel. »Bleibt eine Frage: Warum hat Ada ihren Neuen zu Jens Reiber geschickt, anstatt selbst aufzutauchen und um Hilfe zu bitten? Darum ging es doch allem Anschein nach. Wenn wir mit unserer Theorie richtigliegen, können wir davon ausgehen, dass dieser Mads den Reiber nicht persönlich kannte, sonst hätte er mich selbst im spärlichen Licht kaum mit ihm verwechselt.«

»Nachdem Ada ins Heiße-Typen-Lager gewechselt ist, hat sie sich bestimmt nicht getraut, Reiber als Bittstellerin unter die Augen zu treten. Oder unser Besucher sollte eine Nachricht überbringen.«

Abel kratzte sich am Nacken. »Als Bote würde sich ja wohl kaum ihr neuer Liebhaber eignen.«

»Jedenfalls ging es um etwas, das Ada nicht persönlich tun konnte, für das sie jemanden schicken musste. Zu schade, dass dieser Mads nicht noch ein paar Takte weitergeredet hat, bevor ihm auffiel, dass du das Gegenteil von einem Bücherwurm bist.«

»Ist das ein Kompliment?«

Franka ging über Abels Einwurf hinweg. »Die Fingerabdrücke werden hoffentlich Klarheit bringen. Bevor die Spurensicherung hier aufschlägt, sollten wir allerdings Ordnung schaffen.« Sie blieb vorm Bett stehen, die zerwühlten Laken raubten ihr schlagartig den Elan.

»Ich kann auch allein aufräumen«, schlug Abel vor. »Unten im Foyer gibt es einen Getränkeautomaten, dem kannst du ja einen Besuch abstatten. Ich könnte jedenfalls einen Kaffee gebrauchen.«

»Wenn das für dich okay ist.« Franka griff nach ihrer Tasche, die sie ins Regal gestopft hatte, und riss dabei einen Buchstapel um. Sofort war Abel zur Stelle und half ihr beim Aufheben. Sein verwirrend vertrauter Geruch stieg ihr in die Nase und erinnerte sie daran, wie es war, seine Haut nicht nur zu riechen, sondern auch zu schmecken. Sie musste es so schnell wie möglich zum Automaten schaffen! Abstand, darauf kam es jetzt an. Stattdessen blieb sie mit einem Taschenbuch in der Hand stehen.

»Schau mal einer an«, sagte sie.

Abel warf einen Blick auf den Titel. »Ein Thriller von Arnold Präger. Nicht gerade typischer Lesestoff für einen angehenden Soziologen.«

»Kennst du den Autor?«

»Nur vom Namen her, seine Sachen sollen ganz gut sein.« Was in Kriminalersprache so viel hieß wie: so nah dran an der Realität, wie eine Geschichte nur sein konnte. »Der Autor greift immer heiße Themen auf. Das hier scheint gerade erst rausgekommen zu sein: ›Du gehörst mir – Menschenhandel der Luxusklasse‹. Dreh mal um.« Abel las den Text auf der Rückseite laut vor. »›Sie stehen am Straßenstrich, halten sich in Laufhäusern bereit oder sind exklusiv über Agenturen buchbar. Prostituierte, wie sie jeder kennt, wie sie jeder kaufen kann. Aber es gibt Huren, die für die meisten Freier unerreichbar sind. Denn sie sind Geschenke, die der König des Menschenhandels unter seinen Vertrauten verteilt. Und die Einzigen, die dafür einen Preis zahlen müssen, sind diese Frauen – mit ihrem Körper, mit ihrer Seele … und sogar mit ihrem Leben.‹« Er sah auf. »Scheint ganz schön harter Stoff zu sein. Und passt erstaunlich gut zu meinem Brandfall rund um Jäcker und seine persönlich abgerichteten Pferdchen.«

Franka schlug den Roman auf. »Die handschriftliche Widmung ist interessant: ›Für Jens. Ohne deine Hilfe und dein Engagement wäre diese Geschichte nie erzählt worden. Danke, E.D.‹ Damit kennen wir jetzt wohl Ewald Dornkasts Pseudonym, um das er so viel Aufhebens gemacht hat.«

»Meinst du, Dornkast ist es gelungen, bei seinen Recherchen bis in Reinhold Jäckers exklusive Kreise vorzudringen?«

»Gut möglich.« Franka ging die Aktenordner durch, deren Ziffernbeschriftung sie vor Rätsel stellte. »Irgendwo muss Jens Reiber Unterlagen zu seinen Recherche-Aufträgen haben. Danach hatte ich schon suchen wollen, bevor du hier reingeplatzt bist.«

»Tut mir leid mit der Störung.« Das Grinsen in Abels Stimme war unüberhörbar.

Franka konzentrierte sich ganz auf den Inhalt der Ordner. »Hier hab ich was. Vermutlich alles nur Ausdrucke von Unterlagen auf seinem Rechner, aber man kann ja nie wissen.« Sie blätterte durch die Papiere. »Bei diesen Recherchen scheint es um Miethaie und Sozialen Wohnbau zu gehen. Den Daten nach ein älteres Projekt.«

Abel griff ebenfalls ins Regal. »Unikram«, stellte er nach einigen Minuten fest.

Ein halbes Regal später wurde Franka fündig. »Hier ist ein ganzer Packen Zeitungsausschnitte zum Thema Menschenhandel, auch jede Menge Zeitungsannoncen für Callgirls, Homepage-Abzüge, abgetippte Interviews, die Reiber offensichtlich mit Streetworkern, Familien von Betroffenen und Prostituierten geführt hat. Hier gibt es eine Liste der Techniken, mit denen die Frauen gefügig gemacht wurden. Jäckers Spezialität ist nicht nur gelistet, sondern gemarkert und mit mehreren Kürzeln versehen, vielleicht verbergen sich dahinter die Namen von Zeuginnen. Es gibt auch Fotos von Frauen, richtige Profiaufnahmen, die dem Betrachter die Angebotspalette der Dame vorführen. Soweit ich sehen kann, ist Sofia nicht dabei. Warte mal …« Franka verstummte.

Abel legte das Papierbündel, das er durchgesehen hatte, zurück ins Regal. »So schlimm?«

Franka reichte ihm ein Foto.

»Die sieht ja aus wie ein Kind«, sagte Abel.

»Das ist Ada im Porno-Lolita-Style.«

Es brauchte einige Sekunden, bis Abel ihre Worte begriff, dann sagte er: »Scheiße.«

»Ada lebt erst seit gut einem Jahr bei Dornkast, angeblich ist sie seine Tochter aus einer früheren Beziehung. Hiernach sieht es aber so aus, als hätten Reiber und Dornkast sie bei ihren Recherchen kennengelernt. Dann wäre sie eins dieser abgerichteten Luxusgüter, um die es in Dornkasts neuem Roman geht.« Franka wurde schwindelig. »Dornkast hat das Mädchen bei sich aufgenommen, ihm Unterschlupf und einen Neuanfang geboten – und offensichtlich hat es geklappt. Bis Ada sich vor ein paar Tagen plötzlich abgesetzt hat, interessanterweise kurz nachdem Rosalia Orlow zu Tode gequält wurde und der Menschenhändler Jäcker in den Flammen seines Luxusbordells umgekommen ist. Die drei Fälle stehen allem Anschein nach in Verbindung zueinander. Aber in welcher?«

»Vielleicht hat die Veröffentlichung von Dornkasts neuem Roman etwas in Bewegung gesetzt«, mutmaßte Abel. »Jemand wurde aufgescheucht und hat versucht, seine Spuren zu verwischen. Es muss ja nicht mal jemand aus Jäckers Menschenhändlerumfeld sein, sondern ein Kunde, der im Buch bloßgestellt wird. Also räumt er auf: bei dem Mann, der menschliche Präsente wie Bonbons verteilt, genauso wie bei den Frauen, die ihm zu Willen waren – meine Tote, deine Tote. Ada wäre es wahrscheinlich genauso ergangen, bloß dass sie ihm entkommen ist.«

»Ein Freier, der seine Spuren verwischt … Dafür zu morden scheint mir ziemlich übertrieben, wo heutzutage die halbe Männerwelt hemmungslos in Laufhäuser rennt und ihre Favoritinnen auf Facebook likt.«

Abel blätterte durch Dornkasts Buch. »Ich denke, bei Jäckers exklusiver Auswahl war mehr im Angebot als bloß handelsübliche Blowjobs oder Sex mit Minderjährigen. Angeblich sind einige Frauen umgekommen, was nichts anderes bedeutet, als dass die Freier sich hemmungslos an ihnen ausleben durften. Wer seine düstersten Fantasien auf diese Weise verwirklicht, hat sicherlich auch keine Skrupel zu morden, um sich abzusichern. Du musst mit Ewald Dornkast sprechen, nur er kann dir sagen, was du wissen musst, um die drei Fälle richtig zueinander in Verbindung zu bringen.«

Nachdenklich wog Franka den dicken Aktenordner in ihren Händen. So viele Seiten über Frauen, die dazu abgerichtet worden waren, einem Mann bedingungslos zu Willen zu sein. Eingebläuter Gehorsam. Nein, mehr als das. Die Frauen, die Jäcker an seine Günstlinge verschenkt hatte, waren keine gewöhnlichen Huren gewesen, die taten, was man ihnen sagte. Bei ihnen ging es um die Kunst, die unausgesprochenen Wünsche eines anderen wahrzunehmen und zu erfüllen. Rosalia hatte Günter Lichtenberg die für ihn persönlich perfekt zurechtgeschnittene Frau vorgespielt, die richtige Mischung aus seriös bis in die Haarspitzen und jung zugleich. Ada hingegen war imstande gewesen, nach außen Dornkasts uneheliche Tochter zu geben und Reiber die Unschuld in Person vorzuspielen, obwohl er genau wusste, woher sie kam. Welchen Frauentypus sie einem Mann wie Mads vorspielen musste, stand noch aus.

»Moment mal.« Franka legte den Ordner beiseite und blätterte in ihren Unterlagen, bis sie ihre Notizen über den Vorfall in der Küche gefunden hatte. »Als ich Reiber angeschossen habe, dachte ich, er wäre dabei gewesen, als Ada Barback getötet hat. War auch nur logisch, denn er sagte, er habe die Waffe entsorgt. Wenn er aber gar nicht dabei war, von welcher Waffe hat er dann gesprochen? Und warum ist er auf Dornkast mit einer solch verzweifelten Wut losgegangen? Sie waren doch Streiter für eine gemeinsame Sache.«

»Es muss etwas passiert sein, sodass Ada alles hingeschmissen hat und weggelaufen ist.«

»Aber wie passt da die Waffe rein, von der Reiber redete?«

Abel zuckte mit den Schultern. »Keine Ahnung. Das gilt auch für die Frage, wie die beiden ermordeten Exkolleginnen in dieses Muster passen.«

Jede ihrer Theorien schien letztendlich ins Leere zu laufen. »Im Mittelpunkt stehen Frauen, die zu bedingungslosen Wunscherfüllerinnen abgerichtet worden sind. Jäcker hat sie als Belohnungsmittel eingesetzt, Lichtenberg ist einer von ihnen verfallen und hat sie freigekauft. Dornkast hingegen hat mit Reibers Hilfe einen Roman über diesen Handel geschrieben. Letzte Woche ist etwas passiert, das eine Kugel ins Rollen und mehrere Menschen zum Fallen gebracht hat.« Was war der entscheidende gemeinsame Nenner? Franka hätte am liebsten geschrien vor Frustration.

»Du siehst aus, als würde gleich Dampf aus deinen Ohren kommen«, sagte Abel.

Franka zwang sich, ihm ins Gesicht zu sehen. Denn für das, was sie gleich sagen würde, musste sie seine direkte Reaktion erleben. »Was passiert mit einem Mann, wenn plötzlich eine Frau da ist, mit dem er seine geheimsten Wünsche ausleben kann?«

»Reden wir jetzt über uns?«

»Vergiss es.« Franka schnappte sich ihre Sachen und hatte schon fast die Tür erreicht, als Abel sie zurückhielt.

»Ich reiß mich ja schon zusammen«, sagte er. »Wenn du etwas über Männer und ihre Wünsche wissen willst, dann frag. Und ich verspreche dir, beim Thema zu bleiben.«

»Wehe, wenn nicht«, drohte Franka.

Einen Augenblick sah es so aus, als wäre es unmöglich für Abel, sein Versprechen zu halten, solange Franka so dicht vor ihm stand. Wie in Zeitlupe gab er ihren Arm frei und trat einen Schritt zurück. »Die Wirkung auf einen Mann hängt davon ab, ob er sich seinen Wunsch bereits eingestanden hat oder ob er erst erkennen muss, dass es ihn überhaupt gibt. Bei Jäckers Elitenutten wird es um Sex gegangen sein, da hegt wahrscheinlich ein Großteil aller Männer Wünsche, die sie lieber verdrängen. Und wenn dann plötzlich das Angebot da ist, sie ohne große Konsequenzen auszuleben, werden sie zugreifen und anschließend ziemlich überfordert sein. Manche Wünsche werden eben besser nicht erfüllt.«

»Haben wir es bei unserem Mörder vielleicht mit einem solchen Mann zu tun?«

Abels Stirn legte sich in Falten. »Weil er seine Taten verwischen will, indem er seine Gespielinnen umbringt?«

Die Lösung war zum Greifen nah.

Franka streckte die Hand aus und bekam Abels T-Shirt vorn an der Brust zu fassen. Sie hielt sich daran fest. »Oder weil sein dunkelster Wunsch darin bestand, eine Frau zu töten. Nicht einfach umzubringen, sondern sie zuerst zu quälen, ihre Finger zu brechen, ihr das Gesicht zu zerschlagen, ehe er zum krönenden Abschluss wie ein Wilder auf sie einsticht.«

»Aber Rosalia hat sich wahrscheinlich schon vor Jahren aus dem Geschäft verabschiedet, Jäcker kann sie niemandem für solche Dienste angeboten haben«, gab Abel zu bedenken.

Frankas Finger krallten sich in den Stoff seines Shirts. Abel gab keinen Laut von sich. »Und Ada? Sie war bestens aufgehoben in dem hübschen Bauernhaus, pflegte eine zarte Liaison und hätte vermutlich sogar ihren Schulabschluss geschafft. Nur ist das Idyll zerbrochen, nachdem sie nicht nur Jens Reiber als Dankeschön für ihre Rettung einen Wunsch erfüllt hat und ihm das liebe Mädchen vorgaukelte, sondern sich in Dornkasts Familie einfügte. Wobei niemandem von außen auffiel, dass sie dort nicht reingehörte. Ada ist offenbar richtig gut darin, Wünsche zu erfüllen. Vielleicht ist die entscheidende Frage ja, wessen dunkle Gelüste sie geweckt und dann befriedigt hat.«

»Du meinst, Ada hat jemandem eure Tote aus dem Wohnwagen zugeführt«, sagte Abel. »Ada kannte Rosalia von früher und hat sie vor Kurzem zufällig wiedergetroffen oder sie kontaktiert, weil sie in der jungen Frau das perfekte Opferlamm für unseren Unbekannten gesehen hat. Vielleicht für den nächtlichen Besucher.«

»Gut möglich«, sagte Franka. »Wenn unser Mann sich zum ersten Mal auf diese Weise ausgelebt hat, würde das auch die unterschiedlichen Misshandlungen erklären, die Rosalia erlitten hat: Er musste sich erst ausprobieren, um herauszufinden, was ihn am meisten anturnt. Will ich dem Miststück nur ein wenig Angst machen, ihr wehtun? Oder doch mehr? Sehr viel mehr? Es ist eskaliert. Und Ada hat sich anschließend ums Aufräumen gekümmert, Rosalias Fingerkuppen verbrannt, ihre zahnärztlich behandelten Zähne gezogen, sie aber auch hingesetzt, als wartete sie bloß auf jemanden.«

»Ein letzter Freundschaftsdienst«, sagte Abel, während er die lose Strähne wieder hinter Frankas Ohr strich.

»Spielt ihr beiden einen Tatablauf nach, oder probiert ihr gerade eine neue Form der Zusammenarbeit aus?« Georg Feitner, Chef der Spurensicherung, stand breitbeinig in der Tür.

Ruckartig gab Franka Abels Shirt frei. »Unser Mann hat vermutlich die äußere Türklinke angefasst. Wir brauchen seine Abdrücke so schnell wie möglich.«

»Was ihr so schnell wie möglich braucht, ist ein Bett«, knurrte Feitner. Seinem feisten Gesicht war anzusehen, wie sehr er diese Situation genoss, schließlich stand Franka ganz oben auf seiner langen Hassliste. »Oh, wie ich sehe, habt ihr sogar schon eins gefunden. Was ich in den zerwühlten Laken wohl so alles finden werde?«

»Nichts«, sagte Abel. »Ansonsten erinnere ich mich an die Sache von unserem letzten Fall, die ich unbedingt aus meinem Gedächtnis streichen sollte. Sie hatte irgendwas mit einem stark restalkoholisierten Spurensicherer und einigen wichtigen, aber leider verunreinigten Proben zu tun.«

Feitner zuckte zusammen, als würde er gewaltsam aus einem süßen Traum gerissen. »Ich schulde dir zwar was, Messner, aber nicht unserer Eiskönigin. Dafür warte ich schon zu lange darauf, sie straucheln zu sehen.«

»Ich wusste ja schon immer, dass Sie ein Arschloch sind«, sagte Franka. »Und wenn Sie denken, ich würde mir Sorgen machen, weil Sie darüber hinaus noch herumtratschen, haben Sie sich geirrt. Laufen Sie ruhig schwitzend vor Aufregung im Dezernat herum und erzählen Sie Ihre Geschichtchen, damit können Sie mir gar nichts. Und jetzt kümmern Sie sich um die Fingerabdrücke, Feitner, aber versauen Sie es nicht.«

39

Das lila Licht der Shisha-Bar Ruhepol blieb bis in die Morgenstunden an, selbst dann noch, wenn die ersten Anzugträger und andere Malocher unterwegs zur Arbeit waren. Der lange Atem zahlte sich aus, die Bar war eine feste Institution unter Rerricks Nachtschwärmern, die einen sanften Ausklang einer Bettdecke über dem Kopf vorzogen. Außerdem war es angenehm, es gab einladende Nischen und das stadtbeste Baklava zum Naschen.

Genau an dieses Gebäck musste Mads denken, als er vor der Bar stehen blieb und die Hände tief in den Taschen von Denis' Lederjacke vergrub. Diese Mischung aus Honig, gehackten Pistazien und zwischen den Zähnen sanft krachendem Blätterteig, das reinste Paradies. Als wäre alles süß und schön.

Mads schüttelte den Kopf über dieses irre Bedürfnis. Eigentlich sollte ihm alles Mögliche durch den Kopf gehen, zum Beispiel die Riesenscheiße, in die er sich reingeritten hatte – und die scheinbar noch nicht tief genug war, sonst hätte er den Corsa wohl kaum in der Seitenstraße abgestellt, sondern wäre straight auf die Autobahn gefahren, am besten in Richtung Süden, obwohl er mit der geklauten Schrottkarre nicht sonderlich weit gekommen wäre. Der Bulle war ihm lang genug nachgerannt, um sich das Kennzeichen zu merken. Falls das überhaupt ein Bulle gewesen war. Ziemlich unwahrscheinlich, wenn man bedachte, dass er mit dieser blonden Maus in Jens Reibers Bett gelegen hatte. Da war es schon wahrscheinlicher, dass Nell den Kerl auf Ada und ihn angesetzt hatte, ein Profikiller, der sich die Zeit mit einer Studentin versüßte, während er auf Reiber wartete, um ihn in die Mangel zu nehmen. Danach stank die ganze Sache.

»Ist das alles krank«, murmelte Mads.

Eine Truppe Clubkrieger auf dem Weg in die Bar musterte ihn neugierig.

Mit einem Schulterzucken folgte Mads ihnen.

Trotz der frühen Morgenstunde war der Ruhepol rappelvoll, hier ließen Rerricks Feierwütige die Nacht ausklingen. Trotz des Gedränges kam Mads nur ein paar Schritte weit, eher er von Yeldo angehalten wurde. Der Barbesitzer reichte Mads zwar nur bis zur Brust, war dafür aber doppelt so breit.

»Alter, was machst du hier?«, fragte Yeldo.

»Jo, Yeldo, alles klar?«

»Quatsch nicht dumm rum. Was machst du hier?«

»Mann, ich habe ein heißes Verlangen nach Baklava.«

»So scheißdreist kannst nicht mal du sein, du *ahmak!*«

»Warum nennst du mich einen Idioten, willst du Stress mit mir? Ich dachte, wir wären Freunde, vor allem nachdem ich dir deine saugeile Musikanlage für lau besorgt habe.«

»Scheiß auf dich und deine Freundschaft, ich bekomme Stress, weil du Hurensohn hier bist. In meinem Laden, Mann. Weißt du, wer mir vor ein paar Tagen einen Besuch abgestattet hat und über dich quatschen wollte? Barback, Haifisch Nells Mann, wenn's zur Sache geht. Wenn der hier auftaucht und nach dir fragt, heißt das, dass du echt megatief im Dreck steckst. Und das kann ich nicht gebrauchen.« Wie aufs Stichwort tauchte im Gedränge des Lounge-Bereichs Yeldos Geschäftspartner auf, dessen Namen Mads sich nicht merken konnte und den er deshalb bloß Mr. Universum nannte. Mit Mr. Universum war nicht zu spaßen – das war das Einzige, was Mads über diesen Muskelberg wusste.

Mads zuckte mit den Schultern, die Neuigkeit konnte ihn nun wirklich nicht mehr schockieren. »Mach dich locker, ich bin gleich wieder weg.«

»Kapier es: Du bist in meinem Geschäft unerwünscht.«

»Echt?« Mads zog mit gespieltem Entsetzen die Augenbrauen hoch. »Dann komme ich demnächst mal vorbei, wenn ihr geschlossen habt, und nehme die Musikanlage, mein kleines Einweihungsgeschenk, wieder mit, *Freund.*«

»Meinetwegen. Wenn du lang genug lebst, kannst du das gern machen. Aber jetzt verpiss dich, oder ich rufe bei Nell an. Barback hat mir seine Direktdurchwahl gegeben, alles klar? Die sind megascharf drauf, dich am Arsch zu kriegen. Wenn ich dem einen Tipp gebe, bezahlt der mir garantiert eine nagelneue Anlage mit Garantieschein dazu.«

Auf mich ist ein Kopfgeld ausgesetzt, das wird ja immer besser, dachte Mads. »Mach dich nicht nass, Yeldo. Ich hole nur meine Freundin, und dann bin ich auch schon wieder weg.«

»Deine Freundin?«

»Genau. Also, wenn du dann mal beiseitetreten würdest?«

Zu Mads' Überraschung nickte Yeldo nur, woraufhin Mr. Universum wieder hinter die Theke verschwand. Allerdings beobachtete der Barbesitzer Mads, wie er die abseits liegenden Nischen absuchte, bis er Ada fand.

Sie saß ungewohnt lasziv da, zurückgelehnt, die Lider schwer. Als wäre das Mädchen, das Mads vor einigen Stunden dazu überredet hatte, im Ruhepol auf ihn zu warten, plötzlich erwachsen geworden. Er hatte erwartet, sie verängstigt, wahrscheinlich sogar in Tränen aufgelöst anzutreffen. Das Bild einer jungen Frau, der es nichts ausmachte, allein in einer Shisha-Bar die Zeit verstreichen zu lassen, hatte ihm jedenfalls nicht vorgeschwebt. Unwillkürlich fragte er sich, ob Ada wirklich die ganze Zeit über allein gewesen war. Hätte er sie als Besucher gesehen, hätte er auf jeden Fall sein Glück versucht und sie angequatscht. Vermutlich würde es ihr nicht schwerfallen, einen anderen Retter zu finden.

»Hallo, Schönheit«, sagte Mads.

Ada rührte sich nicht, sagte aber: »Du bist zurück.«

Mads rutschte auf die Sitzbank, obwohl sie dafür eigentlich keine Zeit hatten. »Natürlich bin ich das. Was dachtest du denn?«

Ada sah ihn bloß an.

Sie weiß es, dachte Mads. Sie weiß, dass der erschossene Barback die Dinge zwischen uns verändert hat. Es war, als würden sie jetzt in zwei verschiedenen Ligen spielen. Scheiße, sie hatte den alten Kerl einfach abgeknallt, Panikanfall hin oder her.

Nachdem Mads sie beim Ruhepol abgeliefert hatte, war er tatsächlich lange durch die nächtliche Stadt geirrt und hatte versucht, sich klar darüber zu werden, was Sache war. Er war nicht sonderlich erfolgreich dabei gewesen, etwas an Ada zog ihn stärker an als jede Vernunft oder sogar sein Selbsterhaltungstrieb. Als würde sie die richtigen Knöpfe bei ihm drücken, ohne dass er es überhaupt kapierte. In seiner Zerrissenheit hatte er sogar den Brief gelesen, den Ada ihm für diesen Jens Reiber mitgegeben hatte, dem sie aus irgendeinem Grund nicht persönlich unter die Augen treten wollte. »Verzeihst du mir?«, hatte dort gestanden. »Ich will ja die Frau sein, die du in mir siehst. Aber dazu brauche ich deine Hilfe. Noch einmal. Bitte, Jens, hilf mir.« Unterschrieben hatte sie mit einem Herzchen. Mads hatte keine Ahnung, was genau zwischen Ada und diesem Studenten-Jens gelaufen war, aber sie bestand darauf, dass er die einzige Person auf diesem Planeten war, die ihnen jetzt noch helfen konnte. Am besten mit einem Batzen Kohle oder einem Wagen, der sie sicher aus der Stadt brachte – jedenfalls, wenn es nach Mads ging.

»Du warst lange weg«, sagte Ada in einem Ton, den Mads nicht von ihr kannte. Er war ruhig, völlig abgeklärt, der Tonfall einer erwachsenen Frau. Ob sie eine Spezial-Shisha gehabt hatte? Yeldo war berühmt für seine Mischungen unter der Ladentheke.

»Es war nicht einfach, ein Auto zu organisieren, das keine Aufmerksamkeit auf sich zieht.« Und das man ohne Werkzeug knacken kann, fügte Mads in Gedanken hinzu. Es war ein Jammer, dass der Corsa dank der Polizei nutzlos geworden war. Jetzt am frühen Morgen ein neues Auto zu organisieren war so gut wie unmöglich, aber darüber würde er sich Gedanken machen, wenn er mit Ada aus diesem Laden raus war. Bestimmt würde es nicht mehr lange dauern, bis Yeldo vor ihrer Nische stand oder – was wahrscheinlicher war – Nells Nummer wählte.

»Warst du bei Jens?«, fragte Ada.

Mads' rechtes Bein fing an zu zucken. Yeldo hatte noch immer nicht den Kopf in ihre Nische gesteckt. Das war kein gutes Zeichen. »Lass uns das draußen besprechen.«

»Ich fühle mich hier ganz wohl.« Ada schmiegte sich in die Polster. »Also, hast du Jens meinen Brief gegeben?«

Mads seufzte ergeben. »Der Typ war nicht da.«

»Du lügst. Wo sollte Jens mitten in der Nacht sein, wenn nicht auf seinem Zimmer? Er ist kein Rumtreiber.« So wie du, schwang zwischen den Zeilen mit.

»Okay, dann ist Jens wohl ein Riesenkerl mit fies definierten Muskeln, dessen Knarre griffbereit auf dem Tisch liegt, während er was von Polizei redet.«

Nun riss Ada die Augen auf und war Mads dadurch gleich wieder vertrauter. »Die Polizei hat bei Jens auf uns gewartet? Die können unmöglich wissen, dass wir miteinander befreundet waren. Das war unser Geheimnis!«

»Falls der Typ wirklich von der Polizei war. Als ich ins Zimmer bin, lag er splitterfasernackt mit einer Blondine im Bett. Klingt nicht nach Staatsbeamten im Dienst.«

»Das verstehe ich nicht.«

Da war er wieder, ihr spezieller Bambi-Blick, auf den Mads so stand. Gerade als er sich zu Ada rüberlehnte, um ihr den Arm um die Schultern zu legen, tauchte Yeldo an ihrem Tisch auf, mit einem breiten Grinsen im Gesicht und einem Tablett mit Drinks.

»Das ist also deine Freundin. Nicht schlecht. Ich hatte mich schon gefragt, warum eine Lady von diesem Kaliber allein hier sitzt und jeden Kerl abweist, der ihr was spendieren will.«

»Was soll das?«, fragte Mads und deutete auf die Drinks.

»Chill mal, mein Freund. Ich habe nur über die Sache mit der Musikanlage nachgedacht, die würde ich nämlich gern behalten. Und deshalb dachte ich mir: Scheiß auf Nell, den Wichser. Hat doch jeder seine eigenen Probleme, oder?«

»Und wir lösen unseres jetzt mit Drinks?«

Yeldo rutschte auf der anderen Seite der Bank neben Ada. »Der Klassiker, um Freundschaften zu erhalten. Ich bin übrigens Yeldo, mir gehört dieses ehrenwerte Etablissement.« Er verneigte sich leicht.

»Schöner Laden«, sagte Ada, während sie Yeldo abcheckte. Ihre Verunsicherung war genauso schnell verschwunden, wie sie aufgetaucht war. »Läuft ja ziemlich gut.«

»Supergut«, bestätigte Yeldo, während er ihr einen Drink reichte. »Demnächst öffne ich sogar eine Filiale in Hannover, die Tinte unterm Mietvertrag muss nur noch trocken werden. Das wird dann ein richtig großer Laden, mit VIP-Salon für Gäste, die Privatsphäre wünschen. Falls du also mal einen richtig interessanten Job brauchst …« Er prostete Ada zu.

Mads nahm Ada den Drink aus der Hand. »Du glaubst doch nicht ernsthaft, dass mein Mädchen in deiner Klitsche in irgendwelchen Hinterzimmern arbeiten wird?«

Yeldo trank in Ruhe. »Du spuckst ganz schön große Töne für jemanden, der in Rerrick und vermutlich im ganzen verdammten Land keine Zukunft hat. Manchmal sind Jobs in Hinterzimmern da die reinste Gnade.«

»Fick dich.« Mads umfasste Adas Ellbogen und wollte sie mit sich aus der Nische ziehen, doch sie machte sich schwer.

»Hören wir uns doch an, was das mit dem neuen Laden werden soll«, schlug Ada vor. »Ich bin schon mal in Hannover gewesen, ist okay dort.«

»Wir finden was Besseres.«

»Vielleicht meint deine Lady ja, dass es an der Zeit ist, getrennte Wege zu gehen.« Yeldo lächelte so breit, dass es nach Zähnefletschen aussah.

Als Ada sich noch immer nicht aus der Nische ziehen ließ, sagte Mads: »Ich kenne ein einsames Bauernhaus mit einem gut bestückten Safe. Außerdem schuldet uns der Hausherr noch was, eine Halskette, um genau zu sein. Nicht wahr, Ada?«

Damit hatte er ihre ungeteilte Aufmerksamkeit. »Das willst du wirklich für mich tun?«

»Für uns beide«, sagte Mads. »Wenn man einen neuen Weg einschlagen will, muss man den alten erst mal bis zum Ende gegangen sein. Wollen wir los?«

»Ja«, sagte Ada und ließ sich von Mads aufhelfen.

»Einen Moment.« Yeldo schlüpfte ebenfalls aus der Nische. »Wir waren noch nicht ganz fertig.«

»Mach dir keine Sorgen wegen deiner Musikanlage. Dass sie vom LKW gefallen ist, war nicht bloß ein dummer Spruch. Das Teil ist echter Ausschuss. Freu dich über jeden Tag, an dem sie anspringt. Und vielen Dank für den Drink.«

Yeldo versperrte ihnen den Weg. Nicht allein, wie Mads feststellen musste: Auch Mr. Universum war inzwischen aufgetaucht.

»Warum setzen wir uns nicht einfach wieder hin und genießen unsere Drinks?«, schlug Yeldo vor.

»Du Verräterschwein hast Nell angerufen.« Mads spuckte auf den Boden.

»Ich bin ein Geschäftsmann, genau wie Haifisch Nell. Aber wenn du magst, kannst du dich gern verpissen, Mads. Die Kleine bleibt allerdings hier.« Yeldo streckte die Hand nach Ada aus, doch sie brachte sich hinter Mads in Sicherheit.

Schnell überschlug Mads seine Chance, es mit Ada unbeschadet bis zum Ausgang zu schaffen, während seine Hand nach dem Revolver tastete, den er sich rückseitig in den Gürtel geschoben hatte.

»Nicht doch.« Yeldo holte ein Messer hervor. »Bevor du irgendwas unternehmen kannst, werfe ich dieses Schätzchen. Darin bin ich verflucht gut. Ungelogen.«

»Das würdest du machen?«

»Aber sicher doch. Sogar geschäftlich gesehen wäre es ein brillanter Schachzug, schließlich ist der Laden knallvoll. Die Geschichte, wie ich einen Spinner außer Gefecht gesetzt habe, würde sich schneller verbreiten als Chlamydien bei einer Swingerparty. Das wäre unbezahlbare Promotion – eine heftige Story, das ist es, was man heute zum Erfolg im Nacht-Bizz braucht.«

»Eine gute Story, was?« Mads holte tief Luft, dann brüllte er: »Drogenrazzia! Die Bullen sind da!«

Eine Sekunde lang schien die Zeit stillzustehen, dann sprang die Hälfte der Gäste auf, und der Rest sah sich irritiert um. Schreie erklangen, und die Eingangstür war sofort von türmenden Gästen verstopft.

Yeldo wirbelte um seine Achse und schrie »Nix Polizei, war bloß ein Witz«, doch das Einzige, was die Leute zu hören schienen, war das Wort Polizei. Nun wachten auch die letzten Wasserpfeifen-Raucher auf.

Mr. Universum war im Gegensatz zu seinem Kompagnon nicht so leicht abzulenken und setzte auf Mads zu, der bereits den Revolver zog und in Richtung Decke schoss. Mehrmals. Der Lärm, den die Waffe dabei machte, schallte ihm in den Ohren, dann krachte es noch einmal, als einige Deckenstrahler zu Boden knallten. Einer der schweren Strahler erwischte Mr. Universum am Rücken und ließ den Mann aufschreien.

Jetzt war die Menge nicht mehr zu halten. Alles drängte

in Richtung Ausgang, während Angstschreie sich mit wütendem Gebrüll vermischten. Jemand schmiss einen Sessel in ein Schaufenster, das mit einem Knacken zerbarst. Yeldo versuchte sich einen Weg durch die Masse zu bahnen, schaffte es jedoch nicht.

Als Ada sich an Mads vorbeidrängen wollte, hielt er sie fest. »Wir nehmen den Hinterausgang, wenn's dir recht ist«, sagte er.

40

Die Wohnhäuser hinterm Rangierbahnhof des ehemaligen Arbeiterviertels waren durchweg grau. In dieser Gegend klebten die Bewohner vergilbte Zeitungen als Sichtschutz in die Fenster, und am Straßenrand türmte sich der Abfall, weil die Müllabfuhr sich weigerte, nicht ordnungsgemäß befüllte Mülltonnen auszuleeren.

Hier sieht es genauso elend aus, wie ich mich heute Morgen fühle, dachte Franka, während sie mit Abel wartend auf dem Bürgersteig stand.

Als Simon kurze Zeit später seinen Kadett am Straßenrand parkte, rieb Franka ihre behandschuhten Hände gegeneinander, was jedoch wenig nützte, da die Kälte von innen kam. Abels Parka hingegen stand offen, obwohl er lediglich ein T-Shirt drunter trug. Sein ramponiertes Hemd hatte er direkt im Studentenheim entsorgt. Im Gegensatz zu Franka, die er dazu überredet hatte, ihrer Wohnung einen Abstecher abzustatten, war er bei Feitner von der Spurensicherung geblieben. Angeblich, um möglichst schnell Ergebnisse zu erhalten. Was sich gelohnt hatte, denn der Abgleich der Fingerabdrücke brachte heraus, dass ihr nächtlicher Besucher ebenfalls in der DJ-Wohnung und somit möglicherweise Nells Schuldner gewesen war. Wahrscheinlich stammte von ihm auch die Blutlache auf dem weißen Sofa. Franka hatte die dunklen Flecken auf dem Gesicht des jungen Mannes zwar für Schatten gehalten, es konnten aber ebenso gut Blutergüsse von Schlägen gewesen sein. Außerdem kannten sie nun seinen vollständigen Namen: Mads Field, ein vierundzwanzig Jahre alter Kleinkrimineller. Die Kollegen vom Einbruch hielten ihn für das Mitglied einer Einbrecherbande, die gerade dabei war, sich zu professionalisieren. Bislang hatten sie Mads aber nur für Autodiebstahl drangekriegt, als er neunzehn gewesen war. Es war leicht, diese Art Mann im Umkreis von Nell, dem Haifisch, zu verorten, doch eine Verbindung zum Oberliga-Menschenhändler Jäcker war nicht zu erkennen.

»Guten Morgen«, sagte Simon, nachdem er aus dem Wagen gestiegen war. Mit gerunzelter Stirn sah er Abel an, der neben Franka auf dem Gehweg stand. Dann wandte er sich seiner Partnerin zu. »Hat eine gute Fee letzte Nacht Sonderschicht geschoben und nicht nur unsere Ermittlungen vorangebracht, sondern als Sahnehäubchen unser Team vergrößert?«

»Dafür ist eher der Zufall verantwortlich«, sagte Franka. »Es hat sich einfach so ergeben.«

Simon schien nicht überzeugt. »Abel steht also rein zufällig vor der Wohnung unseres Verdächtigen, anstatt gemeinsam mit Lars Brenner Jäckers gerade erst festgenommenen Kompagnon zu befragen, warum er einer Zeugenaussage nach Kontakt zu einem berüchtigten Feuerleger aufgenommen hat.« Mit einer abschätzigen Miene musterte er Abel. »Klingt für mich so, als müsstet ihr euren Auftraggeber für die Brandstiftung nur noch eintüten. Das ist doch dein Job, oder?«

»Das bekommt Brenner schon allein hin.«

»Aber du hast den Zeugen aufgetan, wie ich gehört habe.«

»Deshalb muss ich Jäckers rechte Hand noch lange nicht persönlich befragen. Ich hasse diese arschglatten Geschäftstypen, die ihr Geld mit Menschenleben machen, und noch mehr dieses Anwaltsteam, das sofort auf dem Dezernat einmarschiert ist, als wollten sie den Laden übernehmen.«

Simon schüttelte ungläubig den Kopf. »Du hast deinen so gut wie gelösten Fall doch nicht freiwillig abgegeben, weil dir Anwälte auf die Nerven gehen. Was machst du hier?«

»Soll das ein Verhör werden?«, fragte Abel.

»Ich mag klare Fronten.«

»Du magst es einfach.«

Wenn die Situation nicht so ernst gewesen wäre, hätte Franka spätestens jetzt die Augen verdreht. Stattdessen schob sie sich demonstrativ zwischen die beiden Männer. »Wie geht es Jens Reiber? Konntest du ihn heute Morgen schon sprechen?«, fragte sie Simon.

»Nein, er liegt auf der Intensivstation, nachdem es in der letzten Nacht einige Probleme gab. Als er zu sich gekommen ist, hat er einen Anfall bekommen und sämtliche Verbände abgerissen. Das Klinikpersonal ist sich nicht sicher, ob das eine Art Suizidversuch war. Jedenfalls haben sie ihn direkt wieder auf den OP-Tisch gepackt, mit einer verletzten Halsarterie ist nicht zu spaßen.«

»Und der Durchsuchungsbefehl für Mads Fields Wohnung?«

In Simons Gesicht arbeitete es deutlich. Das Thema Abel war noch nicht durch, so viel stand fest. »Habe ich dabei. Habt ihr schon überprüft, ob jemand da ist?«

»Es ist die Wohnung im zweiten Geschoss ohne Vorhänge. Wir haben im gegenüberliegenden Haus nachgefragt, die haben da schon seit Tagen niemanden mehr gesehen. Ein älterer Nachbar verbringt ziemlich viel Zeit am Fenster und hat uns erzählt, dass gestern schon mal jemand da gewesen sei und nach dem jungen Mann gefragt habe. Ein bulliger Kerl, scheinbar ziemlich imposant. Leute von Nell, dem

Haifisch, würde ich mal tippen. Jedenfalls durften wir von seiner Wohnung aus einen Blick in Fields Wohnung werfen. Ein ziemlicher Saustall, aber kein Mensch zu sehen.«

»Wundert mich nicht. Field räubert seit Jahren mit seiner Bande Villen aus, ohne dass man ihm etwas beweisen konnte. Er wird also nicht so dumm sein, nach der Barback-Geschichte hier aufzuschlagen.« Simon wandte sich an Abel. »Ich möchte meine Partnerin kurz unter vier Augen sprechen. Du kannst ja so lange den Eingang bewachen, dann bist du wenigstens zu etwas nütze.« Er wartete Abels Reaktion nicht ab, sondern nahm Franka ein paar Schritte mit zur Seite.

Franka schlug das Herz bis zum Hals. »Es ist so, wie ich es dir schon am Telefon gesagt habe: Ich wollte gestern Abend noch Reibers Recherchen durchgehen, und Abel kam vorbei, um zu hören, ob ich den Schuss auf Reiber gut weggesteckt hätte. Wo er schon mal da war, hat er mir bei der Durchsicht geholfen, und ich bin irgendwann eingenickt. Dann stand plötzlich dieser junge Kerl im Zimmer und hat nach Jens Reiber gefragt. Als ihm klar geworden ist, dass wir von der Polizei sind, ist er abgehauen, aber wir hatten das Kennzeichen von seinem Auto, nur dass …«

»Schon gut«, unterbrach Simon ihren Redefluss. »Das habe ich alles schon beim ersten Mal kapiert. Ich wollte nur hören, ob bei dir alles okay ist. In Abels Gegenwart bist du immer so angespannt, gar nicht du selbst. Und ich dachte … Nun, warum zur Hölle taucht der Kerl mitten in der Nacht in der Wohnung eines unserer Verdächtigen auf, wo nicht mal ich als dein Partner weiß, dass du dir ausgerechnet dort die Nacht um die Ohren schlägst?«

Frankas Gedanken überschlugen sich auf der Suche nach der perfekten Ausrede, die jeden Zweifel auslöschen würde.

»Du kennst doch Abel, vor dem ist niemand sicher, sobald er sich was in den Kopf gesetzt hat.«

»Und was genau hatte er sich mit seinem Besuch vorgenommen? Er ist ja nicht gerade als der große Tröster bekannt.« Franka wollte widersprechen, aber Simon ließ das nicht zu. Allem Anschein nach hatte sich etwas angestaut, das unbedingt gesagt werden musste. »Es ist nicht zu übersehen, dass Abel sich auf seine ganz eigene Art zu dir hingezogen fühlt, Franka. Es wäre wohl auch nicht das erste Mal, dass er dir Avancen macht, wenn der Flurfunk stimmt.«

»Hast du mit Feitner gesprochen?«

»Wieso, hätte der auch eine Geschichte zu bieten? Ist das ganze Spurensicherungsteam besser auf dem Laufenden als ich?«

Darum ging es also: Arnd Volkers hatte seinen verdammten Mund nicht halten können. Verletzte Männeregos waren nicht zu unterschätzen. »Seit wann gibst du etwas auf den Flurfunk?«

»Seitdem er überzeugend klingt.«

Franka zuckte die Achseln. »Falls du erwartest, dass ich zu irgendwelchen Tratschgeschichten Stellung beziehe, muss ich dich enttäuschen.«

»Mir geht es nicht um Tratsch. Ich will nur, dass du mir vertraust.«

»Vertrauen ist keine Einbahnstraße, Simon.«

Simon musterte sie, als wäre sie nicht länger die Partnerin, die er zu kennen glaubte, geschweige denn die Frau, zu der er sich hingezogen fühlte. Als hätte sich etwas Fremdes in ihren Anblick eingeschlichen … Unwillkürlich betastete Franka ihren Mund. Der Zwischenstopp in ihrer Wohnung hatte für eine Dusche, Kleiderwechsel und frisches Make-up gereicht – trotzdem waren ihre geschwollenen Lippen wohl kaum zu übersehen. Und wenn es nicht ihre Lippen waren, dann würde sie etwas anderes verraten, vermutlich Abel, für den es keinen Grund gab, wegen der letzten Nacht hinterm Berg zu halten. Vor allem nicht, da er in Simon seinen direkten Konkurrenten sah. Franka zögerte. Vielleicht war jetzt der Zeitpunkt gekommen, die Maske fallen zu lassen und Simon zu zeigen, wer sich dahinter verbarg. Nur hatte sie keine Ahnung, wer das sein würde, nach der letzten Nacht noch weniger als zuvor.

»Franka?«

Simons Stimme riss sie aus ihrer Starre. »Was?«

»Ich wollte dir nicht zu nahetreten. Wenn du nicht mit mir darüber sprechen willst, akzeptiere ich das natürlich.«

»Das will ich doch«, versicherte sie ihm.

»Und warum wirkst du dann so distanziert?« Simon fuhr sich mit der Hand durchs Haar; etwas an seiner Geste verriet seine Hilflosigkeit. »Wenn etwas passiert ist, kannst du es mir ruhig anvertrauen. Du weißt doch, dass ich zu hundert Prozent hinter dir stehe. Als du in Reibers Zimmer eingeschlafen bist, hat Abel da vielleicht …«

»Nein«, sagte Franka mit mehr Nachdruck als nötig. »Abel hat nichts Falsches getan. Es war einfach eine verrückte Nacht, das ist alles. Und jetzt lass uns bitte unseren Job machen.«

Enttäuschung legte sich in Simons Blick. »Wie du meinst.«

41

Als sie zu Mads Fields Wohnhaus zurückkehrten, war Abel verschwunden, dafür klemmte in der geöffneten Eingangstür eine Altpapiertüte.

»Es wäre auch wirklich zu viel verlangt gewesen, auf uns zu warten«, knurrte Simon.

Der Hausflur war genauso farblos wie die Fassade, sogar das Deckenlicht schien grau.

In der zweiten Etage stand Abel gegen die Flurwand gelehnt. »Sollen wir einen ersten Blick in Fields Wohnung werfen, bevor die Spurensicherung die Bude als ihr Revier ausruft?«

»Field wird uns wohl kaum den Gefallen getan und seine Tür offen stehen gelassen haben«, sagte Simon.

Abel gab der Tür einen leichten Schubs, und sie glitt auf.

Simon zog eine Augenbraue hoch. »War das schon so?«

»Nein.«

»Du hast die Tür aufgebrochen?« Simon sah Franka ungläubig an. »Sag mir, dass er nicht die Tür zu unserem potenziellen Tatort aufgebrochen hat.«

»Geknackt, aber ohne Spuren zu hinterlassen«, erklärte Franka widerwillig an Abels Stelle. »Zu den vielen seltsamen Dingen, die Abel auf Lager hat, gehört auch das Knacken von Schlössern. Er hat sogar das nagelneue Sicherheitsschloss meiner Haustür im Nullkommanichts aufbekommen. Frag nicht«, fügte sie schnell hinzu, als Simons Brauen hochgingen.

Mit einem Seufzen holte Simon ein Paar Latexhandschuhe und Schuhüberzieher aus der Manteltasche, dann betrat er als Erster die Wohnung und damit direkt den Wohnraum, der Küche, Wohn- und Schlafzimmer in einem war. Mit schnellen Schritten hielt er auf das Fenster zu und riss es auf.

»Verflucht, gibt es hier drin eine verwesende Katze?«

Franka schnupperte, um es sofort zu bereuen. »Ich tippe auf China-Food, gut abgelagert.« Dann ging sie an Simon vorbei, darauf bedacht, nichts zu berühren. Was nicht ganz leicht war angesichts der Tatsache, dass der Bodenbelag aus alten Pizzaschachteln bestand. Statt typischem Krimskrams gab es hier Werkzeuge, zwei Safe-Modelle, ein halb zusammengebautes Fahrrad sowie weitere herumfliegende Einzelteile, und auf dem Küchentisch lag etwas, das stark nach einem Automotor aussah. Mads Field war offenbar ein leidenschaftlicher Tüftler.

Simon inspizierte die Küchentheke und verzog angewidert das Gesicht, als er eine Kaffeekanne anheben wollte und sie Fäden zog. Als Untersetzer war scheinbar ein Stück Pizza verwendet worden. Die Zuckerschale war umgestoßen, und ihr Inhalt war zu Boden gerieselt. »Lebt Field wirklich in einem solchen Saustall, oder hat sich hier einer durchgewühlt ohne Rücksicht auf Verluste?«

Franka ließ die Unordnung auf sich wirken. »Beides – würde ich sagen. Field ist einer von den Chaoten, bei denen das Durcheinander einer persönlichen Form von Ordnung entspricht. Dieses verstreut herumliegende Werkzeug etwa … so hat er alles im Blick. Auch die vergammelten Essensreste oder das zerwühlte Bettzeug scheinen

Teil der Inneneinrichtung zu sein, er schert sich nicht um Alltagskram. Ich glaube allerdings auch, dass sich hier vor uns schon jemand umgesehen hat. Die ausgeleerten Kommodenschubladen: Field lässt sie bestimmt offen stehen, aber ich glaubte nicht, dass er seine Wäsche auf dem Boden verteilt. Das Privileg gebührt seiner Werkzeugsammlung.«

»Ein paar Teile davon sehen übrigens so aus, als hätte er sie persönlich modifiziert.« Abel hockte neben einem Set, das an zurechtgeschnittene Blechstreifen erinnerte. »Die Kollegen vom Einbruch dürften diese Sammlung äußerst interessant finden.«

»Habt ihr irgendwo einen Laptop gesehen, der zu dem Teil gehört?« Simon hielt eine leere Neoprenhülle hoch. »Der wird das Gerät doch wohl kaum ohne Schutzhülle mit sich rumschleppen …«

Sowohl Franka als auch Abel schüttelten den Kopf.

»Kein Laptop also. Dann wird ihn derjenige mitgenommen haben, der vor uns Fields Bleibe durchsucht hat. Schade.«

Als es an der Tür klopfte, fuhr Franka herum. »Ich sehe nach, wer da ist«, sagte sie, bevor einer der Männer reagierte. Falls es Georg Feitner war, wollte sie ihm gleich klarmachen, dass er sich besser jeden dummen Spruch verkniff. Doch es war nicht Feitners Bulldoggen-Visage, in die sie blickte. Es war auch niemand aus dem Fahndungsteam, der mit der Nachbarnbefragung starten wollte. Stattdessen stand da Eva Weil mit blassem Gesicht und geröteten Augen.

»Guten Morgen.« Franka streckte die Hand aus, zum Gruß, aber auch um Eva Weil notfalls festzuhalten, falls sie fortlaufen wollte.

Das hatte die rothaarige Frau jedoch nicht vor, stattdessen erwiderte sie gereizt Frankas Blick. »Was zum Teufel machen Sie denn hier?«

»Das Gleiche könnte ich Sie fragen. Zu wem wollen Sie denn?«

»Nicht zu Ihnen, so viel steht fest.«

»Ich befürchte, Sie werden trotzdem mit mir reden müssen.«

Franka trat auf den Flur und zog die Tür hinter sich zu. Eigentlich hätte sie gern drinnen mit Eva Weil geredet, es lugte nämlich bereits ein neugieriger Nachbar aus seiner Wohnung. Aber die Spurensicherung konnte keine Verunreinigung gebrauchen, besonders nicht, wenn es um den Nachweis gehen sollte, ob Eva Weil sich schon einmal in Mads Fields Wohnung aufgehalten hatte.

»Ist Ada da drinnen?« Eva Weil machte Anstalten, sich an Franka vorbeizudrängen. Die aber stand wie ein Bollwerk.

»Wie kommen Sie darauf, dass Ada ausgerechnet hier untergeschlüpft ist?«

Eva Weil kaute auf ihrer Unterlippe herum, etwas, das sie den blutigen Furchen nach zu urteilen in den letzten Stunden schon öfter getan hatte. »Hier wohnt doch ihr neuer Freund, richtig? Er hat seinen Laptop bei uns vergessen.«

»Ich kann Ihnen nicht ganz folgen, Frau Weil.«

»Nun stellen Sie sich bloß nicht dumm, und lassen Sie mich gefälligst vorbei.« Nachdem weder Drängeln noch Schubsen dazu führten, dass Franka sich einen Millimeter bewegte, gab Eva Weil auf. »Ich muss mit Ada sprechen, bevor Sie sie festnehmen. Es ist sehr wichtig, und ich brauche nur eine Sekunde. Bitte.« Tränen schossen ihr in die Augen, die sie sofort wegwischte.

»Was möchten Sie Ada denn ausrichten?«

»Das ist vertraulich.« Als Franka nur abwartend ihren

Blick erwiderte, sagte Eva Weil: »Ich will verhindern, dass sie unserer Familie noch mehr Schaden zufügt mit ihren Lügen. Das ist mein gutes Recht nach allem, was sie uns angetan hat.«

»Wenn Sie meine Hilfe wollen, müssen Sie schon etwas konkreter werden.«

Eva Weil rang mit den Händen. »Haben Sie schon mit Jens gesprochen? Sie haben ihn doch bestimmt verhört, oder?«

Franka wog ab, ob sie zugeben sollte, dass Jens Reiber nicht vernehmungsfähig war, nachdem er in der letzten Nacht noch ein zweites Mal hatte notoperiert werden müssen. Allerdings würde Eva Weil bestimmt dichtmachen, sobald sie hörte, dass Jens Reibers Aussage noch auf sich warten ließ. »Das darf ich Ihnen leider nicht sagen«, wich sie deshalb aus.

»Dann wissen Sie also Bescheid! Jens hat diesem kleinen Miststück ja alles geglaubt. Wirklich alles! Dabei ist er so ein kluger Mensch, immer auf der Suche nach der Wahrheit – und dann fällt er auf den ältesten aller Schulmädchentricks rein: große Rehkitzaugen, in denen Tränen stehen. Jens behandelt Ada wie ein kleines Mädchen, obwohl er genau weiß, dass sie in Wahrheit schon dreiundzwanzig Jahre alt und damit eine erwachsene Frau ist – schließlich hat er ihren Lebenslauf recherchiert. Trotzdem schafft Ada es irgendwie, ihm das Unschuldslämmchen vorzumachen – und zwar eins, das dringend von ihm gerettet werden muss. So ein Blödsinn!«

Während Eva Weil vor Wut aus der Haut zu fahren drohte, nickte Franka verständnisvoll. Gleichzeitig lauschte sie auf die Geräusche in Fields Wohnung. Simon und Abel redeten erregt aufeinander ein, nur leider konnte Franka nicht verstehen, worüber sie sprachen. Bitte habt was Interessantes in dem Durcheinander gefunden, über das ihr jetzt sprecht, anstatt euch bloß gegenseitig die Meinung zu geigen, betete sie inständig.

»Dann ist Ada also gut darin, sich zu verstellen, ja?«

»So was von! Das hat sie zu einer wahren Kunst erhoben.« Eva Weil lachte heiser. »Aber was rege ich mich auf? Ewald ist ja genauso dämlich und fällt auf jedes Schmollen und Winseln von ihr rein. Sogar als Ada meine neue Halskette, die Ewald mir zu unserem Jahrestag geschenkt hatte, aus dem Safe stibitzt hat, hat er ihre dämliche Ausrede geglaubt. Das Schmuckstück habe sie an ihre Mutter erinnert, die habe immer einen ähnlichen Anhänger getragen. Ewalds Verblödung ging so weit, dass er mich gefragt hat, ob ich die Kette Ada nicht eine Zeit lang überlassen könne. Zum Trost. Dass ich nicht lache! Dabei hatte sie sich schon ausreichend mit meiner Seidenbluse von Chloe und meiner halben Kosmetiksammlung getröstet. Natürlich ohne zu fragen. Es geht ihr nämlich gar nicht um die Sachen, sondern bloß um Macht. Deshalb hat sie auch so lange bei Ewald rumgejammert, bis sie unser Schlafzimmer bekommen hat. Das größte Zimmer im Obergeschoss. Angeblich, weil sie sich sicherer fühlt, da es zum Garten und nicht zur Straße hinausgeht.« Sie schüttelte den Kopf, als könnte sie es selbst kaum glauben. »Habe ich schon erwähnt, dass Ada in meinem Tagebuch gelesen hat? Beweisen kann ich es natürlich nicht, aber das Lesezeichen saß verkehrt, und Ewald würde einen solchen Vertrauensbruch nie begehen. Jedenfalls wusste Ada danach, dass ich sie loswerden wollte.«

»Dann wollten Sie die Farce, eine Patchwork-Familie zu sein, beenden.«

»Sie haben ja keine Ahnung.« Die Bitterkeit umgab Eva Weil wie ein negatives Energiefeld. Ihre Unzufriedenheit hatte sich schon zu lange angesammelt.

»Vielleicht kann ich es mir zumindest vorstellen«, sagte Franka. Sie stockte kurz, als durch die Tür ein gedämpftes »Ich glaub's nicht!« von Abel ertönte. Dort drinnen ging es scheinbar auch hoch her. »Wir wissen inzwischen, dass die angebliche Tochter Ihres Mannes in Wirklichkeit Opfer eines Menschenhändlers war. Sie haben Ada bei sich aufgenommen und ihr eine Chance auf ein besseres Leben geboten.«

Zum ersten Mal trat etwas Weiches in Eva Weils Augen und verriet, dass sie vor nicht allzu langer Zeit bereit gewesen war, genau das zu tun: einer jungen Frau ein Heim zu gewähren. Doch von dieser Hilfsbereitschaft war nichts übrig geblieben. Und verantwortlich dafür war ihrer Meinung nach allein Ada. Eva Weils Augen verengten sich zu Schlitzen, als sie sagte: »Würden Sie mit einer verlogenen Hure unter einem Dach wohnen wollen, die in Ihrer Unterwäsche vorm Spiegel posiert und rumerzählt, Ihr Mann würde sich seine Großzügigkeit mit Naturalien bezahlen lassen?«

Bislang war es Franka gelungen, unbeteiligt dreinzublicken, doch damit war nun Schluss, ihr Kinn sackte nach unten. Wenn sie das eben richtig verstanden hatte, dann beschuldigte Ada Ewald Dornkast, sie sexuell auszubeuten. Ausgerechnet Dornkast, ihren Retter. »Wem hat Ada erzählt, Ihr Mann würde mit ihr ins Bett gehen?«

Offenbar gefiel Eva Weil das geschockte Gesicht der Kommissarin. »Jens natürlich. Wer sonst wäre naiv genug, um ihr diesen Unsinn abzunehmen?«

»Hat Jens Reiber Sie gestern mit den Missbrauchsvorwürfen konfrontiert, bevor die Sache eskaliert ist?«

Eva Weil nickte. »Ich war gerade erst mit Max nach Hause zurückgekehrt. Ewald brachte unser Gepäck ins Haus, und der Junge wollte im Garten nach seinen Kaninchen sehen, als Jens plötzlich wie ein Irrer auf den Hof fuhr und mich regelrecht bestürmte. Ob ich das wüsste mit Ewald und Ada? Ich hatte keine Ahnung, wovon er sprach, und dachte zuerst, er hätte rausbekommen, dass Ada sich einen Neuen gesucht hat, mit dem sie auf und davon ist. Aber Jens hat mir gar nicht richtig zugehört. ›Dein Mann‹, sagte er. ›Dein Mann zwingt Ada dazu, mit ihr seine kranken Fantasien auszuleben. Er ist schuld an allem, was passiert ist.‹ Ich ahnte sofort, worum es ging: Vor ein paar Tagen war Ada plötzlich verschwunden, aber Jens hat sie später zurückgebracht. Angeblich hatte Ada versucht, sich etwas anzutun, und Jens hat sie im letzten Moment davon abhalten können. Dadurch kam raus, dass die beiden was am Laufen hatten. Sie haben ein riesiges Geheimnis drum gemacht, warum auch immer. Jedenfalls waren sie beide verstört … oder zumindest Jens war es. Ada hat zwar dauergeheult, aber sie hatte auch was Zufriedenes, so wie eine Katze, die schnurrend neben ihrer Beute liegt. Heute denke ich, das war alles nur Show, um den Druck auf uns alle zu erhöhen.«

»Auf welche Weise wollte Ada sich denn das Leben nehmen?«

»Mit einem von den antiquen Messern meines Mannes. Sie hat sich sogar das Handgelenk angeschnitten, nichts Schlimmes, es musste nicht einmal genäht werden.«

Franka dachte an die Waffe, die Jens Reiber für Ada entsorgt hatte. Davon hatte er also gesprochen, von dem Messer, mit dem Ada sich etwas antun wollte. Und sie hatte gedacht, er meine die Waffe, mit der Ada den Schläger Barback erschossen hatte.

»Jedenfalls dachte Jens nach der Lügengeschichte über den erzwungenen Sex wohl, Ewald sei für Adas Selbstmordversuch verantwortlich.« Eva Weil schnaufte empört. »Sie muss dem Jungen irgendein krudes Zeug erzählt haben, wahrscheinlich um ihre Beziehung zu retten. ›Was auch immer Ada dir gegenüber behauptet hat, es ist eine Lüge‹, habe ich zu Jens gesagt. ›Sie ist schon seit Wochen durch den Wind, und es wird tagtäglich schlimmer.‹ Darauf hat er gesagt: ›Weil Ewald sie fickt, genau wie all die anderen Schweinehunde! Und dann reden sie sich ein, dass sie den ganzen Dreck freiwillig tut.‹« Eva Weil hielt inne. »Sie müssen wissen, dass Ada nicht einfach eine Straßennutte war, als mein Mann sie aufgelesen hat. Sie hat eine besondere Ausbildung genossen, wurde regelrecht abgerichtet, sämtliche geheimen Wünsche zu erkennen, bevor der Freier sie überhaupt aussprach. Dabei ging es nicht nur um einen flotten Dreier oder ähnliche Standardfantasien. Ihr letzter Kunde hat Säure auf ihrem Rücken verspritzt, die Narben werden für immer bleiben. Und sie musste heucheln, dass sie die Schmerzen genießt. Können Sie sich das vorstellen?«

»Ich habe davon gehört.« Eine Gänsehaut breitete sich auf Frankas Armen aus, und sie rieb sie unbewusst. »Es gab offenbar mehrere Frauen, die auf diese Weise abgerichtet und in Rerrick angeboten worden sind. Wir sind an der Sache dran. Hat Ada jemals Namen fallen lassen, das wäre sehr wicht…«

In diesem Moment flog die Tür auf, und dann packte Abel Franka bereits um die Taille, um sie an sich zu ziehen.

Was haben die beiden Männer sich bloß an den Kopf geschmissen, dass er so von der Rolle ist?, dachte sie schockiert.

»Ich habe richtiggelegen«, flüsterte Abel mit einem Glühen in den Augen. »Bei der Brandsache ging es um einen Machtkampf um die Führungsspitze. Der Vizepräsident wollte nach ganz vorn aufrücken und hat Jäcker von einem Profibrandstifter erledigen lassen. Die anderen Toten waren bloß Bauernopfer auf dem Weg zum Thron.«

Darum war es also gegangen bei dem Gespräch, das Franka belauscht hatte. Abel und Simon hatten die neue Situation besprochen. »Und unsere Tote aus dem Wohnwagen?«, fragte Franka. »Gehörte die mit zum Auftrag?«

Abel schüttelte den Kopf. »Nein, der Mord an Sofia Lichtenberg hat allem Anschein nach nichts damit zu tun, da müssen wir noch hinterher. Aber das Gute ist, wir werden den Fall ohne Lars Brenner klären, der wird sich jetzt nämlich auf den Menschenhändlerring stürzen, der ohne Kopf ziemlich hilflos sein dürfte.«

»Großartig«, sagte Franka.

»Verdammt großartig!«

Abels Arm lag immer noch um ihre Taille. Gerade als Franka sich ihm entwinden wollte, passierte es: Abel drückte ihr einen Kuss auf den Mund. Warm und geschmeidig. Dann stürmte er davon. Eva Weil sah Franka erstaunt an, aber nicht so sehr wie Simon, der immer noch in Mads Fields chaotischer Wohnung stand.

Langsam schloss Franka die Tür.

»War das eben Ihr Freund? Ein ziemlich ungestümer Typ, was?« Offenbar war Eva Weil nachhaltig beeindruckt.

»Das war nur ein Kollege.«

»Ich glaube Ihnen kein Wort, aber egal. Wer ist denn da noch alles in der Wohnung, nur Polizisten? Haben Sie Ada etwa schon längst festgenommen, während Sie mich aushorchen?«

Franka zwang sich, ihre wild kreisenden Gedanken auszublenden und sich ganz auf Eva Weil zu konzentrieren. Egal, was eben passiert war, jetzt war es wichtig, dieses Gespräch wieder zum Laufen zu bekommen. »Wir wissen nicht, wo Ada steckt. Sie ist untergetaucht, genau wie ihr Freund. Wenn Sie wollen, dass wir die beiden finden, müssen Sie mir alles erzählen.«

»Das habe ich doch schon.« Langsam wich Eva Weil zurück. »Außerdem muss ich jetzt gehen, ich war schon viel zu lange weg von zu Hause. Meine Familie braucht mich.«

Franka hörte, wie die Tür hinter ihr geöffnet wurde. Simons Aftershave stieg ihr in die Nase. Sie drehte sich nicht um. »Gut, dann werde ich mitkommen, um Ihren Mann zu dem Vorwurf zu befragen, er hätte Ada missbraucht.«

Sofort blieb Eva Weil stehen. »Das werden Sie nicht! Ewald hat auch so schon genug durchgemacht, er ist seit gestern kaum wiederzuerkennen. Ada hat ihn seinen Seelenfrieden gekostet, und ich werde nicht zulassen, dass sie auch noch seine Reputation in den Dreck zieht.«

»Dann reden Sie mit mir, während wir zu Ihnen nach Hause fahren«, schlug Franka vor. »Je mehr ich von Ihnen erfahre, umso kürzer wird mein Gespräch mit Ihrem Mann.«

Eva Weil starrte Franka wütend an, während sie sich mit dem Gedanken abfand, keine Wahl zu haben. »Gut, aber Sie fahren. Sonst komme ich noch in Versuchung, gegen den nächstbesten Baum zu preschen.«

Franka wandte sich Simon zu. Ihr Puls raste. »Ich werde Frau Weil begleiten und zusehen, ob Ewald Dornkast bereits stabil genug für ein Gespräch ist. Außerdem ist es nicht verkehrt, den Kollegen, die für die Sicherheit der Familie sorgen, verstärkte Vorsicht einzuschärfen. Falls Ada und ihr Freund noch in Rerrick sind, werden sie vielleicht dort vorbeikommen und um Hilfe bitten, so wie sie es vermutlich auch bei Jens Reiber gewollt hatten. Bleibst du hier?«

Simon erwiderte ihren Blick, ohne eine Regung zu zeigen, sodass Franka schon befürchtete, er habe ihr gar nicht zugehört. Dann sagte er: »Ich warte noch auf die Spurensicherung und werde dann mit Helmut sprechen. Jetzt, wo der Brandfall gelöst ist, stehen uns wieder mehr Leute zur Verfügung, sodass wir uns aufteilen können. Bleib du an der Sache hier dran, ich kümmere mich um die Wohnwagentote. Das ist im Augenblick gewiss das Beste.«

Damit drehte Simon sich um und kehrte in die Wohnung zurück.

42

Der Cityverkehr war am späten Morgen die Hölle. Zum üblichen Verkehrschaos hatte sich Schneefall gesellt und für Unfälle gesorgt. Der Winter wollte offenbar niemals enden.

Die Scheibenwischer kratzten müde über die Windschutzscheibe, als Frankas Handy Ella Fitzgeralds »My Funny Valentine« flötete. Noah. Nach einem kurzen Seitenblick auf Eva Weil, die düster aus dem Fenster stierte, nahm Franka den Anruf entgegen.

»Okay, was ist los? Ist die Espressokanne explodiert?«

»Nein …« Noah klang überrumpelt. »Wieso fragst du?«

»Weil es noch nicht einmal zehn Uhr ist und du um diese Zeit normalerweise im Tiefschlaf liegst.«

Noah lachte. »Normalerweise – ja. Aber irgendwie war letzte Nacht nicht normalerweise, du warst nämlich nicht da. Oder? Deshalb wollte ich mal horchen, was los ist. Bist du auf einem deiner beiden paarungswilligen Kollegen eingeschlafen? Und wenn ja, auf welchem? Nur damit ich Bescheid weiß, wer demnächst mit bei uns am Frühstückstisch sitzt.«

Augenblicklich bereute Franka, das Telefongespräch angenommen zu haben. Sie lief nämlich knallrot an. »Ich habe die Nacht durchgearbeitet, du neugierige Nase. Und jetzt fahre ich gerade eine Zeugin nach Hause.«

»Ups«, sagte Noah vergnügt.

»Ja, ups. Und jetzt muss ich auflegen, sonst bekomme ich noch einen Strafzettel wegen Handy am Steuer.«

Als Franka das Handy auf die Mittelkonsole schmiss, stellte sie fest, dass Eva Weil nicht länger aus dem Fenster starrte, sondern sie beobachtete. Ihrer Miene nach hatte sie genug mitbekommen, um Franka jetzt aus einem anderen Blickwinkel zu sehen. Etwas, das Franka gar nicht gefiel.

»Entschuldigen Sie. Eigentlich führe ich nie private Telefonate während der Arbeit.«

»Nicht doch«, sagte Eva Weil. »Ist doch nur fair, wenn ich auch etwas über Sie erfahre, wo Sie so viel über mein Leben wissen. Wie viele Freunde haben Sie denn, diese zwei oder noch mehr?«

Franka drückte auf die Hupe, was im Stau jedoch nichts brachte.

Nachdem sie die Stadt hinter sich gelassen hatten, wurde es einsamer auf den Straßen, bis nur noch gelegentlich ein anderes Auto ihren Weg kreuzte. Als ihnen auf der Landstraße der Bus entgegenkam, war Franka nicht überrascht, dass er halb leer fuhr. Sobald die Pendler und Schulkinder durch waren, gab es in diesem Landstrich wahrscheinlich kaum genug Menschen, um die Vormittagsfahrt zu füllen. Franka hätte Eva Weil gern gefragt, wie eine Frau wie sie auf die Idee kam, so weit außerhalb zu leben. Mit ihren manikürten Nägeln und den Designerklamotten roch sie nach Großstadt, nach jemandem, der sein Gesellschaftsleben nicht im Kaffeetrinken mit Grundschulmuttis sah. Allerdings konnte Franka sich diese Frage allein beantworten: Eva Weil führte ein zurückgezogenes Leben, weil es das Richtige war für den Mann, den sie liebte. Ewald

Dornkast machte das, was sie durchs Landleben verpasste, wieder wett. Jedenfalls hatte er das getan, bis Ada aufgetaucht war und ihre Anwesenheit sich wie Gift ausgewirkt hatte. Nur von welcher Sorte das Gift war, wusste Franka noch nicht.

»Wie stand Ihr Mann zu dem, was Ada widerfahren ist?«, fragte sie, um an ihr Gespräch anzuknüpfen.

»Ewald war schockiert. Für ihn war Adas Schicksal schlimmer als alles andere, was er in den letzten Jahren an Schmutz ans Tageslicht befördert hat. Den Willen eines Menschen zu brechen, nur damit andere hemmungslos ihren Vergnügungen nachgehen können ... Die Männer, die diese Art perverses Geschenk bekommen haben, haben nichts dabei gefunden, dass die Frauen jede noch so kranke Nummer mitgemacht haben. Ganz im Gegenteil, die haben sich sogar eingeredet, dass die Frauen das so gewollt haben. Schließlich hatten die den perversen Kram selbst angeregt, es war sozusagen ihre eigene Idee, ihr persönlicher Wunsch, sogar wenn dabei ihr Rücken von Verätzungen überzogen wurde.« Eva Weil verstummte. Noch immer merkte man ihr den Unglauben an, dass solche Dinge wirklich geschahen. Mit Ada war eine Welt in ihr Leben eingedrungen, deren Existenz einen Schatten warf, aus dem sie niemals wieder gänzlich heraustreten würde.

»Als Autor ist Ihr Mann spezialisiert darauf, unheilvolle Geschäftspraktiken zu enthüllen.«

Eva Weil schnaubte. »Geschäftspraktiken schon, aber doch nicht so was. Dieser Abgrund war zu tief, er hat Ewald verschlungen. Seit den Recherchen für sein letztes Buch hat er mich nicht mehr angefasst ... und er hat Albträume, trinkt heimlich ... Mit Ada ist das Unglück in unser Haus eingezogen.«

»Eine junge Frau, die darauf abgerichtet worden ist, Männern zu Gefallen zu sein«, dachte Franka laut nach. Etwas an diesem Ausspruch kitzelte sie. Jeder Mensch trägt dunkle Begierden in sich, die ihn verführbar machen. Da würde selbst Ewald Dornkast mit seinem Gerechtigkeitssinn keine Ausnahme bilden. »Könnte Ada mit Ihrem Mann geflirtet haben, so, wie es ihr eingebläut worden ist? Ein solches Verhalten muss ihr doch in Fleisch und Blut übergegangen sein.«

»Es ist egal, was Ada gemacht hat – Ewald ist komplett immun gegen solche Annäherungsversuche. Wir führen eine ausgesprochen glückliche Beziehung.«

»Sie haben gerade gesagt, dass Ihr Mann sich von Ihnen zurückgezogen hat.«

Eva Weil räusperte sich. »Ja, aber doch nur, weil er angewidert war von dem, was manche Männer Frauen antun.«

»Es gab also keine Situation mit Ada, die Ihnen verdächtig vorkam?«

»Nein, keine einzige!«

»Und die Sache, als Ada in Ihrer Unterwäsche vorm Spiegel stand? Hatte sie sich dabei vielleicht von Ihrem Mann erwischen lassen wollen?«

»Das kleine Biest wollte mich ärgern, das habe ich Ihnen doch schon gesagt. Ewald hat Ada behandelt wie seine eigene Tochter, vielleicht sogar noch besser. Immerzu war er in Sorge um sie, hat sich dermaßen engagiert, dass ich manchmal dachte, er vergisst Max und mich darüber. Es ging ihm um Wiedergutmachung, als könnte er das Unrecht beheben, das ihr angetan worden war. Sogar die Einnahmen des Romans sollte sie bekommen, er wollte nichts an ihrer Geschichte verdienen. Und wie hat sie es ihm gedankt? Sie hat zugelassen, dass dieses Stück Scheiße von ihrem Freund Ewald zusammenschlägt, damit er unser Auto klauen kann.«

Frankas Brauen schossen in die Höhe. »Wie bitte? Adas neuer Freund war bei Ihnen im Haus und hat was getan?«

Unbehaglich rutschte Eva Weil auf dem Sitz herum. »Das mit dem Auto spielt keine Rolle mehr, es wurde bereits in einem Parkhaus gefunden. Es hat ein eingebautes GPS-Signal.«

»Ich rede nicht vom Autodiebstahl.« Franka musste sich zwingen, weder zu fluchen noch Eva Weil an den Kopf zu werfen, was sie von ihrer Heimlichtuerei hielt. »Erzählen Sie mir endlich, was genau vorgefallen ist.«

»Das weiß ich doch gar nicht wirklich. In der Nacht von Mittwoch auf Donnerstag hat Ewald einen jungen Mann an Adas Bett überwältigt. Es sah so aus, als ob der Kerl eingebrochen wäre und sie … Sie wissen schon. Sie vergewaltigen wollte. Ewald war außer sich, er dachte, der Kerl wäre von ihrem alten Zuhälter beauftragt worden, Ada zu suchen. Er wollte unbedingt die Wahrheit aus dem Burschen rausholen, aber der hat immer nur gesagt, er wäre eingestiegen, um etwas zu klauen. Die verfluchte Halskette, um genau zu sein.«

Eva Weil verfiel in Schweigen, und als Franka ihr einen Seitenblick zuwarf, kaute die Frau ihre Unterlippe blutig. Wahrscheinlich ging ihr gerade durch den Kopf, welche rechtlichen Folgen ihre Aussagen haben könnten.

»Wie ging es weiter?«, setzte Franka nach.

»Nun … Ich war nicht im Zimmer, als Ewald ihn … als die beiden sich unterhalten haben. Und am nächsten Morgen bin ich mit Max zu meinen Eltern gefahren.«

»Da war Adas neuer Freund noch bei Ihnen im Haus?«

Eva Weil schwieg.

»Mads Field ist ein pfiffiger Dieb. So, wie die Dinge stehen, hat er wegen des Einbruchs die Wahrheit gesagt«, meinte Franka.

»Das ist doch egal. Der Kerl hat sich mit Ada zusammengetan und Ewald niedergeschlagen. So, wie die Dinge stehen, war der Einbruch eh fingiert, bestimmt eine von Adas kranken Ideen. Sie hat sich mal wieder meine Kette um den Hals gehängt, und ihr neuer Freund sollte so tun, als ob er einbricht und die Kette klaut. Das steckt hinter der ganzen Geschichte, mehr nicht. Als das dann nicht geklappt hat, sind die beiden getürmt. Wahrscheinlich wusste Ada, dass es so nicht weitergeht. Ich war misstrauisch geworden, ihre Beziehung zu Jens, aus der sie so ein großes Geheimnis gemacht hat, bis sie mit ihrer blöden Selbstmordgeschichte aufgeflogen ist, war am Ende, und bei Ewald war es nur noch eine Frage der Zeit, bis er sie durchschaut hätte.« Eva Weil nickte entschlossen. »Es geht die ganze Zeit nur um Adas Spielchen, mein Mann ist ihr Opfer, genau wie Jens, Max und ich.«

»Gut, fassen wir noch einmal zusammen: Seit einiger Zeit hat Ada sich auffällig verhalten, bis sie dann in der letzten Woche verschwunden ist und Jens Reiber, mit dem sie eine zarte Liebesbeziehung pflegt, glaubt, sie sei selbstmordgefährdet. Nachdem Ada zurückgekehrt ist, nehmen ihre Lügen und Diebstähle zu, bis Ihr Mann sie mit einem neuen Freund erwischt. Es kommt zu einer Auseinandersetzung, die damit endet, dass Ada mit Mads Field verschwindet. Daraufhin bittet Ihr Mann Nell, den Haifisch, um Hilfe, was mit einem erschossenen und einem schwer verletzten Handlanger endet. Und der Auslöser für all das ist Adas zunehmend seltsames Verhalten.«

»Richtig«, pflichtete Eva Weil bei. »Jetzt, wo Sie Bescheid wissen, brauchen Sie mich doch nicht mehr ins Haus zu begleiten. Fahren Sie ins Dezernat und schreiben Sie Ihren Bericht – oder was auch immer Sie sonst so machen.«

Franka parkte ihren Wagen an derselben Stelle auf dem Vorhof des Bauernhauses wie beim letzten Mal. »Tut mir leid, aber ich glaube nicht, dass die Lösung so einfach ist. In Adas Leben ist etwas passiert, sodass die Ordnung, die immerhin ein Jahr lang funktioniert hat, ins Wanken geraten ist. Ihrem Selbstmordversuch und ihrer überstürzten Flucht muss etwas vorangegangen sein. Und diesen Auslöser muss ich herausfinden.«

»Dann suchen Sie verflucht noch mal Ada und fragen sie, warum sie durchgedreht ist.«

»Das werde ich, aber jetzt rede ich mit Herrn Dornkast.«

Eva Weil starrte Franka empört an. »Wissen Sie eigentlich, was Sie sind? Sie sind eine …«

»Ermittlerin in einem Mordfall«, beendete Franka den Satz.

Einen Moment noch lag Eva Weils unausgesprochene Beleidigung in der Luft, dann sprang sie aus dem Wagen und lief auf das Haus zu. Ihre Stiefel hinterließen Abdrücke in der frischen Schneeschicht.

Die beiden Polizisten, die zum Schutz der Familie abgestellt worden waren, machten gerade eine Zigarettenpause in einem Gartenpavillon, der leidlich Schutz vor dem dicht fallenden Schnee bot. Verblüfft sahen sie der Frau mit dem wehenden Rotschopf hinterher, ehe sie Franka entdeckten. Als sie die Zigaretten ausdrücken wollten, winkte Franka ab und ging zu ihnen hinüber, um sich auf den neuesten Stand bringen zu lassen. Den Kollegen mit dem Schnurrbart kannte sie, er hieß Dieter Volkers. Seine Partnerin war eine gertenschlanke Fünfzigjährige in pinken Leggings. Auch sie glaubte Franka bereits zu kennen, war sich aber nicht ganz sicher, vielleicht verwechselte sie die Polizistin auch mit einer Supermarktkassiererin. Simon hätte jetzt eine Tüte vom Bäcker dabeigehabt für die beiden Kollegen, die sich die Nacht um die Ohren geschlagen hatten und offenbar auch noch ordentlich Überstunden dranhängten. Wieso dachte er immer an so etwas, während Franka es nicht einmal schaffte, sich selbst einen Coffee-to-go zu organisieren?

Nach einer kurzen Begrüßung, bei der sich die Kollegin nicht namentlich vorstellte – was bedeutete, dass Franka sie eigentlich kennen sollte –, fragte Franka: »Und, wie war die Nacht?«

»Ruhig, geradezu gespenstisch.« Dieter Volkers' Schnurrbart zuckte, als er nachdachte, was es noch zu sagen gab. »Aber selbst wenn hier ungebetene Gäste aufgetaucht wären, wäre das kein Problem gewesen. Das Haus ist erstklassig abgesichert, die Alarmanlage ist auf dem neuesten Stand, und die Haustür besteht nicht nur aus dickem Eichenholz, sondern ist auch nach allen Regeln aufgepimpt. Sogar das ovale Zierfenster unter dem Dachgiebel, durch das nun wirklich kein Mensch passt, ist gesichert. Der Hammer ist übrigens der Panikraum, so was habe ich bislang nur im Kino gesehen.«

»Ich war nur ungefähr fünf Sekunden in dem kleinen Kasten, dann habe ich Schnappatmung bekommen.« Allein bei der Erinnerung begann Franka schneller zu atmen. Keines der Zimmer war ihr unangenehm in Erinnerung geblieben, nur dieser Winzigraum, in dem sich die Luft auf unheimliche Weise zu verdichten schien. Als würde er die Panik nicht aussperren, sondern absorbieren.

Dieter Volkers grinste, als er Frankas verkniffenes Gesicht bemerkte. »Gab ja Gott sei Dank keinen Grund, den Panikraum aufzusuchen. Keine Anrufe und von der Kinderpsychologin und der Oma, die den Jungen abgeholt hat, mal abgesehen, auch keine Besucher. Halt! Einen Besucher gab es: Der kleine Max kam mitten in der Nacht die Treppe runtergetappert und hat ein Schwätzchen mit uns im Wohnzimmer gehalten. Nettes Kerlchen, scheint das Küchenmassaker gestern für ein Abenteuer zu halten. Jedenfalls kennt er keine Berührungsängste mit Polizisten, obwohl du gestern ja vor seinen Augen … na, du weißt schon.«

Natürlich weiß ich das, dachte Franka. Ich könnte es nicht vergessen, selbst wenn ich wollte. Doch es machte wenig Sinn, den Kollegen das auf die Nase zu binden. »Zu Max' freundlicher Grundhaltung habt ihr beiden netten Ordnungshüter bestimmt beigetragen.« Franka lächelte, worüber beide Kollegen erstaunt wirkten. Ja, dachte sie, die Eiskönigin bringt zwar keine Plunderstücke, aber sie kann trotzdem nett sein. »Egal, wie ruhig es ist, wir müssen trotzdem die Augen offen halten. Falls unsere Mordverdächtige sich nicht abgesetzt hat, wird sie früher oder später hier auftauchen. Und es steht zu befürchten, dass sie nicht nur die Mordwaffe bei sich hat, sondern auch äußerst labil ist.«

Die Kollegin blinzelte angestrengt Zigarettenrauch aus ihren Augen. »Hier draußen herrscht eine solche Stille, da hört man einen Wagen schon, wenn er noch Ewigkeiten entfernt ist. Als ich vorhin meinen Rundgang gemacht habe, ist der Bus vorbeigefahren, und ich dachte erst, der hat einen Motorschaden, weil er beim Anfahren so einen Lärm gemacht hat.«

Franka dachte an die Bushaltestelle, die ihr schon bei ihrem ersten Besuch aufgefallen war. Wozu gab es die eigentlich, wo doch auf weiter Flur nur das Bauernhaus stand? »Und wie sieht es mit dem Hausherrn aus, habt ihr von dem was mitgekriegt, nachdem Frau und Kind fort waren?«

Wie erwartet schüttelten beide den Kopf. »Den haben wir nur oben am Fenster kurz rausgucken sehen, als wir zu unserer Zigarettenpause raus sind. Wie gesagt, alles ganz ruhig.«

So war es auch, bis Eva Weils Gebrüll die Stille durchschnitt.

43

»Ewald!«

Eva Weil brüllte sich immer noch die Seele aus dem Leib, als Franka in den Hausflur stürzte. Fast stieß sie mit der Hausherrin zusammen, die in Richtung Arbeitszimmer lief.

»Ewald, wo steckst du? Gib mir endlich eine Antwort!«

Franka folgte ihr auf dem Fuß, wobei ihre Hand instinktiv zu der Stelle unter ihrem Mantel wanderte, wo normalerweise ihr Halfter war. Nur waren dort weder Halfter noch Dienstwaffe. Immer noch nicht. Sie hatte es bislang nicht geschafft, sich eine Ersatzwaffe zu besorgen, nachdem ihre nach dem Schuss auf Jens Reiber einkassiert worden war. Ein Blick über die Schulter zeigte, dass Dieter Volkers ihr gefolgt war, schnaufend und ein wenig erschrocken über den plötzlichen Stimmungswechsel.

Im Arbeitszimmer stach Franka als Erstes der offen stehende Safe ins Auge. »Haben Sie den geöffnet?«, fragte sie Eva Weil, die gerade unter den Schreibtisch blickte, als rechnete sie ernsthaft damit, dass ihr Bär von einem Mann sich darunter versteckt haben könnte. »Das muss Ewald gewesen sein, um meine Kette mit dem Anhänger rauszunehmen. Warum auch immer.« Ihr Blick schoss kreuz und quer durch das Zimmer. »Er ist nicht hier«, stellte sie fest. »Aber er muss doch irgendwo sein!«

»Sind Sie sich sicher, dass Herr Dornkast nicht in einem der oberen Zimmer ist?«, versicherte sich Franka.

»Die habe ich natürlich schon durchsucht. Für wie bescheuert halten Sie mich eigentlich?« Wutschnaubend schoss Eva Weil an ihnen vorbei in Richtung Wohnzimmer. »Ewald, hör endlich auf mit dem verfluchten Versteckspiel!«

»Ist die Alarmanlage wirklich scharf?«, fragte Franka ihren Kollegen.

Dieter Volkers nickte eifrig. »Wer rein oder raus will, muss an den Haustüren den Code eingeben, sonst geht das Ding nach vierzig Sekunden los. Wir haben den Code heute Morgen aktualisiert, und Herr Dornkast kennt ihn noch nicht.«

»Mads Field ist ein professioneller Einbrecher, der sich schon einmal unbemerkt Zugang verschafft hat. Die Kollegin soll das Obergeschoss checken, ich überprüfe das Untergeschoss, und du forderst Verstärkung an. Eure Ablöse ist zwar schon unterwegs, aber ich will kein Risiko eingehen. Erst wenn im Haus alles gesichert ist, schauen wir uns den Garten an. Alles klar?«

Ein weiterer markerschütternder Ruf von Eva Weil ließ sie beide zusammenfahren.

»Denkst du, das Killerpärchen ist bereits im Haus?«, fragte Dieter Volkers.

»Erstens sind die beiden Kids keine Killer, und zweitens … Wahrscheinlich hat Ewald Dornkast sich bloß abgesetzt. Das hier ist schließlich sein Haus, er hat die Sicherheitsvorkehrungen einbauen lassen. Gut möglich, dass er mich auf dem Hof gesehen und beschlossen hat, einen kleinen Ausflug zu unternehmen. Ada hat ihn nämlich beschuldigt, sie missbraucht zu haben. Wer weiß, was da dran ist. Ruf auf jeden Fall einen Notarzt, okay?«

Dieter Volkers' Schnauzbart zuckte. »Du denkst, dass Dornkast sich irgendwo verkrochen hat und sich etwas antun könnte. Weggefahren ist er nämlich nicht.«

Franka hob ungeduldig die Hände. »Wir müssen alle Möglichkeiten im Hinterkopf behalten, aber jetzt los.«

Franka fand Eva Weil im Wohnzimmer wieder, wo sie gegen die verborgene Tür des Panikraums hämmerte.

»Ewald hat den Code geändert«, erklärte Eva Weil, als sie Franka bemerkte. »Er hat den Scheißcode geändert. Warum?, frage ich Sie. Warum hat er das gemacht?«

»Gibt es eine Möglichkeit, in den Panikraum hineinzukommunizieren, eine Telefonverbindung zum Notruf oder zur Herstellerfirma etwa?«

Mit zitternden Fingern hielt Eva Weil ihr Handy hoch. »Das habe ich schon probiert, der Anschluss im Panikraum ist tot. Ewald hat sich da drinnen eingesperrt und will nicht mit mir sprechen.«

Nicht gut, dachte Franka und schlug mit der Faust gegen die Tür, obwohl ihr klar war, dass das nutzlos war. »Herr Dornkast, sind Sie da drin?«

»Natürlich ist er das. Wo sollte er sonst sein, Sie blöde Kuh?«

Franka ignorierte die aufgebrachte Frau. »Herr Dornkast, hier ist Franka Janhsen von der Kripo. Bitte kommen Sie raus, ich muss Sie dringend sprechen. Wenn Sie mir nicht öffnen, muss ich davon ausgehen, dass es Ihnen aus welchem Grund auch immer unmöglich ist. In diesem Fall würden wir die Tür mit Gewalt öffnen. Aber wir werden sie öffnen. Verstehen Sie mich?«

Es kam keine Antwort – und auch kein Geräusch deutete auf Bewegung im Panikraum hin.

Der Bau wäre sein Geld nicht wert, wenn wir von außen einfach so Terror machen könnten, dachte Franka. Während sie ihre Möglichkeiten durchging, ließ sie zu, dass Eva

Weil sie beiseitedrängte und wie wild auf die Tür eindrosch. Es war besser, wenn die Frau ihren Frust auf diese Weise ausließ und nicht an Franka.

Quasi auf Zehenspitzen betrat Dieter Volkers das Wohnzimmer. Franka trat zu ihm.

»Verstärkung ist bald da, den Kollegen Ackermann habe ich auch informiert. Der ist schon losgesaust, während ich ihn noch über unsere Situation informiert habe. Du sollst auf dich aufpassen.«

Franka zog eine Braue hoch.

Sofort hob Dieter Volkers abwehrend die Hände. »Sollte ich dir ausrichten, Simon hat drauf bestanden.«

Die Kollegin in der pinken Leggings stieß zu ihnen. »Oben ist wirklich niemand, ich habe jeden Winkel durchsucht, und es steht auch kein Fenster offen oder so. Ob was von Dornkasts Kleidung fehlt, kann ich nicht sagen, aber das Bad wurde in der letzten Stunde nicht benutzt. Waschbecken und Handtücher sind trocken. Ich war auch kurz in der Küche, das Messerset ist vollständig. Die Waffensammlung im Arbeitszimmer auch.«

»Gute Arbeit, … ähm.« Zu spät fiel Franka ein, dass sie den Namen der Kollegin nicht auf Lager hatte.

»Monika, ich heiße Monika. Du hast mir das Du auf der letzten Weihnachtsfeier angeboten, weißt du das nicht mehr?« Monika sah ernsthaft eingeschnappt aus, und Franka konnte es ihr nicht verdenken.

»Entschuldigung, das ist der Stress. Und der Schlafmangel, der macht immer einen Zombie aus mir.«

»So, wie du aussiehst, glaube ich dir das sofort.« Nach dem Seitenhieb wirkte Monika gnädig und deutete auf die tobende Eva Weil, die mittlerweile dazu übergegangen war, auch die Füße gegen die Tür einzusetzen. »Die flippt gleich aus, oder was?«

»Ein Arzt ist schon unterwegs«, sagte Franka so leise wie möglich. »Falls Frau Weil sich nicht gleich beruhigt, werden wir sie aber ruhigstellen müssen, sonst verletzt sie sich bei ihren Attacken noch.«

Als hätte Eva Weil ihre Worte gehört, drehte sie sich plötzlich um und zeigte mit dem Finger auf Franka. »Sie sind dafür verantwortlich, dass Ewald sich eingesperrt hat und weiß der Teufel was in diesem Bunker tut. Sie mit Ihrer dreisten Schnüffelei.«

»Beruhigen Sie sich.« Franka strengte sich an, das Alarmsystem in ihrem Hinterkopf auszuschalten. Die Wut machte Eva Weil zwar unberechenbar, aber Franka hatte jetzt keine Zeit für diesen Blödsinn. »Wir brauchen die Kontaktdaten von der Firma, die den Panikraum gebaut hat. Suchen Sie uns die bitte raus.«

Doch Eva Weil dachte gar nicht daran. »Sie mussten ja unbedingt heute Morgen herkommen, obwohl wir erst gestern durch die Hölle gegangen sind. Ewald hat Sie gesehen und Panik gekriegt. Verstehen Sie? Wären Sie wieder abgerauscht, wie ich es gesagt habe, wäre jetzt alles gut. Aber Sie kleben ja wie Pech an uns, anstatt Ada zu suchen. Wenn Ewald sich etwas antut, bringe ich Sie um. Eigenhändig.« Sie versetzte Franka einen Stoß gegen die Schulter.

Instinktiv packte Franka die Frau beim Handgelenk. »Ich verstehe, dass Sie aufgeregt sind, Frau Weil, aber das reicht jetzt.«

Einen Herzschlag lang erstarrte Eva Weil, dann brach der Damm, der ihren Zorn und ihre Verzweiflung zurückgehalten hatte, und sie stürzte sich auf Franka.

Franka hatte zwar den Braunen Gürtel in Ju-Jutsu, aber gegen diesen chaotischen Angriff konnte auch sie in der ersten Sekunde nichts ausrichten. Als sie Eva Weil endlich in einen sicheren Haltegriff bekam, hatte diese ihr bereits gegen das Schienbein getreten und – Franka konnte es kaum glauben – sie durch ihr Halstuch ins Schlüsselbein gebissen. Zuerst kämpfte Eva Weil noch verzweifelt, dann gab sie ihre Gegenwehr auf und brach in Tränen aus. Dieter Volkers half Franka, die weinende Frau aufs Sofa zu legen, während Monika nur den Kopf schüttelte und sich das Telefon schnappte, um die Kontaktliste nach der Sicherheitsfirma zu durchsuchen.

»Was nun?«, fragte Dieter Volkers.

Franka breitete eine Decke über der zusammengerollten Eva Weil aus. »Du bleibst bei ihr, und ich suche oben im Schlafzimmer nach den Beruhigungsmitteln, die der Notarzt gestern für Dornkast dagelassen hat. Mehr können wir jetzt nicht tun.«

44

Franka wurde gleich auf dem Nachttisch neben dem Doppelbett fündig. Die Dosis Diazepam, die der Notarzt dagelassen hatte für den Fall, dass Ewald Dornkast weiterer Beruhigungsmittel bedurfte, war unangetastet. Sie steckte sie für Eva Dornkast ein, dann sah sie sich um. Das Bettzeug war zerwühlt, und auf einem Sessel lagen Dornkasts Anziehsachen vom Vortag. Im Kleiderschrank lagerten lediglich Bettwäsche und Handtücher, was Franka daran erinnerte, dass es sich um ein behelfsmäßiges Elternschlafzimmer handelte. Ada hatte das Zimmer zur Gartenseite beschlagnahmt.

Auf dem Weg ins Badezimmer schnitt Franka bei jedem Schritt eine Grimasse. Die Stelle, an der Eva Weils Schuhspitze ihr Schienbein getroffen hatte, pochte dumpf.

Der Medizinschrank barg überwiegend Naturheilmittel, das stärkste Medikament war Aspirin. Natürlich konnte etwas weitaus Wirkungsvolleres fehlen, aber Franka tippte darauf, dass Ewald Dornkast sich nicht daran bedient hatte. Falls er den Panikraum tatsächlich aufgesucht hatte, um sich etwas anzutun, plante er offensichtlich keine Übermedikamentierung. Was nicht unbedingt ein Vorteil war, denn Suizid mit Schlaftabletten brauchte seine Zeit. Darüber hinaus ging es oftmals schief, entweder weil die Betroffenen die Tabletten erbrachen oder nach einigen Stunden Schlaf wieder aufwachten. Erhängen oder erdrosseln dagegen … Falls Dornkast etwas Derartiges vorhatte, würden sie die Panikraumtür vermutlich nicht schnell genug aufbekommen.

Als Franka die verspiegelte Tür des Medikamentenschranks schloss, fuhr sie erschrocken vor ihrem eigenen Anblick zurück. Sie sah aus wie ein Gespenst, blass und zerzaust, als stände sie kurz vor der Auflösung. Mit klammen Fingern lupfte sie ihr Halstuch und betrachtete die blutunterlaufene Bisswunde an ihrem Schlüsselbein. Sofort schmerzte sie doppelt so stark. Franka beschloss, dass Eva Weil ihr für diese Attacke ein paar Aspirin schuldete, und schluckte zwei Tabletten trocken runter, ehe sie auf den Flur zurückkehrte.

Von unten erklang Eva Weils Schluchzen schon deutlich leiser, durchmischt mit Dieter Volkers' offenbar erfolgreichen Beruhigungsversuchen und Monikas rauer Stimme, die wohl jemanden von der Sicherheitsfirma ans Telefon bekommen hatte und nun herumdiskutierte. Franka entschied, sich noch eine Minute Auszeit zu gönnen, und stattete Adas Zimmer einen Besuch ab. Das letzte Mal war sie verwundert darüber gewesen, wie unpersönlich es aussah. Als gäbe es hier gar keinen Teenager mit dem natürlichen Drang, sich auszudrücken, sondern nur einen Gast, der vor lauter Höflichkeit keine Spuren hinterließ. Nun wusste Franka, dass sie mit ihrer Vermutung richtiggelegen hatte. Und sie wusste auch, dass Ada kein Teenager, sondern eine junge Frau war, eine junge Frau mit einem Hang zu Machtspielchen. Auch Ada führte einen Stellvertreterkrieg – nur richtete der sich gegen die Menschen, die ihr am nächsten standen. Zumindest ließen sich die Fakten so deuten, schließlich residierte Ada nur deshalb im schönsten und größten Zimmer des Hauses, um Eva Weil auf ihren Platz zu verweisen – die Frau, die sie in ihr Heim aufgenommen hatte. Und sie bezichtigte den Mann, der sie aus der Prostitution befreit hatte, des Missbrauchs. Falls ihre Anschuldigung stimmte, konnte das besetzte Schlafzimmer auch eine Wiedergutmachung für Ewald Dornkasts Übergriffe bedeuten: Wenn du mich schon missbrauchst, dann wenigstens nicht in der Abstellkammer.

Was war Ada denn nun: Opfer oder Täter? Vermutlich beides. Die entscheidende Frage war jedoch, ob Ada seitdem auf Angriff ging, bevor sie jemand attackieren konnte, oder ob ihr Retter sich zu ihrem neuen Herrn aufgeschwungen hatte. War Ewald Dornkast der Versuchung erlegen, mit Adas unfreiwilliger Hilfe jene Seiten auszuleben, die nichts mit seinem Leben als Familienvater, kritischer Autor und integrer Mann zu tun hatten? War er in die Haut derjenigen geschlüpft, die er ansonsten in seinen Romanen als Täter vorführte?

Adas Zimmer bot darauf keine Antwort. Das Bett war mit cremefarbener Leinenwäsche bezogen, an den Wänden hingen Aquarelle, die der Tapete nach zu urteilen schon jahrelang am selben Platz waren. Sogar das Bücherregal verriet nur etwas über den Geschmack des Paares, das hier normalerweise lebte. Einzig der Schreibtisch mit den sauber aufgeschichteten Schulbüchern zeigte, dass Ada sich in diesem Raum aufgehalten hatte. Aber das sagte nichts über ihre Persönlichkeit aus.

Eine Tür des Kleiderschranks stand offen und zeigte Herrenkleidung. Ein Wollpulli lag auf dem Boden, als hätte Dornkast den Schrank hastig nach etwas Passendem durchsucht, ehe er sich in den Panikraum zurückgezogen hatte, wo er zumindest vorübergehend für Franka und ihre Fragen unerreichbar wäre. Ewald Dornkast hatte allerdings nicht wie ein Mann gewirkt, der davonlief oder sich gar versteckte. Er hatte sich Mads Field entgegengestellt, als er ihn für einen von Jäckers Handlangern gehalten hatte, und er hatte sich fürsorglich um Jens Reiber gekümmert, obwohl dieser ihn gerade erst verletzt und seine Familie in Todesangst versetzt hatte.

Wer ist hier Opfer, und wer ist der Täter? Wodurch hat dieser ganze Wahnsinn seinen Anfang genommen?

Sich die Schläfen reibend, trat Franka an das breite Doppelfenster.

Draußen tanzten Schneeflocken vorbei.

Der Garten hätte ein wunderschönes Winterbild geboten, wenn es nicht so verstörend gewesen wäre, um diese Jahreszeit eine weiße Flockenschicht anstelle von zartem Grün und ersten Blumenknospen zu sehen.

Fast wäre Franka in dem Anblick versunken, hätte ihr Gehirn nicht einen Fehler im Bild gemeldet. Die Verwerfungen in der weißen Decke, die über den Rasen ausgebreitet lag … das waren Fußabdrücke, kaum sichtbar, weil der frisch gefallene Schnee sie beinahe abgedeckt hatte. Sie verliefen zwischen dem Haus und dem an den Garten angrenzenden Waldstück.

Franka schnappte nach Luft.

Entweder war jemand aus dem Wald gekommen und bis ans Haus gelaufen, oder … Ewald Dornkast war gar nicht im Panikraum.

Im Laufen warf Franka Dieter Volkers, in dessen Armen die heulende Eva Weil mittlerweile hing, das Diazepam zu. »Sieh zu, dass sie es nimmt. Ich muss kurz raus, was überprüfen.«

Es war Dieter Volkers anzusehen, wie gern er nachgefragt hätte, aber da war Franka auch schon weg.

Auf dem Weg zur Küche trat ihr Monika in den Weg. »Es gibt einen Code, um die Tür zum Panikraum zu entriegeln, aber die Pappnasen von der Sicherheitsfirma wollen ihn mir nicht geben. Ist Eva Weil so weit auf dem Damm, das Telefonat zu übernehmen?«

»Das dauert noch einen Moment. Bleib dran und droh denen notfalls wegen unterlassener Hilfeleistung«, sagte Franka. »Ich sehe mich inzwischen hinterm Haus um, da sind Fußabdrücke. Gut möglich, dass Dornkast in den Wald gegangen ist.«

»Warte, der Alarm«, rief Monika, doch Franka hatte die Hintertür bereits aufgerissen.

Beide Frauen starrten sich an.

Nichts geschah.

»Ist das ein stummer Alarm?«, fragte Franka.

»Nein, jemand muss das System ausgeschaltet haben.«

Franka nickte. »Wenn die Verstärkung da ist, schick sie zu mir in den Wald.« Dann lief sie los.

45

Im Wald verlor sich das Weiß, da nur vereinzelt Flocken ihren Weg durch das Geäst fanden. Hier gab es keine Spur im Schnee, dafür Vertiefungen im halb gefrorenen Matsch. Die großen Abdrücke gehörten einem schweren Menschen, aber ab der Waldgrenze gesellten sich deutlich kleinere dazu, so schwach, dass Franka sie fast übersehen hätte. Die Person, der sie gehörten, war so leicht, dass sie kaum in den Boden eingesunken war.

Ada stand hier am Waldrand, dachte Franka. Dornkast muss sie vom Schlafzimmer aus gesehen haben und ist ihr gefolgt. Dann war der Panikraum nicht mehr als ein Ablenkungsmanöver – und zwar eins, das funktioniert hatte.

Franka folgte den Abdrücken, bis diese sich wegen der dicker werdenden Schicht aus verrottetem Laub verloren. Trotzdem lief sie weiter, sah sich dabei in alle Richtungen um, was die immer dichter stehenden Bäume erschwerten.

Ein Schrei erklang, und Franka bremste so abrupt, dass sie auf dem glitschigen Untergrund fast das Gleichgewicht verlor.

Noch ein Schrei.

Heiser, tief – und nicht menschlich. Ein Tier, wahrscheinlich ein Rabe. Ansonsten lag ein fast unnatürliches Schweigen auf dem Wald, als wäre mit dem zurückgekehrten Winter alles Leben erstarrt.

Franka wollte weiterlaufen, doch sie wusste nicht, wohin. Während sie sich um die eigene Achse drehte, konnte sie nicht einmal mit Sicherheit sagen, aus welcher Richtung sie gekommen war. Das Bauernhaus war schon lange aus ihrer Sicht verschwunden, und um sie herum gab es nur Bäume und kahles Buschwerk. Sie legte den Kopf in den Nacken, doch der Himmel war vor lauter Baumkronen nicht zu sehen.

Wieder erklang der unmenschliche Schrei, und es brauchte einige Sekunden, bis Ada begriff, dass er dieses Mal aus einer anderen Richtung kam. Er dauerte auch deutlich länger an, bis er abrupt verstummte.

Es ist nur ein Tier, beharrte Frankas Verstand.

Was ist der Mensch anderes als ein Tier, wenn er leidet?, hielt Franka dagegen und jagte auf den Schrei zu.

Die zurückgekehrte Stille schien immer dichter zu werden, als wollte sie ihr beweisen, dass sie sich irrte. Doch Franka stolperte weiter, wich dornigem Himbeergestrüpp aus, das nach ihr greifen wollte, und versank knöcheltief in unter Blättern verborgenem Morast, ohne sich darum zu scheren, dass eiskaltes Wasser in ihre Schuhe sickerte. Alles, was sie wollte, war, diesem Schrei näher zu kommen. Und obwohl er nichts Gutes besagte, hoffte sie, dass er noch einmal ertönte, um ihr den Weg zu weisen.

Doch es blieb still, Wald und Kälte dämpften selbst ihre Schritte, bis sich der Vorhang aus Bäumen plötzlich öffnete und den Blick freigab. Eine Lichtung tat sich auf, gerade groß genug, dass der Schnee hinabrieseln und seine weiche Decke ausbreiten konnte. Und darauf Abdrücke, doch die brauchte Franka gar nicht mehr zur Hilfe. Am Rand der Lichtung stand eine Krippe für Rotwild, die aufzufüllen sich Ende März kein Förster mehr die Mühe gemacht hatte. Ewald Dornkast lehnte mit dem breiten Rücken an ihr, leicht in die Knie gesackt. Sein Oberkörper war nackt, das Kinn auf die Brust gesunken, als blickte er an sich hinab. Trotzdem überragte er Ada, die vor ihm stand. Ausgezogen bis auf einen Slip. Die junge Frau schmiegte sich an ihn, fuhr zärtlich mit der Hand durch sein Haar – bis sie seinen Kopf plötzlich mit einem Ruck hochriss.

Franka blieb ihr Ruf im Hals stecken.

Dornkasts Gesicht war eine rotgefärbte Maske.

Ada streichelte über seine blutige Wange, doch nicht mit ihrer Hand, sondern mit einem Messer, wie der rote Funkenflug bewies.

Da war er wieder, Dornkasts Schrei, jedoch merklich kraftloser.

Ada sagte etwas zu ihm. Als er nicht reagierte, wurde sie lauter. »Nun gib es endlich zu!«

Frankas Finger machten sich auf die Suche nach ihrer Waffe, verharrten jedoch, denn da war ja kein gefülltes Halfter unter ihrem Mantel. Mit bloßen Händen ging sie im Schutz des Waldrands auf die Futterkrippe zu. So, wie Dornkast aussah, war die Klinge bereits zu oft zum Einsatz gekommen, um auf die Verstärkung zu warten.

»Gib zu, was du mir angetan hast«, forderte Ada mit lauter Stimme.

Ein Röcheln drang aus Dornkasts Mund, der nur eine schwarze Öffnung zu sein schien. »Ada … lass mich dir helfen.«

»Wenn du mir helfen willst, dann sag endlich, dass alles deine Schuld ist.«

»Wir haben uns beide schuldig gemacht«, sagte Dornkast. In seiner Stimme waren weder Furcht noch Wut zu erkennen. Er klang vielmehr wie ein Vater, der sein aufgebrachtes Kind zu besänftigen versuchte. Seine Arme waren hinter den Latten des Trogs zusammengebunden – der massige Mann war seiner Peinigerin mit dem Messer ausgeliefert. »Ich hätte besser auf dich achtgeben müssen, aber ich dachte, es ginge dir gut. Alles wirkte so ruhig, als wären wir wirklich eine Familie, bis du …«

»Sei still!« Ada wich zurück, als hätten seine Worte ihr einen Stoß verpasst. »Du bist schuld, ganz allein du. Wenn du Rosalia nicht …« Ada schloss ihre Hand um die Messerklinge, so fest, dass rote Tropfen in den Schnee fielen.

Franka blieb stehen. Rosalia … Ada hatte eben tatsächlich Rosalia erwähnt!

»Das mit Rosalia war meine Schuld«, sagte Dornkast. »Das gebe ich zu.«

»Sag es laut«, forderte Ada. »Sag, dass du sie auf dem Gewissen hast.«

»Das habe ich – und ich wünschte, ich könnte es ungeschehen machen. Aber ich dachte, es würde dir guttun, jemanden aus deiner Vergangenheit wiederzusehen, damit du …« Dornkasts Satz endete in einem erstickten Schrei, als Ada ihm die Klinge in die Brust rammte. Einen Herzschlag lang starrte er sie ungläubig an, dann sackte sein Körper in sich zusammen.

Ada taumelte zurück und stieß fast gegen Franka. Die junge Frau in den Haltegriff zu nehmen war alles andere als leicht, denn Adas Haut war glitschig von Dornkasts Blut.

»Halt, Polizei«, sagte Franka. »Bleiben Sie ruhig, Ada, dann bekommen wir das hin.«

»Ruhig bleiben ist eine gute Idee«, sagte eine Männerstimme hinter Franka, dann spürte sie auch schon einen harten Widerstand zwischen ihren Schulterblättern. Das ist die Waffe, mit der Barback erschossen wurde, begriff sie.

Offensichtlich hatte Mads Field Ada nicht allein auf ihren Rachezug gehen lassen.

Sofort begann Ada, sich in Frankas Griff zu winden, sodass die Kommissarin gezwungen war, härter zuzufassen, woraufhin die junge Frau prompt aufjaulte.

Der Revolverlauf bohrte sich tiefer in Frankas Rücken.

»Du lässt jetzt Ada los«, forderte Mads.

Franka rührte sich nicht. »Sonst was? Schießt du durch mich durch und triffst deine Freundin? Was anderes wird dir nämlich nicht übrig bleiben.«

»Wow, du bist ja eine ganz Coole.«

Wenn du wüsstest, dachte Franka und unterdrückte ein Zittern. »Was machen wir jetzt? Das ist ja wohl eine Pattsituation.«

»Nicht wirklich.«

Der Waffenlauf verschwand zwischen Frankas Schulterblättern, und Mads ging um sie herum, die Waffe auf ihren Kopf gerichtet.

»Mads«, winselte Ada. »Sie muss mich loslassen. Sofort!«

»Gleich«, sagte Mads, während er Franka anstierte. Sie musste sich zwingen, seinen Blick zu erwidern, anstatt zum reglosen Dornkast hinüberzusehen.

Mads musterte sie, dann huschte ein Grinsen über sein Gesicht. »Hallo, Blondie. So sieht man sich wieder.«

»Ich wünschte, du wärst mit dem Corsa auf und davon.«

»Tja, und ich wünschte mir, du hättest deinem Bullenfreund das Bett warm gehalten«, sagte Mads, während er rückwärts zu Dornkast ging. »Dann säßen wir jetzt nicht in der Patsche.«

»Du hast eh schon metertief drin gesessen, Mads. Und damit meine ich nicht das Drecksloch, in dem du haust, oder deine nicht sonderlich erfolgreiche Karriere als Einbrecher.« Wie erhofft zuckte der junge Mann zusammen. »Es ist ein Unterschied, ob man in Häuser einsteigt oder sich mit einer mehrfachen Mörderin rumtreibt.«

Mads legte seine Finger an Dornkasts Hals. »Also der hier lebt noch. Das Messer verschließt die Wunde, und eine gebrochene Nase samt ein paar Kratzern hat noch niemanden umgebracht.«

»Wie steht es mit Dornkasts Fingern, sind die auch gebrochen?«

»Seine Finger? Warum sollten wir die …« Mads blickte auf seine getapte linke Hand. »Stimmt, ich schulde dem Hurensohn ja noch was.«

»Dann hat Dornkast dir die Finger gebrochen?«, versicherte sich Franka.

Mads zuckte die Schultern. »Kommt mir vor, als wäre es in einem anderen Leben gewesen.«

»Wie auch immer. Selbst wenn Dornkast überleben sollte, hat Ada trotzdem zwei Menschen umgebracht.«

»Ist dieser Schläger, Maik oder wie der hieß, etwa tot? Wenn ja, war es Notwehr, genau wie bei Barback. Die Typen sind in unsere Wohnung eingebrochen und haben uns bedroht. Ada hat vor Angst einfach die Nerven verloren, auch weil überall Blut von mir war. Das hatte nix mit Mord zu tun.«

»Für die Sache mit Barback mag das ja stimmen, aber Rosalia Orlows Tod hatte nichts mit Notwehr zu tun. Sie wurde genau wie Dornkast schwer misshandelt und erstochen. Adas Handschrift, würde ich sagen.«

Bei diesem Vorwurf kam Leben in Adas Glieder, so plötzlich und heftig, dass Franka kaum reagieren konnte. Einen Moment später rutschten die beiden Frauen auf dem morastigen Untergrund aus. Bevor Ada davonkrabbeln konnte, hatte Franka sie auch schon überwältigt. Mit dem Unterarm drückte sie die junge Frau zu Boden, bis Ada die Luft aus der Lunge wich, und fixierte sie. Gerade rechtzeitig, denn Mads Field hatte bereits die Hand nach ihr ausgestreckt.

»Wenn du nicht sofort auf Abstand gehst, drücke ich deiner Freundin den Kehlkopf ein«, drohte Franka.

»Das würdest du nie tun, du bist schließlich Polizistin.«

Franka warf einen Blick auf den schwer keuchenden Dornkast. Zu ihrer Erleichterung trat kaum Blut aus der Wunde, und die Atmung ging ebenfalls regelmäßig. »Denkst du, ich lasse zu, dass du mich neben Dornkast an die Krippe bindest?«, fragte sie Mads. »Damit diese Irre hier sich auch an mir ausleben kann?«

Mads wich zurück, offenbar abgeschreckt durch das Funkeln in Frankas Augen. »Dir würde nichts passieren, schließlich hat Ada mit dir keine Rechnung zu begleichen«, versprach er.

»Und welche Rechnung hatte Ada mit Rosalia zu begleichen, als sie ihr das Messer immer und immer wieder in den Bauch gerammt hat?«

»Bitte, Mads, lass sie nicht so reden«, jammerte Ada. »Schieß einfach, du wirst dieses Miststück schon irgendwie treffen. Bitte hilf mir.«

Doch Mads ging nicht darauf ein. »Wer zur Hölle ist denn diese Rosalia?«

»Eine junge Frau, die früher genau wie Ada zur Prostitution gezwungen worden ist.«

»Dann ist Dornkast nicht nur ein Sadist, sondern auch noch ein Zuhälter?« Die Wut kehrte in Mads' Augen zurück.

Franka wusste, dass nun jedes Wort sitzen musste. »Nein, Dornkast ist bloß ein Schriftsteller, der über den Menschenhandel berichtet und Ada dabei kennengelernt hat. Er hat ihr eine zweite Chance geboten – und als Dank hat sie sein Leben in die Hölle verwandelt.«

»Du denkst dir vielleicht eine Scheiße aus. Ada ist seine Tochter, sein eigen Fleisch und Blut«, beharrte Mads.

»Ada Schawin ist nicht seine minderjährige Tochter, sondern eine dreiundzwanzig Jahre alte Frau, die von einem Menschenhändler namens Reinhold Jäcker zur Prostituion gezwungen wurde und seinen Spezialkunden zur Verfügung stand. Ada wurde darauf abgerichtet, Männern jeden Wunsch zu erfüllen. Welchen Wunsch hat sie dir denn erfüllt, Mads? Darfst du dich in ihrer Gegenwart wie der große Held fühlen? Das scheint ihre Spezialität zu sein.«

»Wenn du nicht endlich still bist, bringe ich dich um«, flüsterte Ada.

Etwas in ihrer Stimme verriet, dass sie es nicht bei einer Drohung belassen würde. Franka war zum nächsten Ziel auf Adas Kriegspfad erkoren worden. Davon ließ sie sich jedoch nicht beirren. Mads hatte die Waffe, auf ihn kam es an.

»Dornkast hat Ada aus der Hölle geholt und ihr ein Zuhause gegeben, damit sie wieder auf die Beine kommt. Als Dank hat sie seine Familie ruiniert, eine junge Frau brutal ermordet und ist mit dir durchgebrannt, als ihr Lügengebilde in sich einzustürzen drohte.«

In Mads Fields von Hämatomen überzogenem Gesicht arbeitete es sichtlich. »Das ist wirklich eine heiße Story, die du dir da ausgedacht hast. Es ist nur so, dass die Wahrheit viel härter ist: Ada ist mit mir abgehauen, weil Dornkast sie zu einer Menge perverser Sachen gezwungen hat. Er hat sie nicht nur gevögelt, sondern auch gequält. Er ist nämlich ein echtes Foltergenie. Das habe ich am eigenen Leib erlebt.

Falls jemand dieser Rosalia etwas angetan hat – dann er. Ihn solltest du dir also vorknöpfen.«

»Leider ist Dornkast dank der Messerattacke deiner Freundin nicht mehr ansprechbar«, gab Franka zu bedenken. »Wenn es stimmt, was du sagst, dann sieht es ganz danach aus, als würde Ada ihm als Foltermeister in nichts nachstehen.«

Mads schüttelte den Kopf. »Wir haben den Kerl nicht gefoltert, sondern … wir wollten nur, dass er seine Schuld eingesteht, verdammt.«

»Deine Freundin ist fast nackt und hat sich mit Dornkasts Blut eingeschmiert. Trägt er dafür auch die Schuld?«

»Scheiße.« Mads rieb sich mit dem Handrücken über den Mund. »Ada sagt, auf diese Weise kann sie das Blut mit Schnee abwischen, und alles wäre wieder rein. Sie erträgt es nicht, wenn irgendwo Blut ist.«

»Dann stand also von Anfang an fest, dass sie ein Blutbad veranstalten würde.«

»Nein, natürlich nicht! Ada, erklär du es ihr.«

»Sie soll mich loslassen«, sagte Ada, nun gar nicht mehr das verzweifelte Mädchen, sondern eine ruhige, kühl abwägende Frau. »Sag ihr, dass du sonst Dornkast erschießt.«

»Das wäre natürlich eine Möglichkeit«, sagte Mads zögernd.

Franka lachte heiser. »Das wäre es nur, wenn ich dir die Drohung abnehmen würde – und das tue ich nicht. Du bist kein Mörder, Mads.«

»Er hat den Tod verdient nach allem, was er uns angetan hat. Das ist kein Mord, sondern Selbstverteidigung«, sagte Ada.

Mads presste die Lippen fest aufeinander.

»Weißt du wirklich, was zwischen Ada und diesem Mann

gelaufen ist, Mads?«, gab Franka zu bedenken. »Schließlich hat Ada dir ja nicht einmal verraten, wer sie in Wirklichkeit ist.«

»Sie ist Dornkasts Tochter, sie hat in seinem Haus geschlafen, als ich sie zum ersten Mal gesehen habe. Sie hat den Schmuck getragen, den er ihr geschenkt hat, den er ihr auch dieses Mal gebracht hat, um sie zu besänftigen.«

»Der Schmuck gehört Eva Weil, und Ada will ihn nur, um sich über sie zu stellen. Es ist ihre Krone. Doch Eva Weil war die Spielchen leid und wollte, dass Ada auszog. Etwas, das ihr nicht besonders gut gefallen hat. So gesehen war es ein Segen, als du plötzlich aufgetaucht bist. Wer weiß, was Ada sonst angestellt hätte.«

Die Waffe in Mads Händen zitterte. »Ada wollte von zu Hause weg, weil ihr Vater sie missbraucht.«

»Das kann durchaus sein, aber dieser Vater war und ist nicht Dornkast.«

Ada stieß einen Wutschrei aus, den Franka dieser zierlichen Person niemals zugetraut hätte. Mads scheinbar auch nicht, denn er wich einen Schritt zurück.

»Okay«, sagte er. »Wir klären das jetzt endgültig. Du bleibst, wo du bist, Blondie, sonst atmet Dornkast gleich durch das Loch in seiner Lunge.« Dann steckte er die Pistole in seinen Hosengürtel und griff sich eine Hand voll Schnee, die er Dornkast ins Gesicht rieb. Ein undeutliches Stöhnen bewies, dass der Mann zu sich kam.

»Du erzählst mir jetzt, wer Ada ist«, forderte Mads.

»Schmerzen«, raunte Dornkast. »Solche Schmerzen.«

»Das werden noch mehr, wenn du mir nicht sofort die Wahrheit sagst. Du kennst dieses Spiel doch, schließlich hast du es mit mir in deinem verdammten Panikraum gespielt. Also: Wahrheit oder noch mehr Schmerzen.«

»Das reicht jetzt!«, rief Franka.

Hektisch überschlug sie ihre Chancen, bei Mads anzukommen, bevor er seine Hand an das Messer legen konnte, das in Dornkasts Brust steckte. Schlecht, verdammt schlecht sogar. Ada war der einzige Trumpf, den sie hatte – gegen einen unberechenbaren Mann, der einen Schwerverletzten in seiner Gewalt hatte und über die einzige Schusswaffe verfügte. Sie musste auf Zeit spielen, etwas anderes blieb ihr gar nicht übrig.

Inzwischen sah Dornkast aus geschwollenen Augen zu Ada, die am ganzen Leib vor Wut und Kälte zitternd unter Franka lag, bis Mads den Griff des Messers packte. Dornkast begann zu husten, brachte dann aber ein »Schon gut« hervor.

Nachdem Mads die Hand zurückgezogen hatte, beruhigte Dornkasts Husten sich, sodass er sich sogar etwas aufrichten konnte, soweit seine gefesselten Arme es erlaubten. »Seit wann bist du vom Kotzen zurück, Junge?«, fragte er.

Mads verpasste ihm eine Ohrfeige, allerdings nicht sonderlich engagiert.

»Ist gar nicht so leicht, jemanden zu verletzen, der einem ausgeliefert ist, was?«, fragte Dornkast, und obwohl seine Lippen grotesk angeschwollen waren, glaubte Franka ein Lächeln auf ihnen zu sehen. »Ging mir genauso, als ich in deiner jetzigen Position war und du in deinen vollgepissten Jeans vor mir gesessen hast. Da hätte ich mich auch am liebsten übergeben. Es muss schon etwas in einem zerbrochen sein, um einen hilflosen Menschen zu foltern oder sogar umzubringen, abzuschlachten wie ein Vieh.« Wie auf einen geheimen Befehl hin sahen beide Männer zu Ada, die ein leises »Nein« zwischen ihren klappernden Zähnen hervorbrachte.

»Und, haben Sie schon alles herausbekommen, Frau Janhsen?«, fragte Dornkast.

»Wir wissen über Adas Vergangenheit als genötigte Prostituierte Bescheid und kennen auch ihre Verbindung zu Rosalia Orlow«, bluffte Franka. »Haben Sie Rosalias Leiche im Wohnwagen platziert, nachdem Ada ihre ehemalige Leidensgefährtin bestialisch umgebracht hat?«

Dornkast stöhnte. »Ein schrecklicher Ort, um eine Tote abzulegen, aber mir fiel kein besserer ein. Ich hatte ihn mir bei meinen Recherchen über eine dysfunktionale Familie angeschaut. Der Sohn, ein Jugendlicher, sollte sich dort rumtreiben. Und als diese junge Frau dann ... als ich mich um sie kümmern musste, kam mir nur der schäbige Wohnwagen in den Sinn. Um sie irgendwo draußen auf eine Parkbank zu setzen, war es noch zu kalt und ...«

»Rosalias Blut klebt an deinen Händen«, zischte Ada. »Du bist schuld an ihrem Tod.«

»Das bin ich«, gab Dornkast zu. »Weil ich dachte, es würde dir guttun, mit Rosalia zu sprechen. Ihr habt beide Furchtbares erlebt, und sie hätte dir nach deinem Selbstmordversuch beweisen können, dass man sich trotzdem ein neues Leben aufbauen kann. Du hättest das, was Jäcker und seine sogenannten Freunde dir angetan haben, hinter dir lassen können, genau wie Rosalia es getan hat. Sie war so froh, die Gelegenheit zu bekommen, einer früheren Weggefährtin zu helfen.«

Ada schüttelte den Kopf, obwohl er dabei schmerzhaft gegen Frankas Brust schlug. »Rosalia hat dich angelogen, tief in ihrem Innersten gehörte sie immer noch Jäcker. Sobald sie das Bauernhaus verlassen hätte, hätte sie ihm verraten, wo ich bin. Sie hat es sogar zugegeben.«

Dornkast gab ein Geräusch von sich, das Franka zuerst

für ein gurgelndes Lachen hielt, dann begriff sie, dass es ein Schluchzen war. »Rosalia hätte alles zugegeben, so wie du sie zugerichtet hast.«

»Stimmt das alles, Ada?«, fragte Mads.

»Rosalia war eine Verräterin«, beharrte Ada. »Das war sie schon damals, als sie uns verlassen hat. Dabei waren wir wie Schwestern. Es ging ihr nur um sich selbst, sogar als sie mir im Bauernhaus plötzlich gegenübersaß. Oh, wie gut es ihr ging, wie glücklich sie war! Und ich? War ein nutzloses Flüchtlingskind bei einer Familie, die mich loswerden wollte.«

»Wir wollten dich nicht loswerden.« Weiße Bahnen bildeten sich dort auf Dornkasts blutverschmiertem Gesicht, wo Tränen hinabliefen.

»Du vielleicht nicht, dafür hast du dir in der Rolle des Retters auch viel zu gut gefallen.«

»Du hast eine Frau umgebracht«, sagte Mads mehr zu sich selbst.

Ada verengte die Augen zu Schlitzen.

»Ich war zwischenzeitlich sogar davon überzeugt, dass Ada recht hatte und Rosalia sie an Jäcker verraten hätte, um ihren alten Herrn gnädig zu stimmen, der schließlich wusste, wo und unter welchem Namen sie lebte. Ada kann …« Dornkast stöhnte vor Schmerzen. »Sie kann sehr überzeugend sein.«

»Zumindest das stimmt«, sagte Mads.

»Wenn du es mich dir erklären lässt«, sagte Ada.

»Nein, lieber nicht, ich habe genug gehört.« Dann packte Mads erneut das Messer in Dornkasts Brust und sah zu Franka. »Du lässt Ada jetzt los.«

Franka erwischte diese Reaktion kalt. »Das werde ich nicht«, sagte sie.

»Dir wird nichts anderes übrig bleiben. Ich habe hier das Sagen – und ich will, dass du Ada gehen lässt.«

»Warum?« Franka meinte die Frage ernst.

Mads musste nicht lange nachdenken. »Weil sie schon genug durchgemacht hat. Ada kann ihre Sachen nehmen und gehen, wenn sie das will. Dornkast und ich werden hierbleiben. Ich kann bezeugen, dass die Sache mit Nells Schlägern Notwehr war, und Dornkast ... nun, er wird die Wahrheit über Rosalia erzählen, soweit er sie kennt.«

»Wir können Ada nicht gehen lassen. Rosalia war kein Ausrutscher. Und Barback hatte es bestimmt auch nicht verdient, abgeknallt zu werden.« Trotz ihrer Worte drohte Mads ihr zu entgleiten. »Schau dir an, was Ada mit Dornkast gemacht hat«, sagte Franka eindringlich. »Und sie hat dich überredet, mitzukommen und ihr bei ihrem kranken Plan zu helfen. Du warst bereit, einen Mann für sie zu töten, von dem du nicht einmal wusstest, wer er in Wirklichkeit war.«

»Ada wird fortgehen, irgendwohin, wo es keine Erinnerung an ihre Vergangenheit gibt. Dort kann sie dann gesund werden. Wenn sie dir und deinen Leuten in die Hände fällt, hat sie keine Chance.«

»Aber ich werde nicht gehen, wenn du nicht mitgehst«, sagte Ada.

Franka konnte sehen, dass ihre Schultern von einem leichten Blau überzogen waren. »Ada kann ohnehin nirgendwohin, sie steht kurz vor einer Unterkühlung.«

»Dann lass sie endlich los, Blondie.«

»Sie ist eine Mörderin«, beharrte Franka. »Ich darf sie nicht gehen lassen.«

»Das darfst du also nicht«, wiederholte Mads.

»Es sei denn, sie muss Ada loslassen, um mich zu retten«, sagte Dornkast. »Das Messer in meiner Brust ist wie ein Pfropfen. Wenn du es rausziehst, öffnet sich die Wunde, und wenn dann nicht prompt etwas passiert, werde ich innerhalb kürzester Zeit verbluten.«

»Sollen wir es ausprobieren?«, fragte Mads. »Deine Entscheidung, Blondie.«

»Finger weg vom Messer!«, rief Franka und zerrte Ada auf die Beine, die das widerstandslos geschehen ließ. »Wenn Dornkast recht hat, wird er verbluten, selbst wenn ich ihm einen Druckverband anlege. Gegen eine verletzte Aorta oder eine Lungenfissur komme ich nicht an.«

Mads zögerte.

»Hör nicht auf sie, die Polizistin blufft bloß«, sagte Dornkast.

»Das tue ich keineswegs! Ich lasse keine Mörderin laufen, schon gar keine, die eine Frau auf grausamste Weise zu Tode gequält hat. Ich habe Rosalia Orlows Leiche gesehen, ihr Mord lässt sich nicht beiseiteschieben wie ein unschönes Missgeschick.«

Adas Beine gaben nach, als hätte sie ihren Widerstand aufgegeben, und Franka hatte Mühe, die junge Frau aufrecht zu halten.

»Genug geredet«, sagte Dornkast. »Sie werden Ada einsperren und alles darum geben, um ihr in den Kopf zu schauen. Und sie wird ihnen geben, was sie wollen, dazu wurde sie schließlich abgerichtet. Aber es wird sie endgültig zerbrechen. Das darf nicht passieren, verstehst du, Junge?«

»Ja«, sagte Mads. Dann zog er den Revolver hervor und richtete ihn auf Dornkast. »Haben Sie eine Idee, wohin ich schießen muss, ohne dass Sie gleich abkratzen?«

Franka fluchte und versuchte, mit Ada im Griff vorwärtszukommen, doch die junge Frau hing wie ein steinschweres Gewicht an ihr. »Aufhören!«

»Auf die Beine«, sagte Dornkast. »Die Polizistin hat bei Jens auf die Beine geschossen.«

Mads nickte, zielte, dann drückte er ab.

Frankas Schrei hallte lauter als Dornkasts Schmerzgebrüll durch die kalte Luft.

Eine rote Blume blühte an Dornkasts Oberschenkel auf und wurde rasch größer.

Franka gab den Griff um Ada frei, die in sich zusammensackte und zusammengerollt auf der Schneedecke liegen blieb. Mads wartete ab, bis Franka vor dem verletzten Mann kniete, um ihr Halstuch um die Wunde zu binden, dann lief er zu Ada.

»Es ist richtig so«, flüsterte Dornkast.

»Es ist ein Fehler, ein Fehler von vielen«, sagte Franka.

Als ein weiterer Schuss hinter ihr erklang, zog sie den improvisierten Druckverband so fest, dass Dornkast aufstöhnte. Dann sprang Franka auf die Beine und wirbelte herum. Ada saß zitternd da, den Revolver noch in den Händen. Mads lag am Boden, die Hand auf den Unterbauch gepresst.

»Ich wollte nicht auf ihn schießen«, Ada hatte die Augen schreckensweit aufgerissen. »Es ist seine Schuld, er hat sich in den Weg gestellt. Das hätte er nicht tun dürfen.« Sie schmiss die Waffe weg. »Seine Schuld«, hauchte sie.

Epilog

Einige Zeit später

Zwischen den Bäumen hatte sich ein weißer Teppich aus Buschwindröschen ausgebreitet. Ganz plötzlich, hervorgelockt von der Wärme, mit der das Frühjahr viel zu lang gegeizt hatte.

Eigentlich liebte Franka den Anblick dieser zierlichen Frühlingsboten, die ihre Blüten verschwenderisch im ganzen Wald verstreuten. Nur heute wollte sich das warme Gefühl in ihrer Brust nicht recht einstellen, stattdessen drängte sich ihr ein Bild vom Wald auf, wie er noch vor Kurzem ausgesehen hatte: karges Astwerk, durch das der Himmel gräulich-weiß schimmerte, während das gefrorene Erdreich von einer Schneeschicht bedeckt war. Bis auf die roten Sprenkel, die tief in den weichen Flor einsanken. Wie Blut auf Schnee.

Franka blinzelte, doch das Bild ließ sich nicht verscheuchen. Wie verglühende Sterne tanzten die Bluttropfen vor ihren Augen. Ruckartig hielt sie im vollen Lauf auf dem Waldweg an.

Simon, der neben ihr hergejoggt war, brauchte ein paar Schritte, um anzuhalten. Dann drehte er zu ihr um und hastete zu ihr zurück. »Hast du Kreislaufprobleme? Warum sagst du denn nicht Bescheid, wenn ich zu schnell laufe?«

»Das ist es nicht.« Franka schüttelte den Kopf, und die roten Unheilssterne zersprengten sich. »Es sind nur die

Buschwindröschen.« Das klang nicht nach einer passablen Erklärung. »Sie sehen aus wie Schnee«, schob sie deshalb hinterher.

Verwirrt zog Simon die Stirn kraus. »Okay …«

»Ich stehe wohl immer noch leicht neben mir, nachdem Mads Field Anfang der Woche an seiner Schussverletzung gestorben ist. Ich dachte wirklich, er schafft es.«

Simon fluchte, dann legte er eine Hand auf Frankas Schulter. »Du bist nicht schuld an seinem Tod.«

Ein Satz, den Franka nun schon oft gehört hatte. »Egal, wie man es dreht, Ada wollte auf mich schießen. Das konnte sie nur, weil ich Mads die Waffe nicht abgenommen habe.«

»Wenn du dich dafür entschieden hättest, dich mit einem jungen, kräftigen Kerl um eine Schusswaffe zu streiten, wäre Dornkast mit seiner getroffenen Arterie verblutet.« Simons Hand wurde etwas schwerer, verlieh seinen Worten Nachdruck. »Hör mal, du musstest in einer unübersichtlichen Situation mit einem Schwerverletzten eine Entscheidung treffen. Falls es dich interessiert: Ich hätte mich genauso entschieden. So unterkühlt, wie Ada war, kommt es einem Wunder gleich, dass sie überhaupt die Kraft aufgebracht hat, die Waffe an sich zu nehmen und einen Schuss abzufeuern.«

Obwohl aus Simon die reine Vernunft sprach, schob Franka herausfordernd das Kinn vor. »Du warst nicht dort, du hast weder den Hass noch die Verzweiflung gesehen, die in Ada brannten. Ich hätte wissen müssen, dass sie alles tun würde, um sich zu schützen. Um jeden Preis. Ihre Welt bestand nur noch aus Feinden.«

»Irgendwie hatte sie damit ja auch recht. Oder denkst du, ihre Anschuldigungen gegenüber Dornkast entsprangen ihrer Paranoia?«

»Wer weiß? Ada ist nach ihrem Zusammenbruch erst einmal nicht vernehmungsfähig, und Dornkast schweigt sich aus, angeblich zum Schutz seiner Familie. Aber ich denke, wir werden die Wahrheit, wenn nicht vor Gericht, dann spätestens in seinem nächsten Roman erfahren. Autoren.«

Simon brummte zustimmend, während er unauffällig von einem Bein aufs andere trat, um nicht auszukühlen. »Und die Sache mit Mads Fields gebrochenen Fingern? Das war doch Dornkast. Dann liegt die Vermutung nah, dass er auch an der Misshandlung von Sofia Lichtenberg beteiligt war.«

»Du meinst, dass Ada in Dornkast den Sadisten geweckt hat? Darüber habe ich auch schon nachgedacht. Aber ich glaube es nicht. Dornkast wollte Ada schützen, daran hat auch Sofias grausiger Tod nichts geändert, ganz im Gegenteil. Adas Wahnsinn hat ihn noch mehr an sie gebunden, nicht nur, weil er durch die Beseitigung von Sofias Leiche zum Mittäter wurde. Ada hat eine Wut in Dornkast geweckt, die er vorher bestimmt nicht gekannt hatte. Als dann Mads Field aufgetaucht ist, um ihm seinen Platz an Adas Seite streitig zu machen, ist sie ausgebrochen.«

Franka bedeutete ihrem Partner, dass sie wieder fit genug war, um weiterzulaufen. Als Simon trotzdem stehen blieb, schob sie ihn kurzerhand an. Eine freundschaftliche Geste, die vor Kurzem noch undenkbar gewesen war.

Widerwillig setzte Simon sich in Bewegung, doch schon bald schlugen seine Laufschuhe wieder im regelmäßigen Trab auf dem Waldboden auf. Sein Blick ging geradeaus, sodass Franka schon damit rechnete, dass sie mit dem Thema durch waren, als er plötzlich sagte: »So gesehen ist Dornkast auch zu einem Opfer von Reinhold Jäcker geworden.« Inzwischen stand offiziell fest, dass Ada genau wie

Sofia Lichtenberg zu Jäckers speziellem Escortdienst gehört hatte.

»Ist das nicht eigentlich mein Job, solche Gedanken zu äußern?«

Simon lachte und geriet dabei leicht außer Atem. »Schon verrückt, was? Schau uns beide an … Damit hätte ich im Leben nicht gerechnet.«

»Ich hätte auch nicht gedacht, dass du dich mal an meine Lauftermine dranhängst und jeden Samstagvormittag vor meiner Tür stehst, damit ich mich ja nicht drücke.«

»Eigentlich müsstest du für diese Leistung unsere anschließenden Absacker in der Waldhütte bezahlen«, neckte Simon, um dann wieder ernst zu werden. »Aber ich meine nicht nur die Sache zwischen uns.«

Die Sache, das war die Tatsache, dass es sich zwischen ihnen als Partner wieder besser anfühlte. Aber es gab nach wie vor viele Dinge, die sie lieber unangetastet ließen. Bis jetzt.

»Was meinst du dann?«, hakte Franka notgedrungen nach.

Als Simon nicht gleich antwortete, ballte sie die Hände zu Fäusten. Nun ja, früher oder später würden sie reden müssen. Über ihre Affäre mit Abel Messner. Oder genauer gesagt: über ihre Entscheidung, das zarte Band zwischen Simon und ihr plötzlich durchzuschneiden. Falls sie es denn wirklich durchschnitten hatte … Schließlich hatte sie nicht abgewunken, als Simon vorgeschlagen hatte, sich ihr beim Laufen anzuschließen.

»Simon, nun rück schon raus mit der Sprache. Was ist so verrückt?«

Im Laufen grinste Simon ihr zu. »Dass du nach einem Jahr noch da bist.«

»Wo sollte ich denn sonst sein, wenn nicht hier?« Franka wollte es leicht dahinsagen, aber ihre unstete Stimme verriet ihre Anspannung.

»Gute Frage.« Simon beschleunigte das Tempo, und Franka hielt locker mit, so aufgepeitscht, wie sie vom Adrenalin war. »Wohin gehört Franka Janhsen?«

»Genau an die Stelle, an der sie gerade steht, natürlich.«

»Heißt das, dass du endlich angekommen bist? Ich meine nicht nur im Kommissariat oder in Rerrick, sondern …«

Sondern in deinem Leben. Doch dieser Satz blieb unausgesprochen, so weit wagte Simon sich offenbar nicht vor.

Im Gegensatz zu Franka, die plötzlich das Gefühl hatte, dass ihr Leben zwar immer noch Sprünge aufwies, der Kitt aus neuen Freundschaften und sogar ihrer absurden Beziehung zu einem Kollegen es jedoch zusammenhielt. Sogar die neuen Risse und Furchen, die ihre Arbeit bei der Mordkommission mit sich brachte, änderten nichts daran. »Mir ging es noch nie so gut wie jetzt«, sagte sie.

Sichtlich überrascht blieb Simon stehen. »Wirklich?«

Franka lachte. »Tut mir leid, dich zu schockieren. Mein Leben ist vielleicht nicht perfekt, aber es wird besser. Und mehr braucht es nicht.«